/ 散文卷 /

魏 虹 主编

连山连海的心事

中国书籍出版社
China Book Press

本书编委会

主　编：魏　虹

编　委：（按姓氏笔画排序）

　　　马永娟　王军先　魏　虹

文学沉积的美学追求

蔡骥鸣

晋·葛洪在《神仙传·王远》中写道:"麻姑自说云:'接待以来,已见东海三为桑田。'"

中国的东海岸,原就是一片沧海桑田的土地。连云港的云台山曾经就是大海中的岛屿。《西游记》开篇第一回是这样描述的:"这部书单表东胜神洲。海外有一国土,名曰傲来国。国近大海,海中有一座名山,唤为花果山。此山乃十洲之祖脉,三岛之来龙,自开清浊而立,鸿蒙判后而成。真个好山!"

山与海此消彼长,成就了这一片神奇浪漫的土地。所以,这个地方诞生了《西游记》《镜花缘》这样想落天外的奇书。

若干年后,我到了连云港海边的云台山上,这里处处可见海蚀的沉积岩,它们就像一本本年代久远的古籍,被老鼠咬啮得边缘参差不齐,但却给人一种沧桑古老的历史感。海蚀的沉积岩,经过海浪的冲刷,经过无数岁月的风化,变得更加奇崛,更加鲜明,更加注目。

我们常说,新鲜的东西放不久。而老的物件经无数人把玩后,形成了一层层叠加的包浆,反而更加圆润,在暗淡的光泽里透出幽幽的光,让人生出一种敬畏之感。

文学,既是一门古老的艺术,也是一门年轻的艺术。

如果没有文学,我甚至不知道人类的精神生活还有什么可值得玩味、留恋的东西；如果没有文学，我们的情感世界也仍然是一如原始时代的粗砺和愚拙。因为有了文学，我们的情感世界变得越来越丰富，越来越细腻，越来越精彩，越来越值得我们回味和咀嚼；反过来说，正是一代代优秀的文学作品，才培养了我们的情感世界，让我们不再愚钝，不再麻木，不再冷酷，不再无情。经久的文学名著，就如一壶壶老酒，香愈浓，味愈醇。

但文学又在长生长新。每天有无数的作者在探索、在求新，在想着法子把直接的语言拧成麻花，把简单的语言变得更加绕舌，把正常的语序弄得颠三倒四，把明明白白的话覆上一层面纱。每一个同时代的人都希望看见新的语汇，看见新的故事，看见新的结构，看见新的想象。但有些同时代的作者又往往被当代所嫌恶，所丢弃，而为后代所崇尚，为后面的文学指明航向。

从1949年到2019年，70年过去了。对于一个人来说，70岁已是古稀之年。70年了，国家经历了很多事情，个人也味尝了很多变故，文学也经历了岁月和风浪的数轮冲刷。70年后再回首一望，能留下来的东西不多了，而能留下来的东西就一定是个沧海桑田、层层叠叠的海蚀沉积岩，一定是个挂满包浆、油光润滑的老物件，你想说它不好都不中。那一定是个好东西，一定值得我们把玩，一定值得我们揣摩，一定值得我们回味。

把过去的作品归拢起来，既算是给生活留下一些记忆，也算是给文学留下一个供人瞻仰的碑刻。无论如何，都表明历史没有虚度、文学没有空白。

2019年11月22日

目 录

001	文学沉积的美学追求 / 蔡骥鸣	
001	冶菊花的夏天 / 卜 伟	
003	藤与瓜儿 / 包明义	
007	书斋随笔 / 陈 武	
016	看 云 / 蔡骥鸣	
018	一百四十二只鸟巢 / 蔡 勇	
020	荷塘月色 / 崔月明	
023	最美是胡杨 / 陈玉霞	
026	睦邻之情 / 陈德民	
029	想陪莲儿走段路 / 陈 达	
031	一城山海半城倾 / 程学敏	
034	镜片后的苦涩 / 董自伦	
036	姐姐，妈妈心上的一朵莲 / 丁小龙	
040	永远的回忆 / 方明元	
045	第一次出航 / 范永华	
048	连云港老街 / 费祝兰	
052	童年的四季 / 葛堂华	

057	五龙口抒怀	/ 韩克波
061	一条鱼的深情	/ 何正坤
064	感恩之心	/ 韩　寒
067	与名家的亲密接触	/ 姜　威
070	南城古街的足音	/ 江尧禹
073	吃饺子	/ 嵇均光
076	皇帝的澡盆	/ 孔　灏
080	蓝蓝的北方	/ 蒯　天
084	天籁的声音	/ 李锋古
091	哦，甜甜的榆钱儿	/ 李　东 / 李　昊
095	赤塔之光	/ 李惊涛
098	海错笔记	/ 李建军
106	宿城访古——法起寺	/ 刘　毅
111	母亲的北乡	/ 李洁冰
116	老家的皂角香（节选）	/ 李海涛
123	记忆中的狼	/ 李秉建
126	乡村物语	/ 李雪冰
132	满架夏阳豇豆花	/ 梁洪来
135	无法弥补的歉疚	/ 李　琳
138	老　家	/ 李耀萍
142	读书的姿势	/ 林　农
145	一把大蒜花	/ 李　坤
147	村庄散记	/ 李厥岩
152	遥远的西双湖	/ 鲁　克
156	马陵山下我的家	/ 卢肃尚
159	聆听花开	/ 刘霁军
164	心灵丰润而情生笔端	/ 刘笃瑜
168	和我同年的花狸猫	/ 卢明清
172	春天的声音	/ 李　明

176	父　亲	吕国军
178	月光里的妈妈	龙　秀
182	那盏灯	李庆贤
184	又是雪花纷扬时	李　超
186	水韵深处一座城	马永娟
190	抚拭青春	莫延安
193	与一只瓦罐对视	穆文玲
196	车轮滚滚一路歌	穆道俊
199	焐床	彭　云
201	红蜻蜓	钱振昌
203	今生若定　穿过繁华	清荷铃子
206	近处有风景	秦爱云
209	母亲的柳篮	邵顺文
213	连云港的浪漫	沈若铭
216	算盘、三弦、毛笔与宝剑	孙桂伟
218	冰上的童年	邵世新
221	那年　那月　那菜地	孙延兵
224	路边的栀子花	佘梅溪
227	霸王别姬　千古话相思	谭晓平
232	我的文学之缘	魏　琪
237	远房堂姐	武传玉
240	乡间人物	王军先
248	闲话将好东西留到最后	王文岩
252	盐的眷恋	王绪年
256	那一声吆喝	武红兵
258	远去的蓑衣	王秋侠
261	莲花过人头	韦庆英
264	谷雨开海	万方绪
266	家乡的旧物件	韦　超

268	偷　香 / 吴　卫	
270	苏马湾的秋 / 王红军	
272	剜　青 / 王晓华	
276	倾听老程 / 王召江	
279	二道街 / 王　跃	
285	雨中漫步 / 王　岳	
287	念衣香 / 王　芳	
291	一棵葫芦爬过墙 / 吴　鍱	
294	兄　妹 / 王　榕	
296	近乡（节选） / 徐则臣	
307	七十年的守望 / 徐丙超	
311	诗歌是没有翅膀的蝴蝶 / 徐继东	
316	夕阳里的父亲 / 徐月祥	
319	忆故乡小镇 / 萧　寒	
323	写在水上的城市 / 杨光华	
326	身后那座山 / 殷胜理	
329	草木情怀 / 殷　俊	
333	泸溪河船娘 / 杨收平	
335	叮当不息 / 杨占厂	
339	吴淞口出海 / 张文宝	
342	当爱已成往事 / 周维先	
345	春天的芭蕾 / 周永刚	
350	春风沉醉话桃花 / 张冬成	
352	瓜地随想 / 朱崇珏	
355	信　任 / 赵　航	
357	燃烧的心 / 张宜春	
362	一个记不住儿子名字的父亲 / 周景雨	
365	流动的爱心 / 赵可法	
369	后　记	

冶菊花的夏天

卜 伟 江苏省作家协会会员，连云港市作家协会理事，连云港文学编委。淮海工学院文学院特约研究员。已发表小说、散文近千篇，五十余万字。曾获首届吴承恩文学奖优秀作品奖。

2009年的夏天有点特别，好像每一天我都是从拉面馆开始新的一天的生活。虽然我不太喜欢吃拉面，但每当一个崭新的太阳升起的时候，我都会坐在拉面馆那十几平方米的小店里，看着十二岁的小姑娘冶菊花忙碌着。

夏日，每天的十点钟，我会去给艺术学校的孩子们讲讲艺术欣赏方面的知识。在这个时间段，已经买不到什么早餐了，只有拉面馆还在营业。因此，我认识了冶菊花和她的家人。冶菊花开学就上五年级了，在市郊的一所小学读书，成绩很好。小姑娘长得又黑又瘦，个头比同龄的孩子矮一些。去年夏天，他们一家从青海一个叫"海晏"的地方搬来，这个地方我从来没听说过，查了一下地图，是在青海的北部，就在青海湖附近。他们一家租了小区里最小的一间门面房。虽然小，一年的租金也要一万多块呢。这是冶菊花告诉我的，她还告诉我，一碗拉面只能赚五角到一块钱，钱是用汗水赚来的，赚钱是很不容易的。

我早上去拉面馆的时候，店里还没什么生意，在吃拉面的时候，这一家人能有时间和我聊天。冶菊花一家共有四口人，分工是这样的：哥哥抻面，妈妈炒菜，爸爸捞面，冶菊花的工作是招呼客人，收拾桌面，客人多的时候也帮妈妈洗洗碗筷。冶菊花的父亲说，刚来这里的时候，根本就听不懂你们这边人说话，一句也听不懂，只有冶菊花能听懂。说这话的时候，冶菊花正在吃早饭，冶菊花的父亲告诉我，丫头是早饭午饭一起吃，客人多的时候，往往刚吃一半就要忙着招呼客人。我看见冶菊花的父亲说这话的时候，眼圈是红红的。冶菊花说，这边城市虽然大，但还是没有家乡好，家乡的夏天，河滩上开满了各种小野花，什么颜色都有，而且水是从地上冒出来的，空气好极了。

　　我虽然还是不太喜欢吃拉面，却养成了早上吃拉面的习惯，我碗里的面的分量也总比别人多一些。我的新新人类小侄女，今年也是十二岁，对生活质量的要求总是相当不满意。暑期她到我这里来过几天，吃什么都味同嚼蜡。我几乎是抬一样的把她抬进了拉面馆。那是个中午，拉面馆生意最好的时候，也是冶菊花一天中最忙碌的时候，冶菊花的小裙子上都是汗水。哥哥的手机响了，小区外面的水果摊要一份拉面，送"外卖"的任务自然是交给冶菊花。她很熟练地用塑料袋将一碗面套起来，又扣上一双筷子，和我打了个招呼就出去了，回来的时候，就像刚在水里泡过一遍。而平常此时，是我小侄女在空调房里抱怨没什么东西吃的时候。

　　这个暑假快结束的时候，我的小侄女和冶菊花已经成了朋友，我们俩几次邀请冶菊花来家里玩，她一次也没来过。我知道她是十分想来玩玩的，她稚气的脸上有着和她年龄不相称的"沧桑"感。小侄女回家的时候告诉我，冶菊花来了一年多，一次公园都没去过，冶菊花最大的愿望就是能去看看大海。其实，从我们这里坐车不到一个小时就能到海边。小侄女说，下次再来我们家的时候，她一定要带冶菊花去看看大海。说这话的时候，小家伙竟轻声叹了口气。

　　我清楚这是不可能的了。冶菊花的父亲告诉我，他们要回老家了。面、油都涨价了，房租也涨了，再干下去就不划算了。最后他对我说，不管到哪里，都要让孩子上学。我听了松了口气，希望下一个夏天将是属于冶菊花的愉快假期。

2009 年 10 月《扬子晚报》

藤与瓜儿

包明义 连云港市作家协会会员。散文《三叶草》作品发表于《连云港日报》;《藤与瓜儿》《母亲是一朵永不凋谢的白莲花》作品曾发表于《苍梧晚报》、《连云港日报》副刊、《连云港文学》以及《中国农垦》。

父亲今年78岁了,母亲过世早,有四个孩子,三男一女,前三个都是男孩,我排行老二,小妹最小。

今年6月19日是父亲节,我们兄妹四人电话约好在老家为父亲过节,我们兄弟三个和父亲都住在本地,唯有小妹一家居住在青岛,离我们稍远,开车来回要8个小时。小妹和妹夫回趟家不容易,为了能在家多待一天和父亲多说会话,到三个哥嫂家走一走、看一看,周六就特地起了个早,从青岛赶回来。

"老爸,节日快乐!"小妹和妹夫一进门就异口同声地说,边说边从车上拎下给父亲买的大包小包的东西。父亲笑得合不拢嘴,接过东西,一手攥着女儿的手,一手拉着女婿的手,连声说:"好,好,来了就好,大老远的又带来这么多东西,午饭吃了吗?"

"路上堵车,现在都下午四点多了,中餐在服务区吃的。"小妹应答。按惯例,每每小妹从青岛回老家,只要时间允许,我们三个都要请小妹美美地撮上一顿,因为她在父亲和我们三个哥哥的心中,一直都是个既懂事又聪慧的孩子。她的学识在我们之中也是最广的,非常了不起。

小妹研究生毕业后，落户青岛，离家较远。老爸年龄大，一个人生活很孤独。在老爸的古稀之年，我们商议让他在我们三个兄弟家轮着过，一家两个月，他挺乐意。我们觉着也有好处：一是能让老人家尽情享受三家不同的饭菜之香；二是老人家每两个月就能领略到各家不同的家居生活环境；三是我们三家相距不远，老人家轮着过很方便。

父亲节前夕，老人家在大哥家，当然，小妹和妹夫也就直奔大哥家，我们当晚作陪，如何过好父亲节成了晚餐的主要议题。大哥说："中餐我们一大家到市区'老粮票大食堂'订一大桌，那里上一盘招牌菜还会敲锣打鼓，气氛好着呢！"我说："还是在家好，我们家今年新添置了一个大长桌，专为家庭聚会置办的，十几人也能坐……"没等我说完，老三就站起来舞动着两手说："中餐你们定，我们是文艺之家，晚上我请老爸与大家一起去KTV嗨去！""不行，不行，中餐吃完我们就回青岛了，周一还要上班呢！"小妹和妹夫听着我们哥仨的计划，摆着手说道。

这时，老爸也按捺不住站了起来说："明天是我的节日，四个孩子帮我过节我很感激！这样吧，大家都不要争了，最近我们老年艺术团排练加班，街上有一家刚开业的餐馆感觉口味不错，正好餐厅楼上还有一个大厅，我每月几千元的退休金不请客留着做啥用？我的节日，我做主，就这么定了！"老爸到底是搞艺术的，风趣的一席话把我们一大家人都逗乐了。

父亲节那天中午，我们如约走进老爸预定的那家餐馆。果然，楼上的厅和桌还真大，我们一大家人刚好坐满。桌子上摆满了丰盛的佳肴。妹夫这次来，特意捎来一箱他山西老家的汾酒，老爸高兴地拿起一瓶摇了摇，打开闻了闻，"呵，真香，咱们今天就喝这口，小朋友们饮料伺候！"

话音刚落，服务员送来一大盘切好的西瓜，鲜红鲜红的西瓜，好像勾起了老爸的回忆。老爸几秒盯着西瓜，几秒目光又扫向我们兄妹四人身上，我们都以为自己做错了什么，引起老爸不高兴。老三本来是我们一大家子最活跃的，这时话也没了，连酒都没敢斟。整个餐厅的空气感觉都是凝固的，约有七八秒钟。

"咦，太爷爷怎么啦？"老爸的重孙女打破了宁静。老爸又看了看我们兄妹四人，说："你们还记得吗？1986年咱家在南湖12号田种了十亩西瓜。"

一听这话，我们的心这才放下来。我和大哥抢着说，记得记得！那年西瓜长得特别好，老爸带我们四兄妹去西瓜地拔草，发现有一棵西瓜藤上接二连三地结了四个瓜。老爸分别指着四个瓜说，这是老大、老二、老三，第四个瓜刚挂果还有花蕾呢，那就是老四了。当时老爸还指着第四个"小瓜"对我们哥仨说，别看现在小，梢头结大瓜呢！果不其然，最后，那个小瓜还真长成了瓜园里最大的西瓜。

这时，大嫂会意地站起来说："你们别说，老爸的预言还挺准呐，小妹是中国海洋大学研究生毕业，还真是梢头结大瓜啊！"这话说得老爸心里乐开了花，一片欢声笑语弥漫着整个餐桌。

笑声中，老爸特意清了清嗓子，说："老三斟酒！"老大代表我们兄妹四人作了开场白后，老爸高兴地将酒杯举过头顶，并在空中平行摆动60多度，很有挥手的感觉，大声说："今天我们四世同厅，欢聚一堂，共庆我的节日，一个字，'好'！大家干杯！"不用说，席间一个个、一对对、一家家依次向老人家敬酒，恭祝老人家健康、快乐、长寿。

这次酒席与以往有些不同，我们四兄妹好像是说好了一样，都没有争着抢着敬老人家的酒，而是等孙辈、儿媳们敬完，大哥这才站起来端着一大杯酒对父亲说："老爸，今天是父亲节，您是瓜藤，我是瓜，而且是第一个结的窝根瓜，我敬您一大杯！"父亲也端起了一大杯酒，笑着，但只喝了约四分之一。

紧接着，我端起一小杯酒边站起来边说："老爸，我是您这棵老瓜藤上结的第二个瓜，节日快乐！我酒量小，敬您两小杯！"老爸很有讲究地喝了杯中的三分之一。

这时三弟也看出了老爸的心思，他要等自己和小妹敬完才会喝干这一大杯酒。于是，老三把自己的一大杯酒斟满，对父亲说："大哥二哥说得好，您是瓜藤，我们是瓜，第三瓜敬您三杯。"这时老爸似乎看出了老三想一口闷的意思，端起了杯中的酒，并用中指量一下喝了口，又看了看酒杯说："喝酒喝的是意，一大杯不用喝干，我也要留二分之一等你小妹呢。"

这时，满桌的人都把目光移到了我小妹那儿。小妹不慌不忙地端起一小杯酒，看着父亲满头银发深情地说："老爸，我常年在外，不能常回来看您，您一定要注意身体。今天是父亲节，您这棵瓜藤上结的'梢头瓜'给您敬酒！"

老爸听了开怀大笑,端起酒杯一饮而尽……

酒足饭饱,大家意犹未尽,老三敲着筷子打着节奏,唱起了"鱼儿离不开水呀,瓜儿离不开秧……"歌声把一家人都带动的唱了起来,敲了起来,餐厅变成了合唱厅、演奏厅,歌声、叮当声从二楼传到一楼,就连几名服务员也跑上来观看这四世同堂即兴的大合唱。

此时的我,看着一家人有的在唱、有的在敲、有的在笑……此情此景,不正是我梦寐以求的"和谐人家"的生动画面吗?我赶紧拿出手机,拍下这"藤与瓜儿"的幸福和欢乐!

《中国农垦》2016年11期

书斋随笔

陈　武　江苏东海人，1963年生。曾在《十月》《作家》等杂志发表文学作品500余万字，多篇小说被《小说选刊》《小说月报》等选载。出版各类图书30余种。曾获得江苏省紫金山文学奖，连云港市花果山文学奖。中国作家协会会员。文学创作一级。现为连云港市文联专业作家。

书　签

我没有考证过书签的源流，但书签的功能我是知道的。其实，如果仅从功能上讲，许多东西都能当书签，随便一片纸、一块布头、一个包装盒、一张门票、一枚钱币、一根竹签、一支笔等任何小物件，甚至手机，都可以拿来当作书签用。实际上，这是把书签太功能化了。真正的书签，不仅是功能化的，还具有诗化、美学化、文学化、知识化等功效。一枚好的书签，还能唤起人们阅读的欲望，勾起对往事的回想，唤起对美好事物的向往，相当于同时在读两本书。

我喜欢书签，也收藏了不少书签，有的是风景名胜，有的是名人故居，有的是古董文玩，有的是花鸟虫鱼，有的是世界名画，可以说五花八门，应有尽有。有的还是个性书签和名人书签。朋友崔月明兄曾多次赠送我书签，都是他自己设计制作的,书签上的图案,有的是他自己拍摄的风景照片,有的是他自己的诗歌作品,有的是他自己出版的图书的书影,还有他自己各个时期的个人影像。像"明月书房"的系列书签,不仅有他个人不同时期的照片,还配上了古体诗。有一枚书签上,就有《感怀》二首,其一是"宦作无道小人瞅,奚与檐雀说根由?大辩不言成一世,宁静故我不悯秋",其二是"人生自觉入大道,天地方圆未成雕。冰清玉洁尘不染,不畏巷语说清高"。这种书签,其功效就不仅仅是书签了,还承载着致远而严肃的个人情怀。先锋书店也制作过书签,图案绘制极精,免费赠送购书者。我有一阵常去买书,也得到过赠送,书签上除印有书店电话外,还有数行文字,都是挺有意境的现代诗或格言妙句。

多年来,《世界文学》杂志一直有书签赠送,每一期都和当期杂志的主旨有关。余华在上海文艺出版社出版一套十多卷本的文集,出到第二版时,每册里也赠送了书签一枚,书签上有余华的头像,余华的手写签名,还有余华创作谈里的一段话:"我发现自己的写作已经建立了现实经历之外的一条人生道路,它和我现实的人生之路同时出发,并肩而行,有时交叉到了一起,有时又天各一方。"

由我策划出版的几种文集,有的都专门设计了书签,比如分两辑出版的"黄蓓佳少儿文集"共十七本,每本都有一枚书签,先出的十本中,书签带有强烈的风格化,即书签造型是五角星型,且有镂空图案,正上方的一个角上,是"黄蓓佳少儿文集"字样,分两排。中间的图案是该书的书名和封面图案,比如《遥远的风铃》里的书签,是紫罗兰色,图案是一丛芦苇边一个奔跑状的少女,整个书签活泼而诗意。第二辑七本的书签又是传统式,"黄蓓佳少儿文集"为直排,下方也截取了封面图案,并标注了出版社,书签稳重而大方。"金曾豪少儿文集"的造型和构图也是别具一格,分别是火烈狐、小兔、小猫、小狗等几种小动物的剪辑造型和配上的卡通画,特别有趣味,而在下方又不失时机地配上一段文字,实际上是这套文集的内容提要,可以充当广告。

有一套书签,是北京鲁迅纪念馆的展览书签,书签上部分是关于鲁迅的木刻版画,下部分是鲁迅手迹,鲁迅手迹都是写在花笺上的,影印也十分精美。版画都是名家所刻,有1934年张望刻的《负伤的头》、1935年陈铁耕刻的《母与子》、1935年陈烟桥刻的《拉》、1935年力群刻的《鲁迅像》、1935年赖少其刻的《比美》、1934年李桦刻的《细雨》等。这些木刻家，都是当年鲁迅提倡中国木刻时涌现出来的杰出代表，他们都得到过鲁迅的肯定和支持。这一套书签，是在北京鲁迅纪念馆内部小书店购买《周作人散文全编》时，书店老板赠送的。

我最近得到一套书签，是随《点滴》杂志寄来的。书签很有特色，叫"巴金藏书插图书签"，这类书签是否可称为"主题书签"呢？书签共有六张，装在一个精致的小涵套里，分别是列夫·托尔斯泰的《童年·少年》插图选（两枚）、《国立俄罗斯博物馆藏画》选、但丁《神曲》插图选、卢梭《忏悔录》插图选、《俄罗斯风俗写生画》选。这六种插图十分精美，构图精巧，画艺精湛，让人产生许多联想。更让人感佩的是，在每枚书签的背面，录有巴金作品的语录，有四种是《随想录》里的语录，一种是《第四病室》里的语录，一种是《写作生活的回顾》里的语录。这些语录，是巴金一生智慧的结晶，值得反复玩味，比如《第四病室》里的语录是这样的："我喜欢读书，喜欢认识人，了解人。多读书，多认识人，多了解人，会扩大你的眼界，会使你变得善良些、纯洁些，或者对别人有用些。"怎么样？这样的书签会不会相当于一部大著呢？

我曾经写过一篇关于银杏树的文章，其中有一节，和书签有关，迻录如次：

> 2003年春天，我在盐河边的旧书摊上淘书。这些摊主大都和我相熟，有的还是朋友，有什么好书都会向我推荐。那天我在熟人的书摊上淘得几本小册子之后，正欲离开，一位李姓摊主大声地喊我过去，说新收一批外国小说，让我看看有没有可取的。我去看了，书的品相不差，而且都是美洲大陆的，有《胡安·鲁尔福全集》《百年孤独》《中奖彩票》《死屋 一号办公室》《酒吧长谈》等，这些书我大部分都有，《百年孤独》还有好几种，有的虽然没有，对作者也不陌生，如《巴比伦彩票》，作者是拉美爆炸文学的代表人物博尔赫斯。我有些爱不释手，问了价格后，以平均每本不到五元钱购得十余种，喜不自禁地回家了。

躺在阳台的竹榻上，一本一本翻看，发现这批书都有签名，知道原藏者叫李静，并钤有藏书印，印章非常简陋，和普通的私章无异。在《百年孤独》的扉页上，原藏者还用蓝墨水笔工整地签上"1995年购于青岛"的字样，从娟秀的字体看，我主观上认定原藏者应该是女性。正闲翻时，一片东西从书中滑落到我的怀里，我捡起一看，是一枚书签。这不是普通的纸质书签，它是树叶做的，准确地说，是一枚银杏树叶做的，银杏叶子的叶、柄完好无损。怎样把银杏叶子做成书签，我没有这方面的经验，仅就这枚书签而言，它天然、精致、小巧，造型也是经过精心选择的，压制得非常平整，原汁原味中，透出女孩子的纤细和敏感。我小心地捏着书签的长柄，想象着制作者对书的挚爱和热忱，想象着她阅读时，心随文字畅游，文随心情氤氲时的情景，想象着一个阅读者，伴着书香，心灵释放的纯粹，一种感佩之情油然而生。阅读真是第一等的美事。"读书随处净土，闭门即是深山"，说的就是爱书人、读书人的思想境界。可惜了，是什么原因，让书的主人舍得将自己精心挑选的藏书和亲手制作的书签一同散失于旧书市呢？我不愿过多地推想，心愿里以为，只要书签还在，书香就会延续，仿佛银杏叶子上清晰的脉络，古人把它比做书的梗概，寓为"书脉"。那就是书香一脉啊，不绝如缕，代代流传。

这段文字记叙的是别人夹在书里当书签用的银杏叶。鲁迅先生曾记录过自己夹在书里的一枚枫叶，那是他在《野草》里的一篇文章，篇名叫《腊叶》，文章开头便说："灯下看《雁门集》，忽然翻出一片压干的枫叶来。"这里用了"忽然"一词，是没想到的意思。这片枫叶哪里来的呢？鲁迅接着写道："这使我记起去年的深秋。繁霜夜降，木叶多半凋零，庭前的一株小小的枫树也变成红色了。我曾绕树徘徊，细看叶片的颜色，当它青葱的时候是从没有这么注意的。他也并非全树通红，最多的是浅绛，有几片则在绯红地上，还带着几团浓绿。一片独有一点蛀孔，镶着乌黑的花边，在红、黄和绿的斑驳中，明眸似的向人凝视。我自念：这是病叶呵！便将他摘下来，夹在刚才买到的《雁门集》里。大概是愿使这将坠的被蚀而斑斓的颜色，暂得保存，不即与群叶一同飘散罢。"鲁迅先生虽然没有明说留这片虫蛀过的枫叶夹在书里是做书签用，而且"暂得保存"是怕"与群叶一同飘散"。但是，我私里认为，接下来，他未尝不是把它当作书签来使用了。

我书房里的书签，除了书橱里随意放些外，书桌上、茶几边，甚至窗台上，也是随意乱放的，这里一堆，那里一张。有时候打开一本书，还没读几页，或刚读出点情绪来，就被杂事所扰，不得不放下书时，就随便摸一张书签往里一夹（有时随手拿到什么都可当书签的）。有时候也会归归类，比如有一次，我在整理书桌时，看到两枚好看的书签，其中一枚上有一行字提醒我："呼啸山庄"，还有一段引句："关于爱和恨的伟大诗篇"，我就知道这是《呼啸山庄》里的书签了；还有一枚是《三个火枪手》里的书签，上面的一段引句特别震撼："'人人为我，我为人人'，闪耀着'骑士精神'的耀眼余晖"。"按图索骥"，我让书签回到自己应该去的地方，因为书签上的"引文"，也有可能是诱使阅读的重要因素啊。

更多的时候，我把书签固定地放在书架的一个格层上，便于随时取放。有时候，不是因为要用书签，只是拿出来看看，欣赏欣赏上面的图案和文字，算是一种浅阅读吧，是我书房阅读和写作的一种补充，一种有益的精神生活。

藏书票

格非的中篇小说《隐身衣》，由人民文学出版社印行时，扉页上配有一张藏书票。藏书票是粘贴在打一个细线框子的扉页上的，下边还有尼采的一句格言："没有音乐，生活就是一段谬误。"这是指书的内容，讲一个和音乐相关的故事。但是严格意义上讲，这算不上正规的藏书票。藏书票其实就是木刻版画（也有纸刻的），印不了多少张。如果随书一起印刷，花色一样，那就是"山寨版"了。不知道别人怎么说，反正我是这样认为的。无独有偶，不久前买一本《玲珑文抄》，著者谢其章，也附有藏书票一枚，彩色的，画面上是一个20世纪30年代的上海滩式大美人，细眼、蜂腰、丰臀，身穿花旗袍，斜靠在栏杆上，做妖娆状，背景楼间平台上，还有一晾衣的女佣。整个画面美艳且通俗，具备了藏书票的一切元素，值得把玩和欣赏。

我曾经请一个在中学做美术老师的朋友给我刻过藏书票，不是一张，而是好多张，正宗的黑白木刻版画，都有"陈武藏书"的字样，或阴或阳，或方或圆，配上不同的图案，有粗犷、稚拙之美。有一枚甚至还刻了我的头像，底本是根据我的漫画记得的，挺神似，深得我的喜爱。

我对藏书票的最初了解，是读唐弢先生的《晦庵书话》，书里有一篇《藏书票》，对藏书票的源流做了概括，认为是西洋藏书家的产物，"就像中国的藏书印一样"。那么，藏书票起源于何时何地呢？"欧美藏书票的发现，以德国为最早。就现在所有的资料看来，第一张藏书票的制成远在1480年以前，画一天使，手捧盾牌，牌上图腾似牛非牛。这是在一位名叫H.勃兰登堡（H. Brandenburg）的藏书上发现的。德国的藏书票带有浓重的装饰风格，构图谨严，风靡一时。意、法等国流行洛可可（Rococo）式的藏书票，花纹华丽，和17世纪的建筑物相似，后来风格渐变，只有人体图案仍极常见，间有以钢笔成画者，和传统的方式不同。"唐先生接着又说到德国藏书票对其他各国的影响，"北欧诸国对藏书票亦极讲究，推其根源，大都出自德、法两国。英国素崇保守，图案单纯，缺乏变化。美国后起，到现在藏书票虽极普遍，但在形式上仍不能超越欧洲各国，有时以抽象派的画缩印在藏书票上，炫异猎奇，似不足取。日本在模仿了一通欧洲形式以后，建立了自己的风格，这便是以浮世绘为底子的纯粹东洋形式的画面。"中国藏书家当中，喜欢藏书票的也大有人在，老一辈有郁达夫、叶灵凤等，都把藏书票当成邮票一样搜集珍藏。

近读谢其章先生的《书蠹艳异录》，有一篇《我们羞涩的藏书票文献竟都出自叶氏之手》，对于藏书票流传在中国的实际情况，做了有理有据的分析，认为"中国藏书票无历史，翻来覆去说的就是那么有限的几张"。"那几张"又是谁在讲呢？原来是叶灵凤先生。在20世纪30年代，叶灵凤先生共发表了三篇文章，分别是《藏书票之话》《现代日本藏书票》《书鱼闲话》。据谢其章在文章中说，《藏书票之话》发表于1933年12月《现代》第4卷第2期，"是已知最早的中国藏书票文章。文内附叶灵凤自用藏书票一枚，另有两面道林纸印的各国藏书票15枚"。《现代日本藏书票》发表于1934年5月《万象》创刊号，"文内附藏书票6枚，另有整页双面藏书票，计彩色藏书票7枚，黑白藏书票8枚"。《书鱼闲话》发表于1934年12月《文艺画报》第1卷第2期上，"此文有三个小标题'书斋趣话''旧书店''藏书印与藏书票',除了在文内附有图片外,另有一整页的彩色插图,计藏书印6枚,藏书票5枚"。谢其章在对叶氏的三篇文章作简要的概括后,说:"在我羞涩的收藏中,竟然有幸收集齐全了中国羞涩的藏书票文献,并有幸第一回原模原样地展示初刊本书影及文献首发时的版面,这真是件爽事。"其得意之情溢于言表。

但时代不同了,当代人喜欢藏书票的也不在少数,我曾在网上看到有专为人制作藏书票的艺术家,需求者可以根据自己的喜好,对图案提出要求,对方设计好后,按枚收费,两相情愿,各得其所。这方面的小型沙龙也常有聚会。我对藏书票算不上迷恋,有时偶一为之,说是"附庸风雅"也不为过。

漫 笔

这个"漫笔",不是一种文体,是漫说"笔"的意思。这里又单指毛笔。

俗话说,墨陈如宝,笔陈如草。在文房四宝中,笔最不容易保存,连耐用消费品都算不上。喜欢者,主要是在意笔的来头,在意笔杆上的刻字,如"特选海藏楼用笔·陶元"。海藏楼是民国闻人郑孝胥的书斋,陶元,就是"陶元笔庄"的主人,清末民初一位有名的制笔工匠。

喜欢毛笔,是因为毛笔字,喜欢毛笔字,是因为毛笔字写到一定的境界可以叫书法,有中国传统的味儿。我不会写毛笔字,确切地说是不善书法,但这不影响我喜欢毛笔,我曾花过数百元钱买五支羊豪,藏在书橱里,找书的时候,会和它们不期而遇,取在手里,一支一支玩赏,感觉有毛笔的书房,才算真正的书房。有那么一段时间,我买了好多帖子,常常翻看,对那些有来头的书体特别崇拜,私下里无端地认为,我不会写毛笔字,都是因为圆珠笔、钢笔发明的错误,如果当年没有这些玩意儿,我说不定能成为一个书法家也未可知。这种无厘头的想法当然很可笑,但由此却想到,新文化运动要是不废除古文,及至后来不搞汉字简化,我们也就不会把古典文献当学问了。顺着这样的思路,一路狂想下去,觉得电脑也确是坏东西,汉字输入技术也实属多余。

话说到这儿,恐怕要有人说我头脑发热了吧?且慢,话说某一天,我真的用毛笔做起了文章来。在书桌上摊开稿纸,取砚磨墨,正襟危坐,提笔运气,小楷字，千字文，费时一两小时，虽然是累了些，却别有趣味。从此，我的书房里除了电脑，又多了这么一套写作的器具。天天读书写作，在电脑上工作久了，自然会腰酸背疼，这时候，坐到书案前，磨墨、展纸，用毛笔写篇短文或小诗，既是休闲，又可调节姿势和神经，同时又能长进书法技艺，真是一石三鸟啊。

不过，再好的笔，在我手里也用不出好来。因为我常常兴致来时，写几笔。放下了，就是几个月不动手，加上我有坏毛病，即不随手洗笔，这样，等下次想起来再写时，发现我的笔因已经凝结很久而化不开了。等到好不容易化开时，已经过去一两个小时，那点写字的小兴趣，又消失的不见踪影。有时候，在画家、书法家朋友那里，看到他们时不时地拿出新得到的好笔，互相间说说，谈谈，心也痒痒的，想弄一支占为己有，一想到自己对笔的态度，对学书的态度，只好作罢。看来，我成另一种"叶公好龙"了。

但，这不妨碍我对笔的喜欢，一有机会，就会买几支。

最好的机会是那次去湖州，不但买了几支好笔，还参观了湖笔博物馆，真是惊掉了下巴，了解了许多关于湖笔的知识。湖州的笔，称为湖笔，与端州的砚、徽州的墨、宣城的纸相提并论，俗称"文房四宝"，苏州才子王稼句写过一篇妙文《笔舫》，收在中华书局出版的《听橹小集》里，对制笔的工艺有详细的考证，文中说，"制笔有选料、浸皮、发酵、采毛、水盆、分毫、胶头、装管、剔修、刻管等十数道工序。据伍载乔《雪溪棹歌》自注：善琏人多以笔为业，春前选毫，俱妇女为之。而制笔最重要的一道工序剔修，则都由男子来做，剔修的好坏也就是成败的关键。包世臣《记两笔工语》中记善琏笔工王兴源的话，说得最简明扼要，他将笔工分为能手和俗工，能手之修笔也，其所去皆毫之曲与扁者，使圆正之毫独出锋到尖，含墨以着纸，故锋皆劲直，其力能顺指以伏纸。俗工意亦如是，而目不精，手不稳，每至去圆正之毫，而扁与曲者反在所留。曲且扁之毫到尖，则力不足以摄墨，而着纸辄臃肿拳曲，遇弱纸即被裹，遇强纸即被拒，且何以发指势以称书意哉。一管好笔，有所谓尖、齐、圆、健四个标准，即屠隆《考槃馀事》说的"四德"。据说，湖笔能够"天下第一"，应该是从元代开始，元以前，文人墨客都喜欢用宣州笔，柳公权、苏东坡就对宣州笔格外喜欢；元以后，宣笔逐渐被湖笔所取代，《湖州府志》记载云："元时冯庆科、陆文宝制笔,其乡习而精之,故湖笔名于世。"有诗赞曰:"湖州冯笔妙无伦,还有能工沈日新。倘遇玉堂挥翰手,不嫌索价如珍珠。"看看吧,有人愿以"千金"购买一支湖笔,足见其声誉有多卓著了。到了明末清初,制笔工艺逐渐传到外地大城市,不少湖州人在外地开店制笔,比如北京就有"戴月轩"笔庄,还有在清乾隆六年开设的"湖州王一品斋"笔庄,苏州的"贺连清"笔庄和"贝松泉"笔庄也很有名。王一品斋笔庄的名气很大,许多著名的文人、画家、书法家都和该笔庄有联系,比如在王一品斋笔庄成立220周年店庆时,郭沫若就有诗赞曰:"湖笔多传一品王,书来墨迹助堂堂。蓼滩碧浪流新韵,空谷幽兰送远香。"王一品斋笔庄创立251年时,启功先生也有题诗,云:"湖州自古笔之乡,妙制群推一品王。驰誉年经二百载,书林武库最堂堂。"诸如沈尹默、老舍、沙孟海、周建人、叶浅予、吴作人、程十发等名家,都给王一品斋笔庄题过字或作过画。

这次湖州之行,看了很多笔,也了解了笔的起源、发展演变和制笔的工艺流程,算是大开了眼界。

看 云

蔡骥鸣 中国作家协会会员,中国文艺评论家协会会员,著有诗歌、散文、随笔、评论多部。特别是近年来,创作并发表了许多优秀的作品,引起了很大的反响。

到连云港来旅游的,大多是跟着旅行社,或者是出公差、请几天假,在连云港几个主要的景点转一圈。花果山、连岛是不可不看的,时间长一点的,还要到渔湾去看瀑布,去孔望山看摩崖造像,去桃花涧看岩画等。这似乎已成了一个定式,一切都显得匆匆忙忙的。看完了,也就觉得连云港的山水不过如此,没有多少值得玩味的地方。

真正的旅游者决不如此。古代的旅游者大多是士大夫之族,有一定的经济基础,有闲云野鹤的态度,有文人雅士的志趣,如李白、徐霞客之类,云游四方,一出去都是几个月甚至几年。现在的旅游者有自称"驴友"一族的,也是自己背着行囊,徒步行走,风餐露宿。正是因为他们的细致,才会心物交融,才能看到真正的好山水,领略到山水的各自禀赋和特点。

连云港山水的特质在云,美丽在云,魅力在云,因此山名云台山,港名连云港。古代的时候,云台山有一多半是浸在烟波浩渺的大海之中,山上常有云雾缭绕。有云就有仙气,因此,大文学家吴承恩才钟情这座山,并将美猴王的诞生地选在这花果山上,还美其名曰"东胜神洲"。

几百年后,虽然云台山退守岸边,与海相望,但仍少不了云雾缭绕的独特景致。朗朗晴空中，在连岛或苏马湾的沙滩上游泳，蓦然回首，你会发现一抹闲云正游荡在山腰或者山顶。这时候，山是青绿的，天是湛蓝的，唯有那一抹云是白色的，像轻纱一样的质地，在那山间或挂着，或飘着，美得有些惊人！行走在连云区的街道上，抬眼望去，港口背倚的连绵群山上，正有一片片的云在半山腰那儿游着、氤氲着，山也被衬得愈发清丽。

在不太晴朗或下着毛毛雨的天气里，到花果山脚下，远远望去，整个山都被云所缭绕着，那云也绝不散漫，浓浓的在山半腰飘荡。及至到了山顶，往下俯瞰，远远地看见一个个山峰，像被云烘托着浮起来，千年的古树在云间若隐若现，塔角的风铃声隐隐约约地传来。因这所有的山谷都被云遮盖住了，你就不知这山有多高，谷有多深，壁有多险，一切都在这云雾缥缈之中。这时候，谁能说这花果山不是仙山，花果山没有仙气呢？

连云港的山不高，只有600余米，比起内地或西部动辄几千米的山来说，是不值一提的。山在海边，海边风大，云能停留绕山，也非常理。但连云港的山却经常飘荡着云气。云让连云港的山充满了一股子仙气，让连云港这个城市也充满了灵性。

到连云港旅游观光，看不到云，是一种缺失，也是一种遗憾。

《行云飞雪》2011年6月

一百四十二只鸟巢

蔡 勇 笔名独木舟,中国诗歌学会会员、江苏作家协会会员,连云港市作家协会理事,连云港市诗歌学会副会长,国家二级作家。

　　数一数鸟巢。这个想法一露头,我便有一种被静电突然击中的感觉,也很像是为一首诗或一篇文章终于觅得心仪已久恰到好处的题目而悸动不已。宁连高速公路,记不清跑了多少回,沿途的景物都已非常熟悉,鸟巢只是这篇大文章里的一处标点符号,时常被眼睛的余光一掠而过。不管怎么说,今天涌出数一数鸟巢这样的念头,不会是无根无绊的,总该寻到一丝两丝的线索。事后,我在想,可能是一度逃离的鸟儿让我怀想起幼时在乡下爬过的槐树,也可能是因为仲芙蓉老师之前的那句话。

　　当时,仲老师指着头顶比画着:几天前,空中飞过一只大鸟。我说不会吧,可能是孔望山上的灰鹭迷失了方向。不对,不对,那只鸟很大,腿很长。是啊,我印象中孔望山灰鹭的个头只有一只草鸡那么大。我无言以对,我也无须再说。城市上空的飞鸟,仅此一句,便是一首意象开阔、感喟无限的诗歌,开始在我的脑海里盘旋,始终没有飞出去。

　　今天,车子从新浦宁海收费站进入宁连高速,扑面而来的是整齐高耸的防风林——白杨树,不由得联想起茅盾的《白杨礼赞》和风靡一时的军旅歌曲《小白杨》。白杨以其外在的形态和内在的禀赋,早已在人们心中深深地扎下了根，悄无声息地给人们输送着绿色和氧气。时值初春，这些笔直高大的白杨树还没有冒出绿芽，目力所及是平坦的道路、大片的农田、零落的村舍和高远的苍穹，整个画面显得简洁疏朗，使我轻易地捕捉到一只又一只的鸟巢。这些鸟巢醒目地搭在主干的树桠上，像音符，更像围脖，使整个树林、整个画面有了暖意，抵御着三月的料峭春寒。

数一数鸟巢。不知是幼时的怀想，还是仲老师的那句话，抑或是这份暖意的鼓荡，我开始专注于这些久违的老朋友的住所——鸟巢。这些鸟巢高低错落，大小不一，有的显然正在搭建，有喜鹊衔着树枝飞来飞去，无视来来往往的车辆和不时响起的喇叭声，在我们的头顶轻盈地滑翔，悠闲自得。这是劳动的快乐。这是拥有的自足。喜鹊，老朋友了。我有许多农村的亲戚和一些郊区的同学，自小就同喜鹊、麻雀们混得很熟。我们经常在田埂或麦场上声嘶力竭地唱：喜鹊叫，喜事到。不经意间形成了这样的感觉，偶尔想起或见到喜鹊，这一天的大门便能轻轻松松地推开，顺风顺水。因为喜鹊，我曾写过这样的诗："久违的喜鹊/一只站在假山上/一只蹲在树荫里/老朋友意外邂逅/都在努力寻找过去的神色和影子/四目相对/一时竟不知道该说些什么。"今天，我还是不知道该说些什么，只是专注地搜寻着一只又一只络绎不绝的鸟巢。

不觉到了灌南六塘，我们此行的目的地快到了。我特意问了司机小陈，这段路约有50公里。也就是说不到一个小时的车程，便点缀着142只鸟巢。142只鸟巢，142个音符，这条路该洋溢着一首怎样的歌谣？几年前，我曾读过一本海德格尔的《人，诗意地栖居》。今天我要把这个书名移植为一首诗歌的标题，内容只要一行，那就是"50公里142只鸟巢"，这也算是我对这本书在人文或生态层面的解读。即便是误读，我也无心辩解，我要留下时间期待那142只鸟巢明天会孵出多少在城市上空翱翔的飞鸟。

《2006—2007江苏散文双年鉴》

荷塘月色

崔月明 1960年生于海州。现为江苏省民间文艺家协会副主席、连云港市民间文艺家协会主席。已出版地方文化书籍16部。多次荣获省、市政府文学艺术成果奖,民间文学成果奖,社科成果奖,地方文献优秀成果奖。

星期天一大早,晚报的刘兄打来电话,叫我邀请几位作家,晚上去云水湾欣赏荷塘月色。我喜出望外,长这么大,我还从没有看过月色下的荷塘。

群芳中我特爱荷花,喜爱她妩媚的身姿、诱人的清香,喜爱她晶莹的美质、高洁的品格。冥冥之中荷花好像是我的前世情人,每年花开时节,我不管身在何处,总是要抽空去看一看她。

在北海、颐和园是出差时顺道去看的;在瘦西湖、大明湖是采风时雨中去看的;而在西湖、太湖、微山湖荡舟赏荷,那是专程踏着季节追过去的。每一次,我都把她美丽的神态一一收进我的镜头,藏到我的记忆深处,时常随手拈来细细品味,用以荡涤心头的尘嚣。

直到今天我才突然醒悟,我如此爱荷,为什么从没有想过看看月色下的荷花呢?对"荷塘月色"的印象,多少年来,一直停留在朱自清那绝美细腻的描绘中。潜意识里好像那种美妙的情景不在现实世界里,只存于朱自清的散文中。

在去云水湾的路上,我设想了许多月下的荷塘和荷塘的月色的情景,可当月上柳梢置身于万亩荷塘之中，眼见的景象比我想象中的要震撼得多。无论是难以言表的喜悦心情，或是寻觅安谧恬静的悠然境界，似乎想要的感觉都可以在这里找到。

远离喧闹，呼吸着带有泥土气息的空气，忘情于碧波万顷月色朦胧的美景中，顿觉心旷神怡。伫立在池塘中央，我尽情享受着清风拂面的温柔，雀跃着真想和荷花一起随风舞动。

月色下，那荷叶随风起舞时婆娑婀娜的美妙身姿；碧波上，那荷苞袅娜出浴时娇艳华贵的清幽淡雅，使我如梦似幻，恍入仙境。当我把小舟划进荷塘深处，眼前的景象更是如诗如画：远远望去，只见一片泛着银光的绿，似一条柔软的绸带，仿佛在流动，在不停地伸长，向前连接过去，连接宁静，连接温婉，也连接着梦幻。我喜上眉梢，不再作声，默默地沉浸在那朦胧而又淡雅的宁静之中。这时候，一种静穆的感觉开始在周身弥漫。

我轻轻地踏着小舟，尽量慢慢地前行。但偶尔惊起的水鸟，还是打破了荷塘甜蜜的梦，激活了点缀其间的白色的、红色的荷花。在这个夏夜朦胧的月色下，她们越发显得羞涩而又端庄，浓郁着，生长着，做着夏夜里淡雅而纯净的梦。我屏住呼吸，静静地凝视着，真切地看清了她们在月色下那原始的活力和蓬勃的秉性，感受到了她们那充盈着活力的生命。对比之下，想着我渐行渐远的青春，心底不免生出一丝惆怅，但即刻便被她们那肆意绽放着生命的色彩所感染，心境一下子淡然了许多。

当我的思绪刚刚融入这宁静的时刻，就被惊起的水鸟"叽叽"的叫声所惊动，只见那只水鸟在我的头顶盘旋一圈，落在了前方。我惊愕的一下子还没有缓过神来，薄雾缭绕的荷塘又已归于寂静。今晚的月亮升起得比较迟，此刻好似一枚橘黄色的柠檬挂在树梢，一片月光洒在荷塘的水面上，点点银光，轻盈荡漾。我有点不能自持，伸手接住一捧月光捂在胸口，仿佛有一种灵魂的迸发让身体释放，即刻，所有的心思都消散在这流波溢彩之中。

我再看面前的一朵红荷，楚楚动人，散发出缕缕清香，正以娇媚的神态和月光挑逗。眼前的喜悦将我整个身心紧紧裹住了，我停下小舟，不忍打扰这纯真的温馨。一朵优雅的红荷，在岁月的缝隙里展现这如歌的行板；一缕舒缓的月光，在生命的驿站中吟唱着无怨的歌谣。这种神奇的故事，只有在这幽雅的月夜才会听到，只有在这淡远的荷塘才能感受。

　　临近午夜，我还不愿离去。亲近大自然的美妙时光，令人回味无穷，光与影的和谐，情与景的交融，荡涤着我的心灵。荷花的秀美高雅，出淤泥而不染的高贵品格，给我上了极其生动的一课。我想，宁静和超脱都只能是短暂的，但今晚的荷塘月色将在我的生命里永远流淌，滋润着我一生的情怀。

《青春》2017年第10期

最美是胡杨

陈玉霞 连云港市作家协会会员。多次在《散文选刊·下半月》《连云港文学》《齐鲁文学》《江苏工人报》《苍梧晚报》等刊物上发表散文。2016年出版个人文集《紫微小语》，2017年获全国年度散文二等奖。

每年国庆前后，是额济纳胡杨最美的时节。这时的胡杨，色彩斑斓，风姿绰约。早了，胡杨还没有黄；晚了，叶子就会掉光。

胡杨林景区共有八道桥。离一道桥不远处就是二道桥，据说二道桥是胡杨最美的地方，摄影家的天堂。

10月4日，我们在晨风中赶往胡杨景区。额济纳的早晨很冷，风飕飕的往身体里钻。

我们刚刚进入景区，就见太阳已经发出微光，前方一片红霞引燃灵光，人潮涌动，很多人跑动起来，我们也急忙向二道桥跑去。

二道桥的河边已经布满了人。一条弯弯的河流，浅浅的河水，两岸胡杨环抱，太阳正从地平线上缓缓升起。来不及细细观看身边的胡杨，我们就端起相机，等在岸边，等待太阳从地平线跃出的一霎。太阳的光晕先是暗暗的，透过云层反射在对岸，映出胡杨模糊的影子。一会儿，光线越来越强，天际像火一样燃烧起来。湖水在晨光下泛出微光，对岸的胡杨在晨光的映照下显得妩媚多姿。眼看着太阳即将跃出地平线，忽然，光线黯了下去。慢慢地越来越暗，最后就只剩下模糊的光晕。不一会儿，头顶开始落下雨滴，人们轻叹，太阳不会出来了。可是，天却渐渐亮了。

透过晨光，我们注意到河边的胡杨千姿百态。有的如窈窕少女，有的如苍龙狂舞，有的相依相偎，有的斜卧沙丘，神态各异、风姿卓绝。

胡杨的叶子也是色彩斑斓，有青黄、浅黄、杏黄，还有晃人眼眸的金黄，妩媚之极。我们在胡杨林中徜徉，流连。

小雨不知什么时候已经停了，太阳又悄悄地爬上了天空。我们来到二道桥上，看一弯浅水流向远方，两岸的胡杨在阳光下倒映水中，流光溢彩，我疑惑这究竟是人间还是天堂？

穿过二道桥来到湖心岛，这里有一棵巨大的胡杨，不，应该说是三棵巨大的胡杨连成一体。整棵胡杨树树叶金黄，如一柄撑起的金色华盖，阳光从黄的通透的叶子间流淌下来，美轮美奂。附近的年轻人结婚都会来这里拍婚纱照，以期望将来家庭幸福美满，团团圆圆。我们只站了一会，就遇到了两对年轻人来此拍照留念。真心的祝福他们，永永远远，幸福绵长。

站在胡杨树边，我一边惊叹胡杨的美，一边感叹胡杨的生命力是如此的顽强。大部分的胡杨，完全矗立在沙洲之中，也不知它的根系要深入地下多远、多深，才能吸护生命所需？更不知，在风沙如此暴虐的地方，它要如何的坚持隐忍，才能挺立千年？盐碱风沙，寒冷灾旱，它是如何顽强地生存繁衍于沙漠之中？无怪乎人们用"不死的胡杨"来赞美它极强的生命力。

离二道桥不远，还有一片巨大的红柳丛。红柳的叶子，就像活着的珊瑚，微风吹来，轻轻摆动，柔美之极。相较于胡杨的挺拔，红柳则显得渺小而柔软。

如果说二道桥的胡杨给人的感觉是多彩多姿、如诗如画，那么四道桥的胡杨给人的感觉就是伟岸挺拔、古老神秘。这里的胡杨，年代更加久远，高大粗壮，盘根错节，加上连绵的沙丘，坏死的枯枝，强烈地冲击着你的视觉，给心灵带来极大的震撼。

端起相机的瞬间，我的头脑里闪过"不死的胡杨"。是的，这组照片我不拍胡杨的美，不死、不屈是它的主题。

这里到处是嶙峋的怪树。巨大的胡杨，直立的、横卧的、倾斜的，还有随处可见的枯死的枝干。

我看见胡杨在坚持，在挣扎，在呐喊！常常的，你见到一棵胡杨，一段已经枯死，干枯的枝干张牙舞爪地伸展着；另一段树干挺直，树叶金黄，在阳光的照耀下发出耀眼的光芒；而旁边另有一小段却枝繁叶茂，青青的叶子随风摆动，显示出极强的生命力。生命的不同阶段在一棵树上得以同时体现，真是太神奇了！

胡杨，你这不同寻常的神奇之树，生命的活化石，怎能不叫人喜欢，惊叹！

因为时间的问题，我们没有前往八道桥。八道桥外就是巴丹吉林沙漠，我们没有见到连绵的沙丘，蜿蜒的沙脊，被风吹皱的美丽沙纹。但是胡杨不死的精神，却给我们留下了深刻的印象。

曾经有人说：战场上，不死的士兵就是将军。我想说：沙漠中，死去的胡杨依然是将军。

《齐鲁文学》2018年春之卷

睦邻之情

陈德民 字儒家。江苏东海人，发表并出版小说、评论、散文、诗歌等原创作品200余万字。现为中国文艺评论家协会会员，中山文学院院长，南京远东书局总编辑。

睦邻相处一直为国人所崇尚。感受深刻的还是小时候亲历的邻里之间那种带有浓浓乡情的礼尚往来，那种相互照应，相互帮助，亲如一家的邻里情真是一种应该发扬光大的社会风尚。

至今印象清晰的是"邻里间吃碗卡碗，亲戚间吃周头转"的习俗。意思就是邻居之间你送我一碗我也会送你一碗；亲戚之间你到我家住几天，我隔一段时间也会到你家住几天。以此来形容彼此关系密切，经常来往。很多相处融洽的邻居在搬家分别后还会继续走动，邻居显然成了挚友。

中国人用"吃"来形容关系密切由来已久，就是现在仍然大行其道。更何况20世纪六七十年代的时候人们都还在不算富裕的生活中生存着，能吃上一顿美味佳肴便是最好的礼遇。民以食为天，邻里之间这种"碗卡碗"的礼尚往来的风俗也许很早就有了。但在动荡的岁月中，很多人靠乞讨维持生命，即使有这种风俗也会显得很寒酸。我们小时候的城乡百姓生活虽然还比较清贫，可平时有的是粗茶淡饭可以打发日子，比1949年以前食不果腹的那种日子好多了。一般人家都把家里有限的精米细面留在逢年过节，或家里来了亲戚朋友时才享用。而每逢这个时刻，主人还会炒上难得一见的鸡鱼肉蛋之类的菜肴，款待亲友。

彼时的鱼和肉都是在自然的生态环境下生长的，周期比较长，一头猪从刚入栏的十几斤到出栏时的二三百斤，至少需要一年的生长周期。比现在用饲料喂养的三个月就可宰杀的生猪好。所以那时候的猪肉味道尤为鲜美，从厨房里飘散出去的肉香味方圆几百米都能闻到。馋得我趴在锅台前央求母亲也到街上买点鱼或肉回家炒给我们吃。

当时的米和面也比现在香甜有味，要是哪家门前飘着扑鼻的饭香，没进门就知道这家一定来了亲戚或有开心的事情发生。那时候的大米可能是农药和化肥施得少而农家肥用得多的缘故吧，味道格外的香甜。生产队为了节约购买化肥的开支，每年都要动员各家各户积造农家肥，甚至在秋末将苕种子播撒在那些贫瘠的田块里，等第二年开春时，苕子长势浓密，犹如一层深绿色的棉被子厚厚地覆盖在田野上，社员就牵来耕牛，将浓密的苕子翻耕在土层下面，等着苕子腐烂，起到施肥的效果。这种苕子在初春刚返青的时候还可以当作菜肴食用，我就曾在挖野菜时割了一些带回家，让母亲炒着吃，乍吃还有甜甜的味道。用苕子当作肥料的土地里生长出来的庄稼自然比用化肥喂出来的粮食好吃，对人体也没有危害。有人说现在之所以觉得大米白面没有那时候美味，是由于每天每顿都在吃而不觉新奇的缘故。但我对此是持否定态度的，我们小时候在村中玩耍，到做饭的时候隔着好远的距离就能闻到米香味。现在你即使站在自家的门前还能闻到吗？那种感受是不一样的。

当男主人把几碟令人垂涎欲滴的菜肴端到桌上陪客人饮酒时，女主人便装上香喷喷的饭菜，左邻右舍两三家，每家送上一碗，高高兴兴地请大家品尝。而这时邻居总是一边客气地谦让，一边拿出自家的碗让送者把饭菜倒进去。还要把家中储藏的好菜叫她拿回家做给客人吃，女主人当然不会接受了。有来无往非礼也。当下次左邻右舍家再来亲友的时候，也会把自家的好饭好菜送给邻里间品尝。真是其乐融融，温馨怡人。

每当这时，我们这些少不更事的孩童，看到别人家来了客人，就会眼巴巴地盼望自己家里也常来亲戚，这样就可以不断地有好吃的东西可以享用。不但家里的伙食会明显改善，亲戚来了也不会空着手，他们大都会带些糖果点心之类的副食品来逗我们这些小孩子开心。

工作后，住进了楼房，但邻里间的友情却淡化了许多。随着住房条件的不断改善，我先后搬了六次家。大家白天上班，晚上回家后，防盗门一关，很少与邻居来往。我曾在一个小区里住了两年，竟没有一个可以走对面打招呼的邻居，甚至连对门主人的长相都不曾见过！这并不是因为大家的冷漠，我分析其主要原因是大家本来就互不相识，又不在一个单位上班，回家时间也不同，而且都是开车进出小区，回家后大家躲进小楼自成一统，即使住在一栋楼里也很少走到一起，或偶尔迎过对面但由于陌生也没必要寒暄。试想，这样的邻里关系还能有"碗卡碗"的那种和睦吗？你要是家里来个亲戚或你从外地出差回来，送点异乡特产给邻居，没准还会把人家吓一大跳：什么意思啊，没理由呀？

　　这样想着，心中自然产生一种惆怅与寂寞，便心生了在未来必须离开这个大都市的念想：曾有过退休后回归故里，与孩提时代的小友回忆童年；也曾有过回到刚工作过的那个小城，与当年的同事旧友聊叙别后的情景；甚至还有过到故乡的山脚海边买一处别墅，于闲暇时到邻家串门，或凭海临风与友人共度浪漫的余生……种种念想盘桓交织，构成我心中的诗和远方。

　　是啊，人类是在亲情、爱情、友情的互动中生存的，三者缺一就不会完美。而作为"邻里情"则是友情与亲情的融汇，不是有"远亲不如近邻"一说吗？因此，只要我们生活在这个城市，在我们还无法让大家打开自家那扇厚重的铁门笑迎邻里之前，要做的事情也就只能是回忆过往的那种睦邻之情了。这时，我们的心境就会得到慰藉，情感就会得到升华。

《文学报》2003年1月17日

想陪莲儿走段路

陈　达　江苏东海人，连云港市作家协会会员。先后发表小说、诗歌、散文、报告文学等文章2000余篇，共计350余万字。

莲儿，一个让我为之牵肠挂肚，为之魂不守舍的赣北小妹，一个爱她的人远了，一个爱她的人又近了。

自南国的那片芭蕉丛中，她羞涩地接受了一个男人战栗的初吻，一向活泼的她忽然间就变了，变得神情恍惚，变得不爱说话。她说，那不是她的最爱，她的最爱该像塞北风样粗犷，江南雨般缠绵。

自此，那片柔软的海滩上就多了一个独自端坐的背影。遥望、遐思、叹息……远远看去，莲儿犹如一尊冰冷的雕像。

我知道，莲儿很寂寞、很惆怅、很迷惘，也很无奈。莲儿说，尽管披着婚纱的她，已被一个男人牵着手走进了那个叫婚姻的驿站，终于结束了漂泊海角，流浪天涯的生活。然而，婚后不久，为了生计，那个为了兑现"给你一生一世的幸福和欢乐"这一承诺的男人，不得不抛下新婚的她而远走他乡。"我和你，男和女"又是天各一方，相聚团圆的时间仍然很少很少。

作为莲儿的兄长，我一直想和她走段路，慢慢地陪着她走下去。但是我终究没有这样去做。我是害怕路太短，还是害怕找不到好的话题呢？真的不知道自己能不能让莲儿开心，我已不能再增添莲儿心中的那份已很深很深的伤痛了。

我是愧对莲儿的。

自七年前的那次邂逅，我们之间便建起了兄妹般的感情。可自从参加工作后，在那无所事事的日子里，我竟连信也很少给她写。心地善良的莲儿怎么也不会知道在那些"工作太忙"的借口掩护下，工作之余我有多太多的时间用去了旅游、喝酒、侃大山。更为愧对的是那次莲儿欲来江苏东海看我，我竟心安理得去了厦门和文友闲侃。后来，从莲儿的来信中才得知，那些日子她正和老爸闹别扭，思来想去唯有我这千里之外的"大哥"可以依靠。可她怎么也不敢相信最值得信赖的"大哥"，还给她的竟是遥遥无期的等待和失望。

莲儿生日那天，我没有用现代男女之间最浪漫的方式——给她送花，甚至连一声最起码的问候和祝福也没传递给她。而她是那样清楚地记住我的生日，她写了一封长长的信，信中莲儿是那么的关怀我，那么的牵挂我。信末莲儿说："你如果工作真的太忙，就不要给我回信了。我很好，而且还有'四味一体'（莲儿的同窗好友）的涂丹、青云她们与我做伴，我快乐，真的……"

读完莲儿的信，我禁不住潸然泪下。

家，多少人渴望拥有；爱，多少人为之伤心欲碎；缘，多少人为之迷离彷徨。而我为何却把这一切抛在了脑后？

我要回到莲儿的身边。带着兄长般的关爱，带着最美好的祝福，回至莲儿的身边，去陪她走一段路。走上一条很长很长的路，我有好多好多的话要对她说。我要回报莲儿对我的牵念。

《九头鸟》2001年第1期

一城山海半城倾

程学敏 江苏省连云港市作协会员、市散文学会理事。2007年开始陆续有作品在《海外文摘》《散文选刊》等报纸、杂志发表。《一城山海半城倾》获得第六届"相约北京"全国文学艺术大赛一等奖、《致越来越远的年味》获得2018年"印象中国年"全国首届新春主题文学大赛银奖。

> 我极端迷恋大自然，迷恋大自然的风景，享受着路上的孤独，那一份属于自己的行走时光。
>
> ——题记

一

载着朦胧的雾色，在和煦的阳光下只露出尖尖的山顶，似仙境里神仙居住的山峰，也像海市蜃楼里那触摸不到的遥远，在不远处撩拨着你，让人不由得抬起腿，向它靠近，心甘情愿的为它沉迷、陶醉，陷进这苍翠氤氲的清新，不可自拔。

这么想着的时候，我脚下的步伐也变得轻快起来，遥遥的山峰距离似乎近了些，近的触手可及，那扑面而来的风也带着淡淡的青草气息，有点甜，又有点香。

"海客谈瀛洲，烟涛微茫信难求"，它是古代传说中的仙境，是海内"四大灵山"之一，它不光带有野性与灵性，更带有原始与神奇，它是自然与文化珠联璧合的灵山胜境。姿态隽秀的楸树林花海怒放、碧水长流的万寿谷鸟语花香、怪石林立的云台石林突兀峥嵘、修竹掩映的悟道庵肃穆清幽、山势雄峻的蓬壶仙境重峦叠嶂、香火鼎盛的法起寺塔影婆娑，这些衍生出来的大小不一的色块，如一颗颗明珠散落在民间，光芒璀璨。它是李白笔下"明月不归沉碧海，白云愁色满苍梧"的人间仙境；是苏轼笔下"郁郁苍梧海上山，蓬莱方丈有无间"的世外桃源；它就是以雄、古、秀、险为特色的海上云台山，已经成为港城地区最受欢迎的天然氧吧。

走进竹林，走过山谷，摩挲着奇石、古树，呼吸着林间这诱惑人的清香，是的，是清香，含有泥土杂草气息的清香，扑个满怀，熏香了衣襟，陶醉了眼睛。连落叶、杂草、蝴蝶、飞虫也与我杂缠不清，缠绕着、盘旋着、若即若离地调戏着。各种不知名的野花颜色驳杂，红的、白的、紫的、黄的，在野草的映衬下，如满天星斗，热热闹闹地拥挤在一起，打破了山野的寂静，渲染着明媚的暖阳。

登上山顶，环顾四野，山海在我脚下，豁然开朗起来。远处延绵的山峦、碧蓝连天的海水、玉女呈卧的连岛、现代气息的港口，仿佛成为泼墨挥就的流动画卷，带着磅礴的气息向我涌来。远处的拦海大堤如一条蜿蜒的玉带横陈，近处的保驾山还在诉说着李世民驱除外虏、保卫宿城的故事。此刻，我就站在白云缭绕处，清风、暖阳、楸树、鸟语，全都成了海上云台山藏在深闺的瑰宝，忽然就想，不如结一草庐，每日与白云相伴，与花鸟吟唱。

二

自小就喜欢海，喜欢那拍打礁石的浪花，喜欢贴着海面飞翔的海鸥，喜欢朗日下的海天一色，更喜欢海上日出的磅礴升腾。

雨中的海还沉浸在水色迷濛之中，到处充斥着咸湿的海腥味，那是大海独有的气息。浅淡的清凉使得大海越发的平静，连远处海鸥的鸣叫都清晰可闻。浪花也变得温柔了，轻轻抚摸着礁石，似怕吵醒了对方的好梦。这寂静像似会传染，让我也变得轻手轻脚起来。这时，海是静止的、浪花是静止的、远处的建筑是静止的、风是静止的、空气是静止的，连我也是静止的了。

我慢慢地在海边走着，安静地行走，踏过每一块礁石，丈量弯曲的栈道，沿着海岸行走，浪花也与我同行。雨丝淅淅沥沥，不断飘落，我就这样安然地与雨丝共处，让雨丝带着我的心情，融入大海深处，放飞进大海的怀抱之中。

我就这样放纵着自己的眼睛，望着远处的鸽岛在氤氲的雾气中朦胧，恍若蓬莱仙境；欣赏着万吨货轮在浪花的摇晃中，安然入眠；窥视着礁石坑洼里的海葵张开触手，自由的呼吸；悄悄瞥一眼海蟑螂，看它们成群结队的攀爬，跑得飞快；瞧着裸露的牡蛎壳，像点点白星洒落在人间；瞅着细碎的黄沙随着浪花冲上岸边，把脚印抹平，光滑如镜。

我以为，它已悄然进驻心底，让此刻的心境在寂静处悄然开放。谁知，它却以另外一种方式再次冲击我的视觉。一层金色弥漫着海天，透过薄纱似的烟尘折射过来，一忽儿，礁石变成了金色，渡轮散发着金光，天空变成金色的、地变成金色的、连浪花也镶上了一层金边。我猝不及防，呆立在那，它竟给了我一见钟情似的艳遇，我不禁伸出手，一滴雨丝落在我的掌心，那雨滴竟也是金色的。我被这忽然而至的惊喜给吓着了，泪水像长了翅膀似的逃离，我发现，那飞落的泪滴，也是镶着金边的。

每日在坚硬的钢筋混凝土建筑物之中行走，难免会产生焦虑情绪，不如闲暇时走进山海，拥抱这倾城的景色，安置一颗疲惫而浮躁的心。

《苍梧晚报》2018年12月16日

镜片后的苦涩

董自伦 二级编剧、二级作曲，中国曲协、音协会员。创作出版《曲艺小品集》《音乐作品集》等，获中国民歌创作优秀专家奖、曲艺牡丹奖提名奖、江苏曲艺芦花奖等。

现时，我已很难说清楚，是哪年哪月正儿八经地持久性戴起眼镜来。反正，记忆犹新的是，当初眼前放镜片时是断断续续地。

为啥？说来有点怪。

生我养我那块地方的人自从盘古开天地以来，都没有戴眼镜的经历。因之，平日里偶尔碰上个把，总有人背地里戳戳点点地说那是"装洋相，摆阔气"，认定只有城里人才配得上戴。至于为什么要戴，戴的是什么镜，则无人问津。尤其是扛锄头打庄户的，倘若戴着眼镜下地，那简直让人笑掉大牙，兴许送个雅号"穷酸"。

笔者年少时自信书山有路，啃书本成了习惯动作，有时把那古典文学作品抱在怀里一啃就是大半夜，个中美的感受自不待言。不料，久而久之，这双眼因劳累过度竟打击报复了自己——看不清远处的东西了。我便时不时见了三叔叫二大爷，见了二弟叫大哥，经常认错了人；抑或看不清亲朋好友失却了寒暄的时机而被视作"眼大"，赔礼道歉自然连连不休。无奈，只得硬着头皮按医生的指点到城里去配眼镜。镜片买来后，麻利地戴上，果然眼前明亮和开阔了许多。哪想刚出门碰上了生产队长。他看我这土八路戴上了洋玩意，乜斜着眼半嗔半笑地说:"你这庄户不庄户、学问不学问的,算个啥呢?"听罢,我顿时面红耳赤,自觉有些"装洋相"之嫌,便乖乖地把眼镜摘下来。

　　月动星移,转瞬半年逝去。我到乡政府干起了爬格子的差使。大年初一,回村里给本家老辈儿拜年。走进大伯的门槛,正要鞠躬,谁知被大伯一把抓住,劈头问道:"大侄,你大伯没想到啥时得罪过你呀!"我丈二和尚摸不着头脑。"为啥在路上两次碰到我不说话?""眼不好,没看见。"我内疚地坦然回答。"什么?我60多岁了能看见你,你20多岁看不见我,比我年龄还大?"大伯怒火中烧。我知道,这阵子恐怕浑身是嘴,也难以向老人家解释清楚。眼看小屋里空气要凝固起来,刚巧他家自祥哥一步跨进门来,用手比画着说了半天,这才稍稍缓和了一下气氛,然而他终究余怒未消。而今,老人家早已作古了,不知他在九泉之下是否还怨我?

　　不过,自从有了那番刺激,我倒是下定决心,不怕耻笑,排除干扰戴上了镜片,并且年近不惑时又考取了省办学府,户口"农转非",成了国家正式干部,把镜片从农村戴到了城里,变得名正言顺起来。但令我大惑不解的是,上次回故里,碰到眼睛近视度比我更深的淑喜叔,双目贴近地面锄草,腰弓得像是个虾米,却依然未戴镜片,一股酸楚之感陡然涌上我的心头。但不知,他何日里能超脱旧时世俗的偏见,大大方方地把镜片放在眼上?记得有次他戴着我的镜片举目四野时,曾激动不已地惊呼:"好,好!"还说"如不怕有人笑话,也配一副",然而至今却未能如愿。

《中国社会报》1993年7月30日

姐姐，妈妈心上的一朵莲

丁小龙 笔名占森，80后，江苏灌南人，诗见于《人民日报》《解放军文艺》《中国文学》《诗刊》等，著有诗集三部。曾获《诗刊》等处主办的征文奖。

姐姐在微信的朋友圈里分享了一首歌，是旺姆唱的《阿妈佛心上的一朵莲》，并添加了一个备注："非常好听的一首歌。"这很平常，但接下来发生的事却让人难忘。

似乎是冥冥中的某种安排或启示，那天，姐姐请了一个长假，和姐夫一起去苏州的某个医院。一是想了却"再生个男孩"的愿望，二是顺便旅游一下，放松一下工作的忙碌。可在医院一检查，他们大吃一惊，姐姐发了这样一条信息给我："乳腺癌，须尽早手术。"我收到消息时也是愣住了，不愿相信，我还反复说：一定是医院给搞错了！最好再去南京的大医院确定一下！我和母亲就开始收拾行李，准备赶到省医院与姐姐会合。大家都很焦急，母亲本来话语就少，此时更沉默了，忧心忡忡，早饭都没顾得上吃。

在南京的一处宾馆，见到了姐姐，她散乱着头发，穿着很简便，在随意摆弄整理着身旁的东西。见我们来了，就站了起来。母亲寒暄了几句，劝姐姐不要害怕，别总把事情往坏处想。姐姐一直紧锁的眉头却未见舒展，看得出：她承受着比屋子里其他人更沉重的压力。她说："妈，如果真是那病，咱就不看了吧！"又转头对我说："弟弟，小琦还小，以后你要多费心了！"话刚说完，就被母亲喝止住了:"说的什么丧气话?!这还啥都没查呢,再说了,这病又不是什么大病,周围生这病的多了,人家做了手术照样活到了80岁!你啊,要坚强一点,逆来顺受,人啊,来这世上就是吃苦的,谁都有那么一遭,要挺住!"我和姐夫也在一边劝着。姐姐看了我们,叹了口气,不再说话。

下午姐姐做了一个穿刺化验,医生确诊为:恶性肿瘤。姐姐又哭了一场。我们也很难过,接受了这个事实。姐姐在私人的鞋店里上班,20年来确实挺辛苦,经常加班和搬货,加上各种劳累,或许都是疾病的诱因。很多年轻母亲在生孩子和断奶的时候,也很容易发生乳腺拥堵和增生的问题,她们辛苦把孩子哺育长大,最后自己却落下了病根。姐姐以前也是增生,开了一点药,后来也没再继续服用。但在今年,乳头开始流出脓液,当初还以为是增生引起的,若不是这次去检查,病情估计还会被拖延。

手术,要在三天后进行。母亲说,不能总待在这狭小的屋子,提议在这当口带着姐姐去一些风景区转一转,视野开阔了,对心情和治疗也会有好处。母亲特意选择了莫愁湖,"莫愁"……大概也是因了这个湖的名字吧。临行前,母亲帮姐姐仔细地梳了头,又扎了一个漂亮的辫子。我就拍下了姐姐这时的照片,传给了父亲。父亲当时还在广东做事,母亲劝他暂时不必急着回来。父亲看到照片后,回复消息说:这是时隔20年,母亲给姐姐的第二次梳头……没想到,父亲记得这样清楚,父亲说他这两夜一直没睡好,想到和梦到的都是姐姐小时候的情景,想必父亲也在流泪,虽然他常打电话安慰我们。他还是急着想过来,可母亲说:家里不能都停了,总得留一个在外挣钱的人。医院里,来回上下奔忙,有我和姐夫就好,陪床有母亲就够了。

莫愁湖,不大也不小,去的时候正逢下雨。湖里种了许多莲花,白色的、粉色的,很漂亮,姐姐还让我采了一朵上来给她,她闭着眼,把荷花放在鼻尖,深深地吸了一口气,说:好香啊!这刹那,我宛若体会到了姐姐此时的心情:一个人,面对偌大的变故时,一切仿佛都变得不再重要,一切,而又都变得极其珍贵……有时,人啊,在风里,真像一片缥缈的、弱不禁风的叶子。我和母亲此时做的,只能是祈福,祈福,祈求老天加持。

三天后,我们去医院为术后的病房安置做准备工作。一排排病房里,我们看到很多因为化疗而掉光头发的女人。其中,有一个正半躺着,面色淡静地敲着手机屏幕，应是回馈给那些关心着她的亲人朋友，时不时地还笑出声。这样的一幕，真的会让人心生慨叹。母亲也指着她们对姐姐说："玲子啊，你看！她们多坚强！不要太在意外表，女人最美的地方，是心灵！听护士说，一个18岁的小姑娘昨天刚刚在这里割去了双乳，她呀，比你可年轻多呢！"姐姐轻轻地点了点头。手术之前的几个小时，正好有姐姐的几个同事和朋友来看望，这使姐姐的心情轻松了很多。但是，在进手术室的时候，姐姐还是很害怕，母亲微笑地向姐姐做了个合十的手势，又走到姐姐身边，抚摸着她的脸，说："没事的，我们，等着你出来。"姐姐笑了一下。

时间一点一滴地过去，那样漫长，墙上的手术信息屏一直显示着"手术中"。我们的心揪得很紧，原来只要1个小时的手术，此时都过去了4个小时了，怎么能不担心呢？母亲也是一会坐着，一会儿又站起来。"手术完毕"了！我喊着！只见那屏幕显示"手术结束了"。几个护士，正推着姐姐出来，我问为什么这样久？护士说："总得要有个麻醉后的观察时间呀！还有，今天人很多，都排着队呢！"看着姐姐手术成功，我们悬着的心，终于放了下来。

母亲身体不好，脖子和腰腿都有问题，在病房的空调室不能久待。但她还是准备了被褥，用于夜晚的陪床。看着母亲弯曲的背影，我突然觉得母亲又苍老了很多。姐姐和我，都是母亲的心头肉，有时她宁可自己遭罪也不愿看到我们受苦。姐姐醒来时，握住了母亲的手，让母亲早些休息，母亲却起身帮姐姐倒了杯开水，说："医生嘱咐等你醒来后要多喝开水的。"说完，坐在床边上，嘘了一口气："这次大难过去了，以后啊，也就一帆风顺了，不会再有什么难了！也是好事啊，你劳累了这么多年，下半辈子呀，该歇歇了！以后你就在家里玩，什么都不用你操心了！养好自己就行，知道了吗？！"姐姐笑着点了点头，说是笑，可眼睛却盈满了泪。

接下来，姐姐还要经历8次化疗。而每一次的化疗，她的头发都会随之脱落。每一次的化疗，都会恶心呕吐不想吃饭。可有了母亲的开导和鼓励，姐姐说：没事的，自己会坚持下去的，说自己已经有了力量。第8天，姐姐出院了，但是每隔21天，还要来南京做一次化疗，直到做完为止。

姐姐出院之后，我也离开了南京。这几天，我一直在听着旺姆的那首歌，听着感人至深的旋律，多次泪崩。感觉这歌仿佛就是姐姐唱的，感觉就是她一个人在最艰难的时刻,那种内心的无助与对亲人的不舍。歌词是这样的:"我是阿妈佛心上的一朵莲,在爱的祈愿中绽放娇艳;我是阿妈佛心上的一个心愿,在爱的感恩中懂得奉献……"

《海外文摘》2019年第1期

永远的回忆

方明元 中国散文诗作家协会会员、江苏省作家协会会员。在《散文选刊》《北方文学》等发表约 80 多万字，数篇作品获奖。

　　回忆像一坛陈年老酒，醇厚、绵甜、浓香，饮后令人回味无穷。人们经常在往事回眸中反思过去，开创未来。清明前夕的连绵春雨，打开了我对秋生哥哥的深情回忆之门。他虽然已经离开了人世十三年了，可他的音容笑貌仍然历历在目，他的教诲经常在我的耳边响起。正如著名诗人臧克家诗中说："有的人活着，他已经死了；有的人死了，他还活着……"

　　20 世纪 70 年代末，在经过了两次高考失利后，我伴随着百万知青回城的洪流，从故乡沭阳来到连云港建筑公司，当了一名建筑工人。"盼星星，盼月亮，只盼着回城当工人"是我当时真实的想法。如今从农村人变成了国营建筑公司的工人，兴奋得热血沸腾。可没有多久，短暂的兴高采烈后，很快就是悲观失望。

　　曾经拿锄头、镰刀的手变成了拿瓦刀、泥抹的手，我心有不甘，怨天尤人，但只能面对现实。提起建筑工地，人们自然想起水泥和砖瓦沙石，工人下班时是一身泥灰，又脏又累。有人说建筑工人"远看像要饭，近看是瓦匠"，很多人会望而却步，社会上也有"好儿不当泥瓦匠"的偏见，认为"只有没有关系、没有文化的人才去砌墙、和灰"。误解和偏见，像两座大山压得我喘不过气来，一时忐忑不安，无心工作。

大学生、作家的美好梦想与建筑工人的残酷现实，使我夜不能寐，是做生活中的强者？还是做生活中的弱者？我经常在干与不干中纠结，在人生的十字路口迷失了方向，为找不到人生的捷径而苦闷。一次星期天时，我到秋生哥哥家倾诉自己怀才不遇的烦恼，埋怨社会的不公。秋生哥哥当时在团市委工作，社会关系广泛，我想通过他的社会关系，为我调一份理想的工作。可他说："只有没有出息的人，没有没出息的工作。事在人为，是金子埋在哪里都会闪闪发光。你自己的路还要靠自己走，我帮不了你。年轻人光有梦想是不够的，只有脚踏实地，才能梦想成真。怨天尤人，光说不干，只会虚度年华，事与愿违。你应该在干好本职工作的同时，扬长避短，用写作去开拓自强的道路，用高考去改变自己的命运。我比你早到连云港七八年，刚到港务局工作时干装卸工，一百多斤的大包一天扛下来累的是腰酸腿疼，筋疲力尽。说实话，我也曾想托关系走后门，调一个体面的工作，可都没有成功。从此我丢掉幻想，埋头苦干，在拼搏中实现人生梦想。从装卸工到港务局团干部，再到团市委工作，我的成长之路洒满了拼搏的汗水。人生的道路不可能一帆风顺，梦想也不可能一夜成真。年轻人只有不怕吃苦，持之以恒，才会有所作为。孟子曰：'天将降大任于是人也，必先苦其心志，劳其筋骨，饿其体肤，空乏其身'……"秋生哥哥的谆谆教诲，既合情合理，又催人奋进，为我在人生之路的徘徊中指明了方向。我开始拜师学艺，从砌砖要领到抹灰技术，都能够用心钻研，不怕脏累，为建设一幢幢高楼大厦添砖加瓦，出力流汗。工作之余，笔耕不辍，二百多篇稿件陆续被省市新闻单位采用，为提高公司社会知名度和承揽工程任务能力作出了应有的贡献。公司领导唯才是举，调我到机关人事宣传部工作，实现了从工人到机关管理人员的历史性转变。秋生哥哥在为我高兴的同时，又及时告诫我："要戒骄戒躁，准备参加高考。国家现在已经进入了'重视知识，重视人才'的时代，你的高中学历已经远远不能适应现代化建设的需要，国家急需千百万的专业人才……"我在干好本职工作的同时，报名参加了江苏电大迎考复习班。在两个多月的时间里，我克服饥饿、拥挤、雨雪等困难，下班后坚持从港区坐车到市区听辅导课，往返七十多里路，晚上十点再从市区返回港区，雨雪无阻。机会从来都是留给有准备的人，高考成绩揭晓时我榜上有名。经过三年的苦学，我拿到了梦寐以求的大学文凭，成为公司一百多名下放知青中考上大学的幸运者。公司后来多次精减人员，而我这个人地两生的外地人，因为有了大专学历而在激烈的人才竞争中经受住了考验，也为我今后的事业有成打下了坚实的基础。

秋生哥哥在工作上对我要求严格，激励我勇于进取。而在生活上对我关怀备至，有困难时则及时相助，不图回报。1989年，我的女儿上幼儿园，按时接送就成了我们无法回避的突出问题。当时公司在港区，家在市区，我早出晚归，难已兼顾。妻子又上三班，无法按时接送孩子。而我母亲早已去世多年，岳母尚未退休，我无心工作，心急如焚。多次找领导要求调回新浦，领导说："你们都想调回市区照顾家庭，我都理解。可公司的工作谁来干？调动的事门都没有。"调动工作之难，难于上青天。我心急如焚，一筹莫展，也只能和其他同志一样在工作与孩子之间选择了前者。秋生哥哥当时在市委组织部干部科工作，他负责全市县处级干部的考察任免工作，千头万绪，工作繁忙，经常加班加点。1990年3月的一个星期天上午，我向秋生哥哥反映了我的实际困难，秋生哥哥听完后说会想想办法。我当时认为他不过说说而已，没抱太大希望。未曾想他在百忙之中两次悄悄到公司主管部门为我调回市区奔走。一周后公司领导主动批准了我的调动手续，解决了我的燃眉之急，令同事们羡慕不已。

经过多年的打拼，我开始算是有点功成名就，工作应付自如，事业渐入佳境。先后走上了办公室主任、工会主席的领导岗位，获得了高级职称和优秀党务工作者的光荣称号。权力、荣誉、待遇，一切来得太快，让我有点应接不暇，措手不及，开始有点骄傲，狂妄自大，锋芒毕露。秋生哥哥发现后，多次教导我"满招损，谦受益。要低调做人，不要张扬；要廉洁奉公，不要以权谋私……"秋生哥哥的逆耳忠言，使我在狂妄中自省，在骄傲中清醒。

秋生哥哥严于律己，任劳任怨，淡泊名利，公道正派，顾全大局，在他的职务晋升上体现了一个共产党人的高风亮节。1997年，他因为坚持原则，得罪了一位部领导，而在职务晋升上对他进行打击报复，拟调到某工业公司任党委副书记。从年龄、资历、学历、能力来看，他只要到市领导那里据理力争，坚决不让，市领导也可能将他安排在县区任副职。虽说都是处级领导干部，但在发展前途、晋升机遇、待遇上差距较大。而且工业公司的国企正处在深化改革、减人增效的攻坚阶段，做好党建工作，稳定工作任务繁重。可他不计个人得失，走马上任。他说："我以前考察提拔处级领导干部，总要求人家服从组织安排，现在挨到我了，我要言行一致，以身作则，不能让别人对我说三道四，到哪里任职，都是为党工作，个人的得失无所谓。"

据理不力争，得理又饶人，往往被人看作是一种懦弱的表现，可在我看来，秋生哥哥的忍让并非卑微，他释放的是正直的光芒，背后是豁达、坚强的人格力量支撑。秋生哥哥让我懂得了"宽以待人"的道理。他失去了一次被提拔重用的机会，树起的是一座共产党人淡泊名利的丰碑。

秋生哥哥上任后，经常深入企业车间班组调查研究，围绕改革抓党建，党建工作做得有声有色，成绩斐然，受到市里有关部门的好评。他和公司领导既分工又合作，紧密配合，为维护所在工业公司国企改革的稳定局面作出了重要的贡献。他一心为公，积劳成疾，"直肠癌"这位不速之客悄然进入了他的身体。经过治疗后，病情好转，秋生哥哥还带病坚持工作。2002年春，他的病情加重，剧烈的疼痛需要靠杜冷丁来麻醉。可他还是心系党的建设事业，为如何做好新时期党的建设工作向江苏省委常委王国生同志建言献策。材料起草后，病痛已经折磨得他无法握笔修改，后来他让我帮忙，让我听他口述以对文章进行修改，终于完成了4000多字有独特见解、切实可行的党建研究文章，受到王国生同志的表彰。

2003年2月23日，病魔无情地夺去了秋生哥哥48岁的年轻生命。他的人生是短暂的，可他待人真诚的人格魅力又是长寿的。他既是一名优秀的党务干部，为党的事业鞠躬尽瘁，死而后已；又是一个才华横溢的男人，他在文章写作、书法、音乐方面都有很高的造诣。秋生哥哥对我的兄弟情谊像背后的阳光，它传播着关爱，给我以拼搏的动力；它放射着真情，让我在旷野中也不感到孤独。秋生哥哥是我的良师益友。困惑时，他给我指明方向；困难时，他给我以帮助；挫折时，他给我以力量；成功时，他给我以警示。他的教诲语重心长，言简意赅，常常有"听君一席话，胜读十年书"之妙。他似一盏指路明灯，照亮了我的人生之路。秋生哥哥是平凡的，但他在平凡中孕育着伟大。虽然未来的人生之路还很漫长，艰难险阻在所难免，但我要以秋生哥哥为榜样，自强不息，勇往直前。

十三年来，我始终不曾中断对秋生哥哥的思念，尘封已久的往事无穷无尽，聚集而来，又飘然而去。十三年来，每次都想为秋生哥哥写点什么，可每次提笔都不知从何写起。直到今天才用墨水更是用心血记下了这琐碎的点滴往事，任何言辞都不足以表达我对秋生哥哥永远的怀念。

《散文选刊·下半月》2016年第1期

第一次出航

范永华 笔名凌波,文学专业本科毕业。中华文学作家协会会员,中国散文学会会员,中国报告文学学会会员,江苏省作家协会会员。中华文学签约作家。在省市以上报刊和网络平台发表作品数百篇。出版文学专著五部,获省市以上文学大奖二十多项。

那年秋天,我随船队第一次出航,那变幻莫测的水光山色、绿荫映波的田园风光、气象万千的工厂、港口、矿山、电站……极目所至处处都是一片蓬勃生机。我为祖国丰饶美丽的锦绣河山而流连咏叹,胸中充满了自豪和骄傲的情感。

蓦地,水天极目处响起了隆隆的吼声,还没等人们反应过来,呼啸的大风就随着云头的下压冲到眼前。霎时,洪泽湖就像煮沸的一锅开水,浊浪翻飞,波涛万顷。"哗——"十几米高的大浪劈头盖向船身;"哗——"排山般的浪峰腾空直下,从船头压过船尾。轮驳船就像喝醉了酒般左右摇摆,上颠下摔。这时,我看到轮驳船的船员们镇定自若,稳操舵盘,随机应变。忽而借风加速,忽而顺流浮行。他们手中仿佛具有某种神奇的力量。当船埋深谷的一刹那,猛然加大马力,拖轮吼叫着冲上浪尖,船队便马上顺利地划出了险境。我是第一次经历这样惊险的航程,我完全被行船的惊险和船员们那履险如夷的纯熟技巧所折服了。

湖面上，船队在雷鸣般的波涛声中航行，随时都有被惊涛激浪撞翻的危险。但是，我们遭遇的每一次难关和险境，都在船员们控驭自如的掌握下安全度过。拖轮船长是个 30 岁出头的汉子，无论狂风恶浪，还是险滩湍流他都是从容不迫、泰然自若。此刻，船队已经走过了一半的航程。风继续在上空呼号，湖水掀起白花花的滔天巨浪。突然，前方天水之际，一排排巨浪滚滚而来。船长马上意识到风头调了，即刻旋了个左满舵，船头迅速向东北偏航 50 度角，直直地瞪着眼睛傲视着即将而至的涛头。约莫 3 分钟，他估计驳船都拉直了，就将舵挂正中。不料，浪峰猛然扑了上来，船身抖动了一下。他顿时感到船头在下沉，赶紧把操纵杆压到最高档，拖轮吼叫着冒起黑烟，跳上了浪尖。正当他刚要松口气时，转身望见驳船头档船翘了起来。他疾步奔到船艄，只见头档船一根叉股缆将拖轮船艄的舷板兜住，死死地顶挑了船头。眼看一排大浪又要砸过来，驳船头非被摔碎了不可。船长当机立断，抡起太平斧，剁断了叉股缆，船头与船艄迅速拉开了距离。就在这时，凌空大浪压了过来。好险哪！船长惊叹道。随后，船员们在驳船上抛掷 4 根叉股缆，用 8 字形双死扣紧紧地锁定在缆桩上。

在船上工作是十分辛苦的。一天 24 个小时小夜班倒大夜班，轮回反复。还要经受风浪的摔打和晕船。对于十几只驳船组合起来的船队来说，就更烦恼了。它不像单一的轮船有专职的炊事员，吃集体灶，而是每条驳船自己搞伙食。有时几天几夜靠不了岸，就得饿肚子。拖轮倒好，吃冰柜里冷藏的食物，那食物冰的时间长了，一点味道也没有。船员们说，这倒不算什么，最受不了的是单调和枯燥。第一次上船，一切都感到新鲜和好奇，那波澜壮阔的江河，百舸争流，那腾跃水面的朝阳金光闪闪，那涌浪上跳荡的礁岛若隐若现，那劳作的渔民撒网收鲜。这富有诗意的情境，撩得你心旷神怡，感觉上船真好。可当你每天都观赏同一个画面，日子长了，不由得就会厌倦，以至于初始的新奇消失殆尽。曾经的瑰丽、壮美和丰富也就变得单调和枯燥了。船上的业余生活没有卡拉 OK，没有舞会，没有休闲的酒吧和游戏的网吧，仅有的是看看电视，打打扑克，或是杀一盘楚河汉界的象棋，似乎还缺少一点氛围。那是怎样的一点氛围呢？船上那一隅方寸之地，是清一色的男人世界，船员们无从享受女人的温情，更谈不上亲昵自己的恋人、妻子。就连她们的问候和关爱也只能停留在遥远的时空想象里。难道这就是缺憾？我想也不尽然。直觉告诉我，船员们是那样的渴望陆地，他们喜欢登陆作短暂的休闲，喜欢脚踏实地走来走去，喜欢山林岛屿的一草一木，喜欢与相遇街市的人们聊上几句，甚至喜欢和农户、渔人、市民家里的小狗小猫逗个乐子。

船队在中午遭遇那阵风浪后，一直平稳地向前航进，下午两点多钟就走过了洪泽湖，随即停靠了下来，等待通过出湖船闸。由于过闸船只太多，去闸上签证的船长回来说要等夜里12点才能挨上号，就让船员们轮流到闸上去购物、游玩。大家立马欢跳了起来，除了留下值班的，其余的船员像撒欢的孩子一样奔上岸去。虽然船闸离县城还有50公里，但这里却像集镇一样热闹。附近的村民每天都来闸口摆摊设点、开店铺。他们知道这里南来北往的船多、人多，钱也好赚。船闸周围的环境清爽宜人，有花坛，有园林，也有曲径通幽的甬道。船员们每逢过闸都要上闸口游历一番，不仅仅是补充给养，还能放松心情，找点乐趣。这些在船上憋闷了许久的船员，一旦到了闸口，就像投入了情人的怀抱一样。逛农贸市场，采买新鲜的鱼虾、蔬果；到歌厅里亮亮嗓子，唱两句《绿岛小夜曲》，吼几声《好汉歌》；到包子铺尝尝天津来的狗不理包子；到酒吧里喝上几瓶啤酒。也有结伴走进园林的，在幽静的甬道上散步，深呼一口新鲜空气，吮吸花果的馨香。

谁能理解船员的苦与乐呢？我想，我们的船员并不是超人，他们的工作艰苦而又神圣，他们具有一种坚韧的毅力和敏锐的机智，他们不仅在激流奔涌的行船中有着纯熟的技巧，而且在惊涛骇浪中显示出强大的力量和智慧。他们熟悉每一片浪花，每一个险难，他们对每一段激流和风浪都了如指掌，一切狂涛都不能使他们后退一步。他们长年累月在江河上默默地奉献着，远离家人，把爱情、孝义和天伦之乐抛在脑后，他们是真正的英雄。

《雨花》2005年第10期

连云港老街

费祝兰 1955年出生,连云区历史文化研究会常务副会长,连云区诗词协会常务副会长,散文《美丽的连云港老街》2018年获连云港市第二届玉兰花提名奖,《美丽的西连岛》获2018年度中国散文年会二等奖。

连云港老街,坐落在海州湾,位于陇海铁路东端,依靠云台山,面向连岛,这里原叫老窑,也许是早些时候有人在这里烧窑的缘故而得名。20世纪30年代东陇海铁路修到老窑,并在这里建设海港,铁路局长钱慕霖取连岛的"连"和云台山的"云",得名为"连云",将其海港称为连云港,这是一个多么文雅,多么光彩,多么令人遐思放飞的名字。从此连云港诞生,后来连云港代替了海州,也取代了新海连。

连云港老街曾经设镇,也是连云区政府的所在地,故人们称它为连云镇或叫连云古镇。连云老街是连云港市历史发展变迁中的四条老街之一。海滨、山城石街、石房,代表了连云港人的诚实的心灵和质朴的情感,也丰富了连云港的山与海。

沿着海滨大道向东,行至云台山隧道口,拐上连高路就踏进了老街的西门。整个老街呈"口"型,临海的连高路和山坡上的胜利街,是东西走向的两横,由北向南的云台街和临海街是两竖。

进入西门后,首先映入眼帘的是广场上的"东方桥头堡铁锚雕塑"和孙中山先生塑像。在老街上漫步，你会发现雕塑随处可见。在孙中山先生塑像一侧有一组《欢声笑语》的雕塑，人物高 1.8 米，采用青铜铸造而成。作品由三位身着民国制服风格的海员组成，其中一对舞蹈者为西方人造型，另一侧是东方人的面貌。它展现的是连云港老街 20 世纪 30 年代的生活场景，表达出连云港开放包容，开拓进取的城市特质。

街道上行人很多，有观光购物的，也有背着行囊从这里穿过，沿着木头栈道登山观赏秋景的！南北走向的两条街道，坡度比较大。上坡，身子需前倾；下坡，需后仰。脚下泛着青光石板，天长日久已被行人踩踏得高低不平，而且有些光滑，石板上隐约有多条裂缝。百年来，老街的石板路、石墙静静地守望着老街的历史变迁，赋予了这里别样的韵致。

最热闹的是临海街，这条古色古香的老街，风情万种地展现着她的美！整个街道上方都悬挂着灯笼，火红喜庆。临街的墙壁上，装饰着多幅具有民国风情的描绘山海石城的宣传画，还有反映老街历史的图片。来到"天海传奇"广场，只见门前有一条小舟雕塑，舟上有一对夫妻，男人在摇桨，女人在收网，神态非常逼真！沿着门庭进去，只见广场南面有一巨大的"格兰诺曲号"游轮模型。孙中山先生第一次走出国门到美国檀香山伊奥兰尼学校系统学习西方文明，就是乘坐"格兰诺曲号"游轮。20 世纪初，正是孙中山先生在《建国方略》中认定了连云港是承担民族复兴的"东方大港"，我们昔日的"老窑"连云港才得以变身！目睹这油轮雕塑，自豪感会在每个连云港人的心里油然而生。来到临海街南端的"亮宝楼"门前，一棵大树下，一个卖山楂的山里女孩正在大声吆喝着。竹篮里鲜红的果子还带着露水，很是诱人。这女孩大大的眼睛，脸上满是笑容，头上扎着两个麻花辫子，不时高声吆喝着："山楂，宿城的山楂！"那声音具有嘹亮的穿透力。

你若有兴致了解老街的历史，街内有十多个文化历史展览馆，介绍老街的风情和历史变迁。如老街历史文化馆、民俗文化馆。当然，最能体现老街特色的，还是这里的收藏馆，可以说，每一个收藏馆都是一道亮丽的风景线。这些收藏馆基本保持着民国时期的原貌。比如，"民俗工艺馆"的旧址原为"国民连云市农民银行"，它建于 1931 年，是两层全石结构楼房，由于这座院落最初是朱氏家族所建，因此，当地人一直称之为"朱家大院"。馆内有面塑、根雕、葫芦烙画、剪纸、传统布饰、锣钮画、连环画，还有玉器展品。朱家大院名气很大，但是否有价值连城的宝贝，我们不得而知。再如《西游记》文化藏品展馆，它由《西游记》藏品收藏者齐亚军先生建立，馆内陈列了齐亚军先生历经40多年收藏的各种不同材质的西游记藏品。这些藏品是经过艺术家及民间艺人精心设计，精雕细琢，塑造而成的形象各异、栩栩如生的《西游记》文化人物。此外，还有不同时代出版的《西游记》书籍、绘画等。展品集艺术性、趣味性、娱乐性于一身，充分展示了《西游记》独特的文化魅力。馆内还有非遗文化，面塑展览厅。面塑，俗称面花、礼馍、花糕、捏面人，艺人通过自己灵巧的手艺，将各种面团黏合在一起，以《西游记》、抗日战争为主题，还有婀娜多姿的美人，将美学与民俗风情，自然和谐之美凝聚在一起。展馆还经常开展非遗文化传承宣传活动，每天来这里参观的人络绎不绝。

  站在临海街和胜利街"十字路口"交接处，向上看，山坡上的居民楼房，错落有致。连云中学也建在这多层的台阶上，环境相当优美，校园里不时传出朗朗的读书声。

  由连云街道办事处东行，胜利街呈下坡道，街面处处散发出文化气息。街两旁小巷入口处，设计得如同一扇扇古朴的屏风，恬淡而不失自然美，墙壁上的油画、水粉画、国画、水墨画，让人赏心悦目！胜利街它虽然不算繁华，但别有一番雅致。更有趣的是走在这条街上，怎么走也不迷路，其中奥妙之处，在于行人始终居高临下，山坡下的街道可尽收眼底。这里也是游人品尝海鲜的好去处，小吃店里海鲜物美价廉，味道好极了！这里的海产品一条街，也非常热闹，买海鲜的人也很多，每天都是无数人群，人来人往、人头攒动。

  由胜利街回到连高路，这里是老街的东门。站在栈道上，手扶石栏，居高临下，宽阔的海滨大道由这里向天际延伸，大海尽收眼底。不远处，那连岛的海滩一年四季都是游人的舞台，海浪为游人伴奏、海风为游人高歌、海鸥为游人伴舞，不甘寂寞而又好客的贝壳也在向游人呼喊！让游人在这里流连忘返。脚下，港口码头上停泊着各类船舶，二十多里的港区立交纵横，车水马龙。那载满货物的一艘艘巨轮：从亚欧大陆桥，"丝绸之路"交汇点启航，走向世界。

  连云港老街以它独特的优势，在青山怀抱，面朝大海中，感恩徐徐吹来的海风，吹散了空中的热气。心境随着波涛仍在起伏，美丽的港城天空，比海面更有层次,近处若隐若现,远处海天一线。连云港老街就是在安静与喧哗的交织中又迎来一轮冉冉升起的旭日。

《苍梧晚报》2018 年 12 月 16 日

童年的四季

葛堂华 1973年出生，连云港作家协会会员。近年来在《人民文学》（增刊）、《中国建设报》等报刊发表散文、诗歌等文学作品若干篇。

　　童年是一只清远的笛，总在故乡的原野响起。当年少的美好变成岁月的过往，梦里又飘来那些青葱而纯真的记忆。

——题记

一

　　童年的春天，像村西那条解冻的小溪，叮叮咚咚，载满了幼小时歪歪斜斜的脚步与万木新生的春意。在燕子呢喃的暖日，提一只小桶，蹦跳着去清浅的河水里捉鱼、摸虾，任柔软的水草和石间碧绿的青苔随着河水从手掌里轻轻地滑过。一条条晶莹透亮的小鱼儿，自由自在地摆弄着尾巴，一会儿上，一会儿下，正要看准去抓它，小鱼又哧溜一下从指间逃开了。有时用力过猛，一不小心踩滑了岸边的石子，不仅溅湿了裤脚，而且连脚上的布鞋都浸到水里湿透了大半边，心疼之余，又怕回家挨母亲数落，干脆脱下鞋，挽起裤腿，移枪换炮，到农田堰埂边的沟岔里去捉河蟹。看到沟底一堆清亮的细沙，用手拂去，慢慢抠下去，看到一个小泥洞，再一掏，蟹子吐着气泡张牙舞爪地露面了。拎回家，一顿飘香的美味就来了。

童年的春天，又是群芳争艳的百花园。那时，村子里满是果树，水红的杏花，粉红的桃花，雪白的梨花，洁白的槐花，烂漫的樱花，还有小巧如蝶的棠梨花。尤其喜欢槐花，老家院子周围就有好多株高大的槐树，槐花开了，一嘟噜一嘟噜，芳香四溢，离村子好远就能闻到它的香味，把远方的蜜蜂都"嗡嗡嗡"的吸引来了。顺手采摘一串，嚼一嚼，甜丝丝的，咽到肚里，真如吃了蜜一般。过些时日，杏花谢了，长出手指肚大小的青杏，馋嘴的我，忘不了先摘一个尝鲜，酸溜溜的，酸的人"哧哧"的直咧嘴，只一粒青杏就把牙齿酸倒了，可还是忍不住再吃一粒。我还记得春末夏初菜园里的石墙边，或是篱笆附近，常攀绕着一簇簇紫色的喇叭花，也煞是漂亮、好看。不知曾流行一时的喇叭裤，是不是也是受喇叭花的启发？

童年的春天，不仅是快乐的，也是忙碌的。俗话说：穷人的孩子早当家。那时家庭贫穷，春天有收购药草的。我就跟随大人、小伙伴背着藤筐，到山上刨药草，其中有一种叫朱头子根，红红的皮，细长的根，差不多几十厘米，叶子像锯齿样的，多数长在山石旁边。刨来的鲜药草，为了保鲜，往往要回家先埋在湿土里，等到卖时再挖出来。也有收购干药材的，价格和鲜的不一样，一斤大约几角到几元钱。积攒多了，也是一笔可观的家用补贴，起码买铅笔、本子类的文具不犯愁了。

二

童年的夏天，多数是在村前的石板上，或是村北面的河塘里度过的。石板就是一张天然的大石床，或卧或立，或仰或躺，只要舒服，全由你自己的心愿。记得小时候，吃过晚饭，就与大人一起到村前的石板那里听书。晒了一天的石板床，热乎乎的，躺、坐都很舒适。说书的是外乡人，经常说的是《岳飞传》《杨家将》等，自己拉着二胡伴奏，模仿刘兰芳的声音，一张一弛，抑扬顿挫，那腔调很有韵味。虽然听不太懂里面的内容，但当时很钦佩说书的人，好记性，觉得真了不起，那么多人物和情节，怎么记得住呢？一两个小时过后，听着听着，睡眼蒙眬了，才被父亲牵着手依依不舍地离开。这可谓是童年时期最美好的高雅艺术享受了。如果是白天，酷暑难耐，中午就和伙伴们到河塘里游泳。脱掉衣服，先撩水湿湿肚脐眼，拍拍额头，擦擦全身，然后就张开双臂，如青蛙状，腿一蹬，投入水中游弋。有的伙伴感觉不过瘾，就扎猛子，在水里憋气，看谁憋的时间长。还有的排着队，猛然一段助跑，"扑通"一声，跳下河水，好大一会才冒出头，真是痛快淋漓。如果谁的鞋子掉进水塘或河井里，水性好的就主动帮忙潜入水下捞上来，那绝对是一件脸上有光的事情。"快，跳水！"不知谁喊了一句，把大家吓得够呛，转过身，看见真有妇女向池塘这边走来，赤裸着身子的小伙赶紧抱头鼠窜般一个劲地往池塘里跳，笑声、唏嘘声、扑通声，顿时稀里哗啦一片，乱了刚才的阵容和分寸。

夏天是多雨的季节。常常原本艳阳高照，一转眼却乌云翻滚，暴雨倾盆。从本村小学放学回家，做好作业，我就和爷爷一起编"芡子"，也就是囤粮食用的狭长的粗席子。通常用收割麦子后自己手甩的麦秸编成（算是变废为宝吧），麦秸必须是齐整的，秸儿修长而硬实，最好有点湿润，这样编出来的芡子才结实耐用。爷爷一边编，我在一边帮着捋麦秸，捋好递给爷爷。表面看很简单，但是如果不专心，一不留神可能就会被爷爷赶上，耽误编席子了。一般情况下，爷爷拿稻草缠麦秸的时候，我就要把第二把麦秸捋好，这样才不浪费工时。最多的时候，我家编有十几床芡子。一旦下雨，芡子就派上了用场，地里、场里、庭院里的庄稼有了备好的芡子，简便实用，不用担心被雨淋了。

三

童年的秋天是五彩斑斓的，遍地溢满了黄澄澄、红彤彤的成熟的气息。田野里，山岭上，沟叉子，野菜野果随处可见。有种俗名叫"拖拉盘"的野果，红彤彤的，像是一颗颗红艳欲滴的珍珠，长在丘陵或山沟里，果实甜里带酸，酸中夹甜，爽口的很。秋天里，学校组织学生搞复收，到收完庄稼的田野里，捡拾地里落下的花生、红薯、大豆、玉米等。花生卖钱，红薯可以煮着吃，也可以晒干换米换面（老家稻田少）。我最爱在秋收时趴在秋高气爽的山岭头烧红薯吃。在地埂边上，拾几把干枯草，再在路边找几块风干的牛粪饼子，然后抱来几个石块，搭建成一个临时的灶台，先点燃柴草，再把牛粪饼子放上，最后把红薯放在干牛粪饼上。因为干牛粪饼多半是草质，所以不臭，燃烧起来并不费劲，不过比枯草耐燃罢了。等到红薯被燃烧的牛粪饼子包起来的时候，这时就坐等大餐吧。过一阵子，红薯的香味保准让你直流口水，迫不及待了。如果把红薯烧成外皮流油，外焦里嫩，味道就更好了。

说到秋天的美食，还有一道农家菜，很有风味。天黑时，打着手电筒，和大人到村东的草沟子里照蟹子，有时一晚上能逮到一铁桶，回家和菜园里的大葱叶、韭菜、青辣椒、生姜片混合在一起，腌制成咸菜，四十多天就可以吃了，味道好得很。吃饱喝足，跑到村西的大街上放风车，用高粱篾制作的，能随风滚很远。如果风大了，风车跑得快，我还追不上哩。另外就是玩楝蛋子，找来竹竿，看哪家有苦楝树，打下一地黄灿灿的楝豆，集中在一起，用石头砸粘成一个圆圆的大泥丸，中间拴上一根绳子，当手榴弹玩。用力一甩手，眨眼的功夫，楝蛋子扔出去几十米，好奇的心也跟着飞远了，有时要找上好半天。

四

童年的冬天特冷，天寒地冻，一根根长长的冰凌垂挂在农家屋檐下，组合成各式各样的形状，似城堡、森林、雪山、利剑，宛然一幅幅惟妙惟肖的冰雕杰作。站在锅屋里，凝望着窗户上的冰花和檐下的冰凌，一切都像安徒生编排好的童话，那么神奇、美妙。就是这样的光景，童年的我，穿着垫了芦苇花的棉鞋，拂晓前顶着稀疏的晨星去上学。去学校早，天不亮，又没有电灯，就从书包里掏出从山林的松树上弄来的松脂，点燃一线光亮，朗读课文，背诵诗句。"大雪压青松，青松挺且直。要知松高洁，待到雪化时。"读着读着，身体不冷了，似乎全身充满了阳刚之力。松脂烧完了，再点燃一根，直到天亮，一个冬天把教室墙面熏成一道道黑影。课后，和小伙伴们一起抱膝"撞拐"，踢鸡毛毽子，笑声中全然忘了冻僵发痒的手脚。

冬天里，堆雪人、滑冰是必做功课。踩着厚厚的雪，听着咯吱咯吱的响声，简直就是在聆听一首铿锵有力的乐曲，若是家门口再堆一个长着大红鼻子、戴蓝色礼帽的雪人，比今天玩 iPhone 手机或网络游戏有趣多了。滑冰一般是在较大的池塘里，冰结得厚，用石头是砸不开的，从冰池的一边滑向另一边，那种速度所带来的酣畅的快感无与伦比。当然，池塘冰薄时，是断然不能进去滑冰的，掉进水里湿了鞋子、衣服就麻烦了。对于男孩来说，冬天还有一种运动必不可少，就是"打跩"。找一块短木头削制成圆锥形，再寻一颗圆滑的小钢珠，从修理自行车废弃不用的轮圈或踏板轮轴里面取出那种润滑的珠子即可，取出镶嵌在木锥下面，稍微露出一部分，然后找根粗细均匀的小树棍和布条，做成木鞭，在大街上打跩，抽一鞭能跑几米远，和伙伴们比赛，跑得最远者为胜。现在，这种童年的玩具已经不见了。原本宽敞的河道被搞建筑采砂的挖空了，农村孩子溜冰也成了奢望。

《连云港文学》2017 年第 5 期

五龙口抒怀

韩克波 笔名寒江，江苏省作家协会会员，国家三级作家。曾任灌南县作家协会主席。小说《巴儿狗》，在2011年《小说选刊》第二届全国小说笔会中荣获优秀作品小小说二等奖。著有散文集《灌河惊涛》《大河东流》。

住在江苏省灌南县城的人没有不知道美丽迷人的五龙口湿地生态园的，这个地方我不知去了多少次。

长夏的一天下午，我又一次来到了五龙口游览观光。

五龙口湿地生态园距灌南城区北约两公里，地处灌河支流盐河、武障河、老六塘河、北六塘河、公兴河五条河流交汇处，河流宽度50至100米，交汇处最宽为330米，最窄处为150米。

五龙口湿地生态园有着悠久的历史传承、深厚的文化积淀和迷人的自然风光。她以动人的历史传说、深厚的文化底蕴、丰富的生态资源、美丽的自然景观、浓郁的地域风情、巨大的开发价值而闻名，是一个不可多得的旅游胜地。

一条贯穿南北的公路将五龙口一分为二，成为东西两片。东片北部是一个挨一个的鱼塘，南部是入海的是武障河，中部是鱼岛。西面是偌大的一片果林，有桃树、梨树、白果树等。五条河流交汇处就在这果林的西边。

我沿逶迤小路向东而行，五龙口旖旎的风光直扑眼帘。

鱼塘边一株挨一株挺秀的杨柳，在天幕下婷婷伫立，枝条垂挂，袅娜摇动,风姿动人极了。一丛丛浓密的蒲草在徐徐的清风中抖动着翡翠般的叶片卖弄轻柔,几只紫色的蜻蜓立在上面被晃来晃去。在浅蓝色的水面上,不时有三五只水鸟贴着水面掠过,飞往鱼岛的丛林里。鱼岛上是一片柏树和灌木,郁郁葱葱,浩浩荡荡,给人一种天然美。在这里栖息着许多野生动物,如两栖类的中华大蟾蜍、黑斑蛙;爬行类的无蹼壁虎、北草蜥、石龙子、双斑锦蛇;兽类的家鼠、草兔、獐;鸟类的野鸡、云雀、大苇莺等。当我走进鱼岛深处,好像时空瞬间转换,仿佛置身在古老的原始森林中,有一种神秘莫测感。此时,从灌木丛中不时传来哗啦哗啦的响声,我生怕遇到双斑锦蛇、无蹼壁虎等可怕的野生小动物蹿到我的身边,便很快穿过鱼岛。来到了古老的武障河畔,极目远眺,一望无际的芦苇荡里飞禽群集,那鸟儿一会儿从芦苇荡里飞向天空,一会儿又从天空飞入芦苇荡。芦苇荡里,除了栖息当地的水鸟外,每年11月中旬从黑龙江扎龙地区飞来的世界珍禽丹顶鹤,在这里栖息越冬,翌年4月上旬返回故乡生儿育女,与丹顶鹤做伴的还有白鹤、灰鹤、天鹅、鹭等珍禽100多种。

在五龙口的游览中,让我领略到大自然的旖旎风光,享受到无穷的野趣。

五龙口的美丽足以让人感叹,我真为灌南有这样美丽的湿地生态园而感到自豪,让我在一年四季随时都可以看到五龙口美丽而迷人的风景。

在我眼里,五龙口最美的地方最美的时刻不是早晨杨柳堆烟的鱼塘边,也不是春季那桃花盛开、梨花带雨的果林,更不是势如排山倒海的虎头潮。而是五条河流交汇处的落日时分,为了等待那一时刻,我有了充裕的时间,在等待落日时,我几乎走遍了五龙口每一个角落,对五龙口的人文历史有了更深刻、更全面的了解。

五龙口湿地生态园,人文历史久负盛名,其深厚的文化底蕴更使人连连称道。在明清时五龙口的武障河为沂蒙山泄水干河,上承南、北六塘河和柴米河诸水,下游汇入灌河归海。据《海州志》记载,清代,在武障河等河头筑坝蓄水,夏天开启,冬天关闭,以保证盐河有一定的水位,以利盐运。20世纪30年代修筑河堤,1977年建成武障河河闸,虽历经岁月沧桑,但其重要的地理位置和其重要的运输功能却未被世人遗忘。

五龙口湿地生态园,可以说是一块神秘莫测的人间仙境,有其浓郁的地域风情，如有出海祭祀、高老庄招亲、玩花船、唱麒麟以及跳财神等原始纯朴的风俗民情文化。五龙口有许多美丽而动人的传说，如在武障河畔流传着王彦章铁篙撑船、昌姬王御马路等。每到夏天，五龙口还出现虎头潮、鲸鱼拜龙王等奇观，引来无数游客观看。

虎头潮这一奇观，我在十多年前曾在五龙口看过一次。即形成1至2米高的巨大浪潮，似猛虎下山，前面的潮头尚未退却，后面的潮头又跟上，紧追不舍，浩浩荡荡，大有排山倒海之势。倘若在夜间来潮时，身处数公里之外都能听到势如千军万马般的浪涛声，这种壮观场面可持续10至20分钟。最后潮水又沿着来潮时的线路返回到天际间的大海里。

五龙口水产资源丰饶，品种繁多，鳗鱼、银鱼、青虾和肥美的野生大闸蟹等皆负有盛名，而最令人倾倒的美味当数享誉海内外的鲈鱼。宋代范仲淹过松江时曾留下"江上往来人，但爱鲈鱼美。君看一叶舟，出没风波里"的著名诗句，可见鲈鱼的鲜美与捕捉之难，然而松江鲈鱼近年已近乎绝迹，因此五龙口鲈鱼便更显珍贵。鲈鱼一般为3至5斤，大的可达数十斤，每年芒种前后是大量上市的季节。鲈鱼肉质洁白肥嫩，烹调后，肉似蒜瓣，汤若乳汁，浓稠粘唇，其色香味可与"松江鲈鱼"媲美。来五龙口观鲸赏潮后，若再品尝一下名贵的鲈鱼，方算不虚此行。

落日时刻终于到来了，大约在6点40分，我伫立在五条河交汇处的东岸，向西望去，太阳又红又大，慢慢西沉，它好像要将余晖全部洒在大地上，以表达它对大地的无限热爱。此时的五龙口沐浴在一片瑰丽的光芒中。在红霞和微漪里，一位运桨操舟的老伯握着夕阳的余晖，哼着古老的歌谣，悠然划过河面渐渐漂向远方。一只只飞鸟迎着晚霞在波光粼粼的河面上空尽情嬉闹，一会儿低飞慢舞，一会儿直冲云霄，留下一串串悦耳的叫声。河岸上葱绿的树林倒映在水中，水树交融，林水相亲，更增添了五龙口的清丽雅致。五龙口简直就是一幅天然的画卷，那景色太美了，不是身临其境的人是无法体会的。河面茫茫，时空茫茫，思绪茫茫，在这一片茫茫中我竟找不出表达我此时心情的一句话来，可我表达的欲望却又非常强烈。面对自己，面对大地，面对夕阳，我思忖良久，才终有感悟：没有朝阳，还有晚景可追；没有激情，还有责任所在！

太阳落山了，夜幕笼罩大地，四周一片静寂，我虽感到几分落寞，但我的心里却充满无限快慰，这静静的夜，不正是在孕育着新的一轮太阳吗？明天它从东方地平线升起时定会将五龙口照得更加美丽而迷人！

《全国散文作家精品集》2011 年

一条鱼的深情

何正坤 笔名何尤之,江苏省作家协会会员。先后发表小说、散文、诗歌等200余万字,出版短篇小说集《真水无香》、中短篇小说集《金店十二钗》、小小说集《麦色浪漫》等。

正月初八,是这个春节少有的晴天。阳光暖暖的飘忽,金色光芒缕缕洒落。这样的午后,不去享受阳光实在是可惜了。我家阳台的外面,是个露天大阳台——车库屋顶改造的。坐到了大阳台上,太阳当空高悬,围着我踏着碎步转动。阳光披在身上,那么轻,那么柔,那么较真地要把我包装成慵懒的神态。影子掉在地上,衣服散发着阳光的味道。便有春意从头上流淌,在脚上驻留。我果真有了些昏昏然。

懒洋洋地点上烟,起了点精神。坐在椅子上,享受春暖,看着小区的花园。供销小区已经建成了十七八年,是个旧小区。楼与楼之间并没有花园,只是在物业小楼后面,有十几棵叫不出名字的树,长出了一片青枝绿叶,闹出点春意,印证着春天。这片姑且叫作花园的花园,正好在我的视线内。我的目光落在了那棵枝叶较为浓密的树上。我随意地由下向上看,就看到一只猫盘在了树枝上,和我一样,慵懒地晒着太阳。

这是一只狸花猫,不但好养,而且还能捕鼠。小时候在乡下,家家都养这种猫。母亲也养狸花猫,以对付猖獗的老鼠。那是生活贫乏的年代,人尚且吃不饱,岂容老鼠来夺食?我们家的狸花猫在粮食保卫战中立下了大功劳,很讨人喜欢。我忽然想那只狸花猫了，又想起那件趣事来。

记得是1986年吧，父亲已离开了我们。母亲操持着家，照顾着我和妹妹。那年的乡下，物质相当匮乏，生活条件很差。母亲过惯了艰苦的日子，总是把好吃的东西留给我和妹妹。我在上学，寒暑假才回来。母亲生怕我在外吃得不好，有好吃的都留给我。鸡蛋、糯米屑、大糕、苹果，能收的母亲都收着，等着我回来。其实我在学校吃得比家里好，可母亲就是不放心，仍这么坚持着。

那是夏天，天气热得毒辣。树梢凝固了，树叶画在了树枝上。风鬼怪地跑得无影无踪。天空瓦蓝瓦蓝的，万里晴空，没有云彩。鸟儿都站在树荫里，大黑狗不得不伸出舌头排汗。那时乡下没有空调，连风扇都没有。天热了，就用芭蕉扇自己动手摇出风。中午正是一天最热的时候，母亲把饭桌搬到泡桐树下，在树荫下吃饭。我放暑假了，母亲特地买了一条鱼，又大又肥。母亲的厨艺在村里是数得上的，放上葱花、大蒜、香菜，再放点黑酱、白糖，鱼的美味便能飘出一二百米。那时吃一顿烧鱼算得上奢侈了，吃肉更是佳肴，只有节日才舍得这么吃。

妹妹将饭端上了桌，母亲将鱼端了上来，三口人坐在树荫下吃饭。吃了一阵，却没人动鱼。母亲只是吃饭，偶尔夹一筷子大蒜或香菜。妹妹知道这鱼是母亲特地为我做的，也不动筷。而我知道，其实她们的生活比我还苦，常常是白饭就着咸菜，所以我也没有动筷。鱼盘便如同摆设，点缀着午餐的美味。母亲让我吃，我让妹妹吃，妹妹让母亲吃。三人让来让去，谁也不去动鱼。母亲笑了，站起来，伸出筷子，夹起一大块鱼肉。看到母亲吃鱼，我笑了。母亲持家有多苦多累，我和妹妹都清楚。为了我和妹妹，母亲起早贪黑，节衣缩食。我希望母亲能吃点鱼，补补身子。就在我笑着的时候，母亲把一大块鱼肉丢进了我的碗里，我拦都拦不住。我把鱼块夹起来给母亲，被母亲拦住。母亲笑着说，我不喜欢吃鱼。我笑不起来了，我说我也不喜欢吃鱼。母亲说，鱼有营养，对大脑好。你在读书，多吃点鱼好。我夹着鱼块，转脸丢进了妹妹的碗里。妹妹"哎呀"一声，说我才不喜欢吃鱼。妹妹挨着母亲坐，趁母亲在和我推让的空隙，把鱼块丢进了母亲的碗里。母亲迅捷地夹起鱼块，在我来不及阻止的档儿，又把鱼放到了我碗里。我看妹妹在嘻嘻地笑，笑出眼泪了。就趁她抹眼泪时，把鱼块又放到了她碗里。妹妹想故技重施，把鱼块给母亲。母亲看出了苗头，把碗端在了手里。妹妹无奈，把鱼肉丢进了鱼盘里。

鱼盘又恢复了原样。三人在相互嗔怪中笑成一团。

母亲说，都不吃，这鱼摆这做样子么？我和妹妹都笑。

母亲端起碗，回屋里盛饭了。我和妹妹还在笑。

母亲盛了饭回来，刚坐下，就问，鱼呢？我和妹妹止住了笑。

是啊，鱼呢？鱼盘里除了那块夹来夹去的鱼肉，就剩鱼汤了。鱼呢？

鱼在桌肚底下了。母亲一看鱼盘空了，马上低头看桌肚。果然，狸花猫正在桌肚底下，美美地享用一条鱼呢。它吃得很香，边吃边发出呜呜的声音。我一下就来气了，狠狠地踢了狸花猫一脚。狸花猫"啊"了一声，拖着鱼冲了出去。

我很生气，生狸花猫的气。母亲笑着，说吃就吃了，明天再重做吧。妹妹也笑了，说让来让去，让给猫了。妹妹这么一说，我也就"扑哧"一声笑了。母亲也笑，说这狸花猫逮老鼠厉害，就是嘴太馋了。

事情过去三十多年了，我记得还是那么清晰。那种其乐融融的情景，回想起来，仿若昨天。那时物质匮乏，心却是热乎的，如同这午后的太阳。母亲的品性，渗透在细枝末节的小事里，渗透了我的心里。也因此奠定了我的做事方式，影响了我的一生。我一直深爱着我的母亲，感谢她养育了我，教育了我。她让我懂得，多少钱不重要，感情才是一生的财富。

树枝上的那只猫，不知啥时走了。我看太阳，也偏西了。凉凉的风吹过来，有了傍晚的冷意。我没有马上起身，我想在往事里再流连一会。那些过去的事，那些陈年的情，仍在心里荡漾着，那么醇厚，那么清香，那么的难以忘却。

太阳跑到树梢那边去了。我的身后，阳台的地面上，长出了交错的树影。

《火花》2018年第7期

感恩之心

韩　寒　中国散文学会会员，江苏省作家协会会员，曾在省市级报刊发表文学作品数百篇。

感恩是一种天性。

我们每个人，从呱呱坠地起，就沐浴了太多的恩情：父母的养育之恩，师长的传道授业，夫妻的相濡以沫，朋友的意气相投，邻里的真情帮扶，素昧平生者的无私援助，更有社会提供给你良好的生存环境和发展机遇，来自大自然的阳光雨露，春华秋实。这些都让我们感到幸福，感到生活的美好。

其实，在人的一生中，时时刻刻都要存在感恩的心，感恩是无处不在的，并不是谁帮助了你、关怀着你才需要感恩。

我们要对恩人感恩，无可厚非，但是不仅仅恩人才值得感恩。生活中一切事物和事情都存在着感恩的情节，父母的恩情、朋友的情谊、恋人的爱情、大自然的一花一木、生活中的挫折的境遇、自己的追求和信仰……都需要我们用感恩的心态去感知和对待。

人的一生纠缠着很多事，爱情、亲情、友情、成功、得失、进退、荣辱……总有一些带给你苦痛，总有一些带给你欣喜，苦乐酸甜才是人生。唯有常常感恩，才能时时收获慰藉和幸福。有一句话大致是这个意思：父母思念儿女就像源源不断的泉水，汩汩地从泉眼中流出，一年四季没有休止；而儿女对父母的思念，就像秋风扫落叶，"嗖"的一下，风歇叶落，戛然而止。读来让人好不愧疚。父母恩，似海深。有了时间，不要忘记带着妻儿一起去看望父母，不用带什么贵重的礼物，父母年纪已经大了，没有什么特别的需求，他们能见到子女健健康康、快快乐乐的就心满意足了。

还有爱情，想一想就让人怦然心动，久久不能停息。记得当初，月上柳梢头，人约黄昏后，双方羞涩含情，脉脉流盼，后来进入彼此内心的世界，相约相誓，共度一生，无论风雨坎坷，还是贫病交加，都愿同心同德，毫不后悔。曾经的爱情故事，从青丝凝结演绎到双鬓飞霜，忠贞可鉴，竟验证了《诗经》中那句古语："死生契阔，与子成说。执子之手，与子偕老。"感恩爱情，至爱难得。彼此能走到一起就是一种缘分，要珍惜这个缘分，否则常会饮下悔疚的苦水。爱是一份使命，要相爱的人应把爱传承、发扬，使整个人间都嗅到爱的味道。

感恩友情，友情跨越千山万水，把两颗思念的心系在一起，犹如一种心灵的碰撞，更像一个美丽的童话，优美、温暖、情深，有说不出的曼妙。

友情没有隔膜的时候，纵使有瞬间的误会，也会消弭于时间的过滤中。友情如河，脉脉地流出。流入的是倾听不尽的交心话，流出的是绵绵不绝的呵护和忠告。亲情、爱情、友情，没有先后，一样的重要。人何以生，人何以不生，全在"亲、友、爱"上。人其实不过是一副空壳。有了这三者才有了丰富的血肉，变得饱满和充实起来。感恩吧，生命中的感动太多了，不必轰轰烈烈的，平凡中照样有许许多多感人的故事。感谢生命赐予了我们如许的感动，让我们的人生变得更充实、有质感。年轮在不断地增长，岁月在一天一天逝去，唯感恩可以滋润生命。

记得有一首歌叫《感恩的心》，其中有几句令人印象非常深刻：感恩的心，感谢命运，花开花落，我一样会珍惜。如果说，爱是人类最崇高的情感，那么，因爱而生的感恩之心则是爱的升华；当爱成为一种鞭策，当感恩成为一种自觉，当我们真诚地鸣谢他人，我们的生活将因此而更加美好！

感恩是一种对恩惠心存感激的表示，是每一种不忘他人恩情的人萦绕心间的情感。感恩是为了擦亮蒙尘的心灵，不致麻木；感恩是为了将无以为报的点滴付出永铭于心。

你感恩生活，生活将赐予你灿烂的阳光；不懂感恩，只一味地怨天尤人，最终可能将一无所有！成功时，感恩的理由固然能找到许多；失败时，不知感恩的借口却只需一个。殊不知，失败或不幸时更应该感恩生活，当你生病时不要抱怨生活对你不公，那是老天对你的一次提醒，它让你知道你的身体出现状况了，要重视了。在你心情不好的时候，不要对关爱你的人发脾气，要知道你的开心快乐正是他们所期盼的。

　　感恩大地，给我们粮食蔬果；感恩天空，给我们阳光雨露；感恩父母，给我们一条鲜活的生命。

《苍梧晚报》2019 年 5 月 13 日

与名家的亲密接触

姜　威　曾任连云港市文学工作者协会主席、《连云港文学》主编、市文联副主席兼民间文艺家协会主席，出版过《姐姐要出嫁》《龙腾虎跃》等30多部作品。

三十年前，鄙人曾以市文学工作者协会主席的"身份"，接待过当时因《受戒》《异秉》等小说而闻名于世的大作家汪曾祺；后来又接待过全国首次诗歌评比一等奖获得者、老诗人王辽生。近翻相册，看到两张载有二位名家形象的"老照片"，不禁勾起那会儿与之亲密接触的回忆……

1981年初冬时节，"走红"的汪曾祺竟能不摆名人架子而"召之即来"，应邀从首都北京赶到新浦，稍事休息便给我市文协会员作了关于小说创作的讲座。不愧是大作家，汪老讲起"课"来眉飞色舞，声调铿锵，时而起，时而坐，身姿、手势与讲述的内容密切配合，把小说创作之道讲了个酣畅淋漓。翌日，带着文友们余音绕梁的掌声和心满意足的笑容，鄙人陪同汪老去看连云港港口，继之登游花果山，回来时夕阳西下，天已落黑。

"到寒舍吃点便饭吧？"

其实到"一招"吃晚饭还来得及，只是鄙人早有"预谋"，很想请他到敝处聊聊，以"家宴"方式在文学上吃点"小灶"。

"行，走！"汪老毫不推辞，欣然赏光。

徒步中，作家忽然指着马路边菜摊上的菜，"今晚别的不要，就这个好"。噢，狗肉！

便宜，那时一斤才两块来钱。既然点了，想必是"味"有独钟，于是切上二斤。

这样汪老就到我家了。谁说"廉颇老矣"？只见作家开怀畅饮，端的是"大块吃肉"，边吃边作品评："不赖，不赖，这里的狗肉比北京铺子做的好。"过后才知，汪曾祺曾被他的夫人戏称为"狗肉爱好者"，写作之余常拿狗肉下酒。

乘兴请教文学。汪先生话匣大开，谈小说，谈散文，谈小品，谈取材，谈构思，谈语言，谈风格，结合他的创作实践，"观点"与"论据"随心涌出，洗耳恭听后多有启蒙。

聊着聊着，汪老"话说"起花果山来，讲了好多好多的观山之感，收尾道："此乃人间幻境也。"趁机为我时任主编的《连云港文学》约稿，遂见爽快："可以。"

后来不过半月，便有散文《人间幻境花果山》见寄，并附宣纸手书的诗作一首，曰："刻舟胶柱真多事，传说何妨姑妄言。满纸荒唐《西游记》，人间幻境花果山。"获此文作和墨宝，当即编而发之，汪老收到寄去的样刊后来信道谢，显现出这位大作家的谦恭之情。

时年53岁的诗人王辽生，是带领他工作地方的诗坛新秀们来我市文联访问的。机会难得，请他"现身说法"，给我市文协会员讲讲诗歌创作的经验，王老二话没说答应了。下午开讲时，只见诗人意气风发，神采飞扬，讲诗的特质，诗的意象，诗的形式，诗的结构，诗的语言，诗的韵味，诗的创新，把自身的创作实践和学习中外经典诗作的感悟有条不紊地讲了个透，大家听得津津有味，不时以掌声回应讲述的精彩。

当晚，王先生应邀光临寒舍，叙话间谈笑风生，讲了他的经历，他的苦乐，他的爱情，他的家庭，他的友谊，他的孝心，敞开心窝不见顾忌地无话不谈。都说诗人多有激情，这回于零距离中得以欣赏了。临别，大约是有感于我家老伴忙里忙外上菜款待，诗人抱拳当胸，向我老伴作揖道："多谢小妹！"引得我那老伴哈哈大笑，十分开心。

唉，如今二位名家都不在人世间了，可那音容笑貌和那传经送宝的炽热之情，依然印记在我的心中……

选自散文集《生活感觉》2006 年 12 月

南城古街的足音

江尧禹 1943年出生,迄今已有数百篇文学作品见诸各种报刊,其中数篇获过奖项,现为江苏省作家协会会员、江苏省杂文学会会员。

我对故乡南城几乎没有什么印象,我出生在父亲漂泊的外地,从未住过南城。对南城唯一的印象是大约三岁半的时候(1947年左右),父亲带我回过一次老家,好像是送一些钱物给处于饥寒交迫中的二伯父和叔父,他们都无生活来源。父亲抱着我匆匆回去又匆匆离开,到他谋食的外地去。出了南门,又拐过几个屋角,就看到城外如血的残阳西下,归鸟在唱。父亲不时还要抱着我急速赶路,先步行到新浦住下,接着辗转外地。父亲的心情沉重,为了挣钱养家糊口,他似乎有一种信念:"走出故乡就是最大的胜利。"除此而外,我对于故乡南城一无所知。

直到2007年,南城的江姓续修族谱,当地的名士、族兄江尧吉,找我去南城议事,我才真正一睹了故乡的风貌,看到了那幽幽的东山、西山、古井以及几座寺庙。尧吉兄在城门口接我,我仰望古城楼的沧桑,观赏着"六朝一条街"的石碑,碑上的字是尧吉兄书写。在十分新鲜的感觉里,我踏上了父亲不知走过多少遍的三里古街。破损的石板路承载着太重的历史,向我展开无言的述说,长条板石的中间,是千百年来车马和先民踏成的凹槽,有些民居的大门旁还残存着上马石,更加增添了一份古韵。在古街两边的民居中间,少数突然立起的小楼，显得很不协调，整个古街显得荒杂，甚至使我有了凭吊的感觉。

我伏下身子，企图从这破旧和古老中，倾听父亲当年匆匆来去的足音，蹬！蹬！蹬！声音异常沉重。他少年丧父，我的大伯父和姑母已经饿死，二伯父和叔父生活无着落，全家人活着的希望全部压在父亲的肩上，他的心更加沉重，此刻，他想到了海州商会会长沈十二，想到那位美国传教士，是他们的资助，父亲才有机会到"义德医院"学医，从此有了谋生的职业，救活了全家。就这样，他来往于故乡和外地，穿梭在这条古街上，心头的重压使他喘不过气来。带我回乡的那一次，走出夕阳西下的故乡，我听到他急促的喘气声和叹息声。现在轮到我踏上古街，我慢慢地走着，历史的云烟从眼前飘过，头脑嗡嗡作响，眼睛也模模糊糊，一位迎风挺立的老者走近了，那简直就是我那98岁时进入茫茫万古的父亲！一位手持拐杖的老媪走过来了，那分明就是我84岁时进入天堂的母亲！他们的脚步声和我此刻的脚步声，就是遥远历史的回音。

尧吉兄家就住在这条古街上，我在他家第一次见到了古版"江氏族谱"，禁不住心潮起伏。这是民国三十二年，由中国著名职业教育家、我的远房祖辈江问渔资助编印的家谱，家谱上那一排排整齐的姓名，都是我的祖先，那世代传递不息的血脉，穿过时间的千山万水，到达此刻，到达了我，我的说话，不过是他们的另一种回音，我做事，不过是他们的另一种姿势，这植入血脉的气质，必定来自久远的遗传。面对这些祖先，我有诉说的愿望，我有隔世感恩的真诚。这部修于60多年前的家谱，计有2万多人，那么，在南城，光是江氏一门，就有2万余人在这条古街上早出晚归，来来往往，他们的足音乃是天籁之音。先辈们的脚步声，把这条古街走成了时间的河流，以他们勤劳的双手，疏导这条蛮荒的生命之河，使我们有了可以顺流而下的上游，使我听到了遥远的涛声。

南城，我来迟了，因为我已进入老年，但我的双手尚能劳动，可以去理一理凌霄花的藤蔓，可以为碎石墙砌一块薄石片，使古老的民居成为开发利用的旅游资源。我的耳朵尚未失聪，尚能听到新区建设的乐章，我的眼睛还较清澈，还可以看懂故乡发展的蓝图，或许还能看到一座旅游新城的崛起，即使我什么也不能干了，我还可以用虔诚的心，到寺庙里燃香祈祷，祝福我的亲爱的故乡。最近我和江氏族弟洪尧，陪同市文化部门和建设部门的领导，为在当地筹建一个文化研究基地,来到南城镇政府,在镇党委书记和镇长那里,看到一张由市委书记指点过的南城发展规划图,我已经听到了南城迈进的脚步声。南城这只金凤凰,正要临空展翅,高高飞起。

《连云港日报》2013年2月15日

吃饺子

嵇均光 下放知青，1978年考上大学，供职于连云港出入境检验检疫局，发表作品30余篇。

当年下放园艺场时，生活比较艰苦，每天早晚是咸菜，中午是菜汤，难得吃点肉改善伙食。

一个阴雨天的下午，老书记对我们说："孩子们，下雨地湿，不能干活，包饺子吃吧。"我们一听，雀跃欢呼，欣喜异常。

一百多口子人吃饺子可不是一件简单的事。首先，食堂炊事员要准备足够的饺子馅。几个勤快的女知青主动帮厨，剁肉、剥葱、切菜，各司其职，很快就将饺子馅准备完毕。

包饺子必须自己动手，于是大家各自找合作伙伴。有的以宿舍为吃饺子的单位，有的以工作小组为团体，有两个人结伴，也有三个人合伙。因为当时知青的新宿舍还没盖好，我们九个大小伙子住在一个大房间，干脆就此成立"九个人吃饺子合作组"。

找好了合作者，接着就是称面，称馅。老工人告诉我们：一般情况下，吃一斤面的水饺，要用一斤的饺馅，所谓"斤面斤馅"。

看到大家排队忙活，我们九个人决定暂不凑热闹，先到大仓库里练篮球。打了一个多小时篮球，肚子也饿了，吃饺子的馋虫也上来了，大家一起跑到食堂。

到了食堂一看，很多人已经包好了饺子。再看那饺子包的，真是八仙过海，各显神通。女知青包的饺子大多有棱有角，小巧好看；男知青包的饺子可就丑态百出了，有的直不起腰，有的整个趴下，还有的尚未下到锅里，饺馅已先冒了出来。于是善于团结女知青的男知青们，就把会包饺子的女知青请到自己的合作组，做技术指导兼操作者；还有人更干脆果断，连人带饺子一块入了女知青的团队。秀娟家里兄弟姐妹十一人，她排行老九，一看就是干活的一把手。她的合作者是四人女子组，饺子已包好，她便指挥同组女知青帮助其他组包饺子。二民是个动口不动手的主儿，满脸满手沾着面粉，还像模像样地围着围裙，连后屁股上都沾着白面，却连一个饺子也包不出来，这顿饭不知怎么才能混个肚儿圆。

大平和小健是同一个组，他们的饺子包得真是惨不忍睹。称了二斤面，用了三斤馅，饺子包成拳头大小，还歪着"嘴"。炊事员徐师傅善意地告诫他俩，这种饺子绝对不能下到锅里用水煮，否则煮开了也找不到饺子了，不如到饲养场找个大铁锅，贴成"锅贴"吃。俩人比较虚心地接受了建议，立即抬着他们的饺子到饲养场找大锅去了。想跟着尝新鲜的、想看热闹的，一呼啦跟去了七八个闲人。

饲养场的大锅原是为老母猪煮猪食的。当晚老母猪吃饱了已躺下，正好锅也空着。听到鼎沸的人声，老母猪还纳闷，一般知青也不熬夜呀？一看有人抬了东西往里进，老母猪以为有夜宵，高兴得马上爬起来身。可众人哪顾得上招呼它，纷纷撸袖子上前，七手八脚，帮助大平和小健做锅贴。大家（主要是男知青）烧火的烧火，刷锅的刷锅，还有人提起水就往锅里倒，急得大平直跺脚："不需要帮忙，不需要帮忙，大家都各自忙去吧！"可各位的心思全在饺子身上，都想跟着再饱餐一顿，又有谁听他的呢！一番忙乱，锅贴终于贴好了，各位就更忙啦。锅盖一掀开，只见铲子、勺子一齐上，还有的人直接下手抓了，都想尝尝旱饺子的味道。吃饱了水饺的人尝了一口旱饺子，直喊锅贴比水饺好吃！还没吃饭的人抓了锅贴就往嘴里填，还没尝出味来，锅贴就囫囵吞枣滑进肚中。二民用铲子铲了两个锅贴，举在头顶往外挤，刚出人群，锅贴就开始向下滑落，说时迟那时快，二民赶紧伸出另一只手，直接把油乎乎的锅贴揽在了怀里。大平和小健则一直围守在锅边，紧抢慢赶地，那天晚上只吃了个半饱。

  我们九个人一看，如果再等着包饺子下肚，已经跟不上肚子的需要了，再加上看到别人包的完美的饺子，我们已毫无自信能否吃上自己包的水饺。大家一商量，干脆改吃肉丝面，快速而实惠！说干就干，我们称了九斤面粉，立即和面、擀面。吃过饭的女知青家珍和慧敏帮我们切面、切肉。面切好了，整整摊了一案板，水开了下到直径一米的大锅里，满满一大锅的面，盛出来装了满满四大脸盆。

  大家放开肚皮吃面喝汤，直吃得锅朝天、盆朝地。吃完后，九个人撑得坐在原地，一动也不想动了。

  一人一斤面一斤馅的水饺，四大脸盆的面条……真怀念那段无忧无虑的青春岁月啊！

《苍梧晚报》2012年3月16日

皇帝的澡盆

孔 灏 中国作协会员，省评论家协会理事，市评协主席、作协副主席。著有诗歌和随笔集六部，作品入选高中语文教辅书和多省市高考模拟试卷作文材料。参加《诗刊》社第22届青春诗会，获华文青年诗人奖、紫金山文学奖等。

话说在上古的时候，皇帝，不是一个人人都愿意干的活儿。比如说许由吧，据传他是尧舜时代的贤人，一位高尚清节之士。相传尧帝要把君位让给他，他坚辞不受，逃到了箕山下，自己动手，丰衣足食。后来，尧帝又派人找到他，请他出山做九州的长官，他气得跑到颍水边上洗耳朵，说是这些世俗浊言把自己的耳朵都污染脏了。

瞧这个人！气性，可是真大呀。

他，能够洗干净他的脏耳朵吗？答案很清楚：他当然洗不干净！

深究起来，任何人的耳朵脏还是不脏，应该都与别人说的话没关系。但是，如果一个人的心比较脏，自然，他的眼、耳、鼻、舌、身、意，恐怕，就都不容易干净了。按照许由的逻辑，当皇帝就是满足自己的一己之私或者是贪慕富贵！所以，这等肮脏事，他坚决不为！

可是，如果当皇帝是为了给老百姓服务呢？这事，脏？还是不脏？这样看来，事情或者言语的"脏"或者"不脏"，全在于许由自己的心里"脏"或"不脏"了。再往深了说，如果许由的那两只脏耳朵真能用河水洗干净，那么，

"亚圣"孟子算是怎么回事？

有一天，孟子对自己的学生说："每五百年就会有一位圣贤君主出现，他的身边必定还有名望很高的辅佐者。从周武王以来，到现在已经七百多年了。就年数来分析，这时间已经超过了五百年；就时势来考察，也应该正是时候。可是，咋还没人来请我去辅佐呢？大概老天，是不想让天下太平了吧？如果真想让天下太平，在当今这个世界上，除了我，又有谁能做到呢？"

"当今之世，舍我其谁也？"这句话，不就是理直气壮地索要"高官得做、骏马得骑"嘛！可是，这话由孟子说出来，非但不脏，而且干净得很。而且，让人听着就远比装腔作势去洗耳朵的虚伪行径让人高兴、让人振奋、让人热血沸腾、让人可以为之"浮一大白"……其实，上古的那些贤君明主们，人家也洗脸、洗澡，当然也洗耳朵，但是人家洗的就是自己，自己身上的尘垢跟别人的说话做事可是真没有半毛钱关系！

不仅如此，人家洗得还不只是自己的身体，人家，也同时来洗自己的心灵！商代的开国皇帝成汤有个青铜做的澡盆，上刻九个字，"苟日新，日日新，又日新"。意思是：如果在每天都能够让自己焕然一新，那么就可以做到天天都能够让自己焕然一新，这样的话，一个人，自然能够天长地久永远除旧迎新！

这所谓"汤之盘铭"，既是刻在澡盆上的话，其中的"新"字，自然包括了肉体之"新"。不过，我相信，成汤皇帝刻上这段话的动机，重点在于警示自己更要有精神之"新"。我还相信，这个警示，对于成汤而言，必定还包含这样的意思：作为一国之君，必须要让自己的国家日新月异地发展，必须要让自己的百姓每天都向着生活富足、道德高尚的新目标无限接近。

后世儒者，深受鼓舞，他们在《大学》里面开宗明义地指出，"大学之道，在明明德，在亲民，在止于至善"。这个"亲"字，其实是"新"字，所以：大学的宗旨在于让光明正大的品德更加彰显，在于使人弃旧图新，在于使人达到最完善的境界。如何求"新"？两个字，修德。

孔圣人怕大家听不明白，专门解释给学生们听，"君子之德风，小人之德草。草上之风，必偃"。意思是：君王或者高官们呵，你们的品德好比是风，一般人的品德好比是草，风吹到草上，草就必定跟着倒。所以，你们自己，一定先要修德啊!

孔子他老人家用心良苦，言语恳切，至于有多少人能听得明白、做得到，那是只好"尽人事听天命"了。但是，至少，在他所向往的时代里，"总有一种感动，让人泪流满面"——话说周代的开国天子周武王，也有个青铜做的脸盆，上刻二十四个字，"与其溺于人也，宁溺于渊。溺于渊犹可游也，溺于人不可救也"。意思是：与其淹没于众多的小人之中，不如淹没于深深的潭水之中。淹没于潭水之中还可以游出来，淹没于小人之中，那可就真的不可救治啦。这文字让人看了，既欢欣鼓舞，又百感交集。

从澡盆到脸盆，或者还可以总结出另外一个意思：真理，总在日用平常中。换言之，真理的样子，一定是平凡的、朴素的，真理，就是生活本身。比如，老子说："上善若水。水善利万物而不争，处众人之所恶，故几于道。"比如，孟子说："恻隐之心，仁之端也；羞恶之心，义之端也；辞让之心，礼之端也；是非之心，智之端也。"比如，禅者说："扬眉瞬目、穿衣吃饭、担水劈柴，无不是禅。"

也比如，商代的开国之君成汤说，"澡盆"。

其实，澡盆之有深意，不仅仅只是中国现象，而且也是世界现象。当年，德国唯物主义哲学家费尔巴哈在批判另一位德国哲学家黑格尔的唯心主义体系时，把其体系中辩证法的"合理内核"也一起抛弃。为此，全世界无产阶级和劳动人民的伟大导师恩格斯批判了费尔巴哈对待黑格尔哲学的错误态度，并指出，"必须从它原来的意义上'扬弃'它，就是说，要批判地消灭它的形式，但是要救出通过这个形式获得的新内容"。接着，他用了一个生动形象、广为人知的比喻来说明这个观点，"不能在倒洗澡水时，把澡盆里的婴儿一起倒掉"。

又，按清代沈德潜在其所著《古诗源》中对于成汤那只青铜澡盆上铭文的注释所说："诸铭中，有切者，有不必切者，无非借器自儆，若句句黏著，便类后人咏物。"看来，这澡盆上的铭文如果写得好，就是一首咏物诗呵！于是，真理，其实也是诗歌；于是，"善"和"美"，其实也就是"真"。

这样想着，我就感到，这皇帝的澡盆，果然是意义重大呢。可是一不小心，我又想得多了一点。从皇帝洗澡，忽又想到了丹麦作家安徒生《皇帝的新装》。假如在丹麦，确有那么一个皇帝，有那么一群大臣，有那么两个别有用心的骗子，突然穿越到中国来，又会有多少老实纯朴的百姓，真的会相信他们不仅已经"苟日新，日日新，又日新"，而且，还穿着那么一件无比华丽、神奇的衣裳呢？

好在，我们的老祖宗千万年前就教育我们要"学而时习之"，要把圣人之言内化于心、外化于形，要我们"志于道，据于德，依于仁，游于艺"，要我们"澡雪精神"，要我们"游必有方"，要我们把成为"一个高尚的人，一个纯粹的人，一个有道德的人，一个脱离了低级趣味的人，一个有益于人民的人"作为自己的人生目标……这样，我们就必有一种精神、一种智慧、一种能力，心游万仞，同时，又脚踏实地。因为，我们相信：我们只能通过自己的努力，才能"苟日新，日日新，又日新"。

我们每个人都是自己的皇帝。所以，我们，都要为自己准备一只：自己的澡盆。

《连云港文学》2018 年第 1 期

蓝蓝的北方

蒯　天　江苏省作家协会理事、江苏省散文学会执行会长兼秘书长、连云港市作家协会副主席。荣获全国短篇小说大赛"优秀作品奖",《文汇报》报告文学奖,首届"全国戏剧文化奖",第四届全国冰心散文奖等。

　　北方的天,蓝蓝的,像玻璃般清晰通透。年轻的你,带着黄浦江畔迷人的晨曦,携着南方女子特有的水润,提着一只棕色的旧皮箱,沿着古老的丝绸之路走来,犹如春日里郁郁葱葱的小白杨,亭亭玉立在北方蓝蓝的天空下。是的,你们一群人都是这样走来的。

　　大片、大片的荒凉与寂寞在你们逐渐粗壮的胳膊旁消失;大片、大片的蒙昧无知在你们晶莹剔透的目光下逐渐褪去。大西北,一望无际的荒野,那长久荒芜没有收获的土地上,在你们的注视下,站起一排排奇迹般成长的白杨,站起一排排鳞次栉比的高楼。

　　风,大西北粗犷的风,在你们纤纤十指的揉搓下,终于也变得温柔、多情起来,轻轻地从山崖上滚过,落在我们稚嫩的肩上,讲述着许多年轻而又古老的传说。

　　小时候,我是没有爷爷的故事、奶奶的膝头的,但我却永远有妈妈的童话。那垂下的长发,那顺着她秀发飞泻而下的瀑布,在怎样一点点滋润着渴望长大、渴望美好的童心呀。每天,你拖着疲惫的步履下班回来,总是背着我,用略带上海味的普通话唱着"卖小猪喽",而我总是把头放在你的肩上,搂着你的脖子,惬意地晃着。妈妈,你现在还记得我揉乱你的头发,撩得你痒痒的滋味吗?妈妈,可我也知道疼你的,每次当我缠着您给我念完一本小人书的时候,我总是像犯了错误一样,低下头推着你的双膝,让你看自己的书,我不再来捣乱。而你总是那样笑着,捏着我的小鼻子:"傻丫头。"

那时的你真是太忙了,每天早出晚归,连给我扎小辫子的时间都没有,而我又实在羡慕别的小朋友的小辫子。等到冬天,在幼儿园,我就用绿的、黄的、红的三种毛线,给自己编了两个"花辫子",系上两根长长的飘带,开心地把它们甩来甩去。等你来接我时,我骄傲地说:"妈妈,你看,我也有两条长辫子了。"你望了望我,眼里盈满了泪光。一把将我抱进怀里,我吓得在你怀里哭了,抽抽噎噎地说:"妈妈,你不要哭,我再也不吵你,再也不让你给我扎小辫子了。"听到这话,你把我抱得更紧了。你的脸贴着我的脸,一行热泪从我脸上流下,妈妈,我是你的女儿,是你懂事的女儿呀。

妈妈,等你是最最难受的。你下班总是很迟,我想您想得厉害时,就搬个凳子放在窗口,跪在上面,朝着您回家的路口看啊,看啊。天渐渐黑了,家门口的那排小白杨在夜色里影影绰绰,风吹过去发出一阵阵"哗哗"的声响。每到这样的时候,我心里就特别的孤独,还有些害怕,常常裹着窗帘就露出个小脑袋不停地向外看,希望能快点看到你回家的身影。看到有人影向家这儿移动,我的心跳就会加速,就会站在凳子上睁大双眼向窗外张望,看看是不是你?如果不是你就会好失望、好失望,再次把目光投向路口。等到月光下出现了你的身影,等到楼梯上响起了你的脚步声,我便急忙躲在门后,大喊一声"不许动!"你就乖乖地举起双手,交出你手里的包。我就像一位将军一样得意扬扬地赶紧去翻你的包,"妈妈,你今天给我买什么了?"虽然大多数时候都没有收获,但偶尔的惊喜却让我更加快乐,一个热乎乎的烤红薯,一只漂亮的铅笔,有时候还会是一本薄薄的连环画,每一次看着兴高采烈的我,你总是微微笑着,摸摸我的头,转身就去厨房忙着给我做饭。

望着你忙碌的身影,我突然想要帮帮你,于是在一次你下班回家的时候,突然发现我竟然做好了晚饭,打开饭锅,你笑了,那是稀饭吗?当然不是,只是一锅上面黏糊糊,下面黑乎乎的"东西",可你却说那是你吃过的最好的美食，多年以后，你还会和我说起这件事情，你说从那天开始，你发现女儿真的是妈妈的"小棉袄"呀。

春天里小白杨露出了嫩绿的小叶芽，你终于可以休息一天了，你带着我在两棵树间撑起皮筋，教我跳皮筋，"嘟嘟嘟，骑马到松江，摇摇摇，摇到外婆桥……"，唱起童谣的时候，我发现你的眼睛亮亮的，仿佛能滴出水来，我知道你一定是想念远方的外婆了。

夏天到了，白杨树绿葱葱的，一身的绿叶仿佛千万双绿色的小手哗啦啦地对着我拍着巴掌，我一脸欢欣地对你说要是白杨树一年四季都这么绿该多好呀。你笑了，说要是那样白杨树多累呀，她也要休息呀，不过你说有办法可以把绿色留下来的。于是你选了几片最厚实的叶片带回家，把它们放在碱水中煮沸，用牙刷轻轻地刷去叶子上的叶肉，然后冲洗干净晾干，在叶柄处系上红色的棉线，于是一枚精美的叶脉书签就呈现在我的面前。捧着淡绿色的卵形书签，望着那上面丝丝精美的脉络，我觉得你真的无所不能，我真想永远和你在一起……

年复一年，小白杨在不知不觉中长高了，她不追逐雨水，不贪恋阳光，只要能够在哪怕板结的土地上，给一点水分，她的一截枝条就会生根、抽芽。只要挪动一点杂草生存的空间，她就会把黄土地装点，撑起一片绿色。春夏秋冬，留守着，装点着，给黄土地减几分贫寒和寂寞，增几分生动和美丽，她的根已经和黄土地连为一个整体。每次走过白杨树下，我都会情不自禁地仰起头看看她们。终于有一天，当清晨的阳光静静地映在淡青色的窗帘上，你轻轻地走到我的床边，习惯地低下头来要吻我的时候，我却羞涩地躲进被窝，不肯出来。妈妈，我就是这样长大的吗？

一个周末的晚上，我坐在灯下静静地看书，书中扣人心弦的情节吸引着我。你突然对我说："明天星期天，我们去照相馆照张相吧。"沉溺在书中的我根本舍不得将目光从书上挪开，只是头也不抬地说了句："我明天有事。"半天之后，我突然发现周围一片安静，没有听到你的说话声，连忙抬起头来，却一眼对上你怅然若失的目光，于心不忍，忙温柔地揽着你的肩膀："妈，明天下午去吧，上午我和同学约好去图书馆了。"你拍拍我的手说："没关系，只是你马上要去外地上学了，妈想和你照张相留个纪念。"那一瞬间我的心里好痛好痛，痛得几乎流泪了……

  在大学读书时，不管校园生活多么丰富、精彩，风景有多么的秀丽，我依旧盼望着回家，盼望着在回家的路上看见那白杨树下等我的妈妈。时光如箭，那年冬天我大学毕业，乘火车回家。因一场大雪延误我回家的时间，等我下了火车，公交车已经没有了，好在我们家离火车站只有半小时的路程，所以我决定冒雪赶回家。路灯下的雪花在漫天地飘着，路两边的白杨树，叶子早已落光了，光秃秃的枝条压满了雪花，再被雪光一映，如同一簇簇巨大的白珊瑚，冰清玉洁，透着一股股昂然向上的精气，让我的心里无端生出一种亲近，在我的心里家和白杨树是连在一起的。雪很大，落在脸上冰凉刺骨，几分钟过去脸就冻得没有了知觉，我一步一滑地往前趟着雪，心想这么晚了，妈妈大概睡了吧。快到家门口的时候，一束熟悉的亮光突然闪进了我的眼睛，妈妈竟然还在等我，站在楼前的白杨树下，披着一身雪花，仿佛一座冰雕，手电筒的光黄黄的、暖暖的感觉让我恨不得立刻扑到妈妈的怀里，那一瞬间我的心簌簌地发颤，我知道，当我一生下来，就永远走进了妈妈的心坎，天涯海角，女儿走得再远也走不出妈妈暖暖的目光。而我现在也要一直注视你，注视你，直到你永远走进我的目光，我满是皱纹、满是慈爱的妈妈呀。

  妈妈，你们习惯了这片辽阔的土地，你们的儿女也习惯了这片土地，习惯了和你们一样用爱的目光去温暖别人，和你们一样，我们也深深地爱上了这片辽阔的土地。

  年轻的建筑群也许不会懂得这一切，但这一切都是真的，就像光秃秃的荒野上站着的那一排排挺拔的白杨一般真实，厚实的黄土地下，涌动着不朽的生命，黄土地酥酥地勃发了，一片片地延伸着绿。

  你们老了，但这里却站起了一排崭新的城市。

  蓝蓝的北方，将在你们的注视下，刮起年轻灿烂的风。

《人民日报》2010年3月31日

天籁的声音

李锋古 笔名丰古,江苏东海人。中国作家协会会员,多年来,在各类报刊发表文学作品千余篇(首),诗文被入选多家文学作品选集,获各类奖项数十次,著有诗文集九部。

淋 雨

喜欢雨天,喜欢一个人淋雨,这或许是命里注定的事。小时候为淋雨,没少被父母呵斥,但始终未能改掉这个习惯。每逢下雨,我都会诌出一千个理由,跑到雨地里去。在雨中放浪形骸,奔跑、呐喊、哭泣,把湿漉漉的思绪不断地推向雨的尽头。

雨是上帝的使者,是大自然的恩赐。淋雨的时候,雨点敲击万物的声音,是那样美妙,动人心魄。它形成的浑厚交响,不时地撞击着人的心扉,冲刷着人的胸膛,清洗着人的杂念。徜徉在这样的天籁梵音之中,觉得自己的五脏六腑和每根血管,都被涤荡得清净如新,清澈如水,所有烦恼都了无踪影,心境变得格外宁静。看那细密的雨丝,在天地间织起一张神秘的幔帐,身边的一切事物,都变得朦胧而富有禅意。

淋雨的感觉真好,心情舒坦,思绪荡漾,酣畅淋漓。集束的雨,敲打着身体,像一枚枚银针,让人微痛;又像天女的按摩,让人舒展。当你深深地融入雨的喧响里,感觉天地之间只剩下你一个人,世界变得空旷无垠,任人自由遨游。那带着灵气的雨滴,引领着人的灵魂,逐步走向一种空,就能真正体悟到,与自然对话、交流、融合的物我两忘的崇高境界。

在雨中,我会想到家乡的水晶。水晶,水的结晶,水的精灵;晶莹剔透,洁白无瑕,它像亭亭玉立的少女,一尘不染,光彩照人。水晶是宝石的一种,包含着物理能量,具有较高的药用价值,能治疗人的眼疾。同时,它既能辟邪又能给人带来好运,崇拜者无数。改革开放之前,水晶是战略物资,国家高度管控,但对一些次级品,也可以交易,换一点小钱,对当时物资贫乏的百姓来说,也算是上天的一种恩赐。我的家乡盛产水晶,小的时候,每到雨天或雨后,时常到田野里捡水晶,然后进行简单的加工,就可以到指定的收购站去卖,以此来补贴家用。神奇的水晶,充满着无限的魅力和诱惑,吸引着人们的眼球,这也许是我喜欢雨天的缘由之一吧。

在雨中漫无边际地行走,不经意间就会来到熟悉的小河边。看那雨点击到河面,溅起的高高水花,仿佛是五线谱上的一个个音符,在不停地跳跃;那噼噼啪啪的水声,多像诗人在情不自禁地轻轻吟诵;那些摇曳的白杨,随风翻飞的叶儿,仿若下凡仙女,迈着轻盈地舞步。雨天,是一个异样的世界,在迷蒙的时空里,我们听到的只有天际间簌簌的声音;在这个神秘的领地,你可以随心所欲,无拘无束;可以与她对话,把你的心事、烦恼和悄悄话统统告诉她;你可以聆听她的故事,听她诉说用慧眼看到的红尘中你看不到的秘密;你还会发现那些鱼们,时而上蹿下跳,时而在水面张嘴呼吸。这时,就想拥有一份鱼的资质,像它们那样逍遥自在,随波逐流。

那些强劲乱舞的雨水,常常能弥漫成一种情调,浸润成一种氛围,镌刻成一种记忆。有时风起云涌,电闪雷鸣,沙飞叶旋,狂风相伴,虽然惊心动魄,却平添了几分激情,多了几分冲动。不经风雨哪会见彩虹,在泥泞的路上跋涉的人,耐心得到锻炼,勇气得到培养,胆量得到提升。面对生活中形形色色的困难和挫折,就能无所畏惧,所向披靡。

在雨中,有时透过雨帘还会看到,一对对恋人或拿着红雨伞或穿着各种颜色的雨衣,携手并肩,缠绵悱恻,是一幅多么耐读的图画。这样的情景,让人幻想,让人渴望,让人的心灵发生碰撞和撕扯。

随着年龄的增长，对雨的情结没变。在这么多年的诗歌创作中，写了很多关于雨的诗，几乎每本诗集都能找到，但到旷野淋雨已是偶尔为之了。现在如遇雨天，我会放下手中的活计，站到窗前，观察雨线的斜度，倾听雨点敲打玻璃的声音，看着她们来去匆匆的情景。此刻，我会感慨万分，带着湿漉漉的心情，去寻找一种温暖，一种惬意，一种激情，一种灵魂深处的呼唤。

我喜欢雨天，喜欢一个人淋雨。在雨中，你会觉得人和动物、植物都有相通的，上苍给予世间所有的物种以平等的权利：离开雨水，就没有欢乐，就没有宁静，生命就不复存在。在雨中，当你发现自己变得越来越简单，那就是人生命题的开解。

踏 雪

悠然飘落的雪花，轻盈、温柔、浪漫。雪舞苍穹，纷纷扬扬，飘飘洒洒，犹如一个个小精灵，把冬天的沉闷和寂静打碎，被严寒凝固的那些景物，忽然间变得富有生机和活力。她的灵动，给人太多的诱惑，让你不爱都不行。刹那间，你会痴迷于冰清玉洁的世界，悸动的内心，对冬日的情愫悄然萌发，浓浓的诗意开始漫溢。

记得小的时候，见到雪就异常兴奋，就会和小朋友们到雪地里嬉戏，就会到雪地里乱跑乱叫，时而张开双臂，想把所有的雪揽在怀里；时而张开嘴巴对着天空，让雪花落在舌头上，感受那种甜甜的、丝丝的清凉；时而会到没有污染的地方，抓起一把雪往嘴里按，像吃炒面（一种炒熟的粉状食物）一样，痛快淋漓。在雪地里抓小鸟最有趣。雪后，天地一片洁白，世间万物都被厚厚的雪覆盖了，鸟儿不肯饿着肚子，到处觅食。我和小朋友们会抓住时机，找一块平地把雪扫掉，撒一些碎米或者其他的食物，再拿来大筐子或者是网，把它们支起来。然后，在一个隐蔽的地方趴下，等待鸟儿上钩。被俘的鸟儿，把它们放进我们自己编的鸟笼子里养着，每天喂食喂水，听它们婉转的歌声，非常有趣。现在想想，那些可爱的小生灵，为了几颗麦粒，被我们逮住，就失去了自由，真有点对不住它们。

飘雪的日子永远是美丽的。那一片片雪花，翩然起舞，舞起一抹嫣然，舞起盈盈幽香。皑皑白雪，是大自然的造化之作，"风随山形雪随意，寒绕树冠披冰晶。银封万仞迟归鸦，江舟孤渡无人迹。"此刻，你会感到，那些不快和瑕疵都被这美丽的雪掩埋，人世间原本就是这样的纯净洁白。

雪夜，独自静听雪飘，也不失为一种享受。听她温润的响声，听她洁白的心事，听她轻柔的叹息。落雪的声音，就是花开的声音。有时候，还在睡梦中徜徉，雪就无忧无虑地下凡了，可紧闭的窗门，把好友挡在了外面。清晨醒来，推开窗户，清冽的冷风会让人打一个寒颤，银白的世界挤满眼球，心里不禁要问，是谁将这个世界，雕塑得如此美丽、如此神奇，雕刻出如梦似幻的玉树琼花。

漫天纷纷扬扬的雪花，给人以满心的欢喜和精神的振奋。那些小雪花，把大地和万物装点得美丽素雅，风情万种，脱胎换骨似的清新雅韵扑面而来。在这样的意境里，你会不由自主地重新整理思绪，认真地审视这个世界。雪花的降临，大地一片洁白、纯净而又肃穆。投进她的怀抱，你会感受到世间一切烦恼被涤荡，所有悔恨被清洗，许多纠结被化解。

莫道冬日凋零，冬日自有冬日的风情。不知从什么时候开始，我喜欢一个人踏雪，尽情地在雪地里自由自在地游行。身前身后的飘雪，轻柔如鹅毛，美丽若蝴蝶，飘逸而浪漫，悠闲而雅致。在冰天雪地里，任纷飞的雪花飘落在头发上，飘落在衣服上，捧一把雪细细把玩，全然忘却了双手已被冻得通红。行进中，耳旁不时响起"咯吱、咯吱"的声音，多么美妙，让人陶醉，加上"沙沙"的落雪声和呼啸的北风，真的是一曲扣人心弦的冬的交响曲。飘飘扬扬的雪花，平凡中带着高贵，寻常里显出圣洁，雪是上天献给人类的精灵。

在茫茫雪原行走，随着深深的呼吸，雪的清凉和甜蜜便沁入了心底。极目远望，茫茫田野，纵横交错的阡陌，银装素裹，飞珠溅玉，天地一色，祖国山河一派秀美无瑕。观远方，是"千峰笋石千株玉，万树松萝万朵银"；看近旁，是"旋扑珠帘过粉墙，轻于柳絮重于霜"，天地万物，一袭素衣，宛若仙女下凡，清新脱俗，别有韵致。偶尔还会发现一些寒鸦在雪地里觅食，那些移动的小黑点，打破了冬的寂静。雪泥鸿爪，平平仄仄的脚印通向遥远的天际，那是雁雀们留下的洁白至美的诗行。

走近村庄，那些农舍参差错落，树木穿插其中，躲在皑皑的白雪里，童话般的情节，美丽动人。夕阳西下，屋顶的积雪，微微泛着红晕。挂满屋檐的冰柱滴答着消融的雪水，发出的五光十色，耀人眼球。傍晚时分，屋顶升起的袅袅炊烟，在银白色的雪皑中律动，形成一幅灵动的图画。还有那墙角的数枝红梅，"如胭脂一般，映着雪色，分外显得精神"，身临其境，回味无穷。是啊，踏雪寻梅，寻的是一份雅致，一份心境。

书 房

书房，是另一个世界，属于个人的私有空间，是心灵的锚地，是漂泊者的港湾。大凡文化人，都渴望有一间属于自己的书房。我这辈子舞文弄墨，从羡慕到向往再到拥有，时间跨度是三十多年。有时候想起这件事，不自觉地直摇头，觉得可笑而又无奈。

"文革"前夕，我读三年级那年寒假，冰天雪地，雪下得漫过膝盖，天气奇冷。由于家里经济不宽裕，没有取暖设备，手和耳朵都生了冻疮。寒假期间，我约几个小朋友出去玩耍，一位刘姓同学看到我被冻成这样，就邀我到家里做寒假作业，当时心里想去，嘴上却没有答应。我们两家住的只隔一条马路，距离很近，但他爸爸在县委工作，住的地方叫县委向阳院，而我家住在街边，用现在的眼光看，应该是贫民窟。虽然，我们在班上都是学习尖子，又是好朋友，但在心理上存在自卑，去他家有一种无形的压抑感。

开学以后，天气渐渐暖和起来，校园里的花争奇斗艳，芬芳怡人。有一天，上完体育课，刘姓同学再次邀请我去他家玩，不好再推辞，就应允了。进了向阳院，是一排排整齐的红瓦房，房子虽然不是很大，但是跟我们这些人家住的比起来，已经是奢侈品了。他把我带到他爸爸的书房，不太宽敞的房间，一面墙有两个书橱，古香古色，里面全是书，除了政治书籍外，更多的是中外名著，有些书名听都没听说过。同学带着一种骄傲的神情对我说，他爸爸最爱的就是书，经常背一些段落给他听，他的作业，都是在这个书房里做的。而我的作业，是在小小的饭桌上完成的。心想，我家要是有这些书该多好啊。我说，能不能借我一本看看，他说他爸的书从不外借。这一幕，对我的心灵带来前所未有的冲击，羡慕、眼馋、微微的嫉妒，混合、交错、纠缠在一起。

从那时起，我就幻想着将来一定要有自己的书房，而且要比他爸爸的大，书橱也多，里面装满各种自己喜欢的书，想看什么就有什么。然后，把它装饰得神秘而富有个性。工作之余，就躲在里面，在温馨的台灯下，静静地品读。把自己融进书的情节里，陶醉在诗的意境中，让心随着文字游走，远离一切凡尘纷扰，独享自己的宁静。

高中毕业上山下乡，到一个农场当知青。两个人住一个房间，配有一个两抽屉的桌子，我感觉是非常好了。可以坐在桌前看看书，写写东西。三年后，应征入伍，到部队是一个班住在一个房间，连两抽屉的桌子也没有了，只有趴在铺板上读书学习。然后，上军校还是集体宿舍。毕业后，分到军级机关工作，单身汉是两人一个房间。结婚后因为家属在地方，仍然是给了一间房子。家里的婚房更是小的可怜，书房一直都是一个泡影。1987年，部队减员一百万，我坚决要求转业，得到批准。通知书是分到家乡的县委办公室，部队给了安家费，心想应该可分得一个大一点的房子。可是，一年以后才给了一个所谓两室一厅的住房，小的可怜，除了卧室等，其余的空间只能放一个书橱、写字台，还和餐桌连在一起。在那住房逼仄的日子里，临窗能有一个桌几，就算不错了，这算是我人生中第一个书房。

幼年时候的渴望，一直是心中的纠结，有一种贼心不死的执着。可是，二十多年过去，八字还没有一撇，越想越不是滋味。在我的成长中，心里一直在鼓励自己，任何事情只要付出努力，就会实现。转业以后，从县委办秘书、科长、副主任到乡党委书记。期间，搬了几次家，也没有合适的空间。还因为工作繁忙，有书也没有时间看，书房的事就搁浅了。做了县委常委宣传部部长后，县里分配了一个140多平方米的大房子，还带阁楼，阁楼便成了自己的书房。从渴望到拥有，整整过去了35年。

有了书房，它渐渐地改变了我的生活习惯。早晨，暖暖的阳光照进书房，给人以昂扬向上的精神；夜晚，柔柔的月光洒向书桌，给人诗一般的意境。在居家的日子里，我的大部分时间，都是在书房里度过的。阅读、写作、上网，我行我素，胡思乱想，天马行空。有时，躺在床上来了灵感，半夜都要跑到书房，把自己的想法记下来。栖息其间，总有一种说不出的温暖与妥帖。写作累了，我就会来到书房的窗前眺望，远处那些若隐若现的万家灯火，让人迷离和遐想。

这些年，我春燕衔泥，不断地精心地布置书房，添置自己喜爱的书，买自己喜爱的藏品，如宜兴紫砂壶、景德镇瓷器，还有各类艺术品，摆满了书房。我的藏书，至少也在五千册以上。罗曼·罗兰说："任何爱书的人，都需要为自己筑造一个心理的单间。书房，正与这个心理单间相对应。一个人的其他生活环境、日用器物，都比不上书房能传达他的心理风貌。"书房，是精神的巢穴，生命的禅床，它承载着我许多的快乐和对美好生活的憧憬。对于一个毕生与笔墨结缘的人，最令人心仪的并非名利，也不是豪宅香车，而是一处书房。在书房里，人会洗去名利熏心的尘埃，坐拥一份淡定的禅意，安然地看云卷云舒，恬静地欣赏炊烟袅娜。

在书房里，凡事它都理解体贴着我、安抚温馨着我，有烦恼你向它诉说，有快乐你与它共享。古人云，"书中自有黄金屋，书中自有颜如玉"。可我幽静的书房，并未赐我金钱和美人，亦未赐我万里鹏程。然而，它的点点滴滴，教我为人正直、善良、宽容和向上，让我知道什么是爱心，怎样去感恩，如何弘扬真善美，鞭笞假丑恶。

我爱我的书房，愿今生今世与它缠缠绵绵，相濡以沫，直到永远！

《散文百家》2016年7月第7期

哦，甜甜的榆钱儿

李　东　1956年出生，江苏连云港人，江苏省作家协会会员。现任市教育学会会长。先后在《解放军报》《西南军事文学》等报刊发表文学评论若干篇；在《人民日报》《工人日报》等报刊发表小说、散文和杂文近百篇。2013年出版个人专著《东风徐来》。

李　昊　1984年出生，硕士研究生，上海市机关公务员。先后在《领导科学》《河南社会科学》《连云港日报》《苍梧晚报》《连云港文学》等期刊、媒体发表论文、诗歌、散文等。出版个人古体诗专著《南师集》。

又是一年芳草绿。

当桃红柳绿，榆树上挑起一穗穗、一串串嫩绿的榆钱儿时，乡下的孙子来信说，村东头八奶奶家院子中那棵百年老榆树被伐倒了，连根刨起，这事在我们那个四面皆山的小小的榆树凹里就相当于是放了一颗原子弹。那天，全村的人几乎都来了，把大榆树团团围住。快80岁的八奶奶嘴里嚼着几片榆钱儿，孩子般的抚摸着躺在地上的老榆树树干，满脸的皱褶里溢满了泪水。之后，她又摘了满满一篮子榆钱儿送给村里的幼儿园的孩子们。按照八奶奶的话说，吃了榆钱儿的孩子好养活，一辈子不挨饿，不受穷。

树，在乡下，那是极普遍、极普遍的。就榆树而言，并非上乘之材。其木质稳定性差，容易走形，做家具、盖房子横平竖直难以持久。另外，榆树又特好生虫子。一旦春夏之交，各种虫子便蜂拥而至，把树叶子吃得千疮百孔，树底下还落下一层虫子粪。尤其是一种俗名叫"毛拉子"的虫子，常常蛰的大人孩子皮肤红肿，痛痒难忍。尽管是这样一种树，在八奶奶这些上了岁数的庄稼人眼里，榆树这诸多缺憾都不足以提。榆树是一种吉祥的树种。"榆梁杏门"，榆树梁杏树门就是谐音"余粮兴门"之音之意。更主要的是它还是榆树凹祖祖辈辈赖以生存的代食粮。记得小时候，我的奶奶常常抚摸着我的头说："从小栽棵榆，长大不受屈。"极简单的祖训，多栽几棵榆树能帮助自己生活。

孩提时，我们那个榆树凹，家家户户、大街小巷都种着清一色的榆树，遮天蔽日的。一旦遇上歉收的年景，春荒难熬，榆树便是村上人度日的一种不可多得的食粮。榆树皮稍加点麦麸皮就可烙煎饼，至于榆钱儿那更是新鲜之物，可生吃，可炒吃，连刚刚露出的榆树叶也是美味。这便是榆树凹之所以榆树多，之所以称之为榆树凹的真正原因。

要说村上的榆树，自然当数八奶奶家那棵，最高最大，十里之外便可望见，号称百年老榆，成为榆树凹的标志。其实八奶奶心底最清楚，那榆树是她15岁嫁给八爷爷那年亲手栽的。八爷打小是个"惯鬼"，娇生惯养，四肢不勤，五谷不分。还染上吃喝嫖赌的恶习。单立门户后家贫如洗。八奶奶为此几次寻死上吊未遂。婚后第二年春天，八爷爷背着家人跑到连云港赌输了，爬上一列火车到了西安，后来听说跟着一支队伍东进。4年后，在淮海战役打碾庄时身亡。不过迄今，也没有人能考证出他是参加的哪支队伍，是打碾庄，还是守碾庄的。八奶奶16岁守寡，到老未嫁，几经风雨，沧海桑田，这棵榆树仍然和她相伴。

榆树凹，榆树遮天蔽日，唯有八奶奶院子里那棵最高最大，十里之外，望不见村子便可以先望见那棵树。成为榆树凹的标志。每到春暖花开，榆树吐出嫩绿的榆钱儿时，全村都沉浸在一种清甜的氛围之中。那一年秋旱，榆树凹歉收，次年开春，家家断粮，户户少炊，未等榆树吐芽，榆树皮已被剥得差不多了，那长出榆钱儿的那阵子，村上的榆树已经很稀少了，望着八奶奶院里那棵榆树上挂满嫩绿的榆钱儿，左邻右舍，先是小孩，后来是大人先后拥进八奶奶的院子里。八奶奶二话没说，让孩子爬到树上，将那穗子硕大的榆钱儿装得一筐一筐的，分送给大伙。两天后，乡里的救济粮也下来了，那年的春荒才算画了句号。所以，村上人像崇敬八奶奶一样，对那棵大榆树颇怀敬意。始终都持有很特殊的情感。

自打农村实行了大包干、责任制的改革，榆树凹的人们才告别了饥饿年代。村民们开始盘算改善住的房子。那时，村上哪家女儿找婆家，首先要看是否有房子。房子成了大伙追求的主要目标。

首先体现这种愿望和追求的是村上种的树。"三年白杨，盖房上梁。"不知是谁从外地引进一大批杨树，不到两年，榆树凹的榆树已经被杨树取而代之了。

果然如此，五六年的光景，村上新房刷刷地盖起来，一家比着一家，三趟瓦，不能夸，红瓦砖墙有人家；两头房，带走廊，才能娶新娘。杨树使榆树凹十足地活跃了几年，而八奶奶死活不动心，仍然和榆树相伴。

前年，我回到阔别了几十年的榆树凹，给我一个最强烈的印象是，榆树凹杨树又不多见了，榆树更是稀罕。农家的院落，村子的大街小巷全栽上了山楂、银杏、李子之类的果树。村里醒目的街牌上赫然写着：银杏街、桃树巷。唯独八奶奶院子里那棵树仍然独立在村东头。据说，村上搞规划，村干部多次动员她把那棵榆树刨掉，说一千道一万她就是一个"不"字作答。那时，我曾去看八奶奶，倒是认为她为自己后路着想，百年之后，做木料好安葬自己。没想到八奶奶劈头一句"三子，你忘了你肚子上那块伤疤了吗"。没忘，八辈子也忘不掉。

那年春天，我和村子里的一帮孩子实在饿极了，趁八奶奶没在家，翻墙爬到院子里的榆树上，偷摘榆钱儿，不料，被八奶奶洗衣服回家正好撞见，我们几个手忙脚乱，从树上滑了下来，小肚皮被擦破了一道长长的血印。想到这些，我顿感心里一阵酸楚。我算是真正理解了八奶奶视大榆树如命的真正用意了。不能责备她老人家，她和她的同代人大半辈子都是同饥饿抗争的，榆树对于她们来说，是生命的伴侣之一，是万万不能砍的。

这次倒是八奶奶很爽快地答应砍掉大榆树，原因很简单，这些年榆树凹的山楂、板栗、苹果远近闻名，村里和台湾商人合资建果品加工厂，厂区又正好把八奶奶家的院子规划在内，要八奶奶搬进村里的敬老院。村上今年新盖了敬老院，红瓦房，带走廊，新床铺，吃食堂，村上的孤寡老人都安排进院，至此，八奶奶有了个稳妥的去处，至此，八奶奶才算真正放下了那棵悬了一辈子的饥饿之心。

村上那棵老榆树虽然倒了，但是榆树凹的村民们，人人心里都铭刻着榆树的影子———一个时代的标志和象征。

哦，甜甜的榆钱儿……

《农民日报》1994年5月1日

赤塔之光

李惊涛 中国作家协会会员,江苏省作家协会会员,中国计量大学人文与外语学院中国文化研究中心主任。著有文艺论文集《作为文学表象的爱与生》《文艺看法》、长篇小说《兄弟故事》、中短篇小说集《城市的背影》《三个深夜喝酒的人》和散文集《西窗》等。

有一座城市,远离我们,千百年来似乎就是现在的样子,沉静,从容,无言,像一颗星辰,带着自身演化而来的光荣历史,在北纬42°、东经114°坐落着。直到你探究的目光注视她,她那富有魅力的光芒,才开始映射你的双眸。这座城市的名字叫赤塔,位于俄罗斯的东西伯利亚。

在北方飘浮着大团白云的天空下,广袤的俄罗斯原野坦荡无垠,河流纵横交错,植被郁郁葱葱。自满洲里出境进入俄罗斯,我很少看见牧人和成群的牛羊在绿茵茵的草地上徜徉,只能时或见到一些尖顶的小木屋,错落有致地隐现在白桦林中。

远离州府赤塔的这些村落,也许正是赤塔在历史深处的影像。我知道在19世纪初的圣彼得堡,有一群青年军官对沙俄的残暴统治产生了不满。在漫长的冬季,他们怀疑帝制的思想就像壁炉中的火苗,愈燃愈旺。1825年12月,这些军官发动了俄国近代史上的第一次起义,反对专制的奴农制度。他们当中许多人是贵族,有公爵、伯爵、男爵的封号。在1812年为沙俄向拿破仑作战时，他们骁勇无比；然而13年后当对手变成沙皇时，这些人却走向了无可挽回的失败。他们被革职、判刑、流放。望着西伯利亚一望无际的草原，我依稀看见几辆破旧的马车，摇摇晃晃，从19世纪初自西向东逶迤而行，走在寂寥的西伯利亚荒原上，上面坐着被流放的"十二月党人"。秃鹫在他们的头顶盘旋，荒草在他们的脚下匍匐。这些从都城圣彼得堡出发的人，不知道将要被流放到何处，他们整整走了四年，才走到了被流放的目的地，现在的赤塔。

赤塔是荒凉的，这是1829年的情形。助纣为虐的还有在风中疾走的雪霰。沙皇看中的正是冰天雪地中的这份恶劣与艰苦。他相信习惯了歌舞剧院、玫瑰、钢琴、葡萄酒和天鹅绒落地窗后面的浪漫生活的贵族们，会因为赤塔的荒凉贫瘠而恐惧、忏悔、洗心革面。但是，他错了。这些被免去贵族爵号的人，虽然披甲戴锁，胡子有如乱草，但依然目光炯炯，思想锋芒不减。令人惊异的是，陪伴他们的还有一些注定要载入史册的非凡女性。她们是"十二月党人"的妻子或情人。这些义薄云天的女子，宁肯放弃贵族身份，也不愿放弃爱情与理想。"一条小路曲曲弯弯细又长，一直通向迷雾的远方，我愿沿着这条长长的小路，跟着我的爱人上战场……"这首名为《小路》的歌曲，我一直以为诞生自"二战"时期的苏联，却没有想到，它原来是1812年贵族女性为奔赴国难、抗击法国入侵者的军官丈夫们送行时吟唱的歌曲。有着这样情怀的女性，怎么能够不抛弃荣华富贵、义无反顾地随夫远赴天涯呢。有位叫叶尤杰琳娜·伊万诺夫娜·特鲁别茨卡娅的贵族女子，在探视丈夫时，不是像其他女性那样亲吻自己的亲人，而是捧起丈夫脚上冰冷的镣铐，深深地吻着，令押解的官吏大感不解。一幅著名的油画描绘了这一情形。我相信这位女子不是对镣铐怀有感情，而是希望镣铐能够在以后漫长的日子里，带着她的吻与她的心，让自己的丈夫好受一些；希望丈夫看见她亲吻过的镣铐，痛苦能够减轻一些。这种痛苦无言的生命体验，确实具有"一种流芳千古的、可歌可泣的、惊世的美丽，一种凄然的崇高"。

我在"十二月党人"100多年后达到赤塔。如今的赤塔，已经成为东西伯利亚的繁华都城，因为"十二月党人"的历史而拥有了自身的光荣。霏霏细雨中，向导玛丽娜小姐引领我们寻访了"十二月党人"博物馆。这座木结构的建筑，没用一根钉铆，是"十二月党人"亲手建造并且栖身的地方，显示了俄罗斯人令人讶异的聪明才智。风雨沧桑中，木屋从居所逐渐演变为现在的博物馆。守门人是几位老奶奶，她们看上去有七八十岁，虽容颜苍老，但气质高贵，有着深邃的目光。生着一双美丽善良的大眼睛的玛丽娜告诉我们，那几位老太太，就是当年"十二月党人"的后裔。在她们不无骄傲的守望中，难以计数的参观者走进这座结构复杂的尖顶木屋，走进她们先人的世界。

在陈列馆中，我看见"十二月党人"遗留下的书橱、书籍和钢琴——这些当时只有贵族们才拥有的日常用品；如今，它们穿越茫茫时空，在赤塔落地生根，向人们显示着那些逝去的精英的卓越的精神品质。我轻轻敲击了一下琴键，19世纪初的钢琴忠实地发出了纯正的声音。在当时的偏远、荒凉的地方，流水一般的琴声和闪电一样的思想随"十二月党人"同时注入了赤塔。这个被昏聩的沙皇认为十分合适的消灭肉体和精神的地方，却在远离沙俄统治的东方发出了希望和新生的光芒。赫尔岑曾经说，"'十二月党人'一被取缔，整个社会的水平就下降了"。确实，在当年的流放者带到赤塔遗留下来的物什中，除了钢琴、书橱、书籍，还有新颖的生产工具和高达数尺的科学、哲学手稿……他们在荒凉的赤塔没有停止思想，在服苦役的同时甚至开始规划赤塔的发展蓝图。一份"十二月党人"手绘的赤塔规划图纸，透露了这一令人感佩的信息。玛丽娜告诉我们，赤塔现在的城市格局的雏形，正是在"十二月党人"设计的蓝图中生成的。当时偏远、落后、荒芜的赤塔，恰恰由于这些流放者的到来演变为一座东西伯利亚的名城，这可能是沙皇本人始料未及的。被普希金引为同道的这些流放者们，虽然最终离开了赤塔，但他们留下了不灭的火种，留下了一种熠熠生辉的精神，那就是民主、自由和理性。

赤塔，红色的灯塔；"十二月党人"，俄罗斯的精灵，他们飞翔到哪里，哪里就有灵光闪烁，就有晨光熹微。

《东方文化周刊》2017年第39期

海错笔记

李建军 1965年出生，江苏连云港人。二级作家。江苏省作家协会签约作家，连云港市作家协会副主席。曾在《北京文学》《长江文艺》等刊物发表小说、散文。著有中短篇小说集《随风飘去》、散文集《一路走来》、长篇纪实文学《血花红染胜男儿》、报告文学集《爱的风景》等。

望　潮

　　望潮，是我们那一带海边人的叫法。它的大众化名字叫八带鱼或八爪鱼，学名长蛸，是章鱼家族里的小字辈，常被人误以为是章鱼的幼体，其实它的个头永远长不大，连头带爪儿，也就一拃长而已。

　　望潮的长相奇特，与一般鱼虾不同。它有一个大大的头，眼睛长在脖子上，还有八根长长的爪子。头里很复杂，有黄子、蛋（籽、卵）和内脏；八根爪子长短相当，大致是头长的两倍，爪上分列两排密集的吸盘，吸力强大，是它捕食和打洞的工具。在水中流动时，长爪儿就成了它的尾巴，前行，转弯，摇头摆尾，灵活自如；在滩涂上爬行时，那八根长长的爪儿从头上倒挂下来，把头包围着，既保护头部免遭侵袭，又能随时捕捉食物。望潮体内有一个墨腺，在水里遇到敌人，也会像墨鱼一样喷出黑色的汁液，攻击敌人，保护自己。

望潮一名，与其生活习性有关。它平日里穴居在海滩的泥洞里，每当涨潮初始，便爬到洞外，挥动着爪儿，似乎在盼望潮水汹涌而至，将小虾小蟹送到跟前，让它享受一顿美餐；退潮后，它就蛰伏在洞里，等待下一潮的到来。

民间有个望潮的传说，很是有趣：很久很久以前，有只望潮钻出泥洞，在海滩上晒太阳。这时，天空正巧有一只觅食的老鹰飞过，看到了海滩上这个软白肥嫩的小海鲜，便一个俯冲下来，锐利的鹰爪一下子抓住了望潮，并张开尖嘴猛咬。岂料小小的望潮十分机智，马上收拢八爪变成八根绳索，紧紧地缠住了老鹰的嘴巴和头部，罩住了它的眼睛，还把长爪伸进了老鹰的鼻孔，搞得老鹰鼻孔出血，头晕目眩，顿时咬啄不得，威风全失。双方一时僵持着，不分胜负。但老鹰撑不住了，首先妥协，要望潮松开八爪，各自逃生，望潮却坚持要老鹰把它带到潮水里，它才会松开八爪。老鹰无奈，只好拖着望潮来到潮头上，望潮得水后松开八爪逃入大海，立即消失得无影无踪。从此，老鹰再也不敢到海滩上抓望潮，而望潮吸取教训，也不敢在退潮后的海滩上嬉耍了。

人们掌握了望潮的习性，多利用它钻在洞里的时候，将其捕获。

我小时候，跟大人们下海掏过望潮。掏望潮一要会看，二要会掏。退潮后的海滩上，望潮的洞穴不像蟹窟那样明显，滩面上看到的往往只是一个小指头粗细的眼子，或是一撮"米粒"样的小土堆，中间也有个小眼子。泥土新鲜或从小眼子朝外冒水，那洞里十有八九有望潮，或许它正在"深挖洞"哩。但此时若从小眼子下手掏，一般抓不到它，因为望潮的洞穴大多有弯道，有的还有副洞，仿佛"狡兔三窟"，当它受到惊吓时，就会从弯道或副洞里逃之夭夭。所以发现"望潮眼"之后，要快速地用脚插入泥滩，一脚接一脚猛踩过去，断其后路，把它逼至洞口，然后从洞口伸手进去，如果有滑滑软软的东西，那就是望潮了，它爪上的吸盘会吸住人手。这时，手要掐住望潮的头朝外拽，一拽就拽出来了；如果拽爪子，很可能拽出来的是断爪。

2010年南非世界杯期间，章鱼哥保罗成功地预测了八场关键比赛，命中率百分之百，球迷们把章鱼哥保罗视为圣物，章鱼的聪明、神秘为世人称奇。望潮作为章鱼家族的小弟弟，其机灵敏捷也非同一般。有一次，我妻子在市场上买了十来只活望潮，和别的菜一起拎回家，哪知到家一看，袋子里的望潮只剩下五六只，还有一半不知怎么溜掉的。

望潮是无鳞、无刺、无骨、无壳的软体动物，市场上与之相似的还有籽乌、鱿鱼、墨鱼（乌贼）等海鲜，但论起味道鲜美，还是望潮为上，仔乌、墨鱼次之，鱿鱼更次，价格上也依次悬殊较大。

望潮的吃法有红烧、水煮、生炝等。烧蒜薹、烧萝卜、烧肉皆好。不过，最新鲜的海货适合最简单的烹饪法，直接清蒸、水煮更得原汁原味。把望潮放在沸水里打几个滚捞出来，如一朵朵盛开的白菊，蘸着酱油、醋食之，味鲜之极。当然，切成段在开水里焯一下，淋上料酒、酱油等生炝，更能吃出望潮本真的味道。

那年好友惊涛兄从韩国访问回来，跟我们说起在韩期间，经不住主人劝说，生吞活吃望潮的经过：把活望潮蘸点芥末、辣酱什么的，直接送入口中，那望潮在嘴里活蹦乱跳，爪子有吸在上颚和舌头上的，有往喉咙里爬的，煞是惊悚而刺激。这种吃法有点吓人，看来目前还是韩国人的专利。

我认为望潮身上最好吃的是望潮蛋，也就是它的卵，煮熟了有鸡蛋黄大小，像一粒粒晶莹剔透的大米团在一起，吃起来香鲜无比。挑选带"蛋"的望潮，要选头大且饱满的，头顶部位隐隐的有一个灰白色团子。当然，单买带"蛋"的母望潮，价格相对要贵些。

有人吃望潮会过敏。小时候外婆就告诉我，烧望潮时只要放点绿豆，吃了就不会过敏。这个办法对防止其他海鲜过敏也很有效。

滩　虎

《舌尖上的中国2》里有一种美食，叫清炖跳跳鱼。节目一经播出，这种不起眼的小鱼一夜成名。我看过后，心里却有些莫名的沉重，这种在家乡原本随处可见的小鱼，如今已濒临绝迹。

跳跳鱼，学名弹涂鱼。在我们家乡，人们叫它滩虎龙或干脆就叫滩虎。反正又是龙又是虎，挺神乎的，家乡人很少去逮它、吃它。

滩虎是一种两栖鱼类，体长约十来厘米，通身泥灰色，像泥鳅一样圆滚滚的身形，生长在海边和近海滩涂的河沟里。别的鱼离开水很快就会死掉，可它不一样，能长时间离水，在岸滩上生活，靠胸鳍和尾巴在泥滩上爬行、跳跃，弹跳力十足，不亚于青蛙。

我小时候生活的村子，向南三四里，有两条河。一条百十米宽的，叫排淡河；再往南那一条，只有排淡河一半的宽度，叫运盐河。排淡河源自何处，我不太懂，但从我们这段往东七八里，有个大板跳闸，闸口一提，排淡河的水就入海了。运盐河也是东西流向，东头连着徐圩盐场，西边连着台北盐场，顾名思义，这条河就是为了把盐场的盐运出去而修凿的。这两条河里的水，一咸一淡，运盐河是咸水，排淡河的水相对淡一些。滩虎在这两条河里都能生存，两条河的岸滩，就是它们的快乐家园。

在松软的岸滩上，滩虎挖了密密麻麻的洞穴。它们的行动特别敏捷，有船经过时或听到行人的脚步声，它们眨眼间就钻进了洞窟；也有的"扑通"跳到水里，在河面上蜻蜓点水一跳一跳蹿了老远，然后把脑袋伸在水面上，两只鼓突的眼睛像探头一样警觉地寻睃着。

别看滩虎样子丑，又长得那么小，其实它们是一种很浪漫的动物。滩虎长到一年左右就成熟了，它们用头钻，用嘴衔，硬是在泥滩上挖出了相当于成人一臂深的洞穴。大多时间，它们是独居的，春暖花开，是它们的求爱季节。这时候，公滩虎表现得特别活跃，它四处游荡，寻觅配偶，每每遇到异性，便鼓动腮帮，乍开胸鳍，翘起尾巴，跳着舞蹈大展魅力。如果此时有别的公滩虎企图横刀夺爱，这条公滩虎也绝不会退缩，而是竖起脊鳍，像亮出利剑般，威风凛凛地冲上前，直到把对手赶走。一旦母滩虎被吸引驻足，公滩虎便更加卖力地表演，将母滩虎一步步引到自己的地盘。母滩虎若还犹豫不决，公滩虎则在自己筑造的洞穴口进进出出，那情形似乎在向对方发出邀请：快来吧，这里是你温暖的家！母滩虎岂能抵挡这般的炫技和殷勤，终于尾随它进了洞穴。公滩虎并不掉以轻心，而是立即返回洞口，衔来泥土将其封住，这才钻到洞里尽情地享受"二人世界"。

不过，在人类的眼里，这些小生命的爱情是多么微不足道，谁会去关心它如何求爱、关心它的生命如何繁衍呢？

在我们老家，滩虎因为长得丑、不易逮，那时候基本上无人问津，即使撒旋网、扳小罾捉到了，人们也多是随手扔掉；谁要专门去逮它，人们会讥笑他是个二流子。在我的记忆里，村里还真有这么两个"二流子"。

运盐河上看跳板的老杨家，在跳口的丁头小舍旁边，养了一大群鸡鸭。有一次，我随去跳口干活的母亲到老杨家玩，见到老杨的孙子大丁。大丁和我一般大，那时也就八九岁，但逮鱼摸虾比猴子还精。那天他说带我去抓滩虎，我很是惊讶，那玩意鬼得很，怎么逮？还有，那也不能吃，逮它干吗？大丁神秘地说，我有办法，一逮一个准！又说，我逮滩虎又不是给人吃的，是逮给我家鸡鸭吃的，鸡鸭吃了肯下蛋。

大丁拎了个鱼篓，领着我走到河岸。没等我们靠近，那些滩虎、黄钳蟹已经纷纷钻进各自的洞穴，消失得无影无踪，岸滩上一片寂静。我站在那里，心里直嘀咕：看你怎么逮。大丁却不慌不忙，从鱼篓里掏出几张火纸，然后蹲下来，将火纸一一覆盖在那些裸露的洞口。不一会儿，便有火纸被顶起来，原来滩虎在洞里憋气难受，忍不住跳出来，又被火纸罩住。大丁抓住那裹着火纸的滩虎，就地一摔，再拾到鱼篓里，还真是一逮一个准。

我问大丁，这方法是跟谁学的。大丁说，村里的光棍张二千常到河滩上转悠，有一次他好奇地跟着，撞见二千正用这方法逮滩虎。二千逮了滩虎，是拿回去自己吃的，他说这滩虎是鱼中极品，特别营养，南方人用它煮汤，给坐月子的女人下奶。张二千家的成分高，他十来岁就出去流浪，走南闯北，见多识广，他的话当然极具诱惑力。于是大丁也从家里翻箱倒柜，找出一叠火纸，"如法炮制"，逮了滩虎拎回家，不料被他爷爷一顿骂。爷爷说他是个败家子，那火纸是从镇上买来预备上坟用的，却被他作践了，逮来这些一钱不值的玩意。爷爷气得把一篓子滩虎倒掉了，引得鸡鸭争相抢食。不过那几天大丁家的鸡鸭还真多下了不少蛋，后来他再去逮滩虎，爷爷也不骂他了。

电视节目里，浙江台州三门湾的渔人用甩钩逮滩虎，可谓绝技。那甩竿有五米长，鱼线六七米长，甩出去勾住十米开外、只有一拃长的小鱼，从发力到捕获只需八分之一秒时间，比二十米外投篮还难，练就这门绝技要五年时间。滩虎还真是一道"挡不住"的美食，为了这一口美味，三门湾的渔人下足了工夫。

最近一次回到老家的小村，我专门到排淡河边走一走，附近已经拉起围墙，建了几家工厂和堆场。排淡河常受污染，淤积也很严重，已经没有往昔的宽阔和清澈，更见不到一条滩虎了。那条运盐河，因为失去了运盐的功能，常年没有疏浚，任其淤塞，大部分地段已找不到河的痕迹了。生存环境的恶化，看来是滩虎濒于绝迹的真凶。

海蛎子

前年去台湾旅游，导游说，到士林夜市不吃蚵仔煎，就等于白来一趟。这台北最有名的夜市一条街上，果然有不少专卖蚵仔煎的小吃店，皆熙熙攘攘，食客众多。我便忍不住买了一例，捧在手里，边走边尝。呵呵，这不就是海蛎子煎鸡蛋嘛，只是半生不熟，口味特别清淡。

家乡海州湾盛产海蛎子。海边人见识的海鲜太多了，我小时候对海蛎子不以为然，直到上中学时学了课文《我的叔叔于勒》，才对它刮目相看。文中两个阔太太吃牡蛎的情形，另我至今都记忆犹新，"一个衣服褴褛的年老水手拿小刀一下撬开牡蛎，递给两位先生，再由他们递给两位太太。她们的吃法很文雅，用一方小巧的手帕托着牡蛎，头稍向前伸，免得弄脏长袍；然后嘴很快地微微一动，就把汁水吸进去，蛎壳扔到了海里"。当老师告诉我们，牡蛎，就是海蛎子，那两个阔太太的形象顿时在我心中贬值了许多。海蛎子有什么稀罕的，值得如此吃得小心翼翼？而且那时我们从不生吃海蛎子，怕这样吃会闹肚子。

20世纪80年代初，读到大连作家达理的一篇小说《卖海蛎子的女人》，知道大连人特别爱吃海蛎子，说话都有浓浓的"海蛎子味"。

看来，我国的沿海各地，从南到北，都不缺海蛎子，只是叫法不同。它的学名牡蛎，台湾叫蚵仔，广东、福建沿海叫生蚝，还有的地方叫石蛎、蛎蛤、蛎黄、蛎白等。在莫泊桑的家乡法国，它被视若珍品，称为"海中牛奶"；在《圣经》里，它更被誉为"海之神力"。

我国汉朝时就有"扦竹养蛎"之说，汉《神农本草经》载，"牡蛎有三，皆生于海"。唐代，牡蛎已是海中珍馐，据说大诗人李白有"天上地下，牡蛎独尊"的题句。南宋诗人陆游三十多岁任福建宁德县主簿，"与同官饮酒食蛎甚"，留下诗句："同寮飞酒海，小吏擘蚝山。"可见食蛎之生猛。明朝时，牡蛎有"西施乳"一说，李时珍《本草纲目》记载："牡蛎肉，甘温无毒，煮食治虚损，调中，解丹毒，补妇人气血，以姜醋生食，治酒后烦热，止渴。炙食甚美，令人细肌肤，美颜色。"

在古希腊神话里，牡蛎是代表爱的食物。传说古罗马帝国的宫廷里，牡蛎被称为"海中圣鱼"，凯撒大帝远征英国，有个没公开的原因，竟是为了猎取泰晤士河畔肥美的牡蛎。拿破仑在征战中，总不忘以食蛎补充体力，而巴尔扎克更炫耀自己一天吃了一百四十四个牡蛎。可见海蛎子的养生功能早已被全世界承认。

食品营养检测表明，海蛎子含有丰富的蛋白质、氨基酸、维生素和多种微量元素，难怪日本人称之为"根之源"，欧洲人视之为催情剂，有青年男女约会前吃牡蛎的风俗。

海蛎子的吃法有多种，烧汤、炒菜、煎炸、烧烤均佳，广东、福建一带还制成蚝豉和蚝油作为调料。不过莫泊桑描写的"生食"，因新鲜爽口、原汁原味、不损营养，被越来越多的人接受。

我家用海蛎子做菜，多年来都是老三样，一是海蛎炖豆腐，二是海蛎炖粉皮，三是海蛎爆鸡蛋，百吃不厌，不思改进。

家乡海边的礁石上，生长着大量的海蛎子。海潮退去时，可见海蛎子密密麻麻、一层叠一层地布满礁石，形成一个个蛎礅。每年深秋至来年清明，是海蛎子最肥的时节，每天退潮后，便有大批赶海人前去采蛎子。这里面男人不多，更少有真正的渔民——那些张大网的渔民，何时把海蛎子看在眼里？即便是渔村出来的，也都是上不得海船的渔家姑娘和媳妇。这些采蛎女人，大多来自近海的盐场和农村。

采蛎人的手里，都有一把小铁铲子，铲头磨得又扁又细，瞅准蛎壳的缝隙，一下子撬开，轻轻一拨，蛎肉就进了另一手提着的小桶里。如今讲究"生食"，市场上野生的海蛎子价格倍增，采蛎人多把海蛎子连壳带肉整个儿铲下来，一则存放时间长，再则让人买得放心。

采蛎子的辛苦不用说，一个冬天下来，十有八九是双手伤痕累累长满冻疮；且礁石嶙峋，海苔打滑，采蛎人须步步小心，保证安全。当然离岸越远、风浪越大，人迹罕至的地方，海蛎子也就越多越肥，到那儿采蛎子，要艺高胆大，但千万不能贪心，须算好了涨潮时分，趁早打道回府。

如今沿海各地都养殖海蛎子，有的置于礁石上立体养殖，有的养在网笼里或特制的缆绳上，收获时大多连壳儿采回，这样更方便生食和烧烤。

《中华文学》创刊号（2015年）

宿城访古——法起寺

刘 毅 江苏省作家协会会员、连云港市散文学会副会长。著有《深度报道》（新闻作品集）、《济川之魂》（长篇报告文学集）、《神山行旅》（诗歌集）。

2005年2月份，正是春寒料峭的季节，宿城乡政府院内地面维护工程刚刚开始。正当人们竭尽全力从地里拽出一块大青石板时，石板背面一个遒劲的大字"转"出现在人们面前，这个魏碑体大字一米见方，阴刻，笔力雄健，一位年龄稍大的民工说，这块石板，正是法起寺院墙上"法轮常转"中的一块。

果不其然，不久，在附近又起出一块相同质地的石板，那石板上赫然雕刻着"轮"字。

"法""常"两个字却至今没有找到。

当笔者来到宿城乡法起寺遗址遗物展院内时，看到那两块石板静静地倚在墙角，虽然岁月的磨蚀在石板上留下了数不清的划痕，但你不得不惊叹那石板做工的精致，那字体的硕大。可以想见，法起寺院墙上嵌上这四块石板，该有多么宏大壮观的气度。

而如今的法起寺，准确地说，是法起寺的遗址，已湮没在宿城水库静静的水底下。

站在宿城水库边上，一阵清风徐来，水面上荡起一丝涟漪，隐约间我仿佛看到水面上一座巍峨庙宇的幻影，仿佛听到水底下传来的一阵阵暮鼓晨钟的声音……

一

　　法起寺，曾经是苏北、鲁南、豫东最大的寺庙，汉代建庙，占地 30 多亩，24 进院落，僧众最多时达 300 多人。宋代确立了佛教曹洞正宗体系，有"淮海第一丛林"之称。

　　宿城法起寺最早的宗教遗迹应是汉代的鹫峰石塔。据清代李遍德撰写的《法起寺碑记》中记载：相传鹫峰石塔建自汉时，又据旧迹罗汉墓，称系西域康居国梵修人灭度于此。这里所说的鹫峰石塔、罗汉墓就坐落在法起寺西侧一片塔林之中。这些西域的僧人来到法起寺，翻译佛经，传布佛教。

　　法起寺因建有鹫峰石塔驰名中外，因此又名鹫峰禅寺。

　　最早的法起寺建于宿城陶庵围屏山南侧，宿城西山的北山岭上，又称上法起，虽然上法起与下法起相比年代更为久远，但由于在山野之中，如今人迹少至，因此，其遗迹仍然依稀可辨。曾随宿城文化站同志前去一探，只见这里残迹犹存，雄风不减，整个布局分山门、大殿、园场三大部分，总面积 20 亩，仍可见当时的香火之盛。

　　在大庙的石基上，我看到建庙用的大青砖，该青砖厚约 10 厘米，宽 15 厘米，长 25 厘米，质地细腻，弹之铮然有声。

　　上法起何时迁到宿城保驾山前，答案不得而知，但关于迁庙的一个民间传说颇令人玩味。据 87 岁的宿城老人石秀章讲，法起寺一位禅师一日清晨见两只金鸽从南方翩翩飞来，在上法起寺上空盘旋了一圈，便落在保驾山下，入地无踪。于是，这个禅师便在山下重建法起寺。

　　法起寺在山下得到更大的发展，规模最大的一次扩建当是康熙五十二年，当时组织扩建的是法起寺的住持，叫心慧。

　　"往松江、乍浦购木，海运抵山，建大殿、中殿、天王殿、净土阁、弥勒殿、藏经楼、法堂、方丈、祖堂、仓库及群房二百余间，是岁兴工，至乾隆元年告竣，统计工料需要七千余金。"（见清·李遍德《法起寺碑记》）。

　　康熙五十二年至乾隆元年，共 23 年时间！如此浩大的工程，23 年不间断地兴建扩建，这需要怎样非凡的毅力和耐心！而这一切所需费用，全部是靠心慧"募化万人缘"得来的。

法起寺宏伟规模至此基本形成。

在有关的历史典籍中，笔者没有找到更多的关于心慧的身世和资料，但他那目标坚定、坚持到底的精神，实在令人钦佩。

近代法起寺大规模整修维护是民国元年，一位叫振亚的和尚来法起寺任监院。

振亚和尚来法起寺后，即大兴土木，修建古寺，连云区张树庄先生所撰《淮海第一丛林法起寺》一文这样介绍：大佛殿是法起寺的中心，里面供有三尊大佛，每尊都有四五米高，两旁建有十八尊罗汉。大佛殿前面是三官殿。振亚将三官殿往前挪，使大佛殿的庭院扩大。次者是藏经楼，高大庄严，内有二十四橱藏经。寺内还有玻璃厅，全是玻璃镶成，真是人间水晶宫了，有"龙行宫"的石额。

据石秀章老人回忆：20世纪30年代初可谓是法起寺最辉煌的年代，庙宇林立，僧侣众多，香火旺盛。特别是正月十五的"三官会"，来自全国各地（特别是南方）的香客成千上万，烧香河船舶如织，那时的宿城，山下山下，庙里庙外尽是朝拜的香客，堪称佛家盛事，江北胜景。

然而，令人扼腕痛惜的是，1938年，日本侵华，东连岛外，日舰列阵。鬼子的飞机轰炸法起寺，共有1000多颗炸弹扔在这里，甚至炸其他目标剩下的炸弹也一股脑扔在法起寺。可惜中华千年古刹霎时灰飞烟灭，被炸得只剩下断壁残垣，惨不忍睹。

中华人民共和国成立后，宿城乡政府对法起寺一些主要建筑进行了简单维修，乡政府、学校、供销社、粮站全搬进去还绰绰有余。

1963年，宿城乡为了解决群众生活及灌溉用水，在保驾山下修起能蓄280万立方米水的大水库，法起寺全部被水淹没。从此，这个号称"淮海第一丛林"的古寺彻底湮没了历史的辉煌。

只有当大旱之年，宿城水库接近干涸时，方能见到法起寺那凹凸不平的房基，令人唏嘘。

二

在宿城法起寺遗址遗物展院里，笔者见到一块雕工细致的汉白玉六边形石塔碑。上面写着：曹洞正宗法起堂上第三十六世素丰公。

那"曹洞正宗"四个字引起了笔者的注意。据讲，法起寺后面的塔林中，每一块墓碑都镌刻着这四个字，曹洞正宗代表着法起寺的佛教传承在全国佛教寺庙中独特的历史地位。

如果说法起寺的湮没仅仅是一座庙宇的终结，那么对佛学界来说，曹洞宗之一翼的终结方是最大的损失。

佛教大乘教有八个宗派，其中之一的曹洞宗名播中外。日本越前（今福井县）永平寺是曹洞宗总本山，至今犹盛。

法起寺于宋代开始确立了"曹洞正宗"的体系，而且世系明确，源远流长，至清代已传到三十世。人们常以"不二法门，十万丛林，有德者居之"来概括法起寺的特征。据石秀章老人讲：法起寺正面的墙上就刻有"法起禅寺，不二法门"八个大字。

随着法起寺逐渐凋敝，曹洞宗教义也无法得到更广大的传播。1963年，当清洌的库水逐渐漫过法起寺残基最后一块基石时，法起寺一位名叫云泉的住持也率不多的几个僧人还俗，精心侍弄政府分给他们那几亩山地了。法起寺的曹洞正宗传承至此画上了一个句号。

三

法起寺虽然几度兴废，命途多舛，但有两件镇寺之宝却奇迹般的留存下来。

一件是心慧和尚于雍正十一年筹巨资获得的一套完整的《大藏经》。为了这部传世佛经，心慧和尚甚至专门为之建起藏经楼，后来这部《大藏经》几经辗转，如今藏于山东省济南市博物馆。

另一件是琉球铜炉，是嘉庆丙子年，琉球国一位叫毛朝玉的重臣出海遇风,漂流到宿城海面上获救。为感谢当时海州知州师亮采的热情款待,毛朝玉将随船的琉球铜炉相送。师亮采又将其转送法起寺,并在铜炉上记述了这次不平凡的事件:

  嘉庆丙子夏,琉球国八品巡见官毛朝玉等二十三人,海舶遇飓风漂至海州鹰游门。知州师亮采,日给廪饩,请大府,奏送闽,附船还国。朝玉临行,以炉相贻。因供奉宿城山法起寺,并系以铭:三品金,一瓣香,航海来兮波不扬。

  琉球铜炉如今被连云港市博物馆收藏。
  令人欣慰的是,宿城乡政府目前正在大力开发地方旅游资源,欲打造出连云港市旅游新品牌,其重点工作之一就是广泛征集法起寺遗存文物,让更多的人了解在宿城这片土地上,曾经有一座拥有"淮海第一丛林"美称的庙宇,叫法起寺。

《苍梧晚报》2005 年 4 月 16 日

母亲的北乡

李洁冰 中国作家协会会员，连云港市作家协会副主席。著有长篇小说《苏北女人》《青花灿烂》等。曾获公安部第十一届金盾文学奖，江苏第八届五个一工程奖，第五届紫金山文学奖，首届《朔方》文学奖等。

20世纪80年代初，一位普通知识分子的八口之家，在下放乡村多年后重新搬回城里，居住在苏鲁交界某县城一个叫五牌楼的地方。当时的我正在黄河古道上的一所师范学院读书。听到这个消息后，我长舒了一口气，此后所做的第一件事，就是兴冲冲地跑到邮局，在寄给同学的信笺上工工整整地写着：某县某镇某街五牌楼十号。这行字在今天看来，具有划时代的意义。那时候阳光从头上打下来，河流上运煤的船队一艘接着一艘，汽笛一声声地在耳边嘶鸣着。天地间一片灿烂。

放假回到城里，母亲正在新分的房子里忙碌。房子是两室一厅，大约五十几平方米。它坐落在六七十年代常见的那种大杂院里，楼上楼下，分别居住着五户人家。此前曾经是县委的机关宿舍，随着旧房改造，有头面的领导都搬去了新的楼区，这里便成了各色人等的居住地。由于刚下过雨，院子里到处都是泥泞，每户人家的门口都有一溜单脚的青砖，通往湿漉漉的井台。正中的梧桐树下，唯一的压水井正朝外"哗啦哗啦"的淌着水。院子里的人每天来去匆匆，与过往乡村见到的人不一样，他们是去上班的。比如车站会计，学校的音乐教员，领导的小车司机，大修厂的汽修工，街上拉三轮的，等等。这样的职业，和农村扛着锄头"下湖"去侍弄土地自然有着不同的含义。皆因他们是城镇居民，"吃供应"的。我家新迁入的房子，据说属于院落里最大的一套，原是县水产局局长全家住在那里。后来县委盖了新住宅楼，他们就搬走了。回城后不久，父亲将一个马粪纸的本子放到我手里，让小女儿去买"供应"。父亲脸上的表情，陌生而郑重。我带着新奇感，在小镇上七绕八拐，最后挤到一支排着半里路的长队伍里。等了半下午，终于挨到窄得不能再窄的柜台前，买到了那年回城后的第一份春节"供应"。计有：腌制的黄鳝鱼两条，麻油半斤，绿豆二斤，未加工的几张原生态干海带、一小包虾皮，另外还有香烟、火柴杂七杂八若干盒。回城了，终于吃上了城镇"供应"，对全家人来说，这是一件多么令人高兴的事情。

母亲依旧手脚不闲，像在乡间那些年一样忙碌。但母亲似乎并不快乐。母亲为什么不快乐，这在当时的我是无法理解的，国家百废待兴，到处呈现出一种勃发的生机，儿女们都考上了大学。假期归来，我穿着喇叭口的牛仔裤，白衬衣，脑袋上顶着菊花烫，带着豪气在院子里走来走去，并为此跟母亲发生了争执。"妈，你怎么老是沉着脸？还有比回城更高兴的事吗？"母亲神色忧郁地看着我："我就这样的面相，怎么弄？"我伸出手指头，将母亲眉宇间的"川"字抹平："妈，你看看人家老胡家，整天乐呵呵的。"老胡家，是那个车站会计的老婆。银盆大脸，经常在院子里跟男人磕牙，好了吵，吵了好。母亲笑了，下意识地掸着袖子上的灰尘，"川"字旋即凝成一团。

后来，儿女们陆续大学毕业、工作、成家，下一代出生，分别成为这个八口之家新的三部曲。母亲却一天天的衰老了。兄弟姐妹忙于生计，忙于事业，忙于所谓的精英教育下每个人实际的和不切合实际的梦想，没有精力，更没有时间去体察老人一路走来，头发从花白到全白的内心感受。于是，在回城后的许多年里，母亲越来越热衷、甚至近乎执拗地到北乡走亲戚。母亲姓周，在那个叫周宅的村子里，是一个大姓。母亲的父亲有兄弟五人，分别繁衍出更多的支脉。舅姥、舅奶、姨姥、姨奶、舅、舅姆、姨、姨夫、表哥、表嫂、外甥，无穷尽地延伸出去，多得叫不出名字，数不清排行，于是经常闹出些喊错辈分的笑话，即便当场纠正了，随后又忘记了……那里总有喝不完的酒啊！婚丧嫁娶，送往迎来，谁家的老人过世了，谁家的孩子又出生了，母亲是那样的热心，倘没有顺便车，即便搭摩的也是要去的，爬沟越坡，乐此不疲。每次从北乡回来，脸上的阴霾就不见了，眉宇间，更多的是疏朗和喜气。"妈，你没事不能在家里歇歇吗？"我奇怪地问，"那么多的小辈，你管得过来吗？"潜台词是，好不容易回到城里，还管那么多做什么。母亲什么都没说，依旧在每次接到亲戚或邻里红白事的口信后，一次次地回到北乡。

北乡，就这样根植在我半生的梦境里，萦绕在晚年母亲的唇齿间。这是记忆中的父老乡亲口口相传、几乎将我耳朵磨出茧子的一个词。北乡，狭义的概念，应该是指江苏省最北端的赣榆县城北去几百平方公里，与鲁东南接壤的大部分地区，包括山区。能掰着指头数出来的，有大约十几个乡镇，以及像星星一般散落在那里的上百个自然村。广义的概念，则是指母亲那个脉系家族延伸、活动并生息繁衍的广袤的苏北大平原了。北乡，是母亲的生命出发地，是她一生的支撑和精神图腾。老人去世后的某一天，我突然明白了，回城后的母亲，晚年的母亲，为什么要一次次执拗地回到北乡。她的青春，她的寄托，她多半生的辛劳和回馈，大都跟那片春种秋收的土地有关。母亲的根系是在那里发芽的，要风得风，要雨得雨，呼吸只有在那里才能顺畅。而多年后，当我终于从浮躁和喧嚣中安静下来，将菊花烫捋成直发，坐在书桌前摊开一沓纸笺，试图解读母亲的心头郁结的时候，老人却带着一腔遗憾去了天国。

2010年秋天将尽的时候，在挣脱土地三十多年以后，我偷得片刻闲暇，终于踏上了去往北乡的路途。太阳依旧挂在天上，一排排参天的白杨在窗外依次晃过。广袤的原野，收割过的土地，记录着四季悲欢的土地。半个多世纪以前，一位短发齐耳的姑娘行走在那片土地上。时值国家新建，百废待兴，新生活像初升的太阳一样，从地平线上升起来。十六岁便作了小乡乡长的母亲，在喧天的锣鼓声里迎着朝日，扭着秧歌，踏着日光，充满激情地用脚丈量着那片原野，开会、征兵、动员、征粮……视野所见皆是北乡，母亲的北乡，魂牵梦萦的北乡，世代生存在那里的父老乡亲的北乡；每一寸土地，每一条沟壑，每一片田垅，都印有母亲年轻履痕的，希望与失落、挣扎与困顿、贫瘠而又肥沃的北乡啊！它的承载，它的负荷，在六十多年后的今天，究竟应该如何解读？

我徘徊在钢筋和混凝土堆积的丛林里太久了，失去了方向和记忆。波及全球的金融海啸、生态危机、舟曲的泥石流、海南的洪水、经济跃居世界第二的一路狂奔……经由这些所产生的冲击波，不知是否挤进了北乡的每座村落？风也吹过，雨也打过，作为挣脱者，曾经的逃遁者，多年后再度闯入，我不敢奢望还能找到什么。在过往的命运履痕里，乡村留给我的，是自然界的天堂。而我的精神脉系，也许从土地中连根拔起的那天，就注定荒疏了。莫言说过，"我们这一代人，跟土地之间是仇恨的关系"。那么，究竟从什么时候起，人们对于土地，不再是热爱，而是代之以诅咒、唾弃和逃避。作为一个有着几千年历史的农耕大国，至少我的父辈，父辈的父辈，乃至上溯到多少朝代，人们跟土地还都是血肉交融的。漫漶如一条长河的古老文明，从土地上得到数不清的浸洇与滋养。直到20世纪50年代以前，"解甲归田"依然是无数国人晚年归隐的梦想，历史演进到60年代，这种韧带却扭曲、断裂了。城乡二元对立的建制与格局，在人与人之间一夜掘开了巨大的沟壑，无数的人生悲欢，皆由此生发。此后的乡村，已经完全没有了旧式文人士大夫眼中的"良人犹怒催耕早，自扯蓬窗看晓星"的田园牧歌，"开轩面场圃，把酒话桑麻"的旧友吟咏，而是更接近于莱蒙特在20年代就揭示过的，所有自然界的魔力，农人盲目的劳作欲，温驯和茫然，对新生活的渴求，加上些微的懒散，一切正面和反面，一切繁华醉人和种种被乱世糟蹋的美德，都毫无保留地呈现……或如拉美作家胡安·鲁尔福笔下的乡村，在田园风光的表象背后，却有着残酷的另一面。它既是诗意的，也是贫穷与晦暗的；既是质朴的，也是饥饿与冷酷的。人性的至真与卑劣，分野与临界，魔鬼与天使的转换，地狱与天堂的轮回，如原子能般的沉寂、郁积、纠结终至爆发，皆由此而生。自懂事伊始，我便被告知，必须像蝉蜕皮一般从土地上挣脱，如果不想在额头烙上卑微的徽记，你必须想尽办法逃离，人生就这么简单。

但母亲，生我养我的母亲，和土地的关系却没有这么简单。进城后，母亲的头发开始白了。如果我没记错的话，母亲那年只有五十多岁。五十多岁的母亲为什么顶着满头华发，一次次回归北乡？很长的时间里，成为我心头待解的一个谜。

21世纪的某个秋天，在母亲逝世三年后，冥冥中的牵引，让我终于将目光投向北乡。

当我再次走在这片黄土地上的时候，极目远望，标志着现代工作文明的大烟囱正霸气十足地冒着缕缕的浓烟，脚下的乡村小路早已被厚厚的水泥所覆盖。随风而去的，不仅仅是曾经的乡村文明，连同父母亲那一代人的记忆，都似乎被湮没了……与此同时，一股强烈的、此前从未有过的东西，却从心底像飓风一般掠过。是的，没有什么能熬过时间。旧的生命印痕在消失，新的生命又在生长。所谓"沉舟侧畔千帆过，病树前头万木春"；所谓"高堂明镜悲白发，朝如青丝暮成雪"；所谓"世界上最快而又最慢，最长而又最短，最平凡而又最珍贵，最易被忽视而又最令人后悔的就是时间"。所有的悲欢，所有的歌哭，所有的记忆，都只能留给文字。

文学的魔力，在此彰显。

文字可以让世界回旋，让光阴倒流，让死去的人重新复活，让地狱和天堂瞬间轮回，让铁屋子裂开缝隙，让墙上长出庄稼，让城市上空飞起麦扬，让疯子指挥交响乐，让哑巴开口说话，让伪善者扯下神圣的遮羞布，为苦难者送去风中摇曳的烛光，将尊严还给人类，将罪恶送上绞架，让阳光刺破由废气污染留下的雾霭，让枯萎的心灵开出奇异的花……这是上苍赋予文学的权力。就像鱼在水鸟在林，大地之于天空，人类之于呼吸。真正的文学，既是鲜活的，又是真实的，是游离于庙堂正史之外的，一部部充满烟火气息的民间生活史。索尔仁尼琴说过，"一个作家的任务，是要涉及人类心灵和良心的秘密，涉及生与死之间冲突的秘密"。有鉴于此，作为一位用笔记录思考的书写者，一位以写作的形式行走于尘世的生命个体，除了对文学保持一份虔诚，一份持续的耕耘之心，我别无选择。

半弯剪月在天边挂着。风吹云动，总是想起母亲，那位从苏北大平原上走出来的、勤劳、善良的女人。曾经坐在夏天的湖边上，跟她的女儿一起回忆往事。母亲举着扇子拍打蚊子的声音，水边的蛙鸣音犹在耳，老人却归去天国多年了。临终前，母亲依然保持着对生命的眷恋。一道天河却从此隔开了阴阳两界。而关于人类的生死诠释，关于母亲和北乡，还有那片欲说还休的黄土地，则成了我一生写作必须面对的课题。

《中国作家》2012年第5期

老家的皂角香（节选）

李海涛 笔名鲁脉，剧作家、作家、导演兼音乐制作人。1956年生于江苏赣榆。发表作品200余万字。有多部剧作发表和由国家艺术院团上演；其中大型现代戏《桃花庄》获文化部2007—2008年度国家舞台艺术精品工程现代戏优秀剧本大奖。

夜……

沿三〇七国道西行，先是登山，马陵山；而后过河，茅河……女人的力气已被漫长的时空榨尽，破旧的"大国防"牌自行车极苦地呻吟了十多个小时，也早已泣不成声。车屁股上的少年昏沉沉如一头死羊，由麻木到渴望又到麻木。车架子很响地"哗啦"了一声，少年便极利落地翻下地去……女人并没有察觉，依旧执拗地捯着两脚在黑暗中奔，奔，一面说，儿啊，过了前面十字路口，西北角上，就是老家了……

——哦，老家！

我跟母亲回老家……

老家在山东，属临沂地区，郯城县。有个极雅致的名字：蒲林。到那时为止，我们小一辈子弟都没有回去过。在我们心里，老家是块至善至美的画中乐土。父亲少小离家，老大未回，不免把一个思乡的旧梦翻来覆去地做。做犹未足，辅之以讲，寓褒于贬地讲，指桑骂槐地讲，含沙射影地讲……比如某日自街头拎回一只烧鸡,儿女们一向"初级阶段",忽逢美味,自然是争抢大啖、欲仙欲死。父亲则必猛批该鸡道:"这算什么玩意儿?尽毛!吃卤货还是咱蒲林的!"然后开始大讲特讲,老家的鸡剥洗如何的讲究,烹煮怎样的老道,而且要加一百几十种草药。"其中有一味是绝密!抗战时鬼子出了一个联队的军饷都没买下来……"

于是我们食欲大动,似乎满屋子都是蒲林烧鸡的香味了。

——这是吃。住呢?

老家的营造业似乎特别发达,高门大户,一律四合大院,穷极考究:

"砌墙得使磨砖!把砖拿水浸过,用砂石磨得溜光水滑,一行行码上去,当中不流行放沙子、石灰,要'干摆浮搁,糯米灌浆'……不懂了吧?就是把石灰滤细了,用糯米汤和成,顺砖缝渗进去。干透了比电焊都结实!哪像此地盖屋哇,弄堆黄泥砸巴砸巴,抓把草一苫:新屋……"

穷人呢?

"穷人也搁讲!砖就不磨了;青板瓦,正反互扣,檐前装滴水……"

咱家也这样吗?

"咱家?你是说恁爷住的老宅子……旧是旧点,还结实!门前顺台阶下去就是汪,汪汪洋洋一下子水……"

细心地听,会觉出父亲换了话题;不过当时我们只顾神往了,没注意老人的尴尬。我们眼前出现一幅画:老槐荫屋,雪纸明窗,一院清凉,满耳蝉唱。头上蓝天,白云苍狗,有嘉枣挂树,累累朱红。顺级而下,见一汪秋水,波平如镜,四围无数蒲丛环绕,清香阵阵,随风远扬……我的天!这简直是仙境哎!

——老家,老家!你实在是勾人的魂儿呵!

死活要回趟老家。

机会很快就来了。

"文化大革命"……

我们都失了学。于是,回老家。

……我从"栽了"的地方爬起来,牵着妈妈的"大国防"后座一瘸一拐地走进一个极大的村子。夜空里弥漫着一股热烘烘的鸡屎牛粪味。妈妈说,这就是老家了。但我们得先去二叔家落个脚。

就去。

一根锈透了的爬头钉楔在麦壳子和泥糊的墙皮上，钉上斜挂着个糖浆瓶改装的煤油灯。一豆火苗"扑扑"地跳动着，屋中间地上摆着个大青麻石凿成的火盆，盆里柴火已经烧乏了，发着暗红暗红的光。已经是后半夜了，二叔一家还在等我们。老少爷们东倒西歪地围着火盆打盹儿，墙上便印出些豁边溜沿儿的影子。我们娘儿俩一到，屋里热闹起来。一个头上戴一顶边上镶一朵慈姑叶的黑平绒"罗帽"（这是借用京剧术语，因这种帽子极像戏台上武松戴的那种罗帽；我至今没有搞清这种帽子究竟叫什么名，鲁南妇女似乎都爱戴这个）的中年妇女（后来知道她是我二婶），扯着一条云遮月的嗓子极热情地对妈妈嘘寒问暖，然后便开始"演礼"：

"嫂子，你坐这儿！"

"你坐你坐……"

"那可不行！你是嫂子，我坐不搁讲！"

"妹妹，妹妹……"

"嫂子，嫂子——俺亲亲的嫂子哎！"

她们让得很艰苦，足足有四十分钟。其态度之坚决、说理之透彻、逻辑之谨严，至今想来仍不能不令人叹服。我都累半死了，妈妈原先不这样呀，今儿这是怎么了？局面相持不下，终于由二叔出面做了裁决：

"并肩坐，并肩坐！"

——呃？！

最复杂的问题往往最简单。

一位矮而微胖的妇女端来一簸箕麦糠投进火盆里。嗡！火头起来了，我身上这才有了点活气。妇女笑着招呼我：

"往跟前坐坐，远了烟眼。"

"嗯嗯，你也来吧嫂子。"我说。

——叭！后脑勺上挨了一巴掌。

"鳖羔子！你是咱家老大，哪来嫂子？"二叔笑骂着，"那是你没出阁的二姐！"

哄！一家人都笑了。二姐又羞又恼，"我就那么显老吗？"扭身跑到院子里去了。刚到老家就出了这么个大丑，窘得我恨不能当时就往火盆里扎。这当儿，一只软软的胳膊伸过来揽住我的肩头：

"笑啥，笑啥？笑撒了牙，满地爬！俺弟是生来乍到、摸不着锅灶！"

我心里一宽，扭头看去，一个脸蛋儿红扑扑的年少村姑站在我旁边：好亮的一对眼睛啊！声音也好听，又清纯，又柔和……村姑却被我看得不好意思起来，轻轻推了我一把：

"看啥！我是你三姐，想给你做媳妇也没指望！"

"哗！"这一次是连我也笑了。从此我和三姐很要好。

转过年来，秋里，我和三姐去北大洼剜"猫耳朵菜"。

"菜"而至于"猫耳朵"，可见出息不大。这是一种蒿类的野菜，也有叫它做"婆婆蒿"的；但又不像它的同宗蒌蒿那样高贵，可以入诗，可以佐餐侑酒。它不能吃。在我的记忆里，它就是那么一种人人眼前有、人人心中无的卑微存在，路边田头，山野林下，一撮墨绿，一丛残黄，风生则逆来顺受，雨霁便自在逍遥，生的渺小，死的简单……我们去剜它回来，晒干了烧火。

村居岁月，燃料问题始终是首要一宗，所谓"柴"米油盐酱醋茶。平川无煤，又无林木可供杀伐，只有烧草。庄稼秸秆可以筑建，可以造纸，焚之不啻烧钱，故只能另辟蹊径了。比如说，烧猫耳朵菜。不过开初我是很觉着荒唐的，这种野菜虽到处都有，毕竟体积小（猫耳朵嘛）而浆汁多（菜），得剜多少才够一烧哇。三姐根本不跟我废话，抓个起猪圈的破粪箕子往我肩膀头一套，押上就走——

"嗡嗡什么你嗡嗡？ cai huo！"

末后两个音节找不到相应的规范词，只能记音了。意思大致相当于北方俗语里的所谓"菜货"，但又多了点亲昵的成分；也可能就是"菜货"的方音讹转……跟着三姐，我们直接奔了北大洼。

蒲林村的耕地大多集中于北大洼，属于那种各类有机质自然搭配匀整的"海绵田"，乡老每云"抓把沙子洒上都发芽！"这我不能不信：一出村，眼前便是一片墨绿色的海洋哎！——呃，都是猫耳朵菜。庄稼呢，庄稼在猫耳朵底下窝着。这样的猫耳朵菜当然能烧，它不是菜，它是"树"！棵棵都有一尺多高,菜梗子都有拇指般粗细,老叶纷披,多已半干,成片地割下来晒干了备炊,自然是上佳的柴火!我也只好算是"cai huo"了……

三姐领我在一块黄豆地边上游击了一阵,便一头扎到当间儿去了。一会便抱着一抱熟透了的黄豆棵子迈上田埂,一把把地往扒箕子里掖。我目瞪口呆。三姐瞥了我一眼:

"愣着干啥?不抓点挠点,怎那一大家子吃笊篱屙碗?"

我哑然。弟弟妹妹陆续到齐,族亲们的口粮也仅够糊口,分出一升半斗也是勉为其难……三姐三姐!——三姐哎!

我们猫耳朵菜其外,黄豆棵其中,结结实实地楦满了两个扒箕子,互相帮持着上了肩,准备回家。

——走不了啦。

面前一阵皂角香……别,别抬头,别看她!

她爱穿一件蓝底子白点儿的无袖短衫坐在汪沿的垂柳树底绣活儿,袜垫儿,鞋帮,饭单(围裙)……爱在我从树底经过时拿一本没面儿的旧书考较我:"左边一个牛字,右边一个土,这字念啥?""杜,"我肯定地说。"'杜'丹花?""……啊!"我坚持着,一面腿肚子朝了前。"这字呢?'足'旁,这边帮一个皮字?""皮呗!"走起路来一'皮'一'皮'的?"那还用说!"……她还爱在月上柳梢头的时候摘一捧皂角,抱了衣服在汪边的大青石上捶,月华水灿之间溅出串小调:

> 走一河,又一河,
> 河河里头好白鹅,
> 公的头前啊啊叫,
> 母的后面叫咯(哥)咯,
> ——哎哟我的梁哥呀啊啊啊,
> 九红的心儿你可猜着啊嗯……

唱得脆,调儿也好听。当然,我知道那全是因为她"俊"。她是我家(祖宅。两间宣统年间的古董房,屋顶苫的是草,檐前自然无法装滴水)隔院邻居,汪东沿戴帽中学的在校生,多梦少年黑甜乡里的一朵"杜"丹花,最后,她还是我可能从周朝时就确定了关系的"姐姐"之一:同宗,同辈分,尽管早出了"五服",尽管早就八杆子打不着了!所以,虽然……然而……

她叫桃儿或者条儿。叫着都应,只要后头缀上个酸溜溜的"姐"。
…………

且说现在,她看青,而我是"贼"。她如果放了我就将受到队里的责罚,"革命"年间这种责罚一般相当可观。不放呢?……这是"我"呀!这个红头蝼蛄似的"我"因了某种事情的绝对无望而使我们的"杜"丹花特别的……田野里起风了。豆棵子和猫耳朵菜哗啦哗啦对锉起来,我们就那么"干"在了那里。

——像是过了好几百年。

"三姐我没有法子,"桃儿说,"要罚半年口粮呢,三姐……"

三姐无话。终于不甘心,伤风似的嘟哝了一句:"俺弟一家户口不在这,一粒口粮没有呢吗!"

于是又"干"。斜阳向暮,把我们的影子扯得很长,很长……

"——俺哥手忒重,"桃儿忽然又说,"要是……非砸断我腿不可!"

我一激灵,眼睛不由自主地飘向桃儿两条浑圆结实的小腿。一种热乎乎的东西酸酸地在心头涌动起来。"别说了!"我生硬地吼了一声,一仰腰卸下扒箕子,一把一把地连菜加豆统统掏出……我真怕她们俩谁阻拦我,那样我非哭出来不可……但是什么都没有发生。什么都没有。我忽又有一些失望感,慢慢地,酸的味道消失了,嗓子眼开始发干、发苦、发辣……一扭头,我,我走!伤心所致,自然是走起路来一"皮"一"皮"的了。身后传来三姐焦急的呼喊声,一会儿,桃儿的喊声也迟迟疑疑地加入进来:

"兄弟,你别,别走!兄弟……"

哼,一点儿也不脆!
…………

妈妈又回江苏到亲戚家奔口粮去了,留我们姊妹几个在老家看铺儿守锅。作为老大,我暂时代理家长,——也就是挂名而已;实际上,里里外外是大妹如冰在操持。在吾国赝品充斥的人性图籍中,我这个妹妹无疑是中国女性的真迹之一。她并非名流巨擘，至今也没有什么豪举在市面上大辉其煌；但在我这个迂腐散淡的兄长心里，她的地位是远在某些圣光缭绕的大人先生们之上的。七八十年代之交，她曾为了让她这个一身黄曲霉素的哥哥迈过一道命运的铁门槛而无言地牺牲了一次宝贵机遇，致使自身至今没有完全走出岁月的阴影。她这样做的时候并不像一些当代戏剧那样有过多少多少"层次"的"哲理思辨"，似乎也没发生过什么"巨大而深刻的内心冲突"：她就那么自自然然地做了！她像土地那样平凡，而关于土地，我们有过那么多那么多的诗篇……

写于1991年12月31日雪夜

《连云港文学》1992年第3期

记忆中的狼

李秉建 1953年出生,江苏省作家协会会员。20世纪70年代末开始文学创作,先后在《青海湖》《雨花》《芒种诗歌报》《鹿鸣》《儿童音乐》《中国散文诗报》《散文诗》《连云港文学》等刊物发表诗歌、散文、小说、评论等作品千余篇(首)。

当世人从极端狂热和浮躁的冲动中重新恢复理智冷静下来,于骤然间想起它,并想保护它时,它却带着贪婪、残忍等诸多恶名从人们的视线中越走越远,直至了无踪迹。这就是狼,这就是与我们世代相邻共处铭刻在我记忆中的狼。

还在孩提时,我就知道海州古城南边的锦屏山上有狼。以前的锦屏山,少有人去,曾经狼满为患。至今,山上还留有多处狼窝、狼洞。后来,随着上山砍柴拾草,开山凿石的人越来越多,使狼的活动范围越来越小,以致一段时间狼时常下山咬死农家散放的羊和叼走鸡鸭兔等小牲畜,一时闹得人心惶惶,家家大人都把小孩圈在家里,生怕有什么闪失。

那时,谁家的孩子要是闹人不听话,大人都会呵斥道,再闹,让狼来把你叼去!孩子的哭闹声便会戛然而止,乖乖地偎进大人的怀里。

记得奶奶会讲许多狼的故事。小时,奶奶为把我哄睡着,每天总是一边搂着、拍着我,一边嘴里念叨着,我家孙子听话哦,狼外婆要叼就叼别人家不听话的孩子。就这样,我在奶奶的爱抚下、念叨声中渐渐入睡。待我稍大长成少年时，奶奶对我说，狼其实并不可怕，狼的腿是秫秸做的，只要手里拿根棍子，打它的腿，一打就断了。奶奶还说，要是一个人走在野外，感觉后背被什么爪子搭上时，千万别回头，一回头，狼就会把人的脖子咬断。其实，在古城海州，各家老人都会对孩子讲同样的有关狼的各种经过演绎的故事。

真正看到锦屏山上的野狼时，我已是个大小伙子了。那是我下乡插队的第一年中秋。回家时，遇到儿时一起玩耍的伙伴王哥。王哥对我说，晚上没事，我带你到南山根打狗獾子去。最近狗獾子经常到我家地里偷花生吃。晚饭后，王哥又喊上三个猎手，带着自制的四杆土枪，一行五人就向南山根走去。那晚，皓月当空，秋风习习，空气中弥漫着庄稼成熟的馨香。不多一会儿，我们就到了王哥家花生地。王哥先带着几个猎手看地形，找好埋伏地点，然后五人一分两拨，王哥带着我和另一个猎手埋伏在东边的土堆前，另两名猎手埋伏在西边的土堆旁。大约蹲了两袋烟的功夫，就见从南山上下来两个黑影，一路溜了过来。凝神一看，果然是两只狗獾。就在狗獾快要进入伏击圈时，意外发生了，不承想在狗獾后面，又跟下来两个黑影，且比狗獾要大得多。王哥示意大家，一切听他号令再动手。我看到，就在后面两个黑影向狗獾扑去的一瞬间，四杆土枪顿时喷出四道火焰，在一阵"嘭嘭"的轰响声中，三个黑影倒了下去。随即，看见其中一只黑影调转头，一溜烟往山上狂奔而逃。王哥提着土枪和我们一起冲出掩体，跑到跟前一看，打倒的三个黑影，两只狗獾，还有一只竟然是狼。就在大家说话间，逃走的那只狼在南山的高坡上发出阵阵"嗷——呜""嗷——呜"的叫声。其声，让人感到毛骨悚然。这时，我才真正感受到什么叫鬼哭狼嚎。王哥对我说，打死的这只是公狼，逃走的那只是母狼。

那晚回到家，我躺在床上彻夜难眠，那只母狼撕心裂肺的嚎叫哀鸣声始终在我的脑海中挥之不去。

公元1972年冬，在古城菜市场，我又遇到王哥。王哥跑过来对我说，你还记得那年逃走的那只母狼吗，昨晚给我逮着了。说着，他指向不远处的地上，我定神一看，只见一只瘦骨嶙峋的狼躺在地上，身上还流着血，腿明显被打断了，嘴被绳子紧紧地勒住，眼角挂着泪，眼睛流露出茫然的绝望、无助和哀伤。看到眼前这只狼呈露出这副模样，心中不由生出一丝怜悯。我对王哥说，你咋不把它一枪打死，免得让它这样活受罪。

从那以后，我再也没见过狼，再也没听到有关锦屏山上狼的故事。但我记住了，锦屏山上的狼，是从那一年绝迹的。

如今，锦屏山已逐渐被开发成旅游区。每逢节假日，山上游人如织。当人们坦然走过曾让人谈狼色变的狼窝、狼洞时，丝毫没有了以前那种令人惊悚的恐惧感。然而，当我每次游走在锦屏山间，总觉得有狼与我随影而行，山谷中似乎有随风而至的狼的嚎叫声，也如歌般耐听。但我知道一切都已不复存在，更无法延续。曾经的狼，无论其是善还是恶，无论你是恨还是爱，都只能储存在你我的记忆深处，定格为永不褪色的影像。

《东方散文》2018年1月

乡村物语

李雪冰 教授，硕导，省作家协会会员。著有专著多部。有长篇小说《刑警马车》、散文集《乡村映象》等行世。曾获公安部第十一届金盾文学奖、江苏省第八届五个一工程奖。

收 割

　　这种滋育生命的粮食，以其丰富多彩的生长流程，向少年以前的我揭示了其生生不息的密码。播种季节，老牛牵引的犁耙将湿乎乎的土地耕出了一道道笔直的垄沟，后边跟着的播种者，沿着这些垄沟，一手端筛，一手将麦种均匀播撒，随后，又一次耕过的犁耙将这些籽粒饱满的种子深深埋入了土地。严冬季节，大地冻得严严实实，田野里落满了白花花的严霜，但麦子，当初埋入土里的良种，竟然在这滴水成冰的季节，硬是从冻得很结实的泥土里钻出来，绽开了翠绿的叶苗。站在田头，放眼望过去，一片绿色的世界，沿着沟垄生长的幼苗，蓬蓬勃勃，生机盎然。严冬里，村民们盼着，要是能有一场铺天盖地的大雪就好了，民谚不是说嘛，今年大雪暖似被，来年枕着馒头睡。

　　孩子们时常在放学归来，学着做一些力所能及的活儿，如铲青、剜菜、喂猪、放鹅等。最有挑战性的是向麦田里"送碱水"，这可是个有技巧的活儿，就是两个孩子合伙将蓄满了粪水的瓦罐用扁担抬到麦田里去，浇灌那些干渴的麦苗。说也怪了，当地的村民们大多都用瓦罐积攒粪水，不像稍南方一些的地方都用木桶来装。而事实证明，这种瓦罐又是极不结实的，简直说得上是松脆。因为，少年的我，也曾多次参与抬着蓄满粪水的瓦罐，战战兢兢地朝麦田里走，一路上，爬沟过坡，大气不敢出，只盼着快些将这个宝贝瓦罐安全送达，这个瓦罐里，装的可是庄稼人的丰收梦，众麦苗的营养液哇。谁知道怕什么来什么。无数次，都是快到田头的时候，不是系瓦罐的绳子断了，就是瓦罐自动四分五裂，顿时，粪水四溅，四散奔逃。张皇失措回到家，不免被大人劈头盖脸一顿训斥，临了还要加上一句"扁担呢"。这时，才想起回到原地去收拾残局。但偶有成功的时候，在田头，用长木勺子一勺一勺地将粪水舀出来，浇灌到那些干渴的麦苗身上，说不出的快感，很久以来，想起冬天的麦田，就是那种泛着白色的盐碱花，空气中隐隐弥漫着一股尿骚味儿的绿色的旷野，熟悉，又陌生，和少年、和土地、和村庄就这样紧紧联系在一起。

麦子灌浆的季节，又是一番景致。拔地而起的麦子，在春天的时候，好像接到了什么号令，齐刷刷的，在短时间内密密实实地成长了起来，那些宽了数倍的绿色的叶苗，状如柳叶，但比柳叶坚挺，片片向上，众星捧月，护卫着枝干上那只尊贵的麦穗。绿色的麦穗，高傲地昂着头颅，坠满籽粒的身体极为挺拔，每粒籽粒上的麦芒，根根乍起，齐齐指向天空。让人不由想起，这就是麦子的青少年时代吧？搓青麦子吃，是馋嘴者的好戏。揪下几缕青涩的麦穗，撸去枝叶，将麦仁放在手心里反复揉搓，一会儿，用嘴巴吹去麦粒上青色的包皮儿，就剩下圆滚滚的麦粒，放在嘴里咀嚼，哎呀，那满口的汁液和清香哇。当然，也有人喜欢烤青麦子吃。那种香味儿，迄今再也没有从城市里任何一种包装得花花绿绿的食品中感受到。

割麦子，应是端午以后了吧。那是大忙的时候，也是自然界的密码，好像一夜之间，原本绿油油的正处在灌浆期的麦子突然齐刷刷变得金黄，绿色的青纱帐换成了金色的黄纱帐。田间地头，到处都是啧啧称奇的人群，尤其那些初来乍到的诗人，除了脑海里轰轰响着"啊！"这个字以外，一时说不出什么话来。

收麦子，农村号称"双抢"，那可不是今天世风日下形容治安恶化的犯罪类型抢夺抢劫，而是勤劳的农人们收获果实的关键期，小麦上场，水稻插秧，两项活动先后进行，这是关于麦子的最华彩的乐章。身强力壮的农人在散发着醉人芳香的麦田里，左手揽住一把穗头沉重的麦子，右手挥舞着磨得飞快的镰刀，轻轻就根部一扫，麦子就齐崭崭地倒在田垄上。随着镰刀的不断起落，摇曳的麦海一会儿就变成了一排排、一行行整齐划一的麦捆子，拖拉机迅速把这些麦捆子拖到打麦场上，挎篮而至的儿童们在麦收后的田间搜寻着丢落的麦穗。打麦场上，人声鼎沸，脱粒机彻夜轰鸣，如变魔术一般，那一捆捆金黄的麦捆子在脱粒机的滚筒上不停地舞蹈。场地上随即堆起了金山样的麦堆。那段双抢的日子俨然如一场战役，田野里、打麦场上到处都是紧张忙碌的人群，黄澄澄、金灿灿的小麦，几天内就收割、脱粒完毕，在艳阳的日子里，脱下来的麦子平展展铺在平整如镜的麦场上，反复晾晒。有一种活计叫"扬场"，就是用很大的木锨，铲起麦子，向空中一扬，借着自然的风力，让麦粒中的尘土、碎屑随风而逝。遇上阴雨天可就麻烦了。麦子不能及时晾晒、扬场，收入库房容易发霉，所以那段日子，艳阳天比金子都金贵。印象里，大莒洲村在有一年的麦收时节曾经遭遇过一次大风天气，本来打好的麦子晾晒在麦场上，突然大风吹来，麦子转瞬间被吹得无影无踪，大风过后又是一场大暴雨，目睹这场惨剧的是看场人，村里的五保户刘老汉，拖着扫把去追那些被大风吹走的麦子，喉咙里发出撕心裂肺的哭叫，只有一生与庄稼、土地生死不离的人，才能理解刘老汉当时内心深处是怎样的痛！

那个季节也怪，天气如孩儿脸一般，阴得快，也晴得快。常常风雨过后，随着游动的云彩，太阳时隐时现，露出了笑脸。雨后的打麦场，一片沉寂。镜子般的麦场被雨水浸过，表层的土很细，覆盖着一层薄薄的麦麸，湿湿的，水汪汪的，一脚踩上去，一个浅浅的脚印，细土中的麦麸亲吻着你的脚底，让你心里酥酥的，特别享受。脱去麦粒的麦秸，被集中起来，堆成了草垛，至今仍想起草垛这个词真够质感的。闭上眼，一个一个的大草垛，由闪着金黄光泽的麦秸堆成，斜倚在垛边小憩的农妇，叽叽喳喳，嘻嘻哈哈，脸庞被太阳晒得通红，俗称"晒糊了"。好玩的孩童，钻进草垛捉迷藏，一忽儿没了踪影，打麦场上，那么多草垛，到哪里去找啊。也有技术不佳的，钻来钻去，把草垛钻倒了，一阵欢叫之后，就是农人的一顿斥骂。吃第一顿由刚打下来的麦子做的煎饼，堪称天下第一美食。那些籽粒饱满的麦子经过磨坊的加工，变成白花花的糊浆，那可是含有麦麸的原汁，经那些巧手农妇在鏊子上左擀右擀，变成了一张张香喷喷的煎饼，当地人喜欢把整张的煎饼卷成筒状，内裹大葱或辣椒，歪着头，对准煎饼头部狠狠地咬下一口，那个畅快啊。至今忘不了那些吃新鲜麦煎饼的农人嘴角挂着的饼渣，垂垂欲掉，可就是掉不下来，额头是鲜辣椒辣出的微汗，后槽牙卖力咀嚼时蠕动的咬肌，脖颈处因用力鼓起的青筋，当今那些知名的画家们，有谁能出神入化地绘出那副景象来呢？

噢，麦子，由此而生出的一系列词汇：麦粒、麦苗、麦地、麦芒、麦穗、麦秸、麦场、麦垛、麦糊、麦面、麦煎饼……哪一个词不隐含着丰富的内涵？哪一幅画面不深深植入童年、少年的脑海？感谢土地，感谢麦子，感谢农人，是他们，一直以来滋养了我的生命！

白毛风

白毛风起来了。连着刮了些日子，刮得人睁不开眼。屋檐下的滴流子（冰凌）一根一根的，硬硬的，泛着莹莹的光，林立着。要多么冷的空气，才能使屋檐下淌着的流水，在某一瞬，突然凝固不动，就那样，在空气里，后面那一滴，承载着前面那一滴，一点点累积起来，形成这种冰的柱子，柱子的根部，系在屋檐下的草秸上，牢牢的，棍子都夯不下来，远远望过去，有点像广西一带山洞里的石钟乳。

地，冻得似铁壳一般。走在上面，鞋底和地面擦出的，是铁镐敲地的声音。院子里，露天掩埋的萝卜窖子冻严实了。想吃萝卜，就得用镐头刨。挥起镐头，甩开膀子，刨那么几下子，只刨出几点白印子。忙乎一阵子，刨开的窟窿里，渐渐露出红的、青的萝卜皮来。再刨下去，不是断了头尾，就是斩了腰，少见刨出个完整的。

地瓜窖子好一点。在地下挖个足够大的坑，用棍子和草架起一个盖，留一小小的口，仅容孩子一人通过，窖中取物的活儿，多由孩子去干。外面，搅天搅地的白毛风，窖子里，还有些暖烘烘的。做饭了，把掩住口子的草苫子拿开，孩子头顶着篮子，顺着入口下来了。里面黑洞洞的，只有入口处一点微光照进来。有地瓜坏了，甜兮兮、苦唧唧的味儿弥漫了窖子间。隐隐看见几只肿大的地瓜，长了一层长长的白毛。孩子的心里咚咚敲着小鼓，捡了好的，还得拿坏的，正忙着，就见一个灰灰的小东西稀里糊涂从地瓜堆上蹿过去了。头皮一阵发麻。

一群搂草的孩子，拖着小耙子，肘弯子里挎着筐篮，在村子里，专门追着风头走。女孩儿脖子上扎着包头巾子，艳艳的。男孩儿光着头，鼻涕出来了，袖头子一蹭，久了，那袖头子变得明光光的。风吹过的地方，旋出了一堆堆枯叶、断了的树枝子，在墙根边，停下了。这是灶间急需的燃料。小耙子从左边搂过来，又从右边搂过去，篮子里，树叶子满了，按下去，直到结结实实。一顿饭，一两篮子树叶子是不够的。一个女孩儿，把自己头上的包头巾子解下来，给另一个女孩儿围上，手冻得早就僵了，连着几次，打不起结来。两个孩子，一色的脸上透着青紫。

屋子里，炭炉子生起来了，是用散煤烧火的那种。趁着晴天，把煤用水和了，用铲子做成一个个饺子状的煤球，等干了，就用来生火。一根长长的铝皮筒子，从炉膛接出去，顺着门顶的窗户里朝外通烟。地下，散着火钳子、煤渣、畚箕、扫帚。黑乎乎的铝制茶壶坐在红通通的炭炉子上，吱吱叫地唱着歌，壶嘴儿里冒着一缕白雾，袅袅的。地上的煤渣散发着一种独有的气味儿，那是通红的炭火燃尽的残余，介于红色和粉红之间的，堆在地上，一种暖暖的感觉。

父亲和岗叔正谈到兴头儿上，突然手一挥，恁俩去地里挖点荠菜来，今天包荠菜饺子吃。找了一阵子，小篮子有了，小铲子也有了。我俩出了院子。一出门，像掉进了冰窖子。天，是青色的，特别的高，特别的远。地面硬刮刮的，踩上去，硌得脚底疼。这会儿，风从地上打着旋儿，吹过去，再吹过来。风头卷过的地面，一溜白烟，追着另一溜白烟，不算浓，也不算淡，一缕一缕的，随着风起了，又随着风走了。吸了一口凉风，浑身一激灵。哪里有荠菜？互相看了一眼，去麦田！

靠河堤不远的地方，是一片麦田，一块，接着另一块。青凛凛的天空下，麦苗，全都匍匐在地上，细长的叶子向四面铺展开来，盖在泛着碱花的土地上，远远望过去，一片墨绿的颜色。眼睛忙着在田埂、地头上找荠菜。冬天的荠菜是什么样子的？一种锯齿形的叶片，绿色中透着紫红色，叶片瘦长，四五片的样子，从根部向四面舒展开来，和麦苗一样，也是吸附在地面上，扒得很紧，不细看，还真认不出来。在麦苗、青草、灰灰菜里，透过赭色的土地，去找一种叫荠菜的东西，不是个容易的活儿。我俩拎着个小篮子，拿着铲子，漫地里走，脸冻得生疼，手脚渐渐麻木了，篮子底里，只摆着一两棵，瘦精精的。一个熟悉的喊声从地头上传过来了。远远的，母亲从田埂上走来。俺爸说，今天中午吃荠菜饺子。我俩一迭声地喊。看到两个面孔青紫的孩子，母亲板起脸，说，吃什么饺子，赶紧回家去，这么冷的天，冻死了。

  风起了，一缕白烟打着旋儿从脚底下钻过去，母亲揽着两个孩子瘦小的肩膀，紧赶慢赶朝家里走。

满架夏阳豇豆花

梁洪来　江苏灌南公安局看守所民警。连云港市作家协会会员,在省市报纸、杂志发表文章140余篇。

夏日里,一处小院,一院子阳光,一架刚被淋过水的豇豆,一个人坐在小凳上吸着烟,痴痴望着满架的豇豆花发呆。院门敞开着,下班的妻子进门好奇地问:"一个人发什么呆呢?"我说:"快来看,满架子的豆角花。"

这一架子的豇豆是父亲教我种的,四月初,父亲从街上蔬菜籽种店买来豇豆种子,又从肥料店买来磷肥,平整好土地,父亲用铁锹在地里挖坑,大约每隔一拃挖一个小坑,挖好坑后再施一些磷肥。父亲说:"你家的地没劲,要撒点肥料。"父亲撒完肥料,就要点种子,我说:"爸,让我来种。"父亲笑笑,将手里的籽种袋子让给我:"每坑丢三粒种子。"我按照父亲的要求,每坑放三粒种子,四行六坑,一共24坑72粒种子。

我喜欢吃豇豆,这大概源于小时候养成的味蕾。初春吃过寒青菜,清明吃韭菜,小满前后吃包菜,初夏吃辣椒,暑天吃茄子和豇豆,似乎是一成不变的顺序,而豇豆吃的时间最长,从6月可以一直吃到9月,烧着吃、炒着吃,包饺子吃,实在吃不完,就焯水晒干,冬天可以用来蒸馒头吃。现在的饭店里也有生炝豇豆的,是作为一道开胃冷盘先上桌的,吃起来有一股清香气,超市里或者网上也有卖泡制的豇豆,我曾经买过几次,四川的泡制豇豆最有口感。

豇豆是平常人家的青蔬,在乡下农村,谁家的门前屋后没有一两架丝丝拉拉的豇豆？它们是村里人现成的菜篮子，农人从田里收工回来，走过菜园边，顺手摘一把长长的豆角，放油锅里炒一炒，一盘还带着泥土芳香的豆角菜就端到农家人的餐桌上。

豇豆的藤蔓长得很长，好像架子能搭多高，它就能长多高，有时候，搭的架子不够高，它就勾着头，嗅着触须，爬到旁边的猪圈上，和南瓜、丝瓜争地盘。豇豆花呈紫红色，对开而生，像两只紫蝴蝶振着翅膀，要从藤蔓上飞起来。花谢豆长，两根青青细细的嫩条羞涩地垂挂在藤蔓上，风吹叶动，阳光耀眼，一两天时间，细长的豇豆条由青变浅，是青白色的，夏日的阳光是豇豆条的调色家。

老家门前的菜园里，每年的夏季总有二三架拖拖拉拉的豇豆角，架子是用河边粗壮的芦苇秆搭建的，三根一组交叉用麻绳扎牢，架子与架子之间再横着扎一组芦苇秆，任由豇豆竖长横生，密密匝匝如一堵绿色的墙。后来，父母随我们在县城生活，居住在郊区的一处带围墙的小院里，搬家时，父母也将一大捆芦苇秆带了过来，初夏季节，父亲又在小院里重新搭起豇豆架子。

前年，小院子被拆迁了，那些芦苇秆也失去了用武之地，被当废草烧了。没有了菜园可忙，父母似乎也没有了以前的精神气，每次询问给他们买什么菜时，总是豇豆、西红柿、茄子、韭菜，都是从前的记忆。

今年春，我将自家长着花花草草的一小块地整理出来，告诉父母夏天又可以种一畦豇豆了，父亲听了很是高兴，立即骑着三轮车到处找可以搭架子的枝条，但城里哪有那么多直直长长能搭架子的芦苇秆，这让父亲犯了难。我笑："爸，你就别到处找了，网上有现成卖搭架子的竹竿，比过去芦苇秆好。"父亲这才放下心来。

豇豆种下后，我的心里似乎比以前多了一丝牵挂，初夏的雨水少，阳光却热辣地照，土地缺水，下班回家，第一件事就是给豆角地浇水，挨个察看豆种是否已经发芽，等到所有的豆种都冒出地面，在用铲锹在豆根周围小心培土，叶片散开了，嫩甜的叶上有许多贪婪的蚂蚁，要帮着去掉，在细长的嫩藤颤颤巍巍寻找爬杆的时候，我就学着父亲的样子在豆地里搭起了架子，那些细藤摸索着缠绕上杆，我不知道这些藤蔓是靠自己的触角爬上竹竿，还是被风带到竹竿上的。

父亲不知道我已经将豇豆架子搭好,他骑着三轮车过来,车篮里搁着剪好的碎布条,准备搭豇豆架子,进了院门,见到搭好的豇豆架子,疑惑地问我:"这架子是你搭的?"我点点头,父亲就笑:"比我搭得好。"我知道父亲是在夸奖我,我搭的架子哪有父亲搭的好,但架子搭得漂亮不漂亮不要紧,反正豇豆藤已经缠着杆子往上爬了。

现在已是6月下旬,阳光下,一架绿油油的豇豆长势良好,紫色的花开得正闹,再过几天,长长的豆角就会挂在架下。

《连云港日报》2019年6月24日

无法弥补的歉疚

李　琳　1955年出生，江苏省作家协会会员。获第一、二届全国微型小说三等奖，第三届全国微型小说二等奖等。出版小说集《前面是片天》《留在乡村的底片》《湿漉漉的风铃》《烟镇匠人录》《三水湾》，长篇小说《滚雷》。

二大娘是我们家的邻居，身强体壮，又十分勤劳，尽管二大爷在镇建筑站是个瓦匠头，每个月都有进项，日子过得比一般人家都好，但二大娘下田劳动时还是背着一只柳条筐，收工回家筐里装着满满的青草。草是二大娘干活休息时在田里薅的，回家来晒干了，垛在院子里，做饭烙饼用。二大娘和邻居们相处得很和谐，她家有盘石磨，邻居们常去借用，每当母亲借用二大娘家石磨，我去推磨时，总能看到她家院子里有一堆小小的蘑菇一般散放着淡淡清香的干草垛。

那年春天，二大娘肚子里长了个鸡蛋大小的硬块，挂水吃药也不见好，到了秋天，正是起山芋、刨山芋干时，二大娘终于在地里活忙时累倒了，镇医院里的谭医生和范医生一同为二大娘会诊，说二大娘肚子里的硬块有半块砖头大，两个医生也不知道二大娘生的是啥病。二大爷又请镇上的老中医给二大娘看病，二大娘家里天天草药飘香，药味都飘到大路上去了。二大娘的病仍然没有好转，但二大娘还是坚持到田里起山芋、刨山芋、拾山芋干。

眼看快过年了，二大娘的病却越来越重。母亲从二大娘家回来说："二大娘药引子枣用完了,怕是过不去这个年了。"

我小时候,枣儿是稀罕物,镇上的商店里根本没有卖的,老中医那里的枣也用完了,要到县城去买。可是二大娘没有孩子,家里只有她和二大爷两个人,二大爷要在家伺候二大娘,没人去给二大娘买枣。那年,我刚上初中,喜欢画画,拾玻璃卖了块把钱,正想春节前到县城买一盒水彩画颜料。听说要到县城去给二大娘买枣,我自告奋勇地说:"我去。"我想利用给二大娘买枣的机会,到县城的大商店里买一盒水彩画颜料。

星期天早上七点多钟,我到镇东门口等公共汽车。那时城里开到镇里的公共汽车一天只有两班,早晨一班,下午一班,车不等人,过了时候就没有车。谁知夜里下了一场大雪,等到九点多钟,也没见车来,听人说,司机嫌雪大路不好走,半道拐回去了。心里一下子比天还冷。犹豫半晌,我决定步行去城里,买完枣,赶下午班车回来。

走了三十多里雪路,来到城里已经是下午一点多钟。我想先把二大娘的药引子枣买好,再去买水彩画颜料。医药公司的枣卖完了,中医院也缺货,急得我在县城大街上走了几个来回,到处打听哪里能买到枣,有人要我到副食品干货店去看看,拐了几个弯,在一条僻静的街上找到了干货店,终于在柜台里看到了浑身都是皱纹的红枣。一问价钱,比在家里想象的要贵许多,掏尽身上所有的钱,才买了半斤红枣。

身上带的钱全给二大娘买药引子枣了,没有钱买水彩画颜料,没有钱吃饭,也没有钱坐班车,再说早过了班车开车时间,就是有钱也没有车坐,我到百货商店文具柜前,眼馋地看看水彩画颜料,之后,迈动一双小腿,匆匆忙忙往回赶,想在天黑前回到家,用药引子枣给二大娘熬药。

路上铺着厚厚的积雪,踩上去"咯吱咯吱"响,没有车辆,也没有行人,四野空旷无边。走着走着,身上忽地出了许多汗,抬不动腿,头还有些晕,我知道是饿的,抓把路边干净的雪吃了,还是不行,越吃越饿。我突然想到黄书包里的药引子枣,更加饥肠辘辘,当意志再也无法控制自己时,我悄悄打开书包,拿出一颗满是皱纹的大红枣填进嘴里,三口两口吞了下去。这一下不得了,饥饿感使我再也无法自持,手不由自主地又伸进书包里拿了一颗枣……当我看到镇上的灯火时,心里想,回家要狠狠吃它两大碗饭。心里这么想,肚子里又一阵叽里咕噜响，两条腿沉得快要抬不动了，我从黄书包里拿出一颗枣，对自己说，吃完这颗枣再也不吃了。然而，我却再一次把手伸进书包里……拖着两条沉甸甸的腿来到镇东门口时，我伸手一摸，心里顿时像身边的冰天雪地一样，冰凉冰凉的，二大娘的药引子枣一颗也没有了。

我一屁股坐在雪地上，张着嘴无声地大哭起来。

我哪里还敢回家？母亲要是知道给二大娘买的救命枣被我吃光了，非扒了我的皮不可！望着镇里的万家灯火，我吃了几把雪，茫然地沿着公路朝镇外走去。

天嘎嘎冷，身上也嘎嘎冷，上下牙打着战"嘎嘎"响，不回家，我会被冻死的啊。我拖着两条又酸又沉的腿，在公路上一直转悠到镇子里的灯火都熄灭了才回家去。

一步一挨回到家，看见母亲屋里还亮着灯，我知道，那是母亲在等我为二大娘买药引子枣回来啊！我悄悄推开灶屋的门，一头钻进柴草堆里……

二大娘终是没有过去年，在年前一个老北风咆哮的夜里悄悄地走了。

《雨花》2009 年第 2 期

老　家

李耀萍　20世纪50年代出生，连云港市作家协会会员，市散文协会理事，有20余篇文章入选由远方出版社出版的《飞花集》。

老家，人皆有之。我的老家大六湖是一个地处江苏灌南、灌云、沭阳三县交界处的自然村落，总共居住几百户人家，拥有成片的黑土碴地，是个远离喧嚣城市、远离熙攘人群，至今仍然保持自然、安静、传统、羞涩模样的尚未被开发的处女地。

中华人民共和国成立前的大六湖居住的大部分是佃农，租种的是汤沟镇大地主家的土地。因为地势低洼，紧靠着沂河，每年一到雨季，沂河经常发大水。一年只能种一季麦子，麦子刚收完，沂蒙山的洪水就会顺着沂河冲刷而下，满过河岸，把村庄团团围住，周围形成片片湖泽。大概因此得名大六湖。村民们一年中有半年靠捕鱼摸虾为生，过着半耕半渔的生活。

老家及周围的村庄一直都比较贫穷，但却有着非常好听的地名。听老人们讲：村上曾经有个年轻人到南方做生意，结识了一个非常漂亮的姑娘，彼此互相爱慕，姑娘多次心仪地问他家住哪里？他巧妙婉转地告诉姑娘说："我家那里可好了，有大小六个湖，东西两座山，还有大竹园、小竹园，怎么样？你跟我去吗？"姑娘一听有如此风景优美的地方，高高兴兴地跟他回了家，可到家一看就傻眼了，村上除了茅草房就是黑土碴地，便生气地问年轻人为何骗她？可年轻人却理直气壮地说："我没有骗你呀，你看，我们这个村叫大六湖，前边村子叫小六湖，东边的村子叫东山，西边的村子叫西山，南边的两个村子叫大竹园、小竹园，多好听的名字，多好的地方啊！"姑娘无言以对，只好踏踏实实地跟他在村里过日子，繁衍了许多子孙后代，清贫快活地生活在这个村子里。

中华人民共和国成立后，党和政府很快治理了沂河，在沂河两边筑起了高高的坚固的河堤，沂蒙山区的洪水只能顺着3里多宽的沂河泄洪通道滚滚流入东海，再也没有淹没过沿河两岸的土地，大六湖人才得以四季耕种，以农为生，过着恬静幸福的生活。

我对老家这片曾养育过先辈和我的黑土地有着深厚的感情。记得小的时候，家里吃商品粮，粮食不够吃，每到学校放农忙假，母亲就打发我和两个姐姐回老家拾庄稼。麦收拾麦子，秋收拾黄豆。乡亲们一见我们去拾庄稼非常热情，吃住在伯父家里，却经常东家叫去吃一顿，西家叫去吃一顿，全村人都把我们当成了客人，那年月虽然各家没有好东西吃，可那种亲情温暖人的感觉真好。

拾庄稼其实就是把地里收割装运完毕，剩在地里的一些麦穗、豆棵、豆荚拾回来。那时节是黄金铺地、老少弯腰，不管是老人还是孩子，只要能动，都会背着歪篮去地里拾庄稼。拾庄稼很累，每天要低头、弯腰不停地走，不停地去找才能拾到庄稼。我那时候小，每次拾累了就坐在地头歇歇，到回家时小伙伴们见我的歪篮里庄稼太少，就这个给我一把，那个给我一把，一会就把我的篮子塞满了，回家后伯母见了还表扬我拾得多。就这样在乡亲们的照顾下，每个农忙假我们姐妹仨都能拾回一百多斤粮食，大大弥补了家中商品粮供应的不足。

"文化大革命"时期，红卫兵造反派想把我父亲打成"走资派"，专门到老家去调查父亲的"黑材料"。村里老书记和贫协主席亲自领着几个造反派到老家我几个伯伯家挨家去看，指着各家门上"光荣之家"的牌匾对造反派说："你们看他家祖辈都是贫农，他十几岁就参加了革命，一大家人参军的参军，报国的报国，你们怎么能说他是走资派？要是没有他们拼死闹革命，哪来你们这些人？做人要凭良心……"在乡亲们旗帜鲜明地护佑下，造反派不但没有搜集到父亲的"黑材料"，反而受到了一番深刻的教育。回去后再也不揪斗我父亲了。

知识青年上山下乡时期，我带着对家乡的眷恋，报名回老家插队落户。乡亲们对我非常关照，队里每次派活都会把像拾棉花、收白菜、种萝卜等一些轻活交给我做。轮到积肥抬粪时，和我一起抬粪的不论是大妈还是大嫂都会使劲把粪筐拉到自己面前，尽量让我少负重。轮到农忙割麦子、割黄豆时，在我两边收割的乡亲们总是你一刀、我一刀抢着帮我割，不让我掉队。春天锄地要边锄草边间苗，乡亲们都手把手地教我如何锄地，有时不小心把禾苗锄掉了，大家也不会责怪……就这样，我几乎是在乡亲们的呵护下，顺利地度过了两年劳动锻炼的农村生活。

在那期间，我学会了干一般农活，学会了当卫生员、记工员，学会了做共青团的工作，当了团支部书记。还学会了做饭、做鞋、打毛衣一些家务活、针线活，真是受益匪浅。特别是乡亲们那种真挚纯朴的人格，勤劳善良的品德整整影响了我的一生。后来，乡亲们推荐我去上学。之后，我参军、入党、上军校，在部队一干就是二十多年。有了在老家插队锻炼时所奠定的基础，不管部队生活多紧张，条件多艰苦，工作多劳累，我都能扛得起、顶得住。因而不管我走到哪里，在我心里永远也不会忘记老家。

一晃几十年过去了，我的父母已相继过世，临终前再三嘱咐一定要将他们葬回故土，必须落叶归根。如今他们都已如愿安息在老家的那片热土里。每年即使工作再忙，我都要抽出时间回趟老家，一来祭奠父母，二来看望一下乡亲们。

如今的老家虽然是变化得慢一点，但总体面貌已经完全改变。以前的茅草房早被砖瓦房所替代，大部分人家已经住上了楼房。村中和通往村外的主干道都变成了水泥路，再也不用发愁下雨天没法走路了。村民们充分利用沂河淌的水域养殖鱼虾和鹅、鸭；利用泄洪滩涂草地养牛、养羊；还有的利用河淌中肥沃的土地种植短期蔬菜，发展绿色生态养殖业和种植业。

我站在村后沂河大堤上往河淌中望去，只见清清的河水上，浮动着许多白色的鹅、鸭；碧绿的草地上遍布着成群的牛羊；绿油油的冬小麦田间游动着辛苦劳作的乡亲们……

　　如今，老家真是一幅人与自然充分和谐的美丽画卷。

《连云港文学》2007年第3期

读书的姿势

林　农　1958年出生，江苏南京人。有诸多诗歌、散文作品在市级刊物上发表，现为江苏省楹联协会会员、连云港市作协会员。

每个人都有自己的读书姿势，或坐，或站，或倚，或躺，或行走。

古时有"头悬梁"的读书姿势。《汉书》中有记载："孙敬，字文宝，好学，晨夕不休，及至眠睡疲寝，以绳系头，悬屋梁。"

民间还流传着宋朝学者欧阳修"三上"的故事："钱思公虽生长富贵，而少所嗜好。在西洛时，尝语僚属言：'平生惟好读书，坐则读经史，卧则读小说，上厕则阅小辞，盖未尝顷刻释卷也。'谢希深亦言：'宋公垂同在史院，每走厕，必挟书以往，讽诵之声，琅然闻于远近，亦笃学如此。'余因谓希深曰：'余平生所作文章，多在三上，乃马上、枕上、厕上也。盖惟此尤可以属思尔。'"（欧阳修《归田录》）欧阳公的马上、枕上、厕上的读书法看似不雅，实则领略到了读书的真谛。

我自小喜爱读几页书，没有许多的讲究，一切随心所欲，久而久之，读书成了我生活的一部分。

有时坐着读。据说，古人在读书之前，还有一道非常讲究的程序：净手焚香，沐浴更衣，尤其读经时这道程序非讲究不可。我做不到这样，我是怎么舒适怎么来。坐着读书时，会先把书放在桌上，看一页，翻一页。看着看着，就会把书拿起来，捧着读。左手捧一阵，右手捧一阵，左侧着坐，右侧着坐，不停地更换着姿势。如果坐的是椅子，便可以倚在后面，读起来后更舒适一点。

我体悟到，坚持坐着读书的人应该是单纯的、坚韧的，更是淡泊的，他们进入了范文澜先生"板凳要坐十年冷，文章不写一句空"的读书境界。

我的另一种读书"坐法"是席地而坐。年轻时，夏天为了避暑，我每天下午都会带上一本书、一个本、一支笔，去附近的公园，找一处僻静的有阴凉的地方，席地而坐，时而读书，时而写作，煞是惬意。

最多的、也是最喜欢的读书姿势，莫过于躺着读，乃至仰着读，这是一种"享福"的读书。无论是躺在椅子上还是躺在床上，都不需要骨骼支撑，全身血液流动舒缓，没有一丝吃力的感觉，可仰可侧，或左或右，左右轮换，躺成最舒适的姿势。似乎身体放松了，就容易进入书中的世界，心神更容易沉静，也更能产生玄思妙想。我还把纸笔置于床头触手可及之处，一有灵感之神光顾，马上记下来，收获颇丰。学者孙绍振曾评价说："这种读书姿势联系着一种态度，那就是读着玩的，读得顺就读下去，读不顺干脆就睡着了也无所谓。这种读法，是一种休息、消遣，也许还是一种享受。日积月累自然也可以增长知识，丰富精神生活，领悟人生的意义。但是，除非是天赋特别好的个别人，一般人要想迅速有效地提高自己某一方面的水平，是不可能这样轻松地达到目的的。"

有时，我也会蹲着读书。这种读书多半是在厕所里，拿上一本杂志，要不拿上一沓报纸，翻一通，看一通，直到脚蹲麻了为止。

中学时代，我常走着读书。我家离学校有两三里路，这样每天要走十里路左右。因此，走在上学的路上，也是我读书的好时机。春风杨柳，夏日艳照，秋高气爽……

我也会趴着读书。恐怕这种读书的人不多见。高中阶段，我一度因病在家治疗，每天上下午除了各打一次针以外，其他时间便是休息，甚是无聊。于是，我偷偷地把父亲从外面借来的书一本一本地看。为了不被父母发现，我就躲在被窝里趴着，让被窝把头蒙起来，仅留一点点光线，就这样，我读完了《红岩》《苦菜花》《林海雪原》《青春之歌》《铁道游击队》《野火春风斗古城》等多部名著。

说了半天读书姿势，其实我觉得，身体姿势也许并不重要，但心灵的姿势却不可或缺。这种"心灵的姿势"，既是对知识的渴望、对经典的敬畏，也是对读书选择性的把握。喜欢读书是一种态度，而善于读书则是一种能力。读理论之书，打牢"基本功"；读经典之书，占领"制高点"；读大家之书，开拓"大视野"；读哲学之书，掌握"金点子"……让心灵俯就于经典，让灵魂与灵魂对话，自能积累底蕴、提振精神、修身明理、洞悉人生，滋养自己的精神世界，领悟时代使命，并进而笃行之。说到底，读书的姿势在于内心。只要愿意读书，不管什么样的姿势，都适合，都能收到良好的效果。

《朗读手册》中有一句话"阅读是消灭无知、贫穷和绝望的终极武器"。世界上很难有东西永恒，作为精神财富的文字却是特例。"俯而读，仰而思"，走进书香世界，扑下身子亲近文字，本身就是一种姿势，一种世界上最美的姿势，一种能给民族和我们个人带来希望的姿势。

《银潮》2019年第2期

一把大蒜花

李　坤　连云港市作家协会会员，在各级各类报纸、杂志发表散文、诗歌等近百篇，引起较大反响。

"一把大蒜花！"学生手捧着一辫大蒜，洋洋自得地说着。

当学生说出这句话的时候，我的心里一颤！谁说我们的学生心思不细腻？谁说我们的学生构思不新颖？谁说我们的学生没有诗意？那辫大蒜宛若一条长龙在学生的身上盘踞着，从头到尾缀满了白花花的蒜头，有的四瓣，有的五瓣，还有的六瓣，也许更多，凹凸有致、棱角分明，如一朵朵灿烂的白花开在蒜辫上，衬着学生们红扑扑的脸蛋，愈发活泼动人⋯⋯

大大小小的蒜头，一共编了五辫，每辫五十头，一头头白花花的蒜头压着背面青幽幽的蒜苗，摆放在水泥地上，长龙卧雪般可人。大蒜辫每辫五十头，这是不成文的规定，你要说这是谁规定的？恐怕没有人说得清，总之儿时学着编蒜辫的时候，爷爷就是这样告诉我们的。

关于这五十头大蒜为一辫的说法，还有一个"典故"。村上有一个老太太，儿子长得五官端正、年少潇洒，到了结婚年龄媒人提媒，老太太一点也不着急，逢人便说："我家儿子两手大蒜辫，不愁。"什么意思啊？一手一辫五十头的大蒜就是一百个头啊。现在，当年被称为一百个头的人早已当爷爷多年了，但这个"典故"却一直在我们村上流传着。

学校有块废地，我住在学校早晚没事儿，平整、松土，简单收拾捣鼓了一番，按种、浇水，薅草，幸福的欣赏着蒜儿快活地成长着。由开始的冒尖儿，叶子分叉，抽叶，直至抽薹，苗子发黄变老，在我们焦灼的目光注视下，恬然自得毫不惊慌。前几天起大蒜，遗憾的是没有撒过化肥的蒜头不是很大，我把挖出来的大蒜连苗放在阳光下晒了两天，让蒜叶子变软变韧，方便编辫。

会编大蒜辫，是跟着爷爷学的。爷爷编大蒜辫，一般是在晨光熹微的清晨，前一天晚上我们帮着爷爷把大蒜按照大小分成五十个一小堆，一垛垛的摆放在那，就着早晨的露水晒了几天的蒜苗叶子韧性十足。身下坐着一个趴趴凳，爷爷瞥了大蒜一眼狠狠地抽了一口烟袋，把烟杆斜靠在脚边，熟稔地拿过三个蒜头交叉放好，中间一个蒜苗部分围着另两个蒜头转了一圈，顺手拿过一个蒜头放在一边，相对的一个蒜苗编上来，接着再编上来的这边再放一个蒜头，相对的再编上来，一个接一个，辫子变长了，手底的蒜头变少了……望着爷爷在晨曦下专注的神情，双手上下翻飞，鬓角的白发在晨风中翩翩起舞，和着烟袋里间或飘出的袅袅烟气，爷爷像极了一个慈祥的老仙翁，唯一缺少的就是飘然的长髯。

今天，同样是一个艳阳高照的晨曦，透过树梢的阳光把地面照射得千条万缕。我一如二十年前的爷爷那样，搬了一个小板凳坐在校园的大杨树下，深深地吸了一口沁人心脾的空气，把昨天晚上已经分好的蒜头拿在手中，三个分开绕一圈，依次排好蒜头，相对编上一把……

渐渐地，叽叽喳喳的声音响了起来，我的身边围满了学生，孩子们好奇地瞅着我的手，钦佩之意溢于言表。"老师，你也会编蒜辫啊！""老师，我爷爷会编，爸爸还不会呢。"……听着孩子们的赞誉之词我也豪情万丈起来，边编蒜辫边哼起了歌曲，渐渐地学生们和我一起唱了起来，歌声在大杨树下回荡着，童声摇曳在校园里……

"一把大蒜花！"调皮的学生把我刚刚编好的一把蒜辫提拉起来，兴奋地变换着动作腾挪闪跃，惹得周围的孩子们一阵阵高呼。是啊，一把大蒜花，一把结结实实、漂漂亮亮的大蒜花，这花朴实无华，这花高洁淡雅，这花普通得随处可见，璀璨地开在清晨的校园里，开在学生们的心田里……

《连云港日报》2014 年 5 月 13 日

村庄散记

李厥岩 江苏省作协会员,先后在《人民日报》《大公报》等报刊发表各类文学作品3000余篇(首),获得各级各类表彰荣誉若干,有部分作品入选各种文集。

一

卧在记忆深处的村庄,遥远的像一个年代久远的梦,讲不清有多少深刻的印象,却亲切得像一幅悬在心头的画,无论怎么都割舍不掉。小桥流水人家、鸡声灯影树丫!任何熟稔的往事,便不动声色地全回放在这幅波光潋滟的风景上,直至自己沉醉在昔日的记忆里。

我生活在乡下的村庄才仅仅十多年之久。小小的村庄,真像填满乡音的摇篮,浸染着我一生难改的方言,又剪断了乡愁的绳索。以后,在更多更忙碌的岁月里,我就依靠回想那十几年的旧事,和村庄留给我的印象,来重温我对村庄的怀念,来慰藉我那颗不曾安分的心。水草丰茂的小河,树影摇曳的河水,炊烟缠绕的黄昏,鸡鸣犬吠的黎明……多么美丽的遥想,伴随着我漫长的思念,一横一竖地写着我的透明的乡村。

二

　　村庄的古老，使我对它永远怀着虔诚的敬畏。在孔子曾经踏过的这片土地上，我感觉到很重的分量，或许，我在村庄每踏出的一个脚印，都可能覆盖在几千年前孔圣人的足迹上。这样的幻想使我感到亲切。那棵数百年的银杏树，也时常悬挂着我的猜想。粗大而又凹凸不平的树干，支撑着村庄的历史，根深叶茂地生长在我丰满的日记上。而延续了生命的一口村头古井，早已被锁在历史的深处，汲水的辘轳早已不翼而飞，或许只能在民俗纪念馆里勾起人们行将衰老的记忆。长满青苔的石板已被茂密的杂草所掩蔽，这曾经热闹一时滋养了爱情与生命的方寸之地，在一个满含冤屈的小女子跳井之后，就显得冷冷清清、鲜有人迹，终于在某一天被彻底地尘封了。在若干年后，或许只有在墙根下晒着太阳的老人才会记得由此衍生的某一段故事。通往井台的一条小巷，那一块块被脚步磨光的石板，光滑得能稀疏看见人的容颜。石板悠远的过去，和日渐长大的脚印，不约而同地磨损着穿过小巷的时间，并逐渐地告别了一步步远离村庄的熟悉的足音。更多的是，在它的上面，仍踩着那些滞留在乡村的脚板，石板便以坚硬的表面，反复地消耗着生命的质量，伴以哭声和哀乐，及至一排整齐的脚步，直至离开了小巷，直至消失在小巷的忆念里。

　　真实地体现村庄的古老，应该是早已倒塌了的唐家大院。这是一个逝去的年代一个盛大家族的标志。我们只能依稀从它残存的不甚明显的、宽大的墙基里去揣想它曾经的显赫与威严，我虽未曾亲眼看见一个家族的兴盛和衰落。但它的占地面积的大小、它的宽敞或狭窄、它的高耸或平仄、它的繁华或简陋，无不表达着一个宗族在那个年景的收获和富有，无不显示着那个时代的稳定与动乱、人民的安康与饥寒。我的父辈们常在闲谈时以津津乐道的方式传递着这个家族中的那个叫"地主"的人被批斗砍头时的情景，这让我对这个村庄的历史充满了好奇与向往。

　　但不管怎样，我仍对我的村庄充满了感情，它是我永远剪不断的精神脐带，联结着心灵与心灵的距离，连接着我与村庄最初最纯的感情。

三

耳朵是有灵性的。但是城市的噪声不能让它舒展,仿佛有一层保护膜,驻守在耳朵和城市的声响之间,默默接纳,又暗自拒绝,也或许可以这样说,是城市的聒噪和喧嚣使耳朵失去了真正倾听的意义。

然而,一回到乡村,人的整个听觉系统便得到了空前的释放,那层膜似不复存在,耳朵的灵性似恢复了。鸡鸣狗吠似乎成了调节音韵的话筒,使一个长时间生活在城市里的外来者做着适应的前奏,然后他才能心安理得地与他阔别的乡邻侃侃而谈。

对一个外来的人,或是一个体面的衣锦还乡的"出息者",家乡一贯表现着它的宽容与豁达,它总是毫无保留地拿出它的一切可以招待的东西招待你,却还自卑地为自己的寒酸而忐忑不安。

鸡狗的欢跳就像那些调皮的孩子,在你串东邻走西户时前呼后拥着,似乎不这样,就无法证实它自己的存在,也像是在争着为一个荣归故里的人引路。一只叫喜鹊的鸟更是让父辈的脸上绽开了一朵花。各种声音夹杂着,不过那些声音,经过广阔的大地、天空、房屋、庄稼和树木的折射、稀释、融解和蒸腾,最后都成为天然的音乐,闲散、悠扬、自由自在。最终给你的感觉不是乱腾腾的聒噪,而仍然是一个"静",这种由动体现出来的"静",最终会让每一个心气浮躁者心平气和。

我走在夏日的村路上,蝉声塞满耳鼓,这夏日不可遏制的精灵在不厌其烦地诉说:生活需要歌唱。

那爬上栅栏的豆角爬满了须子;那院子里结满了甜枣的树有一半伸出了矮墙,引得几个"馋猫"像热锅上的蚂蚁转着圈子;那吐蕊的牵牛花,是随意迎送的欢情的唢呐;瓦盆里的蚂蚁菜,不甘寂寞地舒展粉红或者橙黄的笑靥……

修辞学里有通感一说。也许这是来自感官系统的彼此错位和纠结。反正在乡村,我们的听觉和视觉,常常混融在一起,难解难分,却不会觉得烦。

乡村之谧,就这样纠结在回程的梦中,是斜阳里燕子的归巢,是稻浪间甲虫的隐匿,是老祖母拿着蒲扇坐在槐树底下的绵绵纳凉。还有停电夜晚吞吐的烛花，把农家娃读书的身影拉得憨憨的、长长的，摇曳成梦。没有声响，有了声响，俱是一派天籁。

四

村庄是生动而多情的，一年都在炊烟与流水的细声慢语中，度过它的白天和黑夜。散落在村庄的胸脯上，数百座老屋或新居，以窄窄的屋檐留着候鸟的"家"，这一大群从遥远的地方迁徙而来的"邻居"，以熟悉的羽影，飞掠过村庄瓦蓝瓦蓝的天空；以悦耳的声调，穿过老家的寂静，从黎明到黄昏。

村庄因而生动得快要跟着这一大批燕鸟的翅膀飞上天空。村庄的每一个角落，都栖息着燕鸟的声音，都栖息着我们迷茫的眼神。我就曾带着疑惑的心事，走在屋檐下，长时间地伫立在它的下面，仔细地观察着这娇小而又热热闹闹的生命。这么多鲜活的生命，从何处飞来？又飞向何方？它年复一年来来往往飞翔，能准确地辨认哪一条是回家的路，哪一条是离家的方向，又能认识我们居住的村庄，认识它们去年居住的草巢。多么顽强的小生命，舞动着村庄内心蕴藏的坚韧，数百年、数千年守住这一块风来雨去的故土。

村庄的生动，还在于它一年四季绿色的舞蹈。沿着河岸旺盛生长的树，吮吸着丰沛的雨水，肆无忌惮地生长着它的繁枝茂叶，撑起了村庄的幽静和安谧，撑起乡村的悲伤与快乐。

而矗立在村庄背后的山坡，是青黝黝的黑松林，它的脚下埋葬着一代一代的父辈，村庄有一个不成文的规矩，就是从村庄里出去的人，无论多么有"出息"，他们老去的时候，仍要把骨灰盒送回这里安葬。这是故乡的土地呀！否则是会被嚼舌头的。往事连着往事的坟冢，埋葬了太多祖先的遗言和生命，埋葬了我们太多的记忆和怀念。在每一年的清明和冬至，血脉相连的亲人们，不约而至，踏遍了林间的每一条小径。从杂草丛生的坟墓上，去寻找既熟悉又有些陌生的姓名，去哭祭着一生难忘的亲情，去祈求着一生不变的善良。村庄在悲伤的表情上，生动的像一片纷飞的云，遮着明亮的痛苦，萌动着新鲜的心潮。村庄便在这一片绿色的波涛上，高扬着生命的旗帜，招呼着生长在这片沃土上的顽强心跳。

我朴实无华的村庄，每年总会向四面八方输送出不少的人才。这是每一个村人引以为荣的，或许他们出去以后再也不会回来，或许他们探家时不会递给你一根烟，或许他早已不记得你是谁。但这无妨，我的亲戚父辈会仍然为出了你这样一个"人物"而自豪，而祈祷，而祝福，你仍是他们口中的传奇，尽管你可能站在他面前他并不认识你。

一个人出生在一个地方，就永远地把根留在那里了，谁也夺不走，砍不断。一座孕育坚实灵魂的村庄，一座成就了心灵温馨摇篮的村庄，永远流淌在从村庄出去的每个人的血液里，成了他们一生回眸的方向，成了记忆深处的根，成了在遥远的远方飞翔时最惦念的土地。

《延安文学》2001年第1期

遥远的西双湖

鲁　克　本名鲁文咏,从事长篇小说、社会纪实、影视剧本、政论研究写作和影视导演工作。有诗歌、散文、小说发表于《诗刊》《人民文学》等期刊。

东海县城西边儿,两个湖,挨在一块儿,所以就叫西双湖,取这名字的先人有点懒,却也透着苏北人的特点,特有的实在。

在我童年的感觉里,西双湖,简直就是大海。哇!真大呀!大得每次半夜噩梦里,都游不出来。恐惧大约来自不可预知和无法企及吧?西双湖,就横在我通往县城的路上,仿佛两张美丽又冰冷的脸,那是只有县城女人才有的气质,就像我那在县委当官的姑姥娘,连微笑着抚摸我额头的手,都有着不易察觉的距离和生分。

7岁那年夏天,肝脏肿大,父亲骑自行车,带我去县医院查血。那是我第一次去县城,第一次路过西双湖。

父亲一路都用他的的确良白衬衫罩着我的头,我坐在后座上,也不敢抱他的腰,只是两只手轻轻又紧紧地捏着他裤腔上端的布条。父亲太严厉了,从小,我和哥哥都怕他:只要不笑,父亲的样子就已足够吓人,是的,父亲的脸一年到头基本都是拉着的。那时候,父母亲正在闹离婚,刚上小学一年级的我,书本里还没有"幸福"这个宝贵的词。

父亲察觉出了我的胆怯,就鼓励我说:"抱着!抱我腰,甭(苏北方言读

"掰")掉下来……"

父亲的声音里是充满了爱怜的,我看不见他的脸,但我确信那一刻,他的脸上是有阳光的。

是的,那一刻,全世界都沐浴在盛夏的艳阳里。那时候,我的"全世界"其实比县还小,甚至比乡还小——我一个人去过最远的地方,就是隔壁团林庄——还没敢进村,只是远远地站在村外,看上一会儿,就推着父亲单位上给他配的那辆破得不能再破的老式"永久牌"自行车,转身,把腿别在大梁下头,叮儿当啷地蹬回来……

感谢这场病,终于让我感觉到:父亲还是疼我的。

父亲的确是疼我的。父亲声音很大却依然不失温柔地唤了我三声小名。一声比一声高。直到快要接近平时调门的时候,我才赶紧答应一声:"哎!"

——我就是想让父亲多唤我两声,那样温柔的声音,对我来说是多么珍贵。我做梦都迷恋着那样的声音。

"甭睡着啊!可甭掉下来!啊?!"

明明是训斥的语气,听来却那么暖心。那一刻,我居然大胆地搂紧了父亲的腰,甚至勇敢地把脸贴上了他的后背——父亲的脊背是瘦削而挺硬的,那件老旧的、都有了小窟窿眼儿的背心,都快被汗水湿透了。我把脸贴上去,偷偷地、贪婪地深吸了几口气——我爱那汗水混合着肥皂的味道,我爱那阳光伴随着暖风的味道——正是麦熟时节,我甚至闻到了麦子和家的味道……

没错,那是我幼小生命最初感受到的——父亲的味道。

"甭哈眼(闭眼的意思)噢,得醒醒咯!你望望(方言读"汪"),都到西双湖咯!"

我从父亲的衬衫里钻出头来,第一次看到了我的"大海"。我没有激动,只有茫然:这么大的水面,我要是掉下去,一定会淹死的;这么大的水面,里边一定有大鱼吧?一定有比我还大的鱼,一张嘴不就把我给吃了?……我这样胡思乱想着,茫然就变成了恐惧。我把头躲到父亲衬衫里,也把父亲搂得更紧了。

"马上过桥了!过了大桥,就近了!"

过那高高的拱桥,车子一点点慢下来。父亲弓起腰,使劲蹬,蹬一下,吆喝一声："哎嗨！哎嗨……"我能感觉到车头在打摆子，父亲已经力不从心。

我掀开衬衫，说自己大了，下来走着过桥。

父亲跳下来，一手掌着车子，一手斜抱着我，想把我抱下来。我说，我自己能行。父亲微笑着，满头满脸都是汗，看着我自己爬下车，关切地问："头晕不晕？"

其实我的头根本不晕，只是热，感觉阳光灼人。但我还是轻声应了句："晕。"

父亲把车子扎好，疼爱地摸了摸我的额头："哟，有些热……"我怕父亲过于担心，又怕父亲过于不担心，就说："爸，我渴。""走走走！过了桥有卖茶的！"

父亲推着车，一边往桥上走，一边回头问我："腿麻不麻？来，扶着点！"我想说不麻，但没吱声，手却不由自主地抓住了车后座——不是扶，而是推。

父亲显然感觉到了我的好意，就转过脸，微笑着冲我说："你甭使劲。"

过了桥，一下坡，我就看见大树底下有人卖冰棒和茶水。父亲问我："吃冰棒吧？"我摇摇头。我想在父亲面前表现得懂事一些，不要那么馋。"不吃那故事（方言，意指东西）也好，茶才解渴哩！"

跟父亲一起坐在大树底下，望着宽阔的西双湖，我对县城一下子向往起来。就连那卖冰棒的小姐姐和卖茶的老奶奶，都有着说不出的神气。

我抬头看了看那些粗壮无比的开满绒花的树——那时候我还不知道它们叫合欢，我在心底就管它们叫"绒花树"——碧绿的叶子细细密密，衬着满树盛开的花朵：那些花朵绒绒的、柔柔的，像一束束乍开的焰火，美得跟梦一样……

一转眼，40年过去了，当年那个病弱的小男孩早已长大，而宽阔无比的西双湖却在缩小。

"那些绒花树呢？"

"早伐了！都伐多少年了！"

西双湖东岸，当年广阔的荒地，如今已是高楼林立，县政府也搬到了那里。哥嫂全家在湖畔小区买了楼房，早已定居县城了。初秋的傍晚，哥哥陪我去西双湖畔散步。爬上高高的大堤，西双湖尽收眼底：亭台楼阁，假山水榭，水鸟翩翩，画船悠悠；偌大的望湖公园里，市民们三三两两，或交谈，或自拍，笑逐颜开……

除了湖心岛上那片白发芦苇还有些眼熟，整个西双湖，哪还有一点旧时的影子呢？

"变化真大啊！"

"那是！亮化东海，光这个西双湖改造，就花了好几个亿咪！"听着哥哥自豪的话语，望着亮丽而陌生的西双湖，有涟漪漫过心海，我不知道那究竟是喜悦，还是伤悲？

40年前，卖我们茶喝的老奶奶如果还在，应该一百多岁了吧？

那些合欢树如果还在，应该两百多岁了吧？我实在想象不出：千百株两百多岁的合欢树一起开花，会是个什么样子呢？

父亲还在，已年近八十了。我跟父亲聊天，聊起过这段往事，父亲想了半天，笑笑说，真不记得了。

我们都是健忘的人。来这世界走一遭，到最后，我们又能记住些什么呢？

美丽的西双湖，苍凉的西双湖，你是我儿时的一个梦啊，40年过去了，我一直在努力，却始终，不曾抵达……

2015年10月27日黄昏，北京居竹轩

马陵山下我的家

卢肃尚 南京师范大学汉语言文学专业毕业,供职于东海县新闻宣传中心,曾在省、市级报刊发表多篇散文,代表作品有《双湖之秋》《小婶的饺子》等。

有那么一个小山村,它斜倚马陵山,怀抱黑龙潭。从远处看,它坐落在绵延起伏、水波涟漪的山坳里。村子中间一条南北走向的小河和石桥,将四五百户人家分成西队、东队和北队。小学校建在河的南头,算是村子的中心位置。我的家就在河的西岸,捉鱼、浇菜、饮牛都非常便利。

因为小河的分割,三个生产队各据一块土地,并不相连,姓氏也相对集中,北队和东队都以某一姓氏居多,唯独西队都是卢姓人家,无一外姓,基本上都是没出五服的本家。各队村民生活状态也不尽相同,北队人勤于耕种,扎实务农,家里粮食最多,钱都装在口袋里不舍得往外花;东队人活络,务农的空儿不忘外出找活干;西队人支持孩子读书,"文化人"最多,教书匠出了好几个。我父亲就在外村当小学校长,那在当时也是村里一个很有出息的人物。山村的孩子上学比较晚,我因为帮着母亲带弟弟,到了近10岁才上小学。模糊地记得,每当在小学校门口看见骑着自行车从"街上"放学回来的哥哥姐姐们,心里很是羡慕,急切地盼着自己快点长大,也可以像他们一样"飞"出去。在幼小的心灵里,那是当时努力学习的唯一动力。

村中的那条小河,给童年带来无限乐趣,印象最深的是在夏天的午后和几个年龄差不多大的伙伴去"下鱼"。确定大人们都出去干活了,我们就悄悄地割下一块喂猪用的豆饼放在一个圆铁盆里,盖上一块中间挖了一个小口的透明塑料布,用细而结实的绳子从盆周边扎起,将塑料布牢牢地固定住,最后在打结的端口上再系上一根长绳子。这样做好后,端着盆来到河边,找一地势稍平缓的河沟,挖几块大的湿泥巴把长绳子的一端压在河岸上,再将盆放入水中。河水从塑料布中间的小洞漫到盆里,盆开始下沉,这时双手均匀用力,将盆往深水处缓缓推下去。盆不能推得太远,浸泡后的豆饼散发的香味只能引来距离岸边两三米的小鱼群。一两个小时后,便可以起鱼了,掀开湿泥巴,拿起绳子,慢慢地把盆从水中拉上来。这时,便可看见满盆活蹦乱跳的小鱼儿,心情也随之兴奋起来。用手捂住塑料布中间的小口,小心地滤去水,将鱼儿们收获到随身带来的罐罐中,有时满罐而归,心里的感觉真是美极了!这些鱼太小,吃起来腥味大,奶奶总叫我端去喂猫,还真有点羡慕猫的伙食,它吃的可比我吃的都好。

  村南的黑龙潭水库是远近闻名的。它是天然湖,水面约有2500亩,四周山体绵延起伏,林木葱茏苍翠,一条宽阔的河坝拦截住它的上源头,也划分开苏鲁两省。清澈幽蓝的河水深不见底,说不出它存了多少年,只听大人们说它从未干涸过,在旱灾的年头它就是我们村的救命水。夏日纳凉的晚上,奶奶会讲起黑龙潭里黑龙和鱼精的传说,年幼的我听着听着就睡着了,梦境中随着一位美丽的姑姑来到潭底,刚想问点什么,却见大小不一、奇形怪状的鱼群围攻过来,吓得一哆嗦,醒了!从此,心里定格了对黑龙潭的敬畏和几分恐惧,以致我始终不能像别的小伙伴那样大胆地靠近它。只能站在岸边,欣赏并羡慕着他们坐在叔叔们的渔船上缓缓地荡在宽广的河面上。我也有小伙伴们不知道的高兴事儿,就是在夏季的雨后去水库北岸边捉山水牛。那里有一块闲地,因为水汽的浸润,青草繁茂,出土的山水牛个大体肥,捉回家去让母亲在油锅里一煎,就成了饭桌上的一顿美食,那香味至今回味悠长。母亲会叫我送一盘给爷爷做下酒菜,爷爷就夸我"聪明能干"。

  关于西山的记忆也是难忘的。上小学时老师只说它是马陵山脉的分支,属岭地,未曾听过孙膑智斗庞涓的历史故事,大概是因为祖辈们只顾着种地生存,根本不具备了解历史的能力,但这丝毫不影响村民们和山岭的亲密关系。俗话说"靠山吃山,靠水吃水",村民们买来炸药,开采山石,盖房子,垒猪圈，建成一座院落花不了几个钱。在那个还不富裕的年代，山上的红石头解决了村民娶妻生子的大问题。山体上那些因开采而形成的"石塘"，积满了清亮的雨水，又可供放牛的孩子清洗、饮牛。最热闹的时候还是在秋季，刨地瓜，摔花生，砍蜀黍，收黄豆，老人看场，孩子拾穗，大家累着，聊着，互帮着，满山的喧闹打破了山村一年中的寂静，每个人都笑着。星期天我常常会被母亲派去"看石板"，就是翻晒晾在石板上的地瓜干。偷闲的空儿，就在旁边的农田地里垒一个小土窑"焖地瓜"。焖熟的地瓜又香又甜，自己吃不了，就送给"搂草"的足丫姑。这个名字很奇怪吧？足丫姑是三奶奶46岁才生的小女儿，全家人非常高兴，就取名"足丫"。足丫姑性格好，也非常能干。每到秋季，西山坡上一望无际的马尾松林落下厚厚的一层松针，她就拉上一个大"搂耙"进了山里，夕阳落下，又见她推一车满满的松针哼着歌曲下山回家。每次我给她送"焖地瓜"，她就教我"搂草"，拉、拍、翻、转，那一招一式经过三十多年岁月的刨蚀依然清晰地留在脑海里。

冗赘多言，其实我的家乡也就那么简单，只不过一山一水一村落。远观，是一幅色彩单一的山水画；近前，是一个纵横着多条泥泞小道的山坳。偏僻的地理位置，贫瘠的山岭土地，决定了生活在这里的人们饿不着也富不了的生活状态，勤劳而闭塞的村民只知道种地，种地。可那疯长的山草除了一茬又一茬，哪一天才收获希望？憨厚的村民开始思变，迎着改革开放的大潮奋勇而上。他们不再"啃山"，养鸡，养猪，种果木，建园林，开始多元化经济创收。打造黑龙潭遗址观光旅游，繁荣马陵山古文化，更是村民热切盼望的愿景。小村的发展已紧跟上时代的步伐，呈现出日新月异的变化。

离乡多年，再回到村子，山似乎矮了，村中的石桥也变窄了，农户也像是少了许多。可是，山上多了慕名而来的外地游人，穿过石桥的是一辆辆轿车，年轻人忙着外出打工赚钱，89岁的三爷爷正闲坐在钢筋混凝土盖成的楼房前乐呵呵地点数着一群小鸡仔。村口已经找不到通往山上的那条沙砾小道，唯有天空中的那片蓝，满山青草地里蝈蝈的叫声，依然是那样熟悉而温馨，令我沉醉，难以忘怀。

《连云港日报》2013年9月25日

聆听花开

刘霁军 1971年出生,先后有多篇(幅)文学、摄影作品在市、省、国家级报刊等媒体发表并获奖。现为江苏省作家协会会员。

冬夜,明月清辉,寒星寥寥。乡人早已入梦,庄野一片寂静。

庄晓花喜欢这样的寂静,这时,她就会带着一种惬意,钻进村委会后院的一片蔬果大棚,看望棚里的小黄瓜们了。拉开灯,温暖潮湿的空气里,正蒸腾着袅袅热气,有风掠过,棚膜一阵响动,棚顶上聚集的水珠滴滴答答地落下,像渐渐沥沥的春雨,打在瓜叶上,沙沙作响。瓜藤上,小黄瓜们细细的、嫩嫩的,裹着一身绒毛刺,沉浸在幸福的睡梦中,微微张开的小黄花,像戴着美丽的小花冠。庄晓花看着小黄瓜,好像在看着熟睡的娃娃,脸上露出甜美的笑意。

"等过了腊月,这小黄瓜就金贵了,乡亲们又有一茬好收成了……"庄晓花美美地想着,没有一丝困意。

潮头乡是全县有名的蔬菜大棚之乡,几乎村村都搞起了蔬菜大棚,已成为当地一项重要经济产业。庄晓花刚到小河村就任"村官"时,激情满怀地说:"有道是靠山吃山、靠水吃水,我们潮头乡靠的就是蔬菜大棚,那么,我们小河村也不能落后,我们也要在蔬菜大棚上大做农业发展、农民致富的文章。"到底是90后的大学生,说出来一套一套的,村民私下嘀咕着。

庄晓花主动要求报考"村官"那会儿，引得周围一阵不小的轰动，众人纷纷议论：一个刚出校门的嫩学仔儿，懵懵的要下乡去，是想"镀金"呢，还是想"作秀"呢？庄晓花没有理会这些闲言碎语，也没有时间去理会。上任那天，乡长语重心长地对她说："小庄呀，小河村的工作有些难度，你要经得起锻炼啊，特别是蔬菜大棚那块，你要协助村里闯出一条新路子来。农村是个大天地，只要精心播种耕耘，一定会大有作为的。"庄晓花把乡长的话牢牢记在心里。

上任伊始，庄晓花做的第一件事就是走访农户，她要把搞种植大棚、促进农民增收的观念传播在这片广阔的土地里，学市场营销的她当然知道这市场有多大。其实，庄晓花的心比市场还大。

但，接下来的事让庄晓花有点始料未及，几天走访宣传下来，并没有多少农户买她的账，反而是对她大眼瞪小眼，纷纷质疑。

"好好的土地不种粮食，怎么能随便搞大棚呢？"

"我们之前也搞过几块大棚，最后效益也不咋样，就撂了。"

"别的村大棚搞得好，不代表我们村就能搞好，我看就有点悬。"

就连在村委会小食堂做饭的张三婶，平时总夸咱村这好那好的，一说让她试建大棚，竟也躲躲掖掖，结结巴巴地说："这大棚应该是不错的……不过……呵呵，还是等等看吧，再说……"

更让庄晓花不解的是，就连老陈支书也疑疑惑惑的，一板一眼地说："小庄啊，庄稼人就怕这种地出问题，俗话说，'人误地一时，地误人一年'啊……"别看老陈支书已经70多岁了，因为早些年当过二十多年的村支书，在村里说起来话来可管用了，大伙儿看他对搞大棚也持怀疑态度，就更加都提不起什么兴趣了。

接连跑了好多天，嘴皮子磨穿好几层，响应的人寥寥无几，这一切对庄晓花来说，来得有点突然，毫无思想准备，她一下子陷入无助之中。

又是一个月圆夜，乡村的田野很静很静，静得可以听见露珠落地的声音。月色清澈，如瀑布一样地倾泻在庄晓花的身上，又流淌到田野的每个角落。夜风掠过她沉思的脸庞。

"我们以前也搞过大棚，只因没有分析过市场，选择好种植项目，最后长出来的东西没卖出好价钱。同时，由于缺乏技术指导，吃过不少假农肥、假农药的亏，可把我们坑怕了，现在再要搞大棚，我们心里着实没底呀。"村卫生所王宝材的话不是没有道理，那年他家大棚用了来路不明的农药，又没得到技术指导，结果他家引种的五亩太空豆压根就没有伸出什么藤来，更没有结出"擀面杖长"的豆角来。那以后王宝材逢人便说，给人看病开了大半辈子的药没有出过什么岔，这回给自家菜地"开"的药反出了岔，走了眼。

"农村人就图个实在，图个明白，你把建设种植大棚、帮助农民致富说的再好，也得想法证明给他们看看，让他们接受啊。"老陈支书话的意思再清楚不过了——土地可是村民庄户吃饭的本啊，他们归根到底还不就是图个放心、安心！

"为农民服务，就要先懂得农民，懂得'农民哲学'。"在一次"大学生村官创业交流座谈会上，"村官"徐培根的观点很新颖，让人耳目一新，"'农民哲学'核心就是亲眼所见、亲身感受，保证了这两条，任何惠民、富民政策才能深得民心啊！"

想到邻村的"村官"徐培根，庄晓花不由地想到他的"大学生村官蔬菜试验大棚"。同为90后大学生，小徐当初刚来到潮头乡大湖村，就开始帮助村民寻找致富项目。他看好小黄瓜种植这个项目，投资成本小，见效快，收益高，就推介村民种植小黄瓜。可是一开始村民们不敢干，一没经验，二没技术，人人都往后退。小徐心里一合计，决定自己先种出个样子给村民们看看。于是，在大伙的观望和猜疑中，他承包了一个蔬菜棚子，种起了小黄瓜，经过一番悉心培育，竟然把小黄瓜种得有模有样的。一茬下来，小黄瓜卖了一两万，除去成本，盈利很是乐观，着实给大家伙做出了样子。接下来，村民们无须鼓动，一个接一个地跟着种起小黄瓜来。这还不够，小徐还通过互联网，为村民的小黄瓜打宣传、找销路、送进城，让村民尝足了种瓜的甜头，村民个个心里乐开了花。就这小黄瓜，如今已成为大湖村发家致富的"小金瓜"了。

"说一千道一万，不如田间做试验。"徐培根的一句话，深深地触动了庄晓花的神经，如一颗闪亮的流星，划破她沉寂的心海，刹那间，她的心跳跃起来。她想，自己何不也搞个试验棚，长出一池小黄瓜来给人看一看、让人比一比？

蘸满月色的笑容，轻轻地荡漾在庄晓花的脸上，如花一样绽放，流露出一种坚定，一种向往。

思路一定，立即行动，庄晓花就是这样的人。她立即从乡政府大院搬出来，住进了村委会的一间简陋宿舍。她亲自动手，在村委会后院的废弃空地上整出两块菜园，自己掏钱买来尼龙薄膜、竹竿等材料，硬是搭起了两个菜棚来。随着一株株饱含希望的瓜秧入土，庄晓花开始了她的另一种经营。虽然，她还要面对许多怀疑的目光。

打那开始，庄晓花的案头上就多了一大摞蔬菜瓜果种植等农技方面的书籍，她如饥似渴地阅读着、探求着，吸取新的养分，她在和那些青葱可爱的瓜秧一同成长。

打那开始，庄晓花把工作以外的时间全留在大棚里，学会了除草、整地、施肥、卷草帘、拉瓜线……手上开始出现了老茧，人也瘦了好多。

打那开始，徐培根成了庄晓花的老师，也成了她的朋友，他们共同培土育苗，共同见证花开蒂落，瓜熟满枝。

那一年冬，庄晓花种植的头茬小黄瓜出棚了，光泽鲜艳，亮绿爽翠，更可喜的是产量高人一等。而这一切，村民们都看在眼里，已不再质疑，而是打心眼儿里佩服。老陈支书逢人便夸："晓花这姑娘还真行，她种的小黄瓜长得还就是与众不同。"王宝材亲口尝了庄晓花种的小黄瓜后，眉头一扬："神了，神了，这回俺心里有底了。"张三婶干脆当起了宣传员，提起一篮子小黄瓜向前来观摩的村民每人发一根小黄瓜，还显摆道："尝尝，这就是我们晓花种的小黄瓜，好看又好吃，得卖出好价钱啊！"这下，真的让很多村民动了心。也就是从那年开始，小河村建大棚种小黄瓜的村民越来越多，"晓花牌"小黄瓜的名气越来越响，小河村成了全乡大棚种植的示范村。

"自己搞大棚，对我来说是一种尝试，也是一种体验，经历过才能明白农民的所思所想，只有真正认识农民、了解农民、帮扶农民，才能赢得更多的信赖，才能拥有更广阔的发展空间。"

"我们还将利用农村电商平台，宣传推广当地农产品，助推农产品进城销售，助力农民增收致富。"

"你们聆听过花开的声音吗？在那里，你可以感受到四季的变幻轮回，感触到生命的脉跳律动，感悟到人生的春华秋实，那是世界上最美妙的乐章。"

在全乡年度表彰大会上，庄晓花感慨万千，激情洋溢，真情流露。

夜阑人静，柔和的灯光照在青翠的瓜藤上，一朵朵晶莹鲜嫩的小黄花，正挺拔着向上开放，充满着生机与活力。阵阵花香弥漫开来，像晨雾般轻柔而温暖，又像月色般深情而温馨。

"人生就是一次花开花落，也许平淡无奇，也许光艳夺目。把一株花种在心田，用心浇灌，总能听见花开的声音……"远处仿佛又传来那熟悉的旋律，庄晓花幸福地微笑着、凝视着，静静地聆听着那花开的声音。

《连云港文学》2017年3月

心灵丰润而情生笔端

刘笃瑜 连云港赣榆人,江苏省作家协会会员、《中国风》文学杂志副主编。在《人民日报》《中国经济时报》《语文报》等报刊发表诗歌、散文、小说、报告文学、文学评论等百余万字。

情生笔端,缘于心灵的丰润;心灵的丰润,缘于书本的知识源泉。每每回顾自己的读书写作生活,总是思绪万千,感想颇多。

读书乃人生一大乐事。以恒持之,浸隐其中,明了世事,丰润心灵。陆游云:"人能不食十二日,惟书安可一日无。"笔者颇有同感,半生岁月与书结下不解之缘。

从上学读书开始到参加工作的几十年里,一直书不离手,嗜书如命。展开书本,深入历史,潜入社会,探索人生,思接古今,目及八方,在理想与现实与人生之间纵情遨游。

刚上小学,几本小人书便是读书的启蒙。斗大的字还不识几升的情况下,竟然读起了大部头,《平原游击队》《林海雪原》《红岩》……虽是囫囵吞枣,似懂非懂,但也觉得有滋有味。因为是借来的书,往往非常珍惜时间,恨不得一口气读完。

上中学时的书是非常珍贵的,只是京剧样板戏一类的图书。自己也没有经济能力买书,只能靠借书读。当时费了九牛二虎之力才借到《红楼梦》(那时可以说是禁书），真乃如获至宝。读书之心切，不亚于《黄生借书说》中所描述的借书、读书、还书心情的迫切情景。为了占为己有，几欲抄书，只因为"洛阳纸贵"（当时轻易是买不到纸的，就连包装纸也如获至宝），而不得不偃旗息鼓，只能抄些精彩片段和优美的句子。两本书读完，几本参差不齐的笔记本也整理出来。书还给人家，抱着笔记本反复玩味，爱不释手。

读师范了，如鱼得水。图书馆、阅览室、新华书店几乎天天光顾，如同久旱禾苗逢甘露。在师范里，各种活动诱惑太多，要静下心来读书，确实要有很大的毅力，必须千方百计排除各种外在的干扰。

参加工作后，仍然书不离手，欲罢不能。若工作太忙，几天没有时间看书，心里总有失落感，好像缺点什么似的。星期天、假期是读书的大好时机，静下心来，自我陶醉，感到充实、快乐。

20世纪90年代后，网络发展很快，以致到现在是网络、图像、视频时代，读书受到了极大的冲击。我一直是初衷未改，将上网与读书时间尽可能合理分配。我一直认为，网络、图像、视频虽然扩大了人们接受各种信息的渠道，但却取代不了读书。读书所获得的文字感觉，是网络、图像、视频所难以达到的。在网上阅读难于获得书本阅读的独特效果。

读书让我尝到甜头，乐此不疲。有时候，同事或朋友劝我，人到了这个年龄，精力有限，再当书呆子不值得。多上上网，看看电视得了，何必和自己过不去呢？我总是一笑了之。诚然，读书相对来讲是有些寂寞、孤独，确实也劳神费力。但我却没有寂寞辛苦之感，反而感到读书打发了寂寞和孤独，得到了很大的精神享受。躲进陋室，妙语解颐，心清气爽，甘甜如饴，恬然自乐。

风雨人生路，读书依依情。读书人自得其乐，但往往被常人所不理解。读书人不一定有名牌服饰的装扮，但有等身的书籍；不一定有富丽堂皇的居室，但有上档次的书橱。好书盈室，价值连城。不亦财富乎？半腹经纶，不亦财富乎？著书立说，报纸、杂志时时散发着幽幽的墨香，不亦精神财富乎？书不离口，笔不离手，几十年的伴随，其乐无穷也。

读书乐陶陶，写作趣无穷。

几十年工作的日子里，无论再忙，星期天也要挤时间写作，哪怕挑灯夜战，夜以继日。如是假期，那可称心如意了，读书、写作两头忙。

我写作的时候有个习惯，离不开音乐的陪伴。二十年前是收音机、录音机，再后来是手机、电脑，播放自己喜爱的音乐，让忍受饥饿的音乐细胞贪婪地、美美地饱餐一顿。在优美的音乐中，伏案展纸，奋笔疾书，几天来积攒下来的文思，不吐不快的灵感，丝丝缕缕生于笔端，后来生于键盘。文学创作、论文写作，每每尝试。文思如泉涌，行笔似流水。乐曲伴笔走，和谐自然，美不胜收。

　　乏味乎？劳累乎？岂有如此感觉。到掷笔之时，顿觉全身轻松，如释重负。站立起来，扭扭腰肢，伸伸胳膊。有时随着音乐跳上一曲，优哉游哉，非常洒脱。

　　伴着乐曲轻步来到书橱前，又到了另一个天地。虽然是朝夕相处，但还是如同热恋中的情人相见，心情总是较激动。先把近期发表的文章自我欣赏一番，尽情享受油墨芳香。再打开自己的"文集"目录，将新见报刊的文章目录记载其上，后来电脑代替了笔记。然后把这些报纸、杂志、书籍分门别类的入册入架，让它们"门当户对"。

　　一切安排妥当了，往往是情不自禁地对着整个书橱来一个大扫描，孤芳自赏排列有序的"杰作"，愉悦自豪之情油然而生。笔哉，其乐无穷也。此时此刻往往音乐声音会放大，甚至随之高歌。

　　我几十年的写作都得益于读书，书给我了知识的源泉，书给了我写作的灵感，书给了我写作的渴望。教育教学和教育管理工作中，我在《中国教师报》《语文报》《语文教学之友》等二十多家报刊发表教育教学论文上百篇。论文获《中国教育报》《中国教师报》《教师报》特等奖、一等奖等。业余时间，每天除了必须挤时间看书外，还有挑灯夜战搞文学创作。先后在《中国教师报》《中国经济时报》《文学世界》《散文百家》《南风》《参花》等报刊发表诗歌、散文、小说、报告文学等文学作品500余篇（首）。文学作品获全国性征文比赛金奖、一等奖等。另外，还在省级以上报刊、电台、新闻网络等媒体发表新闻报道百余篇。这些收获都是读书所受益的。

　　几十年来，写作一路走来，收获颇丰。先是区作家协会理事，后来是市级作家协会会员，现在是省级作家协会会员。当过《语文报》《高中生》等十余家报刊记者、通讯员等，现在还担任大型诗刊《中国风》副主编（先是作者，后来成为编辑，再后来成为副主编）。前几年还成为人民日报《时代潮》理事会理事，中国当代艺术协会名誉主席。

对我来说读书、写作，是一道亮丽的风景线。她给我带来了妙不可言的乐趣，潇洒淋漓。冬去春来，年年如此，月月如是，不亦乐乎！

蓦然回首，已经度过了大半个春秋，而读书笔耕之心还是那么年轻，那么活跃，仍然蕴藏着青春的萌动。

《散文百家》2018 年第 3 期

和我同年的花狸猫

卢明清 中国散文学会会员，连云港市散文学会理事，有小说、散文、诗歌发表在《海外文摘》等刊物，获得2017、2018年度中国散文年会"二等奖""十佳散文奖"。

冬天的晚上，与伙伴们捉过迷藏，踏着星光，回到自家土坯房中，点着油灯，脱了棉衣，还没钻进被窝，忽然听到院子里有动静，侧耳细听，仿佛是野鸭的翅膀扑打地面发出的声响，还有猫被堵住嘴巴，从鼻孔里挤出来的声音。

我们知道，这准是我家的花狸猫又逮到了野鸭。披上棉衣，赶快起身移动门闩，放开门，还没来得及看清猫与野鸭的影子，又听到那声音从床底下传出来。关上门，将门闩插上，手秉油灯，俯下身子，看见床底花狸猫的嘴里正咬着一只野鸭，那野鸭的翅膀渐渐地停止了挣扎。花狸猫两只眼睛放出的寒光穿人心肺，胡须如钢针展开。我们企图从猫的嘴里夺下野鸭，它死活不松嘴。大姐爬进床底，揪住花狸猫的耳朵，使劲地吹气……我家花狸猫能逮野鸭，在圩子里出了名，平时，逮到野鸭，通常都是放在院子里，让家人捡收。这回，它咬住野鸭不放，是怕野鸭还没断气再飞了。大姐朝它耳朵里吹气，它的耳朵眼痒痒得受不了了，才松了口。

野鸭栖息在芦苇地过夜，一有异常的风吹草动，就会腾起飞逃，一般没有经验的猫，虽然有一副夜光眼，也很难逮到它。我家的花狸猫好像天生就是一个猎手，在黑夜里捉一只野鸭，对于它来说，容易。它还是一个钓鱼高手。中午，阳光热烈，花狸猫在长着芦苇的河边，将尾巴梢放进嘴巴里涂上口涎，放入水中来回游动，鱼儿发现了这"饵"，就咬住不放，它使劲挥起长长的尾巴，鱼，就被甩到了岸上……

听大人说，我家的花狸猫和我同年，我们一起出生在20世纪三年困难时期。我小时候多病，大人总是将花狸猫放到我的床头，让它"咪咪"地叫唤，不让我"睡过去"。与猫同生同长，我视花狸猫为兄弟，冬天，它躺在背风的墙角晒太阳，夏天，它躺在巷口乘凉，我总会为它梳理胡须和毛发。我常常搂着花狸猫，花狸猫也常常搂着我，一起进入梦乡。小时候吃饭，我看着碗中自己有意不吃完的饭，对大人说："吃饱了。"就把饭碗推到猫的嘴下。

我家的花狸猫，是一只雄性猫，毛发墨青色，前驱、肚皮、尾巴等处长有白纹，它前腿蹬地坐立，两眼炯炯，眉毛间有两颗白斑，面相似虎。我七岁那年冬天，我家花狸猫养得油光发亮，要有九斤多重，上河工队伍里的几个"贼"看着它流口水，逮住它，用绳子套着它的脖子，将它吊在树上，要弄死它扒皮吃肉。看着花狸猫被吊在树上，就像我自己被吊在树上一样，怒从胆边生，我手拿菜刀，奔向害猫人，怒斥道："你个狗日的，赶快放了我家的花狸猫！奶奶说的：吃猫肉，死了，过不了奈何桥！"猫有九条命，花狸猫又回到了我的身边，它在的地方，绝对没有偷粮食的老鼠磕牙的声音。我的童年时代，花狸猫与我形影不离，我虽属鼠，它却与我为善。

苏北蔷薇河东堤坝，越过临洪闸，一路延伸到海州湾的元宝港，再到北固山西墅，保护着堤坝以外的城区以及家乡的盐田、粮田。我十岁那年的夏天，老天像被谁戳了一个窟窿，雨水一场连着一场。那个夏天的那个下午，我家的花狸猫坐立不安，神情焦躁，望着屋外连绵不绝的大雨，看着我和我的家人，"咪咪咪……"地叫唤不停。见此情景，我奶奶说："一个月的狸猫通人性，九岁的狸猫通神灵。看来，要有大灾发生！"在花狸猫的焦急之中，在奶奶的催促之下，圩子里除作为单位负责人的父亲，以及几个骨干人员撑着一条平日拉淡水吃的木船留守外，其余上百号人全部转移到了花果山、新县等靠山的村庄，投亲奔友。那天傍晚，临洪湿地大浦段决堤，我的家乡，包括市政府所在地新浦等地，变成了一片汪洋大海。

转移时，我家的花狸猫是和我们一起走的，不知道它还有什么没有了却的心事，半路上，它又偷偷地回去了，没有再来找我们。随家人逃荒到花果山小姑家的我，特别想念花狸猫，常常登上山坡遥望满眼苍茫的水域，我的花狸猫你去了哪里？开饭时，面对稀粥和瓜汤，我毫无食欲，我坐在饭桌旁，痴痴地等，等它会过来，先让它喝上几口，我再吃。想起平日都是我先吃了碗中的饭，等我放下碗，它才舔舔碗里或有或无的饭渍，我的泪，在心底潜流。

十多天后，淹我家乡的雨水、潮水退去，家乡一片凄凉，房屋全数倒塌，盐滩、庄稼地都变成了滩涂，逃灾那天傍晚，当时已被关进了圈，未及撤离的鸡鸭，全被淹死烂在圈中，未来得及带走的粮食，被大水泡得浮肿起来，散发酒糟的臭味。我揉揉眼睛，四下搜寻，河沟里鱼儿成群穿梭，鱼鹰从天空俯冲下来，就是不见我那花狸猫的身影。

我一直在想，大难即将来临，它离开了我，到底有什么事情比躲命还重要？后来才知到，就在我们撤离时，家乡副业队的员工在湿地里维护养鱼塘，被上游冲下来的洪水卷走三名女工，我的父亲和单位里的一班人在那湿地水域寻找了十多天，只找到一具尸体……

我赤脚登上堤坝，去寻找花狸猫，发现堤坝泥泞的道路上有我熟悉的许多脚印，我还看到了已经刻在我脑子里的"梅花"脚印，那脚印在堤坝上徘徊，徘徊，再徘徊……这些脚印，就是我日思夜想的我家花狸猫的脚印，前面的厚重，后面的稍轻，我突然想起，那十多天，我们一家人的眼前，每时每刻都浮现着父亲在洪水里来来去去的身影，而就在那十多天里，我家花狸猫一定也是顶风冒雨，一直守在堤坝上，等待我的父亲平安归来……

灾后重建的一项重要工程是加固堤坝，"工农商学兵"齐上阵，同时，父老乡亲用双手重建家园，家乡的一切又好了起来。又过两年后的一个冬天的晚上，我们一家人在锅屋围着小桌吃饭，忽然感觉有一股热乎乎的东西拥着我的腿，我勾头朝桌下看去，原来是一只花狸猫。我把它抱上桌，在灯光下反复端详，似曾相识，再仔细看它的眉毛，那两颗白斑赫然在目，原来就是我家的花狸猫，是我的花狸猫。我抱着它，将脸贴在它的背上，泪水湿了它的毛发。

而花狸猫似乎与我并不热情，我喂它饭，它爱理不理，我大声呼它的名字，它爱理不理，总是与我若即若离，我很难过。我怀疑地问奶奶，这猫，是不是我家的那只花狸猫？奶奶说像又不像。我常常劝慰自己，也许是因为历经了灾难的洗礼，花狸猫的性格发生了变化，情有可原。

不知在哪一天，我家的花狸猫从我的生活中悄然消失，我找它找不着，想它，睡不着。我又问奶奶，花狸猫来见我，又不肯理我，还与我不辞而别，这到底是为什么？奶奶对我说："花狸猫老了，它这样待你，是让你不要为它的将来太伤心！"

春天的声音

李 明 江苏省作家协会会员，中国散文诗作家协会会员，连云港市散文学会理事。作品《春天的声音》获2018年度中国散文年会评比十佳奖。

连云港的春天，总是来得稍晚。

立春时，还没有多少春的迹象。确切地说，春天是从檐口积雪的一点儿化开，从一粒花籽推开家门伸出小脚丫算起的。

春天的声音又从哪一天响起的呢？是惊蛰虫儿的一声哈欠，是一夜南风的温柔爱抚，还是阳光扑进屋子里"哇"的一声惊叫？

"轰隆隆"，春雷的一个粗哑发声后，繁密细柔的春声就拉开了帷幕。一阙阙，韵脚饱满，万卷山河；一片片，似锦交织，声势浩大。

节气一到，小雨点儿就飘起来了，小如虫鸣，细若发丝，丝绸般光亮润泽。"叮叮当当"，落到了房顶，斜飞上窗户。顽皮地荡着秋千，开心地跳进池塘、草地、麦田。三五天、七八天便来访一回，是风调雨顺的节奏。

"吧嗒，吧嗒"，无数小嘴儿贪婪啜饮着，这世界一天天在变，发出鲜亮的光彩。枯寂的冬天活了，带着明媚的笑意，清清的雨水，轻轻的暖风，青青的柳枝，这是春天到来的好消息。

它不同于夏雨的骤狂，"哗，哗——"有摧毁一切的力量。不同于秋雨的萧瑟，"啪，啪——"敲打着石阶，叫色彩一点点萎谢，光阴一寸寸暗淡。更不同于冬雨的寒凉，"唰，唰——"叫人躲避不及，要急寻一个暖处栖身。唯有它最贴心意，不喧哗、不吵闹，安静中生发一种质朴神奇的力量。

雨后仍略有寒意，可花儿们早已精心扮好了妆，每一朵都风姿迷人，美目盼兮，巧笑嫣然。红肥绿瘦的季节，在风里行走，在绿植间徘徊，红的、白的、粉的，似一座座喷花的飞泉，流动无数斑斓起伏的卷轴，心上的一片花田也开了。

"叮当，叮当"，垂丝海棠摇响别致的花铃儿，也摇响春天的节奏。樱花儿开得恣意烂漫，不管不顾了，粉云堆叠着，微风乍起，有花瓣儿簌簌落下，直落到人的心坎里去了。桃花抹了胭脂红，惊呆了四邻八方，她是春天最美的新娘。一大片一大片素朴低微的油菜花，像铺了层香喷喷的金子，黄透了半壁天空。这盛世壮阔的美，连富丽的大牡丹也不能与之比并。

"叮咚，叮咚"柳枝儿不疾不徐，平仄有韵，弹着长句短句，对着湖水倾诉爱情。粉白的打碗花，张着圆圆的小嘴儿，一会儿"嘟嘟嘟——"快乐地吹小号，一会儿又"啦啦啦"天真地歌唱，它们是浪漫自由的，想怎么唱就怎么唱。蜜蜂们"嗡嗡嗡"地跑过来了，抢着给它们配上和声。迎春花完成了使命，换上绿裙儿悄悄退隐，眯起小眼"呼呼"打盹儿去了。

在陌上穿行，地里已拱出一撮撮小芽苗，白嫩翠玉，那是春天的颜色。风里涌动着丝丝甜润的气息，极细微极深沉，那是努力绽放的喜悦，每朵花都藏着一颗欢喜的泪滴。低眉凝神，能听见它们"呵呵"的轻笑声，窃窃的私语声，和幸福的咏叹调。

初生的草，绿的叶，红的芽，簇簇崭新，在艳阳里自在舞蹈，舒展矫健身姿。"扑哧，扑哧"，嬉笑声此起彼伏，添了几分美好心境。每一片叶子都精雕细琢，每一片有每一片的美，丝毫不逊于那些盛放的花朵。

百花会上，帅气潇洒的风哥哥赶来了，他风度翩翩，朗声笑着，把她们一个个请进了舞池。"嘭嚓嚓，嘭嚓嚓"，快三慢四扭起来了。"咿——呀——"姐妹们高兴得不得了，忍不住唱起来了。一时间，眼波流转，香气袅娜，风情万种，叫你眼花缭乱。杨树叶子热情地摇动小扇子，"哗哗"地拍手鼓掌，也拍碎了枝头的万点阳光。

听，树枝上，草根下，泥土里，到处风箫声动，高低曲折，委婉连绵，那是万物执着于春天的咏唱，是生命爆发的欢歌：

"噗，噗——"是鱼儿在戏耍穿梭顽皮的吐泡泡；

"唧唧，哝哝"是小虫子约会亲密呢喃的私语；

"呱呱呱——"是青蛙们鼓着腮帮子的歌咏比赛；

"嘎——嘎"是小花鸭搅动春水溅起的浪花一朵朵；

"嘤嘤嘤"是蝶儿驮着花旗袍到处炫耀，赶趟百花会；

"嘿，加油啊"是谁在拨动生命的琴键，敲响青春的旋律？

喜欢素面行走，听春天的各种声音，这丰厚的交响乐叫人无比振奋。那工厂机器的"轰轰"声，机械犁田的"哗哗"声，汽车喇叭的"滴滴"声，风吹麦田的"沙沙"声，追逐风筝"噢噢——"的叫喊声，高声诵读的琅琅声，笔在纸上行走的"刷刷"声，甚至白衣少年说愁的轻叹声……无不美妙至极。

每有新的发现，我都兴奋得像个孩子，激动地冲上去，把脸贴在枝上，闭上眼睛闻一闻，倾下身子听一听，那花儿呼吸的声音，树叶拂动的声音，虫子飞舞的声音，雏鸟学唱的声音，还有人们愉快的交谈声，都叫我欢欣雀跃。这是沉寂一年发出的幸福腔调，怎么都听不腻。

我常常坐在地上，与大地连为一体。听植物拔节的"嘶嘶"声，根茎吸水的"滋滋"声，蚯蚓拱泥"吭哧吭哧"的号子声，小甲虫"吱吱"的叫唤声，蚕吃桑叶的"沙沙"声。听着，听着，我的血液也"汩汩"涌动着河流奔涌的声音，雨水落地的声音，万物生长的声音。站立在风中，胸怀像张开的山谷，溢满鸟音溪声，跟着春风在白云上飞，心上挂满快意的笑。

打开相册，另一种声音扑面而来，那是美人在花树下"咯咯"的欢笑声，明亮了眼眸，灿烂了心扉，沉醉了一回。传来友人甜蜜的嗔怨声——"嗨，我快要忙成春天了……"

这春深似海，春声似海呀！

暖风熏醉了，千朵万朵压枝儿低。寻春，往绚烂处走，往明艳处去。一树一树的花开，从盛放到凋落，或烂漫如火，或淡若轻尘，无不叫人爱怜。在树下看花，偶尔有一丝儿的惆怅，那是"乱红如雨坠窗纱"的恬淡忧伤。一抬头，看到枝叶间已挂满一枚枚青涩的小浆果了。

树梢上，那蹦跳鸣叫的鸟儿，是黄莺，是云雀，还是什么？它们熬过了寂寂的寒凉，要把歌唱给春天，唱给心上的人儿。春天，是它们恋爱的季节，这边唱那边和，"叽叽喳喳"欢闹不休。它们也是春天的主角，有一双说飞就飞的翅膀，一起相伴看花走天涯。可惜不待你亲近，它们已倏然不见，空中仍泊着"嘀嘀——啾啾"的婉转音韵，留几丝落寞给你品尝。

春天，用一卷新墨描画好时光，这万物勃发的生趣，是任何季节都无可比拟的，这是天籁之音——一部壮阔宏大的欢乐颂。每每耽溺于这声色况味之中，便挪移不开脚步，与花们相视，或在树下发呆，会忽然感动到哽咽。

温热的土壤里，又有多少生命在攒劲。一棵草，一朵花，在安静中倾注力量，默默生长，那种坚持，那种竞争力，无与伦比。在一朵花的开放里，我看到了生命的尊贵，听到了岁月"滴答"行走的声响。我想，这一帧帧的感动，一念念的怀想，需要细细珍藏，方不负春光。

嗨，是谁在召唤呢？那么深情，那么急切。是窗外温情的，唧唧鸣叫的鸟，还是鲜得发亮的绿？快开动休眠的时钟，张开慵怠的眼睛，挣脱困厄的绳索，拥抱山河花朵，走出灰暗的断章，奏出生命可贵的音韵。

试一试吧，活动几下筋骨，跑一跑，跳一跳，那四肢展开的"咯吱"声，一定会爆发巨大的力量，一种让自己都吃惊的力量。跑着跑着，就抽了枝，开了花，一点点长成春天的样子。

"哈哈哈——"，孩子的欢闹声那么清澈，像溪水岸边新发的花枝，带着阳光的味道。这个季候，谁又不是大自然的孩子，在追着春天奔跑？春天的声音长在了四季田野，流动在脉搏四肢，成为天地的童话。

忽然，收到帆发来的视频："快听这春天的声音，'噼噼剥剥'……"我屏声静气，满面含笑。原来是早春的野豌豆，那曾开着一串串的紫色小花束，此刻变成成熟的小豆荚在阳光下爆裂了，枝蔓微微颤动着，颤动着。哦，它的生命又一次倾情盛放了，这是春天最美的声音！

窗外，春风不语，落英缤纷……

父 亲

吕国军 江苏灌南人。散文作品发表于《散文选刊》《海外文摘》等报刊。散文作品获"中国散文年会"二等奖。现为《散文选刊》杂志签约作家,连云港市散文学会理事。

往事从岁月深处捡起。

那年,我和邻村刘家姑娘订了婚,可不久姑娘父母要退婚。父亲慌了,把奇缺的乡供应的自家化肥送给了刘家。秋收时节,我家农田收成少得可怜。我感到我的婚姻很丢脸,在一家人吃饭的时候,我说我要退婚。突然,父亲脾气暴躁起来,伸手掀了桌子,又拿起凳子,把饭锅砸坏。我看了这情景,不得不在父亲面前低下头。我知道父亲的想法,订一桩婚姻不易。可最终刘家还是退婚了。父亲好多天不说话,只是抽着闷烟。

后来,我和本村的一个姑娘自由恋爱了。

我娶亲这天,正值寒冬腊月。父亲起来很早,桌子凳子被他擦得很亮,屋里屋外被他打扫得干干净净。他提节煤炉,颤颤抖抖,房前房后,到处找风口升火……

迎亲人回来了,父亲举起长长的鞭炮,在黄昏里,在鞭炮声里,在迎亲人的欢声笑语里,父亲笑了,脸皮像火纸卷起。

晚上,我们全家人在一起吃团圆饭,父亲坐在桌子上,没有吃,他不能吃了,只是陪着我们。我们都哭了,我们知道,父亲不久将要离开我们了。

父亲的日子一天比一天灰暗了。他整日手捧小闹钟，白天盼着黑夜，黑夜盼着白天，他已倒在时间的沼泽里。他说他要锻炼身体，叫我带他跑步，可他再也不能起来了。

夏季，我们在麦场上打麦子。父亲把我叫到他身边。他对我说："我要去打麦场上拉石磙。"我听了，眼泪一下子就流出来了。

我的记忆里又出现了父亲的身影。

麦场上，父亲拉着石磙打麦子。太阳像火球滚滚而来。父亲身材矮小，弓着背，挪着八字腿，好像一不小心就要摔倒的样子。汗水湿透了他的衣裳，紧紧裹住他的后背，很吃力地往前拉。汗淋淋的季节，汗淋淋的父亲像一头牛拉着石磙，拉着沉重。

父亲啊，此时，我伤心欲绝。

我想起了童年的夏夜，蚊子嗡嗡地叫着。那个贫穷年代，我家买不起蚊帐。父亲把竹子劈成竹篾，制成帘子，挂在门上，既通风，又挡蚊子。夜很深了，父亲没有睡，他端着煤油灯，灯火往墙上一点一点烧蚊子。我感到父亲就是我们的蚊帐。

如今，父亲老了，病了，将要走了，我的眼泪像断了线的珠子。

夏季插秧时节，我们去田里插秧。每天天黑，我们回家，父亲总是问我们栽了多少秧，还有多少没有栽。最后这天，秧栽完了，父亲闭上眼睛长眠了。

父亲走了，长江哪有回头水，他这一去，再也不能回来了。

父亲，我想你呀，在清晨，在黄昏，在我无法入眠的每一个深夜。你瘦弱且又矮小的身影，总是在我生命的长廊里不停地徘徊……

月光里的妈妈

龙　秀　本名陈福荣，连云港市散文学会理事，连云港市作家协会会员，诗歌获得2019年《中国当代汉诗精选1000首》大赛铜奖。

八月十四的凌晨，一轮凄厉的圆月鬼魅般忽隐忽现地斜挂在幽暗的苍穹。惨淡的月光穿过一朵朵横行的云，笼罩在我家的院子里。妈妈穿着肥大的寿衣，木偶般的躺倒在冷铺上，脸颊惨白呆滞。

她半张着干裂无色的嘴，有气无力地呻吟着。散神的目光朝着双手伸出去的方向，像似想要抓什么东西。也许，她是想抓到能挽救她生命的神器，把纠缠在她身体里，折磨的她痛不欲生的病魔一把抓掉。

此情此景，我的心像一片片雪花在寒风中飘零，苦涩的泪水，雨点般滴滴打落在新撕开的伤口上，剧烈的疼痛在心上蔓延。

我轻握妈妈的双手，弯下腰一声一啼地呼着。弥留之际，她没有一丝意识的反应，继续呻吟着，呻吟着。渐渐地，声音越来越微弱……

我不敢相信，我那强健的妈妈真的就这么倒下了。平日里她精神焕发，走路麻利，连头疼脑热都甚少。洁白整齐的牙齿笑成一缕春风，齐耳的短发挥洒着热情，天生就有一副菩萨的柔肠。

她是我头上的一棵大树，我是她臂弯呵护下的一只快乐的小鸟，寸步不离地雀跃在她的身边，聆听她的教诲，追着她讲那些稀奇古怪的故事，拽着她的衣襟走街串巷。

妈妈虽只有一米六左右的小个子，做起事来却并不逊色于男子。她和父亲曾经历过荒年的苦，后来害怕我们孩子再像从前那样，吃糠咽菜都填不饱肚子。朦胧的记忆里，只要能赚钱的活，再苦再累她都会去做。妈妈去河南边的砖瓦窑厂干过体力活，也跟着盖房子的人做过小工，卖过肉类熟食，也做过居委会组长（社区主任）。

因她做过一阵子小瓦工，对盖房子有了点经验，我家盖两间土坯边屋时，她就没有花钱请别人盖，自己一个人把房子盖了起来，时间虽慢了些，可房子结实耐久。

盖土坯房必须先拓土筋，土筋是砌墙用的材料，在那两个多月里，她天天挑着两只水桶，到家后的小河边挖黄泥，挑到洗澡堂门前的小广场上，倒上麦壤（小麦的外壳子）和水，与泥一起搅拌好后，脱掉鞋子赤着脚到泥里踩，直到把泥踩拌均匀。借来长方体土筋模具，放在打扫干净的地上，模具里倒满泥，用泥抹把表面的泥刮平滑，拿掉模具，一块土筋就完成了。

就这样周而复始，把地面可用的空间拓满土筋。土筋晒到大半干后，铲起来挪到一起立起来晒。腾出地面，又继续到河边挑泥，再拓下一批。

正值壮年的妈妈，就像机器人一样，做再重的体力活都不知道累。即便是手磨出水泡，肩头担出瘀血，脚被东西扎破，也从不叫父亲去帮忙，因她体谅到父亲在外面工作也很辛劳。

妈妈的皮肤特别白净又细腻，由于做多了粗活，那双手粗糙得像张打磨东西的砂纸，留下了一道道沧桑的裂痕。而就是这双粗糙的双手，还能用丝线绣出生龙活虎的小孩老虎头棉鞋，针线脚细小而精致。我每年的花衣服也都是她一针一线缝制的，衣服上盘的扣子很漂亮，款式年年都有更新。

由于妈妈心灵手巧，加之姓氏好（我家的陈姓和妈妈的刘姓被家乡人誉为大吉大利的好姓氏），周围处不错的邻居，谁家儿子结婚，就去请她做"全美奶"，帮助喜家缝被子整理喜房。生下的孩子，还负责给婴儿做第一件大红小毛衫（小上衣）。这衣服必须是妈妈掏钱买的布料，亲手缝制才行。寓意着孩子穿上妈妈做的衣服能长命百岁。

20世纪70年代初期，妈妈还每年配制很多的疔疮药。那些年是疔疮病高发期。我家有一个远方亲戚，留下一个治疗疔疮的祖传秘方。每年的秋分时节，妈妈到野外跑很远的地方，才能寻找够配制疔疮药的草狼虫。然后到大药房买几味药和草狼虫一起泡制。

疔疮，是常见于手脚或面部的紫疙瘩，疙瘩虽然不大，但发作速度快，有与日俱增的剧烈疼痛感，一旦感染发展到全身，还能危及生命。妈妈知道疔疮的利害关系，每年都备足了疔疮药，那些南来北往，无论认识不认识的疔疮患者知道后就不再去医院，直接来我家找疔疮药。这疔疮药有神奇的功效，敷上即可，能快速缓解患者的疼痛，治愈率百分之百。

在那个贫瘠的年代里，家家生活都不富裕，一分钱都当钱用，而妈妈从没收取一分钱成本费用，不但贴上人工，还要贴上自己腰包里的钱。你要问她为什么，她只是微笑道：人行好事，不问前程。在她生前那二十多年里，治愈的疔疮患者不计其数。

年少无知的我，被妈妈的光环庇护着，只知道我家和街坊邻里的关系很好，却并未能体会到她各方面的优秀，也不太懂她的做法。在我眼里，她一直是对我要求严格的妈妈。当再回首时，我也像她那样，把付出当成是一种快乐时，却往事如烟。

如今，妈妈刚进耳顺之年就轰然倒下了。两年前，她被查出癌症时，因手术成功逃过了一劫。我们把病情瞒着她，希望她少一点压力，多一点快乐，生命能延续得长久一些。

两年后的这个春天，我们悬着的心还没有完全恢复平静，妈妈的病就复发了，经检查癌细胞已经扩散到胆囊。在医院做院长的舅舅对我们说：不要再做手术了，让她完完整整的走吧！他怕妈妈下不了手术台，就做出了这个残酷的决定。

从那以后妈妈只能靠挂水、吃中药来维持生命。因我做过葡萄糖热源试验，所以，天天挂吊针水的任务就落在了我的身上。

那时，只因我的孩子太小需要人照顾，带着孩子来来回回又不方便，只能每天抽时间跑几十公里的路，把妈妈的吊针水挂好再匆匆地赶回去，这一跑就是风雨无阻的大半年。

每天一到下午，妈妈习惯性地端着小凳子，坐在门口的槐荫树下，用期待的目光盯着我来的方向发呆。哪天，如果我来迟了些，她就会不停地念叨，"秀子今天怎么这么迟，是不是有事来不了呢？"直到看见我的身影出现，才像看见救星一样才松了口气，安心地露出了一丝希望的笑容。

妈妈的嘴里渐渐地失去了味觉，饭也越吃越少。她每天都跟我苦诉着，肚子越来越胀满、病情日益加剧的困惑、成日成夜睡不着的苦闷。还心心念念忘不了，去看望她的亲朋好友，幻想病好后一定要回报人家。

我的心像在油锅上煎着，那些日子，心疼她，可怜她，真希望她能早些离开，早些解脱，少受这份折磨。可心里虽这么想，嘴上却不敢这么说，还不得不去哄骗她，安慰她。

那个生离死别的日子终于到了，妈妈再也熬不住，我心中的那棵大树真的倒了。我希望能唤醒她，再和我说最后一句贴心的话。

妈妈带着困惑，带着不舍，带着她一生都说不完的嘱托和牵挂，永远地离开了这个让她魂牵梦绕的家。

她含辛茹苦地把我们兄弟姐妹四个拉扯成人，当我们有能力去回报她的时候，却让我们承受了"子欲养而亲不待"的苦。

二十多年前，在那个中秋的月光下，千家万户都在叩拜着月亮神，祝福着全家的幸福和团圆。而我心中祝福的是：妈妈一路走好！

《散文选刊·下半月》2018年12月

那盏灯

李庆贤 1984年出生,江苏东海人。出版诗集《守望爱情》《有风筝的天空》、长篇小说《颜色》《滑落的面具》、散文集《贤言贤语》。

在我生命的长河中有一盏灯,它虽然是那么渺小,但却照亮我的前程,它虽然那么微弱,但却散发无限的光亮。每当我遇到困难或挫折想气馁时,就会情不自禁地想起它。

那一年,我上重点高中的梦成为泡影,就像秋天的一片落叶,被命运抛向无声的大地,别人的冷嘲热讽,父母沉重的叹息,简直使我无地自容。在人生的道路上,我徘徊、彷徨。

一个秋风萧萧的傍晚,火红的晚霞,已隐进美丽的西双湖畔,我漫无边际地向玉带河的松树林中走去,这里一片幽静,我眼中仿佛出现一片茫然无际的黄色沙漠,踯躅的我甚至想到活在世上毫无意义。

天渐渐地黑了下去,我向丛林深处走去。忽然我的眼前出现了一盏灯,忽明忽暗,像幽灵般闪烁,我壮了壮胆子向前走去,只见灯光是从一个破旧的临时搭起的草棚内射出来的,草棚只容一个人躺下大小,棚外脏乱不堪,到处是垃圾。灯光下,一位饱经沧桑、年过古稀的老人用满是双茧的手整理从垃圾堆内捡的破旧报刊,神态是那么安详自若,口中还哼着小调。老人见是我,先是一愣,后来热情地和我聊起了天,我们谈得很投机,他给我讲了很多自学成才的故事,谈古人凿壁借光,一个人应该如何面对自己的处境。老人还是一个老革命呢,他战争年代为革命出生入死,他无儿无女,现在原单位效益不好,为了减少国家负担,从千里之外的东北来这里捡破烂,维持生活。

就这样,我们一老一少静静地点亮了一个又一个枯燥而难忘的夜晚,我在想一个即将走进生命终点的老人,还是那样的善待生活,即使是捡破烂还是那样无怨无悔,我为什么不能鼓起生命之帆,奋勇向前呢!后来虽然我上了普通的高中,但勤奋苦读,考上了南京大学,选择了自己喜欢的专业。这是任何人都想象不到的。我高兴得像只燕子,叼着录取通知书向丛林深处飞去,第一个向老人报喜。

灯光依然亮着,忽明忽暗,在老人的草棚里,我却被眼前的一幕惊呆了,老人静静地躺在那儿,脸色苍白已停止了呼吸。灯光依旧亮着,桌上摆着他弥留之时的遗物,灯前桌上的两个纸包旁有一封信,打开信封,只见皱巴巴的纸上写着:"这两千元钱,一千元是我的党费,请代交;另一千元,留给庆贤,用来交书费,钱虽少了点,但是我的一片心意……"还未看完信,我的泪水已夺眶而出。莎士比亚说过"人人都欠上帝一个死",但对于无儿无女的老人来说,这句话太残酷了。老人就这样走了,无名无姓,无儿无女,悄无声息,有的就是那盏扑朔迷离的油灯。

那盏灯在我心中永不熄灭,每当我遇到困难想退缩时,就想起那盏灯和老人不灭的精神,它不仅驱散了我心灵深处的黑暗,而且照亮了我人生的旅途。

从此,我明白了一个道理:在漫长的人生道路上,不论遇到怎样的艰难险阻,最重要的是千万别熄灭心中的灯火,只要让心中燃着理想之火,那么生活再曲折也充满光明。

《心灵泊地》2004 年

又是雪花纷扬时

李　超　1972年出生，江苏东海人，长期从事教学和文字工作，多年来，在《辽宁青年》《苍梧晚报》等报纸、杂志发表诗歌、散文、杂文等十余篇。

伏案久，猛抬头，窗外正飘雪。

十五年来最大的一场雪，就这样纷纷扬扬地来了。

那雪花宛如大自然的精灵，旋舞着，飘荡着，诉说着天地间无边的梦幻。不多时远处已是白雪皑皑，片片雪花给万物披上洁白的绸纱，连同我自己，仿佛也被笼罩在这银色的世界中了。

我停下手中的笔，凝望窗外，痴痴地读着这冰雪晶莹的童话，当年的幸福感依然清晰。

难得下这么大的雪，难得在圣诞节时下雪。十五年前，我正在读海州师范，记得12月25日那天上午，我们正在上体育课，却飘起了雪。按规定，雨雪天应转为上室内体育理论课，老师说我们到教室里去上课吧，讲讲体育运动对锻炼身体的好处，抑或讲讲体育明星的故事。大家的脚步因为漫天飞舞的雪花而停留。老师好像看出了我们的心思，就说，还是好好感受大自然带给你们的礼物，感受这雪花纷扬的世界吧。学生们欢呼着拥着老师，顿时欢乐的笑声震落了更多的雪花。

傍晚时分，校园里已是银装素裹，从宿舍走向教室的弯曲雪路上，我看着身后两行深深的脚印,感叹着大自然的神奇和美丽。冷不防楼上一团雪球飞来,急中生智,以伞作盾,方躲过攻击。然后从伞下探出半个脑袋,冲对方扮个鬼脸,笑声与雪花共舞。铭记古人"来而不往非君子"的教诲,也悄悄捏了一团雪,趁对方不注意的时候,打他个正着。所谓不打不相识,打打闹闹后竟成了毕业后的好朋友。恰逢老师"踏雪寻梅"而来,我们半是无意半是有意地用雪球"轰击"他一阵,招得他引经据典笑骂我们是"雪地里的小狗"。

无声的雪花,抒写着黄昏的静谧,窗外的银白世界,映着教室里伏案畅游在知识海洋里的学生,编织着一个冬天里的童话。那年,伴随着雪花,心中的情愫也随着开花……

又是雪花纷扬时。漫天的雪花,扯絮般下着,我无羁的思绪犹如这漫天的雪花。流年往事,倒映在这洁白的世界,当泪水与欢笑都在岁月里淡去,心中独余一片柔软的思念与感动。

《苍梧晚报》2006年2月14日

水韵深处一座城

马永娟 笔名娟子、瘦马。中国散文学会会员,江苏省作家协会、散文学会会员,连云港市散文学会副会长。二级作家,三级婚姻家庭咨询师。著有散文集《为自己点支烟》《如是藤花落》《旗袍女人》《林间物语》。

水韵,是时光远去时飘落的一件羽衣。站在古运河岸边任意一瞥,入目的事物都笼罩着它的影子和色泽。它衡量着人们精神抵达的深处——繁盛一时的漕运,与淮安的距离究竟有多远。

一座城拥有一条河流已是一种福泽,如果是"四水穿城二河绕城"的水网格局,那就不得不说是造物的一种恩赐了。地处苏北腹地、淮河下游的淮安,古淮水和泗水、京杭大运河和淮河在此交汇,连接黄河、长江两大水域,还有盐河和苏北灌溉总渠,淮安自古以来就是南北要冲,水陆交通枢纽。历史鼎盛时期,这里是全国漕运指挥中心、河道治理中心、粮食储运中心、盐榷税务中心、漕船制造中心,素有"南船北马""九省通衢"之称。当年的清江浦畔,不知有多少闺中少妇吟咏白居易的那首脍炙人口的"汴水流,泗水流,流到瓜州古渡头,吴山点点愁"思念随流水远行的丈夫;不知有多少诗人岸边折柳送别,踏歌而行,扶醉不归;不知有多少商贾巨富盘桓此地,尽享运河之都的繁华。岸边的程莘农故居、三范故居纪念馆、陈潘二公祠、赛珍珠故居,依稀可以想见名门望族、达官贵人聚居的时日里,笙歌燕乐的兴盛。清江浦两岸帆樯林立，车水马龙，迎来送往的都是全国各地的名商巨贾。康乾两帝下江南途经和巡视，更是轻舟如梭，柔橹似梦，华灯映水，琴箫和鸣，于衣环鬓影中把酒临风，心旌摇曳，不知今夕是何夕。

倚着岸边坚硬的栏杆，看着近处水流清澈舒缓，似乎一伸手就可以挽住那朵龙舟溅起的水花。远处柳树枝条似烟，石桥弧线如虹，你会有些恍惚地想起张择端的《清明上河图》：摇曳的柳树，错落的民居，星罗棋布的田垄菜地，驮载货物的驴骡马匹。远景细腻地铺陈，衬托核心处犹如飞虹的拱桥腾空而起。贩夫走卒引车卖浆者流以及看热闹的民众人头攒动。世俗的生命场景，让你仿佛呼吸到浑浊燥热的市井气息，听到挑担人上桥的"哼哧"声，你一下子便融入了当年的热闹里。

暮春的风从身前身后吹过。

古运河积淀下来的骄傲，让淮安人不断地回首对照，判断现时与往昔的正误。古运河介于长江和淮河之间，自清江浦至瓜洲古渡入长江，是大运河最早修筑的河段之一。千里运河由南至北长流不息，流淌着的盐和大米富庶了临河而居的淮安人。每一条河流的深处都潜伏着桀骜不驯的灵魂，古运河也一样。或是造福，或是贻害，就看你对它的态度。曾经一度，大运河被裁弯取直，留在淮安城区的一段卸下"水运"之职，成为内城河。淮安城区污水不断往里排放，破船、杂物堵塞河道，违章搭建遍布河岸，严重影响了淮安的市容市貌。近年来，淮安人以全新的视角再度打量古运河，矫正既往的过失，从整治里运河入手，保护历史遗存，挖掘运河文化内涵，彰显古城水韵。清江大闸、御码头，桂花庵、清江浦楼、丰济仓、水渡口，还有锈迹斑斑的绞索，以及绞索磨出的凹痕，水韵深处，时光运行的痕迹被完好地保存着。清真寺、福音堂、慈云寺国师塔，它们的内心深怀着大闸口五教汇聚的独特风貌，撕纸画、吹糖人、蛋雕、剪纸、制作杆秤，这些非遗传承无不珍藏着那些赋予它生命的小心翼翼点染生命之彩的艺人独具的匠心。中洲岛复建了清江浦楼、河下镇御码头重修、漕运总督署遗址渐露原貌，"水上立交""通衢古驿""夫差陈兵"等一幅幅浮雕仿佛运河载着厚重的淮安缓缓驶来，在岁月潜行中悄悄增值，勾起隐匿于后人心灵深处的火光。让你有理由相信，再现运河文化博大精深的内涵和当年淮安商贾云集、游人如织的繁华景象为时不远。

穿城而过的河流日夜无间，验证着这座城市民风的淳朴、秩序的井然。当城市的人们能够保持水流的洁净，你就不用怀疑他们的行为有什么不洁净了。眼前的古运河安然流淌，清波荡漾，体现着淮安人对河流的尊重和对自身的约束。两岸古色古香的建筑，门和窗都开向临河的一面。窗下抚琴的少女与对岸经过的少年隔河相望，心思与水色一样清浅。临河而居的人，日子充满滋润，连说笑都带着谦谦古风。"小大姐上河下坐北朝南吃东西。"据说，当年乾隆帝南巡途经河下时，在一小楼前被当地小姑娘随口说出的上联给难倒，淮安人的风雅可见一斑。因此而得名为"文楼"的河下古镇的小楼柱子上，那上联一直挂着，数百年来竟无人对出下联。

如今的古运河上依然可以行舟、击水、垂钓、捣衣，让你感受时光前行中遗留下的那部分不变之美。幽幽意韵，粼粼倒影，培养了临水人家的似水柔情，以及由柔情衍生的细碎的爱。爱一条河，爱一棵树，爱一条街，爱一面铺，爱那古色古香的明清建筑，那咸中微甜的淮扬菜，那百年老字号的浦楼酱醋，还有在此驻足流连的人。大运河博物馆、淮扬菜博物馆、城市记忆馆、戏曲馆、楹联馆、名人馆，随意地走一走，你都能听到岁月的回声，体会古典的人文情怀。当爱成了习惯，再怎么细碎都意味深长。

有"乡音未改鬓毛衰"的远行人归来，依旧清澈欢畅的河流，让他们看到了童年时的底版——没有被篡改和矫饰的岁月。特别是古运河水上的游船，更是让人回味无穷。船舱内三五好友相向而坐，水果、清茶、清谈，边听讲解员介绍，边欣赏灯影波光。缓缓行驶的游船，伴着潺潺的水声，和煦的风送来琵琶的清音。国师塔、清江大闸、清江浦楼、石舫船、济安水龙局、水渡口、越秀桥、石码头桥、大运河文化广场、常盈桥、水门桥，一一掠过。两岸仿古建筑灯火通明，灯、树、花、雕塑，相映成趣。沧桑的历史痕迹融入现代的灯火中，古老与现代碰撞、交融。在游览运河美景中，感受水韵的厚重。正在打造的"中国淮安——世界运河文化旅游区"项目，将把世界著名运河、经典水城景观浓缩其中，沿古运河岸边徐徐展开一幅以"黄金水岸、十里金粉、水舞间、田园水乡、运河春天、榷关怀古"为六大主题和实景体验的世界运河文化画卷，淮安版的《清明上河图》正渐次展开。

淮安人没有忘记历史的荣誉。他们笃信，古运河会无恙地流淌，水韵将无限地延伸。而人们对往昔想念和怀旧的距离由于有了水韵的连缀，变得如在眼前。

首届"漕运杯"全国邱心如女性散文大赛三等奖

抚拭青春

莫延安 在《诗刊》《中国文化报》等省级以上报刊发表文学作品400余篇（首）。江苏省作家协会会员，现为连云港市作家协会理事、赣榆区作协主席。

有人说，坐在阳台上写作，文章会落满斑斑花影，显得清新明丽；而在书房里写作，面对书橱中众多杰作名著，下笔就谨慎多了，往往显得凝重深沉。是不是这样呢？我没有书房更没有阳台，就无从在实践中作一番检验了，我们的家只有一间房。

那是我们结婚时在城郊一家园艺场借住的闲房，确切讲是一间被人用过的厨房，屋里烟熏火燎的，有很浓厚的生活气息。一门一窗，几乎是前胸贴着后背，拥有的空间可以想见。不常用的家什，一律往高处堆放，我们的住房要用容积来衡量。房子虽小了些，但我们毕竟有了属于自己的小天地，有了一个冷暖两相依的家。

那里远离了城市的喧嚣，门前是成片的花圃和菜畦，纯正的田园风光；屋后有棵苍劲的大树，浓荫恰到好处地把小屋笼罩起来，使小屋显得含蓄而有风度。一条长长的黄土路联结着外面的世界。外出，小屋是我们快乐的起点；归来，小屋是我们幸福的驿站，往返于快乐与幸福之间，哪儿还有不好走的路呢？

房子是借住的，我们把它当作抱养的孩子，真心实意地对待它，用我们有限的财物和无限的热情,弥补它一切的缺憾。我们像贫寒家庭的父母,因不能给孩子买华丽的服饰、美味的食物,只好想方设法献出自己满腔的爱。环顾这个被我们刻意打扮了一番的"丑小鸭",未免觉得对它过于宠爱了,但是情有可原,就只有这么一间房,能多疼它一点就多疼它一点吧!

我们在门前的空地搭了一个更小的厨房,活像路边卖馄饨的小吃摊。每逢下雨天,目送妻冒雨冲进厨房,便忍不住跟过去陪陪她,打打下手,但厨房太小,妻总嫌我碍手碍脚。我往往是无功而返,准备好碗筷,静静地等着,等妻端着热气腾腾的饭菜,回到我们的小屋。总有一天,我们会有一个像模像样的家的,那时候妻就不会再淋雨了。那个日子也许还很遥远,但我看见妻脸上挂着雨珠,仍然在微笑,我就有耐心去等候那个日子。

闲暇时,我们很少外出,安分守己地和小屋厮守在一起。我照例是坐在一张被各式箱柜过分亲昵地簇拥着的床上,或书海泛舟,或摊开稿纸营造我的精神家园。妻则坐在沙发温柔的怀抱里,做电视的忠实观众。妻喜欢披着我那件咖啡色的粗线毛衣,肥肥的,大大的,两只袖子松垮垮地在胸前打个结,脸上的表情随剧情的发展阴晴变幻。有时我们也会调换一下角色,但时不时会因我把电视声音开得过大,或她用我的稿纸一点也不爱惜诸如此类鸡毛蒜皮的小事,争得面红耳赤。但我们都适可而止,我们的家太小,的确也容纳不了过分的争吵,况且隔壁还有一个慈眉善目的老太太,房顶还有一些栖息的小鸟。因为都多了一分对家的呵护,无形中便化解了人生里许多的烟云。

隔三岔五也有亲朋好友到我们的小屋来探望,他们要走长长的水泥路和黄土路,我问:"万一我们不在家你们会不会觉得扫兴?"他们倒大度:"那就当是来散了回步。"感动之余,我们对他们就格外热情,一定要把仅有的一张沙发让给他们。朋友们高兴我们已经安了家,没有人计较它建立在多大的房子里。心与心在狭小的空间里得到充分交流,我们的小屋其乐融融。

小屋毕竟不是天堂,就像门前的花圃,并非四季都有鸟语花香,我们祈求快乐,但不逃避忧伤。妻子下岗,我们的购房计划愈加成为梦想,但我们没有气馁和迷茫,尽管我们明了,这意味着下雨天妻仍将冒雨冲进厨房,或是迫于生计,要到路边摆一个像我们厨房一样的小吃摊。我们把手握在一起,不让哪一个人发出一声叹息。

夜里，看到万家灯火，看到一个一个发出光明的窗户，我们把它们比作地上的星星。我们知道，我们这个只有一间房的家，夜里也有灯光，我们的窗户也会发出光明，成为璀璨星群里的一个，这对我们是一种无比的鼓舞；我们也知道，生活不是童话，也许和童话还恰恰相反，但它还是让人无限憧憬，比如阳台，比如书房。

一片叶子落了，昭示叶子已经成熟；一段经历成熟，则会铭诸肺腑，任沧海桑田，永不褪色。我想，若干年后，我可能会淡忘人生里一些辉煌的时刻，但我不会忘记这段蜗居的日子。我留恋的倒不一定是这种简朴甚至清贫的生活，而是那淡泊的心境，还有就像今夜佝偻着身子坐在床上写下的那些真诚的文字。

《春风》1998年第7期

与一只瓦罐对视

穆文玲 1968年出生,江苏连云港人,本科毕业,高级政工师,国家二级心理咨询师,多有作品在省市文学作品评选中获奖。

我从未想到,有一天会在草堂里,与一只瓦罐对视。它来自地壳深处。

我以为,在所有的记载与传说中,唯有被历史的烟尘和土地湮灭的部分,最接近古老与真实。

只要有一点乡村经历的人,站在这里,哪怕隔着几米高的看台,都能准确地辨认出这里是一处村落,一个不知被湮没在地层底下多少年,又奇迹般重见天日的村庄。尽管,这里没有古树苍烟,环村流水;比邻而居的街巷,甚至连一丝风都吹不进去。可那些曾经倒映过蓝天与云朵的庭院枯井,嵌入泥土见识过俗世烟火的蒙头锅灶,浸润过五谷杂粮气息的破损瓦罐……

与景区里那个依据诗人的诗句,极力构建的现代草堂相比,我宁愿相信,这里就是让那个伟大灵魂所痴迷的汀烟轻冉冉,竹日静晖晖的锦里烟尘外;是黄四娘家花满溪,千朵万朵压枝低的偏僻乡野;是故人供禄米,邻舍与园蔬的江村八九家。倘若那条湍急的大江,和温柔的浣花溪还在。

我无意去推测,到底是怎样的一场罡风,带走了一个村落和居住在这里的人们。这世上从来就不缺少消逝和匿灭。没有一件事物,能敌得过时光以及命运,它们总是能轻易地将所有的一切,化为虚无。然后,在寂然无声中,让一代又一代的后来人,穷尽想象,去感知那隐藏着的某种远古的气场与离奇。

就像现在的我,隔着一千年,甚至更长的时光,与一只只从地底深处被带上来的瓦罐对视。它们是那样冷静,无声。

我一只一只挨着仔细地观察着它们。很快,我便讶异地发现,没有一只瓦罐是完整的,同样,也没有光洁表面与繁复纹饰。时光赋予它们的,全是裂痕。是的,我早就该明白,在这里出现的,只能是粗瓷大碗,不可能有价值连城胜似霜雪白玉珠的瓷器。只是,那以不规则形态附在黑色或者苍黄的罐体上,一块又一块淡绿或者粉蓝的色彩,恍若自在娇莺恰恰啼,愣是让穷苦的物件,多了几分明亮和艳丽。

我久久地凝视着,几乎不能将它们等同于一块瓦片,由泥烧成的物体。我似乎看见一个白发老妪,低首在一堆黄泥中,用手沾着水,精心地抟制着生活的希望,再将希望的雏形,小心地放入了火窑。熊熊燃烧的火光,映红了她的双颊和白发,令她的双眸,闪着星子样的光辉。

写到这里,我得作一点说明,以上文字,不是我的想象。它来源于我的祖母。

我无数次看见过,祖母在我童年的岁月里,重复过这样的动作。在我们村里,所有的人都知道,祖母会烧窑,她用她做的瓦罐盛水,瓦盆栽花,瓦瓮装粮。我也是平生第一次,在遥远的他乡,在与一只瓦罐对视的过程中,猛然想起已经去世多年的她。

"奶奶,您干吗还要烧瓦盆和瓦罐?"小女孩蹲在祖母的身旁好奇地问。"因为土里有命,有活命呀。"祖母慈爱地应答。

我几乎闻见了,一股熟悉的、燃烧着的火焰气息,顺着干裂的瓦罐散发出来。那是一种生生不息的气息。

也许是我的目光过于专注,有个年轻人走到我近前,提醒我该走了,马上要关园了。我抬头看了看四周,偌大的展厅里,只剩下了我和他的几个朋友。

"你看这色彩,多么美。"我还有点恋恋不舍,回首指着瓦罐,小声地说。我几乎不敢大声喘气,生怕我的声音,会震开裂纹,让那些瓦罐瞬间爆裂。

那个年轻人瞥了一眼,微笑告诉我,所有不同于罐体的色彩,都是后加上去的,是修复的痕迹。这么多年过去了,没有什么东西能维持原样。更何况它是土做的，又是从土里挖出来的。原来，他是当地考古研究所的，今天特地带远方的同学来看草堂。他的话，让我顿时陷入一种既惋惜又懊恼的情绪里。"可它们看起来，真的跟真的似的。"我小声地表示遗憾和抗议。

他仍旧笑着对我说，即便是再修复的，但整座草堂，只有这一处遗址是真的。可惜很多人并不知道。我俯身又看了下低处的村落说，那它便是草堂里天大的秘密，最隐匿的幸福了。

年轻的考古学家沉吟一下，很哲学地说，"应该是这样吧，历史在发生变革时，人们往往浑然不觉"。我看了看他，一句话没说，跟在他后面，抬脚跨出了草堂。巨大的城市喧嚣，顿时迎面扑来。

《山东文学》2016年第11期

车轮滚滚一路歌

穆道俊 新华日报、新华社江苏分社、连云港日报、省市广播电台特约通讯员;著有作品集《水晶之光》《头版头条》。

10年前,国家汽车下乡补贴政策刚推出,我们家便到市区买回了一辆面包车。不仅成为国家改革开放和富民惠民政策的受益者,同时亦改写了家庭祖祖辈辈没有私家车的历史。接着,女婿为方便上班买了一辆小车;没过一年,闺女又打来电话,说她也买车了。虽说全是国产车,价格都不贵,可这毕竟标志着我们这些普通人家也成了"有车一族"了,这可是我和父辈过去想都不敢想的事情啊!

记得还在20世纪70年代初,已是20出头的我,才平生第一次乘坐公共汽车。那时候农村生活贫困,乡里与县城刚通上汽车,虽说车站就在家门口,50里路票价也只有区区0.45元,可是人们不逼到着急还是不肯坐,进城大多选择步行或骑自行车。后来生活渐渐好了,手头慢慢宽裕了,大伙出门选择坐车的多了,于是在相当长的时间段里,最拥挤的"一景"莫过于赶车、挤车了。80年代后期的一个星期六下午,我从县城乘车回家,原本45座的大客车硬是被塞进七八十个人,相对没有挤上的算是幸运的了。我站在车门口,脚尖着地,身体近乎悬空,加之当时路况差,车子跑起来一晃一颠,人如潮涌前后飘忽,直搅得人心翻气短还想吐,好不容易熬到车子到一个叫山后的小站停了下来,我赶紧在此提前下了车,甘愿还剩10多里路一步一步走回家。

还有一次,我们新闻科接受外省一家报社约稿,那边还要得急,需到东海最北部与山东接壤的南辰乡学校去采访。那里不通车,也没有什么地方可以借车,最后还是科长托亲告友找同学从运输公司找来一辆解放牌大货车救急,帮助我们完成了这次特约采访任务。真可谓衣食住行唯行难啊!回想起人与车的件件往事,再看看眼前的车水马龙,不禁让人心潮澎湃,感慨万分。

说来也快,也就这十年二十年间,我们东海城乡先是一批乡亲带头买回三轮车、工具车;两年没过,又买回了一辆辆农用面包车;再看看眼前,奔驰在城乡、乡村、村户之间的,变成了一辆辆豪华的中巴、大巴,漂亮的面包车和锃亮的家庭轿车。再说县城到我老家平明镇这条线路,就有几十辆客车,从早到晚,几分钟就有一班车,近乎随到随走。对外,县城和劳务输出重点乡镇,还开通了直达北京、上海、天津、杭州、南京、宁波、苏州等大中型城市的客运班车。对内,"村村通"工程让条条乡间小路变成了宽敞硬化的水泥路,随之客车开到了家门口;全县城乡之间形成了半小时交通圈,就是到那"遥远的地方"南辰乡,到那"西伯利亚"的山左口乡,开车过去也用不了半个钟头。还有特别让人引以为豪的是,东海的私家车近乎每天每月都在大幅增长,不仅在全市一路领先,就是在全国全省也都名列前茅;其中还不乏价值几百万的进口名牌车。

俗话说,车到山前必有路。说起车来自然离不开路,这些年来,港城接连开通了连霍高速、京沪高速、宁连高速、沿海高速,使得连云港和东海县高速纵横,四通八达,可谓"条条大路通罗马",大大缩短了与外地的时间距离和心理距离。就在前不久,我们去南京,大致跑完全程也就3个小时。要知道,20年前,同样是东海到南京,乘坐公共汽车那可是要从早跑到晚的啊!几天前,路遇一位朋友告诉我,他准备这几天就带着家人自驾游到西藏。正是因为有车,千里万里就像串门一样,说走就走的旅行成为现实。

想想过去,看看现在,前后对照,今非昔比。过去是乘客排队等车,现在是客车排队等人;更有一辆辆小轿车开进寻常百姓家,成为一道道靓丽的风景。正是透过这明亮的车窗和滚滚的车轮,我们看到了时代的缩影,生活的变迁和伟大祖国日新月异的飞速发展。

　　车轮滚滚，一路阳光，一路笑语欢歌！

　　　　　　　　　　《人民日报》（海外版）2002 年 11 月 5 日

焐 床

彭 云 连云港市文联原副主席、《连云港文学》主编,曾任江苏省作协理事,现为连云港市诗词楹联协会副会长。著有《海州乡谭》《陪你同上花果山》等,主编"海州文献丛书"六种。连云港市著名文史学家。

冬天小孩贪图铺上暖和,赖着不肯起来,谓之焐床。那年头大人大都有材质不同的大衣服,比如大棉袄、大皮袄之类,他们先把贴身的衣服穿好,再把大衣服披在上身,用一条被子护住腰,把孩子往怀里一搂,就这么坐在床上享受。当然孩子都是醒着的,他们也在享受。

这种焐床的享受,可不是一般人能承受得起的,妈妈做了几十年的早饭,我姐弟四个,从没有见她搂谁享受过,更没有半句怨言。每天早上,只有奶奶搂着我坐在那里。奶奶的耳朵虽然有些沉,但对外面的叫卖声却听得清清楚楚,有时候就坐在床上喊:"云他娘,外面有卖煮芋头的,称半斤来给孩子吃。"那就是我的早饭了。有时候也在铺上吃豆浆、油条、八宝粥、辣糊汤,把饭撒了一片。这不愁,等我们起来后,自然会有人来收拾残局。

奶奶焐被窝的极限,是去丰县以后,她已经到了焐够了的程度。当年日本鬼子打到济南,虽然离丰县不远,但那一带地势偏僻,又不通公路,所以不怎么害怕。父亲安排奶奶带着我,又叫大姐跟着服侍我们两个人。虽然想得十分周到,可惜随后把我们的生活费却交给一个骗子捎来,那骗子嘴里说得好听,但直到胜利后也没见送过一个子儿来。我们三个人在丰县的日子过得很紧，每天早上我都被奶奶的骂声惊醒，她骂带钱的那个人丧尽天良，骂我父亲不会办事、有眼无珠，骂叔叔不肯借点钱给我们先用着……骂来骂去，洪洞县里一个好人都没有了。我硬着头皮要起来，奶奶却按住不许动，我每天早上就这样没趣地陪着奶奶焐被窝，越焐越冷。

后来与家边的小朋友相处熟了，常常和他们一起去割草、放牛，他们都起得很早，我也就有了早早起床的理由。出去干活不比出去玩，肚子要吃得饱饱的，一般是早上两个窝窝头，中晌两个窝窝头，后来又改成三个窝窝头。所谓窝窝头者，是家家户户的主食，由各种杂粮面和在一起，不发酵，直接放在锅里蒸。平常比例是高粱米4、玉米3、黄豆3，为了避免蒸不透，窝窝头都做成草帽形的，每只一个大窝子。蒸熟后揭开锅盖一看，一锅黄黄的帽子向你招手，饥饿早已把食欲调整得恰到好处。

去年年景好，所以各家男人大多有窝窝头吃，妇女是山芋茶（清水煮山芋），给一个窝窝头，只够半饱的。吃什么菜？没有菜，也没有人抱怨。要是靠菜来填肚子，那就是遇上荒年了。讲究一点的人家，把鲜辣椒切碎，拌上盐，算是上好的菜肴。这叫："窝窝头，蘸大椒，越吃越上膘。"就这样原汁原味的窝窝头蘸大椒，我整整吃了三四个月，渐渐习惯了那里的生活，长了好几斤肉，脸也养得红彤彤的了。要是家里来了亲戚，那就再额外煮一个熟鸡蛋，扒两头大蒜，取一小撮盐，一起放进蒜臼子捣成糊，成为待客的好菜。遗憾的是，这样的好菜我只吃过三回，大姐一回都没有吃过。

我不会割草，也没有自己的镰刀，跟着小伙伴们一起下地，主要是好玩。他们一时候做游戏，一时候割草，很会安排。他们割草的时候，我就用杨树嫩枝穿地下拾的干杨树叶，边捡边穿，一上午能做成六七个杨叶串子，据大姐说够她烧半顿饭的。

《海州乡谭》

红蜻蜓

钱振昌 笔名望川。1963年出生，江苏启东人。江苏省作家协会会员，连云港市诗歌学会副会长兼秘书长。出版有诗集《微笑的湘妃竹》，并有诗歌、散文、文学评论300余篇（首）散见多种报刊。

我是在再次跨过一块邻水的巨石时，见到那只红蜻蜓的。她透明的翅膀一闪，在不远处飞了一圈，就落定在那块巨石上，待我回到山路时，她又飞到路旁洁净而平坦的石头上。石面上有清晰的水纹，大概每有山雨，便冲刷一次，在石头上淌过，直接流入一旁的潭中。

我注意到自己说红蜻蜓时用的是"她"，在看她第一眼时，我就认定是她。在我的记忆中，从无有关红蜻蜓的印象。蜻蜓则是在童年以至少年的天空中曼舞的，那是昆虫，自然课本上称为于人类有益的昆虫。然而红蜻蜓不是，无论如何我也不能把她认定为昆虫，而是她，似乎一个神秘的天使，一个掌握我生命秘密的女子。她说的是一种异族的语言，但与我心息相通。通常她是轻声慢语的，如她的翅膀般轻，而且风一样透明。红蜻蜓的概念来自于数日前读的一篇小说中，是蒋子丹的《等待黄昏》。

我跨过一块邻水的巨石，是为了谛视一堵矗立水上的峭壁。从山路上由西东进，在左侧泊着一潭碧水，上方是垂直的千层岩，俨然是一组巨大的书橱，书橱里整齐地摆满了线装书。我跨过巨石，是想从另一个角度亲近那些飘逸文化气息的书卷。换一种角度，怦然心动，我看到一座别致的书房。在西侧，潭水之上，一左一右、一高一低竖着两堵石壁，右侧的是紧靠着书橱的。两堵石壁似书房的门为谁打开，而走进书房必须泛舟于碧潭。再看一左一右、一高一低的石壁，恰似一个童子在仰首向长者问学，神态有趣得很。我按下手中相机的快门。再一次跨过那块巨石时，我看到了她，红蜻蜓。我立即想起蒋子丹小说中那只红蜻蜓了，也许她从文字的密林中飞出，等我在这个山口？或许，就是从千年的水上书房中飞来，给我一个小小的惊喜，她在水面上飞了一圈，落定在我身边的石上，当我重新上路，又追随而至。

生活在现在的海滨小城已二十多年了，而到郊外的这座山还是初次。山名东磊。在我的印象中，东磊是因山上一所道观中的玉兰树而出名的，有朋友数度约我在花开时节来看花，听朋友说，当此之时，游人如织，观中香火甚旺，便消了进山的念头。我喜欢静的山，喜欢能发出鸟鸣的山林。记得今年春天以后，在玉兰花谢的时候，我写了一首诗歌《香格里拉》，想着玉兰树那么洁净而激情洋溢地把花朵伸向春天的天空，我不由得虔诚地把它当作香格里拉，一个先被外国人神化，后为好几个城市争抢的地域概念。我以为真正的香格里拉是超越三维空间的，甚至在时间之外，因而，我可以把玉兰命名为我的香格里拉。走进东磊山，才明白其实东磊山的景观，仅从字面上就可以得到准确的信息。这是地质运动的产物，山中的涧、潭、沟壑、峭壁，漫山遍野重重垒起的石头，大概都来自自然之圣手的布局。喏，就在我且思且行间，仰首看到的那块罕见的巨石，据说就是久远年代一场地震的纪念。我举起相机，收入镜头的还有更高处的碧空，和丝绸般的云朵。石重云轻，我喃喃自语。

当开发景点的电钻声在远处平息，我走到了山路的尽头。那里草木丛生，野果凋零，红、黄、绿的色彩调出了浓浓的秋色。没有山风，我呼吸着从山石的胸腔里发出的自然的呼吸，不禁陶醉于面前的又一池碧水。再回首，发现一只红蜻蜓又停泊在我身旁的石头上，静静摆好姿势，一任我的相机镜头向她贴近，再贴近。在拍照的间歇，我注意到她轻轻摇了两下头，然后继续把她的眼睛望向我。在我返回的时候，她先行一步，消失在林木间。此刻，午时已过。

《青海湖》2011年1、3月合刊

今生若定　穿过繁华

清荷铃子　本名祁宏玲，江苏省作协会员，作品多次入选《中国年度诗歌》《中国年度散文诗》等多种选集。已著有诗集《清荷铃子诗选》和散文诗集《豆娘》。获首届和第二届花果山文学奖、第六届中国散文诗天马奖，作品多次获得全国诗歌大赛奖。

一

站在恋爱过的地方，雨从你那儿倾斜而来。因为回首、因为张望，因为有宁静的快乐，那一瞬间，咆哮的大海，任其汹涌，任其潮去潮来。

遥望消失的城市，记得你在异乡多次擦拭玻璃上的尘埃。今天你对我挥挥手，其实，你是不愿意看到无可奈何的场面，只把一些遗憾留在我的书集。

我们曾经为一朵花的开放争吵，那是你无意的催促？还是它为你自燃？别再看它了，要知道我来找你，是诸神的安排。与你饮酒，面对面坐下来，看你，想你。

想着你，爱着你，也恨着你。想你一夜一夜地堆聚着石块，再一夜一夜地抛掷到大海。想到哭泣和欢笑。今天我来了，不为别的，只想靠近你的肋骨，靠近你的孤独。

哦，别了，我要离开一阵子。人的一生没有足够的时间去完成每一件想做的事，也没有足够的时间去容纳每一个欲望。请记住我，我只是你身边小小的火柴，今生只为你燃烧一次，仅有的一次，我希望你的一侧，永远保留着我的划痕……

二

蓝天高而远，在心上圣洁如玉。你在那棵老桑树下飘起来，紫色的香气弥漫我的房间，我就此想睡去，任紫色的汁液流进我的唇。

哦，酸涩的紫！这丰富的气味，仿佛那个夜晚的雨，洗去你脸上所有的忧郁，仿佛阳光跳过湿漉漉的街道，抚摸你惊愕的脸庞。在轻轻地亲吻之前，我拼命地吮吸这幸福的香紫，直到你将沉重的叹息轻轻掠过双翼，我不再怀疑这些空虚的甜蜜，它渗透着点点泪光。

容你的祈祷和赞美安放在我的忧郁和恐惧之内，短短的刹那，我们离开了土地，摆脱了怎样的黑暗？最后一次，你在我的喉咙里，发出微弱的轻柔的尖叫，黑暗落下了帷幕。

且让我在清醒中糊涂，在糊涂中清醒，别问前面的路有多长。夜有多长，梦就有多长。

三

我设想有个被某个人爱着的祈望，那时我正走进一座佛塔，旁边是陌生而熟悉的星光、荆棘丛，林间传来已逝的喧哗，你要重来，你要重来。

我与佛手相握，并告诉下山的石头，所有的沉重皆是灵魂之轻。我在没有答案的黑里找寻到从未被点燃的灯盏，我给它无上的能量，以祈求永恒的世间有爱的传递。我在它的面前静默许久许久，我的衰老和疲惫，我的无法言说的痛都在这儿得到了宽慰。有谁能满怀感恩之情，有谁能保留肉身不被尘世责难，不被肮脏亵渎。我卸下一生的苍茫，在黑暗中与其并肩而立，默不作声，看远处，被阳光充溢的城市，有人走进走出。

我不在那里，这仅存的光，足够照亮我通向天堂之路。我乐意独自待在这儿，直到你的祈祷将我身上其他的颜色彻底清除，我只要红和紫，那时你也走过长长的玫瑰林，只向我走来。

四

我记得，在他的一首诗里出现过，是他设定的天使或牡丹仙子。我读着他的思念、向往和破碎，想和他聊一会，就一小会，他就能知道，不止一人会有他的体温和呼吸。更有生命之外的，从生到死，及由死到生的一段凄迷和醒悟。

我醉于黑夜，在黑中封存一杯阳光的记忆。众星注视着我，浮现我三生经历。南风送来我们的气息，是被灯光抚摸的气息，多么好！我们互相劝慰，在大海的尽头，森林的另一端。

多么平淡的一个早上，我手扶栏杆，走过漫长岁月。镜中的湖，你又朝我走来，带着微笑。多么清爽的一阵风，瞬间流过了，我握不到一朵待开的花。我们如此近，一切都在结束，一切又在开始。命中注定相遇相逢，就在这样的小亭边。我们同在那面镜子上，世界光滑不可预见。我们的歌在另一个星球飘来，那是万物生命的开始，那道光线唤醒了我们。

你真的来了，似乎是在我心里跳出来的，站在不远处。星光如雨，一颗颗相继落下，最后消失在遥远的某处。都消失了，只有你的叹息。生命以外，生命刚刚开始，生命正在结束。请带上我的罪恶，带上我的仇恨，告别人间。去天堂，到银河沐浴，和滑坡的流星一起跌进你的心脏。等你碎裂的刹那，我抓紧时间上路，直到穿过那场婚礼。

《橄榄叶》2012年第4期

近处有风景

秦爱云 江苏省作家协会会员。曾在《诗刊》《青年文学》等杂志发表诗歌、小说及散文作品。获《现代青年》2017年度最佳诗人奖。出版诗集《隐秘飞行》《镜像》及散文集《缭绕》。

我出生在一个叫作白石岭的村庄。四岁那年，父亲从部队复员回来，带我们去县城安家。四岁的记忆里，第一次有了西双湖的影子。那时，我并不知晓西双湖是由南北两个湖构成，只感觉它很大，很辽远，父亲和母亲彼此轮换了许多次，才将那辆装载着我和弟弟及全部家当的平板车，从湖西岸拉到湖东岸。

一晃多年，我也结婚生子，西双湖的变化始终微乎其微：从东到西的那条土路变成了柏油路，道路也加宽了一些，南湖的东半部分，靠近水域的地方，多出了一道水泥砌成的堤坝。在湖的最东面，还多出了一块指示牌，牌子周围的河岸上，是一圈砌在高处的河堤，紧挨着河堤的，是一棵棵茁壮的树。

春夏时节，我时常会和他一起带着孩子去湖边的河堤上坐坐，领略一下湖光及水色，那时的西双湖，唯一吸引我的是静谧。我尤喜站在堤坝上，看水里那些游来游去的小鱼儿，堤坝不是很高，蹲下身子，手就可以够到水面，水里的小鱼儿，看见手影，便会四散逃去。

今年夏天的一个周末，他突然问我："想不想去西双湖看看？"我连想都没想就脱口而出:"想去!"

　　西双湖的变化是在不知不觉中的,令我颇有几分惊诧:曾经沉寂清冷的湖畔,如今热闹非凡,行人、车辆络绎不绝,大路小路纵横交错,各种不知道名字的树木、花草,或婀娜,或娇艳,或苍翠,更有一座高耸的水晶塔,安逸地矗立在主道路的北侧,以静制动,默默迎接着有缘人。

　　远远的,就可以看见那座横跨水面的桥。从正面看去,桥身略显陡峭;从侧面看,却是另一种感观。整个桥看起来很是有形,它总能让我想到一条弓起身体,欲待腾起的龙。

　　穿过水晶塔右侧的草坪,来到湖边,这里有一座木制的栈桥,它从湖的东边起始,弯弯曲曲地向着大桥的方向通过去,栈桥的一侧靠近湖的边沿,另一侧悬空,故此,不会游水的我,走在桥上,总有点心虚。值得一说的是,夏天的栈桥是整个浸在水里的,即便是最浅的地方,水至少也是淹到脚面,而在更深一点的水里,还有一组音乐喷泉,到了晚上,七彩霓虹下,美妙的音乐声中,看着喷泉喷出的粗细高低、方向各不同的水流,你会忘记夏天的炎热,忘记自己置身何处。

　　当栈桥走到尽头时,也就离大桥不远了,沿着左边的堤岸,斜着向西南方向走上十多米,就可以一直走上大桥。

　　桥上最先吸引住我眼球的,是那些桥墩,每一个桥墩上,居然都安坐着一头石狮子,它们形态各异,有的正坐,有的侧卧,有的仰起头,有的低着头,有的一脸笑意,有的似在怒吼,它们的目光,各自向左、向右、向前看着,仿佛在守护。看着它们,忍不住就在心里敬佩起那些敢在石头上雕凿的人,能予一块石头以生命,真是一件很了不起的事。

　　站在桥的高处,可以看到正络绎不绝向各个方向移动的行人,桥南,几只小船正在水里悠荡着,桥北,是一片辽阔的水域,沿着桥向西,一条直通前方的道路两旁,绿化及景观正在逐步地完善中,各种叫不出名字的树木和花草,分布在路边及湖边,沿着一条向右的路,走不很远,就到了小有名气的百合园。

　　顾名思义,百合园必是百合花的世界,姹紫嫣红的百合们在这里争奇斗艳,香气四溢,每一个来到这里的人,不觉中便醉了。

回程之路，又遇见另一种曼妙。果然是曲径通幽，沿着右侧一条蜿蜒的小路一直向前，走过一片青草地，便可看见一些台阶，顺着台阶向左走，便可见一片人造园林，此处的水，被"豢养"在或圆或方的池塘里，它们很像是一群顽皮的孩子，时而默不作声地注视着你，时而不约而同地一起展示出各种美妙的舞姿，那是一种动与静交替的美，见到它们，你想不喜欢都不可能。

　　喷泉四周，不同种类的树木和花朵，各有特点，各有风格地绿着、红着、高着、低着、胖着、瘦着、肆意着、茁壮着，它们的枝条或是凌空舒展，或是随意低垂，它们所呈现的，是真善美，是无愧、无私与无畏。

　　再向前，便走进了石头的家族，此处的石头，每一块都是有生命的，看见它们的第一眼，我便生出这种感觉。它们看起来是沉默的，却谁都会说话，它们的身姿是声音之外的另一种语言。那些独自的石头，那些两两相依的石头，那些成群成群拥挤排列在一起的石头，表达出的意愿也是各不相同。只要你肯用心，都可以听见，听懂。

　　西双湖的美，远不是我浅薄的言辞所能尽述的，如果你想领略它全部的韵味，只有亲自到西双湖来走一走，看一看，如若登上水晶塔，你可能还会有预想不到的收获。居高而望，水不仅仅是水，树木也不仅仅是树木、楼群、车辆、人流、道路，都不仅仅是其本身，在高而远的视觉里，许多原本平凡的事物，都会出乎意料地构建出新颖，构建出别致和神奇。

　　值得一看的更有西双湖的夜景，如果你有足够的时间，一定别忘记选一个晴朗的夜晚，和你喜欢的人一起，游一游西双湖，听一听天上的月亮与地下的水晶塔遥相呼应的声音，看一看夜色里的百合们，怎样在明亮闪烁的灯影里，在静谧而又喧哗的西双湖畔，做着一个又一个香香甜甜的梦。

《雨花》2013 年 8 月

母亲的柳篮

邵顺文 中国作家协会会员，连云港市散文学会副会长，获得第四届冰心散文奖。作品《母亲的柳篮》与贾平凹同获"漂母杯"全球华文母爱主题散文大奖，作品《情涌秦俑》与梁晓声同获"古风杯"华夏散文大奖。

老家多柳，如同天上飘浮的云。婀娜、摇曳。我的童年就是跟一枝枝柳条一起长大长粗的。柳编的农具，仿佛阡陌纵横的田野，遍布我的瞳仁。柳篮，柳筐，柳笸，柳篓，比比皆是。柳成群的儿女中，唯有柳篮是我母亲惯使的贴身，犹如剪去刘海的农家妹妹，一直在我的脑海里面摇晃荡漾，从童年到如今，她让我读懂了母亲比柳更加博大、无私、坚韧、淳朴、厚重的内在。

熏风捎来又一个春天，也熏绿了大地。母亲就和乡村里面所有勤劳善良的女人一样，挎起柳篮，带上一年之计和锋利的刀，赶赴大地的亮处。她是去田野和沟畔挖掘猪食的草料。蒲公英笑容般放纵地绽开，像大地上一枚枚彩色的纽扣。它们的中央，夹着马兰草、花郎菜、七角菜、橡瓠子、肿边菜，以及各种我已经忘记名字的朋友。马兰草、花郎菜是乡村里面最上等的猪草。她们在仲春的指尖上轻轻地舞蹈。她们的体味，温馨扑鼻，沁人心脾，像我正在热恋的爱人的肤香。一个上午，母亲常常要返回两三趟。每一趟都从满满的柳篮卸下一小垛草料。这些草，是我关于乡村土地最初的彩喷，占据了我关于乡村记忆的最大的内存。她们浸香了我的童年，并使我和乡村一直保持着贴心的距离与莫名的暗恋。

柳篮是母亲四季的工具，她与母亲的手一直持有最忠诚的温度。夏天里，母亲提她去地里薅草。秋天，当水稻裸成大米以后，一望无际的空旷上还零星地残留着一些被匆忙忽略的稻穗，仿佛天上掉下来的星星，金黄，锃亮。母亲就提着柳篮，来来回回地在天空下搜寻。她对土地的认真和执着，是我生命的字典里关于勤劳最初的诠释。疏密有间的柳篮，在冬天的早晨则成了母亲淘洗红薯的家当。

二十余年前的苏北冬天，寒冷如刃。三九时节，地像被刃剔开的肉一样，露出一道又一道缝隙，与母亲粗糙皲裂的手面上一条条长长的皱形成何其相似的等比。一场雨后，冰凌挂满草屋的长檐，长三四尺，短一二尺，挂成九天绝妙的风景。早晨九十点钟以后，那些冰凌就在太阳的怀抱中渐渐地融化，水从它们的头上、颈上一滴一滴坠下来，把地面亲出一个又一个拇指大小的吻痕。而今，所有这一切与寒冷相关的场面都已经锁进时间那紧闭的双唇，成为我们这一代人在回味中才能播放的黑白影片。提柳篮的母亲，无疑依然是这部黑白影片的主角。她于早晚出场，柳篮里面装满大大小小的红薯。缺衣少食的年代，红薯就是所有五谷杂粮公选的代表。一柳篮的红薯大概和我八九岁时的体重差不多吧。母亲要敲开近岸的河冰，把柳篮放进河里反复氽洗。她用的工具是铁钩。无数次，我亲见母亲用铁钩敲冰的过程，无数次，我体验了那个叫作疼痛的字眼的真实感受。她站在岸上，抡起五六十厘米长的铁钩对冰就砸了下去。前面几钩充其量只能在冰河上留下拳头大小的白点，像一团洁白的雪花。母亲一边嘘着气，一边继续着她对生命河流的叩问。当冰河上冰屑四溅、河冰乍开的瞬间，母亲笑了。她的额头，渗出点点汗珠。她的笑，像风一样灿烂、自如。可是有一天早晨，母亲淘红薯的时候，一不小心松掉了篮把，那柳篮一下子就沿着她凿开的冰窟沉了下去，与此同时，母亲的脸也一起沉了下去，结成一块表情复杂的冰，或者如同覆盖在家后菜园里的厚厚的霜层。她举钩就去钩篮把，但是只钩起空荡荡的失望和无奈。接下来，她居然不顾一切地跳到了河面上，冷而滑的冰面像一个巨大的对手一样，毫不犹豫地将她重重摔倒，她的钩也一下子摔出去两三米远。在一边的我连忙跳了下去。伏在冰面的母亲，看我跳下来拉她，圆瞪着眼睛，大声呵斥道："赶快爬上去，谁叫你下来的。"她的口气，坚决、果断、干脆，如同一块不容置疑的石头。她嘴里喷出来的热气形成一个巨大的雾凇，遮住了她瘦弱的脸，也刺痛了我柔软的眼睛。从冰河上站起来的刹那，我恍然大魇初醒，泪流满面。

这些年，家境渐渐好转。每年春节，母亲总要宰一头猪犒劳我们几个从外地回家过年的孩子。短暂的相聚之后，就是漫长的分别。正月初五、初六，母亲总要给我们外出上班的几个孩子每人送一只猪腿。那是母亲用盐腌制过的祝福。仍然是那个柳篮，四只猪腿，静静地堆放着，像一幅丰收的画。谁走时，母亲都用蛇皮口袋给装上一只。爸说："这口袋干净着呢，你妈洗过几十遍了。"我就觉得鼻子又痒又酸，赶紧掏出手帕。

去年秋天回家探亲，正逢一件趣事。大哥也在家。他和大嫂在檐后的草垛旁散步，不经意间发现了一窝刺猬。一只母刺猬带着四只小刺猬。大哥就用母亲的柳篮把它们捉回了家。我们正围着它们叽叽喳喳的时候，母亲来了。她问清楚缘由之后，对我们说："不要没事找事情做，赶快放了它们。好歹也是命，积点善。"我问她："放哪里去？"她说："哪里抓来，放哪里去。"

我是母亲几个孩子当中最不省油的一盏灯。下海的浪花过去多少年了，我还是坚持要赶一趟无人驾驶的车。母亲听后大惊，说："你犯什么傻？外面有多少钱等着你去捞？一年挣些钱够用就行了，何必翻来覆去折腾呢？"她指了指后面的柳篮道："你们每个人过得安静，我这老脸上也有光。我这老骨头不图你们什么回报。哪个一辈子不跟这空篮子一样，来也空手，去也空手。等我走后，记得每年给我烧些纸我就安心了。"说着，她的眼角情不自禁地滴下了几滴泪水。

那一刻，我知道母亲真的有些疲惫了，就像她用了一生的柳篮，历经千万次的修复以后，总有一天会停止下来，成为往事。自然是谁都无法抗拒的力量，如同无边的水。想着，我的心头不禁微微震颤。看着柳篮，母亲关于柳篮的点点滴滴又一幕一幕地浮上心头。跟着母亲的柳篮，我又倒回了青年、少年、童年时光。我是母亲的儿子，也是土地的儿子。我知道，我必须放下手中的笔，回到母亲的身边，挎起柳篮，重新迈入田野和沟畔的深处，重新认识那些花、那些草,母亲最初教给我的那些与大地相关的朋友的名字和做人的道理,我必须乘农村的土地还没有完全变成钢筋混凝土的时候,再一次认真地向她讨教。

《延河》2009 年第 6 期

连云港的浪漫

沈若铭 1952年出生。曾先后在各级报刊发表散文、随笔、杂文等文学作品近50万字,作品获全国电力系统及连云港市文学征文竞赛一等奖10余次,入选各种文学作品集近20篇。

大家手笔毕竟非同凡响。读了赵恺、赵本夫、李国文等著名作家描写连云港的文章,我真的领会到什么叫落笔点金、什么叫高屋建瓴。自己生于斯长于斯的故乡,熟悉得如同母亲胸襟中的山山水水,到了人家笔下才那么风光神韵,而且一笔便点了骨髓。

这就是连云港动人心魄的"浪漫"。

当李国文在云台宾馆被清脆悦耳、嘹亮动听的布谷鸟叫声惊醒后,这位老作家对连云港这座古老而崭新的城市不得不"刮目相看",由鸟鸣而引发出的对于大自然的天籁的渴慕之情使他生发出许多充满浪漫色彩的遐想。而赵本夫这位本省文坛名家在《扬子晚报》发表的"连云神韵"则令人叫绝地将城市赋予了"气质",并分为"现实主义"和"浪漫主义"两类。他认为连云港是不能和北京、南京、西安、徐州等现实主义城市去比那用刀沾着血泪和辉煌刻写的历史的真实和厚重的。连云港几乎是一座虚构的城市,就是连云港这名字也让你有放马走天涯的遐想。

说句实在话,我是作为"美文"去欣赏这些名家咏港城的奇妙文章的,它们使我们的家乡熠熠生辉。我自己也常和我的父老乡亲们一样沉浸在我们新欧亚大陆桥东方桥头堡的地理优势和无数的美丽传说中。我的文章中,海滩迷离,岩松古奥,常能挥发出白虎山是薛仁贵在东征时一鞭子抽到海州的那种浪漫的传奇;笔下似有古海州城秦皇东征雕塑群中那烈马的千古嘶鸣声。几位南方的文友游桃花涧时,怎么也难以在将军崖岩画那几道古朴、简单的符号结构中读出原始《天书》的深刻启示。我说你可千万别乏味这国宝的单调,我们的学者为之远涉重洋去讲学,一整套的考证使许多韩国人由将军崖岩画而引发对祖先的追溯。朋友们感叹说这真是太神奇、太浪漫了。

可是,浪漫有时像一层雾,会逐渐消散。雾后会显出一座山,现实、清晰、厚重。我们是否太多地爱讲家乡的地理优势和神话般的浪漫传奇,却让人感到缺乏一种生存竞争中的冷峻而沉稳的思考;缺乏一种客观的自我批判和锲而不舍的苦干实干;太少那种脚踏实地而又运筹帷幄、敢为人先的大腕将才。因此,我们极需要走出浪漫的梦幻遐想,跨出家门去看看1984年国家特批的包括我们连云港在内的14个沿海开放城市的发展速度(连云港一降再降,已降到了最后)。从花果山到海滨浪漫之游的途中,我常常望着我们的经济开发区而产生一种沉重的反思。我们的城市文明始终被一种弘厚无比的农村气息融合、包围和笼罩着;缓慢的经济发展速度,极现实的没有重大支柱产业的薄弱状况,实在令人浪漫不起来。

终于,近几年间连云港在"偏紧"的宏观经济环境中反而大幅度地加快了发展速度,这一速度比在全国名列前茅的江苏省平均水平高8.4个百分点,被《工人日报》头条新闻称为"引人关注的""连云港现象"。一些专家考察分析认为,产生这种"连云港现象"的根本原因在于实事求是,找准了符合自身条件的突破口。这个突破口就是"大力发展农村经济、外引内联、市场流通、个体私营经济",其发展方针是"能活先活、能快先快、重点突破、整体推进"。那种笼罩着我们城市的农村及个体气息被当作了改革的突破口。我们非常清晰地看到美丽的港城充满了脚踏实地,一步一个脚印的现实主义色彩,在"软着陆"期间打了个漂亮的时间差。而今,世纪末的足音临近,连云港人如何寻求经济杠杆下那块厚重的基石来支撑自己的腾飞?

最怕外地的游客们说"连云港这地方很美,故事很浪漫,就是经济太落后"的话。山水、文学尽可以神奇和浪漫,而在开拓的发展中,我们呼唤坚毅和厚重,勇敢而扎实地前行。

《心劫》

算盘、三弦、毛笔与宝剑

孙桂伟 江苏灌南人，江苏省作家协会会员，著有作品集《张店往事》《槐香五月》。并在近年来，创作并发表了许多优秀的作品，引起了很大的反响。

先父去世已半年有余，这段日子我会时不时地想起他，我在慢慢适应一个鲜活的、对我影响至深的人的离开。他的人生大概只能说是平淡无奇，终其一生奔劳在张店这个地方，出远门的次数寥寥无几，但在他生活的圈子里确乎又是个不同凡响的存在。

与先父熟识的街坊亲友们都知道，他琴棋书画、吹拉弹唱多少都能来一点，兴趣甚为广泛，在张店小街地面上算得上是个有"品味"的人。在我的印象里，有四样物件跟他的一生结下不解之缘，分别为算盘、三弦、毛笔与宝剑。近半年来，这四样物件经常在我头脑中闪现，与他的形象交错叠加，如影随形。

算盘应该算是先父盛年时谋生养家的工具。以前，乡间习惯上把与钱打交道的人统称为"会计"，打我记事起他就在社办企业做"会计"，先后干过综合加工厂、农机修配厂、经理部之类，收款算账时他把算盘打得"噼里啪啦"山响。那是一种清脆而富有韵律的声音，其中蕴含着学识，也象征着一种担当。

20世纪80年代中期，经济政策渐渐松动，他看准形势毅然"下海"开店，成为张店街从事个体商业经营"第一人"，开小街风气之先。算盘仍是他的看家本领，他用算盘给我们全家率先盘算出了衣食无忧的生活。我后来一不小心学了财经，干了税务，现在又干起了审计，并且也能胡乱打几下算盘，大抵是有一些家学渊源的。

三弦肯定是我此生见过的第一件乐器，它是先父在公社文艺宣传队演奏时操弄的家什，也是丰富我童年生活的大玩意儿。先父年轻时正处在那个"火红年代"，记忆中他没少搭乘拖拉机之类，到周边乡村出各种宣传差。上了年纪闲来无事，他还会在自家小院中弹拨两曲淮海小戏，自娱自乐一番。

毛笔是识文断字者的书写工具，自然也是先父的常用之物。每年春节将至，书写春联总是必不可少的重要节目，此时街巷上大小秀才们就要摆开桌案、粉墨登场了，先父是理所当然的倍受欢迎的写家之一。他其实并未真正临过某种碑帖，但他的字倒也端庄易识，自成一体。后来发展到乡邻遇有上梁过寿、红白喜事之类，也要应约为人挥毫书写一番。

宝剑是先父晚年习练太极、强身健体的心爱之物，一生俭朴的他不惜"巨资"购置。每次回去总会看到那柄龙泉宝剑挂在主屋山墙上，醒目而威武。他参加过市体育部门组织的专门培训班，并成为基层太极辅导员。他的太极拳剑演练得是多么认真、多么规范，可以说是一丝不苟，在他的周围团聚了一班同好。他所在的团队经常参加市县乡镇相关比赛或表演，屡次获奖，颇受好评。

概括地说，算盘、三弦、毛笔与宝剑是先父一生的四大"关键词"，也是留给我们后人的重要精神财富。他若干年前使用过的算盘虽早已失落不见，但衣钵已为我所传承。他所钟爱的三弦和龙泉宝剑被我的侄儿、他的长孙收藏，以为传家之宝。几支趁手的大毛笔则被我挑选出来，至今仍在使用。

《连云港文学》2019年第3期

冰上的童年

邵世新 江苏连云港赣榆人，20世纪60年代出生，迄今为止在全国各大报刊发表散文3000余篇。2017年结集《生命中那份柔软的慰藉》，2019年致力于《赣榆非遗录》一书的编写。江苏省作家协会会员，赣榆区作协副主席。

童年没有走远，闭上眼睛就是昨天。

当西北风吹起来，雪花飘落下来的时候，家东边的池塘也就冻实了心。一般情况下，大人们是不允许我们这些小孩子去河边玩耍的。乍寒时分，用脚小心翼翼在河边尝试，一不小心鞋子就湿了，回家的结果，一顿"打"是跑不掉的，尽管瞎话编得溜圆。如履薄冰，这个成语我第一次看到时，因为亲历过那种感觉，所以封河了，大人们说这话的时候，就有一些蠢蠢欲动的意思。早上不睡懒觉，溜冰也是一种锻炼。就算大人们不说，怀里揣着心事，早上哪能睡得着。想象着在冰上滑行，人像长了翅膀。大冬日里起个大早，一路小跑到河东，却已发现池塘上隐隐约约早有人滑冰了。

一直眼热邻居家的春生。他爸爸是个木匠，给他做了一只滑板车。说起滑板，不过是一只方形的木架子，底下穿上了铁丝，是八号铁丝，粗。在冰上滑行速度之快，令人咂舌。滑行的时候，必须用两只攒子，攒子的底部装上钢钉，人盘腿坐在滑板上面，双手在左右用攒子猛攒冰面，滑板就溜得好远。有些想坐滑板车的，讨好地在后面推着春生，待春生惬意够了，便也能跟着享受一回。

有了第一只滑板车,大家都竞相效仿。办法总比困难多嘛,第二天早上,小亮把家里的一把木椅子背也抱来了。他没有八号铁丝,却把椅子背下面用电线缠了一圈。还别说,效果也挺好的。可就在他坐在椅子背上得意忘形的时候,小亮的妈妈拿着笤帚追了过来,边喊边骂:"小兔崽子,好好的一把椅子,给毁了。"小亮一瞅苗头不对,扔下"滑板"落荒而逃。后来好几天没看到他来玩滑冰。

对于好玩的我来说,自然是不甘寂寞,放学后,我在家找来四根木条用铁钉钉在一起,上面放上一块木板,没有攒子,就偷来妈妈和姐姐做鞋底用的锥子,盘腿坐在上面,两手一用力,恣意地滑行在冰面上,从一个个慢慢滑行的小伙伴身边急速地掠过,那份自豪,简直是无如伦比。

对于每个成年人来说,儿时的滑冰应该是记忆里最有趣的画面了。在我家,我最小,也最顽皮,爸妈心疼我,严禁我参与到这种危险的游戏中来,记忆深刻的是,因为滑冰,我被妈妈打了三回。第一回,早上上学的时候顺着小河滑冰去学校,在一个冰比较薄的地方陷了进去,把两只棉鞋都灌满了水,跑回家,妈妈打完我以后,就把棉鞋里的水拧干净,把烧火剩下的草木灰放在棉鞋上来回的踩,以吸收棉鞋里的水分。因为没有别的棉鞋了,就给我换上了一双我爸爸的解放鞋,因为太大,还在里面填了不少棉花,说也奇怪,那时候还就真没觉得冷。第二回,中午放学的时候,又和小伙伴结伴滑冰回家,不幸的是,又掉到了水里,解放鞋也湿透了,不用说,又是一顿胖揍。第三回,我穿着夏天的鞋垫子,躲过妈妈的监视,和小伙伴一起去村里的大沟里滑冰,这回更惨,掉进水里了,连棉裤都湿了,幸亏冬天的水不深啊,路过的大人手忙脚乱地把我拉上岸。

回到家,我妈妈脱掉我的湿棉裤,用笤帚往我屁股上那个打啊,说不要我了,把我打急了,我在前面光着屁股跑,妈妈提着笤帚在后面追着打,屁股都打破了,全村人都出来看笑话。

玩滑冰最有意思的是相互碰撞。待后来大家差不多都有了滑板车之后,几个人相约同时往一个方向滑。因为惯性,被撞的就会一下子溜的好远。一池塘的孩子,一池塘的欢笑。玩的正在兴头上,不知谁喊了一声"上学喽!",顿时人如猢狲散。池塘又恢复了它先前的寂静,只有太阳静静地照着这一池塘曲终人散后的划痕。

还有一种好玩的游戏,叫拉火车,需要两个以上的小孩参与。找一个劲头比较大的做火车头,其他的做车厢,做车厢的孩子一溜排蹲在冰面上,一个抓住前面一个的衣裳或抱住腰排成一列,车头面对着最前面一个孩子,两人双手相扣,"车头"边退边拉着"车厢"前进。玩得最多的还是两人一组,既不累,也可比赛,热闹非凡。玩到兴起,为了节省力气,有的小伙伴还在家拿来了绳子,两人站在岸上,把绳子的一头让排头的孩子握住,岸上的两个孩子就围着岸边奔跑,冰面上一溜小伙伴在没有阻力的冰面上滑行,那种身心的愉悦让孩子们在冰面上大呼小叫,场面蔚为壮观,也煞是有趣。

在冰上打陀螺,也是件快意的事情。那时,水泥场地很少,在土路上玩陀螺,要用鞭子来回地抽,陀螺才不会倒下,但在冰面上玩陀螺自然就不存在这个问题了。冰面上的陀螺,只要抽动起来,就会快速而平稳地转上好几分钟,急速转动的陀螺仿佛静止了一般,常有小伙伴以此来比赛,看谁的陀螺转动的更久一些,也会引来许多小伙伴的围观。

那天放学回家,发现池塘里面装上了抽水机。我们知道,大人们要开始一年一度的"拿"鱼了,因为池塘原本就是个养鱼塘,"拿"鱼的同时也将宣告这个冬天的冰上乐趣到此结束了。

簇拥在池塘边,眼睁睁看着平整的冰面,一下下断裂,犹如一个个少年的心,生疼。

冰上快乐的尖叫,像打火机,于偶然间会腾的燃着快乐的记忆,让一颗经年沉寂的心无比神往;而那冰上明亮的划痕,则像燃着的烟蒂,在记忆深处,明明灭灭。

《中国劳动保障报》2014年6月18日

那年　那月　那菜地

孙延兵　江苏淮阴人，连云港市作家协会会员，先后在国家级、省市级刊物发表论文百篇。在《中国青年报》《新华日报》等报纸发表散文、随笔、诗歌、小小说等六百多篇。

在我记忆的空间里，始终有着一块绿色的菜地，那是自己曾经付出辛勤汗水亲手播种过的菜地。

2001年的春天，自己所在的单位像突然间得了重病的老人，一下子生意全无，单位陷入停产半停产状态，大家心情都很浮躁。有门路的忙着调动，没门路的每天到厂里转转，发些牢骚，然后便无可奈何地回去。

厂里不得已，将西边靠近路边的一排平房扒掉，盖上三层小楼，收点房款，发放工资，但那也只能是杯水车薪，救急救不了穷，解决不了根本问题。

那时，也正是我参加中国注册会计师和中国注册税务师职业资格考试的关键时刻。我知道，对于一个来自外地、毫无关系的我来说，或许这是解决自身出路最好的办法，也是唯一的办法。同时，我也相信无论哪一种考试的通过，都能改变自己目前生活的窘境。

单位情况的不好，显然影响着自己的情绪，这一段时间看书效果也不是特别的好。

细心的科长似乎看出了我的心思，怕我关键时刻掉链子，便提醒我说厨房门口那块西边盖房挖出来的土，可以种点蔬菜，吃起来还放心。

是的，种菜，对于农村长大的我来说，并不陌生。一方面可以充实自己的生活，另一方面也可以减轻一下生活的"负担"。于是，我开始开荒种地，买了辣椒苗、茄子苗、西红柿苗、丝瓜苗、葫芦苗、吊瓜苗分别栽了下去。

每天一下班，菜地成了我工作的重点，浇水、拔草、管理，忙得不亦乐乎，虽然有点累，但充实，希望满满。

菜地的忙碌，让我的生活变得紧凑起来，也丝毫不影响看书。相反，看书的效果感觉似乎比以前好了不少，很是奇怪。

大概是新土，没有种过菜的缘故，尽管没施肥，但土地异常有"劲"，各种蔬菜长势良好，超出我的预期。

待到五六月份的时候，菜地里已是一片欣欣向荣的景象，白色的辣椒花、葫芦花，紫色的茄子花，黄色的丝瓜花、西红柿花、吊瓜花竞相开放，蝴蝶、蜜蜂来回飞舞，煞是好看。每天下午下班没事的时候，我则像一个有经验的老农拿把椅子，坐在那儿，一边欣赏菜地的美景，一边看书，满满地欣喜，满满地享受。

看着菜地里一个个鲜嫩的劳动果实，心情也是异常的好，仿佛忘记了单位效益不好所带来的负面影响。

最让我难忘的是那两棵吊瓜，在宽阔的荒野里肆意生长，藤子居然长了二十多米长，先后结了四十多个的吊瓜，有的一个都有十几斤重。

有时，我会摘上一两个嫩瓜去我们科长家包锅贴吃。我们科长是山东人，人很和蔼，做面食很精通。她将嫩瓜刨成瓜丝，放些虾皮，兑些佐料，包成锅贴，放在油锅里煎一下，味道特别好吃。连同她家的两个儿子，经常是下面一锅的锅贴还没好，之前的一锅已被吃完。

人生不怕苦难，只怕没有梦想。

一分耕耘，一分收获。那个困苦艰难的一年，却让我获得满满的收获，给我惊喜，给我希望，也给了我一个美好的回忆。

那年，我不仅获得了菜地的丰收，吃了好多的绿色蔬菜，也收获了考试的丰收，两类考试都取得了较好的成绩，且顺利地通过了中国注册税务师执业资格。

也正是那年的岁末，我凭着考试的成绩单和在各级报纸杂志发表的数十篇论文以及这些年来取得的各种获奖证书，顺利地进入了当地一家很有名气的会计师事务所，实现了人生一次"质变"。

时间如白驹过隙，记忆却如明珠闪烁。

闲着无事的时候，我常常会回忆起那块菜地，尤其在遇到困难、挫折的时候，仿佛它又给了我一种无形的动力，让我在人生的路上砥砺前行，勇往直前。

《江苏工人报》2018 年 11 月 10 日

路边的栀子花

佘梅溪 江苏省作协会员，著有长篇小说《单眼皮女巫亚巧巧》《蓝色森林》《一颗心的流浪》《树精灵》《七彩神蝶》等6部，发表小说、散文、报告文学、论文、杂谈、剧本等各类作品80多篇，累计创作100多万字，获奖10余次。

七月。

阳光泻了满地，绿色到处泛滥。这晃眼的一切，把穿着红色连衣裙的幸子衬得格外显眼。

"又放假了，没人陪我玩。"幸子念叨着，有点沮丧，大大的白色书包把本来就瘦小的她衬得更加单薄。

幸子的家在郊区，那儿有草、有树、有花儿，可就是没有小朋友，孤独的暑假让幸子觉得很苦恼。

"哎，没劲！"幸子捏了捏鼻子，委屈地想哭。

"哎，没劲！"幸子听见有人用怪怪的声音模仿她。

"可恶！没看见人家都要哭了呀！"幸子愤愤地跺了跺脚，循声望去，看谁这么无聊。

"咦！"幸子惊讶了，什么时候路边开满了成片的栀子花？风儿掠过，洁白如浪花，飞溅在绿色的波涛上。

"怪不得，这几天风里总带着幽幽的清香！"幸子闭上眼，静静地想。

突然，幸子有一种被什么东西盯得发毛的感觉。睁开眼，这才注意到花海中央正站着一个男孩，棕色的大眼睛正静静地望着她。

"看什么呢？"幸子觉得脸儿有点发烫，这可是第一次在这儿遇到与自己年龄相仿的孩子。这可是第一次呀！幸子兴奋了，刚才的烦恼，忽然间就飘得无影无踪。

"过来玩呀，你不喜欢这片栀子花吗？"男孩笑着问。

幸子觉得他眼中的棕色在柔柔地闪烁，像家门前的小溪。

他在向我招手呢。幸子望着他。

栀子花香更浓了。

"喜欢，喜欢啊！"幸子背着大大的书包走过去，她觉得自己像只鸟儿高兴得要飞起来。

"我来啦！"幸子在栀子花前停下。这才发现男孩穿着白色的T恤，棕色的裤子，像一株别致的栀子花。

男孩看着栀子花前带着几分窘态呆呆站着的幸子，笑了起来，露出两排很白很齐的牙。

"真漂亮！"幸子愣住了。

"发什么呆呢？快进来呀，栀子花很香的。"男孩把幸子拉进栀子花丛，脆脆的声音像白云般飘逸。

"为什么我从来没见过你？"幸子问。

"我是栀子男孩呀，只有栀子花开时才会出来。"

"那栀子花落了呢？"

"那我就该走了啊，与花瓣一起走进泥土的梦里，再也不会回来了，所以，每年的栀子男孩都是不一样的呀！"

"噢？都是不一样的呀？"幸子低低的声音重复着，忽然有点伤心，但又说不清是为什么。

"我们一起玩拍手的游戏吧！"男孩将一朵栀子花插在幸子的头上说，话音里充满愉悦。

"好啊！"

"你拍一，我拍一……"

"你拍二，我拍二……"
…………
时间在欢笑中溜走，斜阳的金红晕染了这片栀子花。

风儿吹过，花香幽幽。

"天晚啦！"

"天晚啦！"每朵栀子花都披上了轻纱，在那提醒着。

"我该走了。"幸子搓了搓拍麻了的手。

"明天一定要来哦？"男孩朝着幸子的背影喊。

"会的，会的——"

夜幕降临，幸子在自己的小床上躺着，心里总觉得忐忑不安。

今夜一定会有什么事情发生！

夜半，突然下起了雨，大暴雨。

幸子抱着被子依着墙，抱着抱着，就这样睡着了。梦里，她看见男孩披着一身水汽，半浮在空中，笑着对她说："我要走了，属于我的那朵花儿被暴雨冲散了。"

"别走，别走——"梦里幸子哭了，哭得一塌糊涂，男孩还是走了。

早晨醒来，阳光射进屋子，暴雨停了。幸子发现枕头旁放着一片栀子花瓣，被角湿漉漉的。

"真奇怪！"幸子快速穿好衣服，没同妈妈打招呼就冲出了家门。

暴雨洗涤后，一切都显得格外清新。幸子跑到昨天的那个地方，却发现栀子花消失得一干二净，唯独一株很粗的茎伫立在地面上。

"他真的走了啊！"幸子喃喃地说。

从此，这片土地上再也没有长出过一株栀子花。

《江苏大学报》2015年11月第339期

霸王别姬 千古话相思

谭晓平 笔名早安，江苏省作家协会会员、全国公安文联会员。业余从事写作，相继在多家刊物发表小说、散文、纪实等文学作品30余万字。

戏曲的舞台上，随着丝竹管弦诸般乐器一响，帷幕徐徐拉开，身着艳丽的水袖袍服、满头珠翠、浓妆粉黛的女子，袅袅婷婷走上台来。水袖这么一勾，眼波那么一柔，摇曳生姿间，台下的看客便知道她要唱的无非就是：奴有一段情啊，唱给诸公听……只是，唱得是哪一折呢？唱的是流传千古的《霸王别姬》吧。

这一听便陶醉着，忘却晨昏。时间如水，波平如镜，仿佛投入一颗石子，记忆的碎片、灵魂的某个画面，瞬间不容遗忘地从水底跳了出来。于是，千年后的人，隔着时间的鸿沟，怀着满腔柔情与舞台上的虞姬一唱一和：我站在猎猎风中，恨不能荡尽绵绵心痛。望苍天，四方云动，剑在手，问天下谁是英雄。人世间有百媚千红，我独爱爱你那一种。伤心处别时路有谁不同，多少年恩爱匆匆葬送。我心中你最重，悲欢共生死同，你用柔情刻骨，换我豪情天纵……

总想在书本和舞台上，找虞姬绝舞时长袖挥落的一抹淡淡馨香，看项羽坦荡真实、不计成败、慨然赴死的襟怀，听秦风的幽咽、汉雨的凄叹都藏不住他和她在生死存亡之际对自己所爱的牵挂。于是，站在时间的河岸，拨动想象的股弦，让千年前英雄美人的故事，以及千古流传的令人独倚寂寞黄昏黯然伤怀的那首断肠曲，在思绪里再一次婉转绵延——

一直以为，项羽像戏台上的武小生，面白眉重，披素袍执宝剑，风流倜傥。这种形象在脑海中保存了很长一段岁月。直到有一天，看到一幅画像，他原来是个丰硕强悍、沉猛威武的赳赳武夫。便想象着，北风正紧，啸声如虎，项羽在风中独行，弹剑，剑吼悲风，撕裂沉沉黑夜："虞兮，虞兮，奈若何！"

站在时间的断点上，事不关己的看。刘邦，在项羽势力强盛时，韬光养晦，谨言慎行。面对项羽的虎视眈眈，他采纳亲信智囊的意见，暗中注意积累人脉、培植人才亲信。怎能怪他心思复杂、城府极深？更不要说他狡诈，皇位只有一个，这是谋取大位的必须。他登基后，建章立制并采用休养生息的宽松政策治理天下，缔造了一段繁荣昌盛的时期，也促成了汉代雍容大度的文化基础。

而项羽，做人，做真实人；当英雄，当真心英雄。因此，他成不了政治家。但他彻底颠覆了胜者为王，败者为寇的主观断语，赢得了无数人的尊敬和惋惜。哪怕是两千年后的今天，他的情怀依然可歌可泣，让人追思。就连此时写他，也因一缕相思——在文字中回到旧时，观望彼时的风月，触摸他和她在烽火中依然温暖的、执着的爱的气息。

虞姬，是项羽军中战将虞子期的妹妹，不仅容颜美丽，舞姿也是轻盈如水、楚楚动人。自古英雄爱美人，公元前209年，英雄娶了美人。此后，刀光剑影，号角连营，战马奔腾，美人一生跟随英雄南征北战。让她骄傲的是，丈夫楚霸王从没有打过败仗。可是，生命无常，世事变化得让人胆战心惊，斜阳流水悠悠，顷刻兴亡过手，成败原来只是转瞬间！

公元前202年12月，楚汉交兵于垓下，韩信早已在此布下十面埋伏。一时间，烽火吞白日，风雷锁愁城，江河吞咽，愁云密布。几番突围失败，项羽已是兵孤粮尽。但这位盖世英雄仍不失雄心，他鼓励将士们：本王起兵至今已八年，身经七十余战，攻必克，战必胜，才得以称霸天下。今日，汝等且稍做休整，看本王怎生杀敌！

这一天，夜选择了沉默。正是寒冬，夜幕笼罩着四野。营帐前的篝火在狂卷而来的大风中忽明忽灭，闪动着诡异的魅影。

"看大王,在帐中,和衣睡稳。我这里,出帐去,且散愁心。轻移步,走向前,荒郊站定。猛抬头,见碧落,月色清明。"虞姬服侍项羽睡下,走出帐外。清冷的月光下,她也许悟到了自己与爱共生,刀光剑影的宿命。这时,夜风中隐约传来一阵极为熟悉的歌声,凄凄嗡嗡戚戚。渐渐地,这声音越过了阻隔,在四周弥漫着。那是绝望而伤感的乡土之音,那是声声苍凉得直入骨髓的楚语悲歌:"十年征战归无期,千里从军几人回?倘若战死沙场上,白发爹娘依靠谁?"楚歌凄凄惨惨的,灼痛着早已身心疲惫的楚军将士们的心。难道霸王的楚地已被刘邦占领了么?岂不知,这正是韩信动摇项羽楚军军心使用的计谋。果然,听着令人牵肠挂肚的乡音,想到自己困守垓下,内无粮草,外无救兵,坐着等死的处境,楚军纷纷逃窜。

虞姬眼见此等状况,已有了天上人间的惆怅。她返身进入营帐,项羽也被楚歌惊醒,不由大惊道:"敌军中多是楚人,定是刘邦已得楚地,孤无退路,大势去矣!"他想起了自己一生近百战,出生入死,也曾有过引兵渡河,皆沉船、破釜甑、烧庐舍,持三日粮,以示士卒必死,无一还心,从而击败秦军,起死回生的经典战例;也曾有过以三万楚军杀汉军十余万,逼迫刘邦数十骑逃跑的傲人一战;他还想起了进兵咸阳,自立为西楚霸王的气魄;想起了鸿门宴上自己的优柔寡断……

原来姹紫嫣红开遍,似这般都付与断井颓垣。项羽一时悲从中来,他挥剑唱起了《垓下歌》:"力拔山兮气盖世,时不利兮骓不逝。骓不逝兮可奈何!虞兮虞兮奈若何!"歌声苍凉悲壮,情思缱绻悱恻。"虞姬啊虞姬,我该把你怎么办?"他担心她的安危,更担心她落入刘邦之手。这位一生叱咤风云的英雄人物,竟也流露出儿女情长、英雄气短的哀叹。

英雄末路的悲壮,令虞姬心如刀绞,泣不成声。一生一世的执着,一辈子的相依相随,他们的故事依然逃不出既定的宿命。前路,蓦然到了最后。如果说,此刻,项羽对虞姬有了别意,而虞姬则已做好了永别的决断。她想到,项羽只有31岁,此刻身边尚有八百余骑,俱是精兵良将,无不以一当十,即使打不过刘邦,起码可以保护他全身而退,以图东山再起。她叮嘱丈夫:"此番出兵,倘有不利,且退往江东,再图后举,望大王自己多多保重!"

她其实只是这男人的附庸,胜利的点缀,高山后面掠过的浮云。但如果可以，她愿意用一生去换取他曾经的意气风发，豪气冲天。心中决绝，她凄然拔剑起舞，为项王解忧，让他平静。心中所有对这世间唯一奇男子的依恋与爱慕尽在这绝舞中舞出。她的身段是那么婀娜多姿，像极了一朵在风中摇曳的玫瑰。

望着深情注视自己的丈夫，虞姬边舞边含泪唱起了《和垓下歌》，唱腔是那么的千回百转："汉兵已略地，四方楚歌声。大王意气尽，贱妾何聊生。"为了让项羽可以轻装上阵、心无牵念，为了不让自己成为他放手一搏的负累，她唯有一死。在诀别时分，她没有丝毫的犹豫。一曲歌罢，眼波掠过他，横剑一刎！美人虞姬以自己的生命为代价，换取一个男人胜利的前景，如同暗夜里的流星，稍纵即逝，光芒却亮透九重云霄。

只是，浮光掠影都是虚幻，残墙断垣才是正着。又一轮激战之后，项羽奋然向乌江杀出一条血路，可最后身边仅剩下二十余名楚军战士。一队人马行至乌江亭，但见乌江空阔无边，浩渺的江水波涛翻滚。人纵有万般能耐，可终也敌不过天命！这个不可一世的楚霸王，想到自己风云一世，临到头，竟是这般寥落。过了乌江又如何？大势已去矣！那么多跟随他的江东子弟在战场上失去了生命，纵使他东山再起又如何？他又怎能不顾这些为西楚霸业逝去的亡魂独自而活？！面对前来营救他的船只，面对跪地求他上船的楚军将士，项羽断然拒绝。

眼看追兵已到，项羽回身望向乌江。此刻，落日正缓缓沉入江底，它的光芒在这一刻变得火红，令人目眩。这个高贵的失败者，最终，在火红的落日下挥剑自戕洒下一腔碧血。也许，他不仅仅是无颜再见江东父老，还有为追随香魂远去的虞姬，与她凌茫茫云海共舞于九天之上，实现生死与共、相濡以沫的海誓山盟。

英雄血，染红了演绎千年的历史长河。霸王与虞姬生死相随的爱情悲歌，久久地镌刻在人们善感的心田。历史的风沙掩埋了秦时明月照彻的烽火边城，掩埋了汉宫秋月下冷袖惊风的升平歌舞，掩埋了一个个历史舞台上匆促如闪电的故事。而独掩不住项羽十面埋伏时的垓下悲歌，掩不住虞姬凄风惨云内的袅娜舞姿，掩不住二人你以命殉我、我便拿命还你的悲情一瞬。终于，这一对英雄美人，成为千古绝唱。

世上的戏，唱了一折又一折，没有个间歇。无论唱到哪个年月，《霸王别姬》这一折是极不容易让人忘却的。曲中无别意，只是为相思。戏里久违的纯真与倔强、凄艳与销魂蚀骨的忧伤，从听者眼角掠过，带着点点泪痕……

《连云港文学》2016年第3期

我的文学之缘

魏 琪 江苏连云港人,中国作家协会会员,国家二级作家。曾在《中国作家》《人民日报》等报刊发表诸多诗文,作品入选《江苏文学 50 年》。著有诗集《涌动的诗情》《时光的回声》《魏琪抒情诗选》,散文集《联缀的米兰花》等。

似水流年,今日怀想,我与文学结下深厚情缘,竟是在那遥远、朦胧的童年时代。

从小学一年级起,每天我都会沿着一条弯曲悠长的小径到那所历史久远的学堂去。学校教室大概也就是五六排的样子,东侧有一个集会或上体育课的操场,教师办公室在南侧的一栋楼上,二楼西边有一个小图书室,而母亲就是这所学校的资深教师。她一生教书育人,甘当红烛,晚年的时候见我和妹妹相继离开教师岗位,步入党政机关,还充满依恋、惋惜地说:"我做了一辈子教师,真的还没干够呢!"后来我进入学校所在区的宣传部门工作,多次有机会返回母校,许多当年痕迹依稀,只是觉得校园小了许多,或许因为是成人视角了吧。

记得是二年级时的一个黄昏,我照例去母亲办公室做作业等她下班回家。母亲好像对我说下班后要参加政治学习,带我到图书室去看看画报吧。那是我第一次走进那片书的天地,发现汉字竟是这般的神奇美妙,尽管我当时文字积累不多,阅读的大都是《儿童时代》《少年文艺》《儿童文学》之类,然已足够让我眼花缭乱、惊叹不已了。记得不久我读了张天翼的《宝葫芦的秘密》、严文井的《唐小西"在下次开船港"》、陈伯吹的《一只想飞的猫》等。至今我还清晰地记得柯岩的儿童诗《帽子的秘密》和任溶溶的科幻小说《失踪的哥哥》，前者写一个孩子想当水兵，总是把帽檐拿掉；后者写放学回家的哥哥偷上大渔轮，结果不慎被皮带轮卷入冷冻仓，十年后哥哥被解冻苏醒，依然停留在十岁孩子的容貌与记忆。这种近乎贪婪的阅读，贯穿了我整个少年时代。小小图书室，是我文学启蒙的航船，载着我瞭望无垠壮阔的大海，收获着多姿晶亮的浪花。

小学五年级"文革"开始，停课在家的我大量阅读了母亲悄然带回的《青春之歌》《林海雪原》《红旗谱》《苦菜花》以及茅盾的《子夜》、巴金的《家》《春》《秋》等，完全被作家笔下栩栩如生的人物与曲折动人的情节深深迷住，一些经典章节甚至能大段背诵。一段时间我迷恋上了普希金、泰戈尔、雪莱以及艾青、贺敬之、郭小川等诗人的诗歌，觉得他们写得是那样的优美，营造了一个斑斓灵动、充满梦幻般憧憬的世界。我完全被文学独特的魅力和春风化雨般的滋润所征服了，幻想着有一天也能拿起笔，写下一些能吸引人看下去的华美文字。

我发表的第一个作品是首儿童诗歌，刊登在《群众文艺》上，大概是1976年的夏天吧。它的见诸铅字极大地鼓起了我不懈写下去的激情，记得几天后我又一次来到设在市委大院的创作组，向早已成名的作家刘国华老师，谈了一个个自以为构思尚好的故事。至今我仍深深感念于那一辈老作家奖掖提携后学、诲人不倦于常态之中的高尚风范，他们不惜付出自己的智慧与心血，期冀幼苗茁壮成长的拳拳之心，永远值得我们敬仰和学习。

当我讲了一个个故事后，国华老师沉吟了一下，爽朗率直地说："这些故事还缺乏生活的底子，有硬编出来的痕迹。构思的时候要多从生活出发，写自己比较熟悉的东西。"回去后我反复揣摩国华老师的话，调动自己能够把握得住的、熟悉的生活，又连夜构思了一个儿童题材小说。第二天一大早又去创作组向国华老师讲述。他听完后喜形于色，连声说："不错，不错，构思巧妙，又不脱离生活，是个好东西！"说完给了我厚厚的一大本500字一页的稿纸，嘱托我写完之后立即交来。在国华老师的精心修改下，不久，专门加了手书制版标题的儿童小说《小渠欢歌》在《群众文艺》醒目位置刊登出来，这让不满二十岁的我自然激动不已。多年来，我也一直当此作为文学生涯的起点。接着，我又创作了一篇小说《明天就要开学》，投寄给辽宁省的一本杂志《新少年》，很快该刊配发大幅插图予以发表。

恢复高考后，我考入徐州师范学院中文专业，系统学习了从楚辞汉赋，到唐宋诗词、明清小说等中国古典文学大系，又对现当代中国文学的状况广泛涉猎，同时还阅读了大量的外国文学作品，这一切都为日后的创作奠定了丰厚的底蕴。

大学毕业前分在一所乡村中学实习，学校操场后边便是一个郁葱苍翠的山林，清澈的溪泉从中蜿蜒而过，绯红的晚霞如瀑布般泻落，好一幅充满诗情画意的图景！

下午送走学生们后，我喜欢坐在静幽的丛林山溪边静观美景，构思着社会生活中具有文学潜质的、可能变为文学作品的东西。当时电影银幕上初见芬芳，陈冲、刘晓庆、张金玲等一批艺术新秀脱颖而出，很是引人注目。我想此时此刻她们应戒除骄躁，潜入生活，塑造出更多更好的艺术形象奉献给人民。有感而发，我创作了组诗《致银河新星》，投寄给名气很大的老牌诗刊《星星》。当时真的未抱太大希望，认为名刊发表一个无名作者的作品可能性很小。让我颇感意外的是，编辑很快给我来函，认为诗写得不错，近期将刊出。由此我也深深体悟到，只要是颇有新意，质量尚好的稿子，编辑总是青睐有加的。后来我做了《连云港文学》的主编，也一直倡导从大量的自然来稿中发现好稿与人才，使优秀的文学新苗能有机会破土萌芽，茁壮成长。

大学毕业后，我先在中学任教，后进入区教育主管部门、区委宣传部门工作，其间一直坚持文学创作，除在家乡报刊《连云港文学》《连云港日报》《连云港科技报》等发表大量诗歌、小说、散文等作品外，努力向国家级、省级报刊攀登。江苏的《雨花》《青春》杂志相继发表我的组诗《都市风景》《红鸽巢》等，几次还发表了头条，引起省诗歌界关注，特邀我参加全省诗歌座谈会。接着，我在《人民日报》《中国作家》《中国现代诗》《中国青年》等报刊发表《夜上海》《证券交易所》《走出阴霾》等一批诗作。不久，我的第一本诗集《涌动的诗情》出版，省、市媒体均发了消息，并有评论见诸报刊。随后，吸收我加入江苏省作家协会。

1998年年初，我调入市文联任副主席兼秘书长，三年后任主席、党组书记。在市文联工作期间，我竭尽全力为繁荣全市的文艺事业作努力，还特别邀请了一大批全国著名作家、诗人来连云港采风讲学。其中有我敬仰已久的老作家、《苦菜花》作者冯德英，《乔厂长上任记》作者蒋子龙，影响几代人的著名诗人舒婷、赵丽宏，以及我省作家范小青、黄蓓佳、赵本夫、苏童、叶兆言、周梅森、储福金、毕飞宇等。省内外的知名作家、诗人除了写出美文，在国内有影响的报刊发表外，还悉心辅导我市作家创作，许多困惑已久的问题，经他们精辟点拨，似乎一下子豁然开朗，大有"四两拨千斤"之感。舒婷的《双桅船》、赵丽宏的《珊瑚》是影响我早期诗歌创作的"摹书"，当我把诗集展示给"心中的偶像"时，他们抚摸着自己的第一本诗集，不禁感慨万端，泪光莹莹。舒婷在诗集的扉页上写道："魏琪诗人，爱诗，是你一生的率直和梦想，很高兴成为你的诗友。"赵丽宏也在诗集的首页写道："魏琪兄，这是我的第一本书，其中有青春的梦想和憧憬。时光流逝，岁月无情，回首当年感慨不尽，青春难在，唯爱诗之心不老。"我会一直珍藏着这两本诗集。

在市文联期间，我除了做好组织协调工作之外，依然坚持创作，在国家级、省市级报刊发表作品，其中在《解放日报·朝花》发表的诗作《我属于中国》，《文汇报·笔会》发表的诗作《海鲜街》等均引起一定反响。其间，诗集《时光的回声》、散文集《联缀的米兰花》出版。作为对江苏文学的一次荟萃与总结，《江苏文学50年·诗歌卷》收入了我的作品。我还加入了中国作家协会，并当选为江苏省作家协会理事。

让我难以忘怀的是，我还代表港城文艺界，出席了全国第七次、第八次文代会，分别受到两任总书记江泽民、胡锦涛和两任总理朱镕基、温家宝的亲切接见，聆听了他们激动人心的讲话，深切感受到他们对广大文学艺术家的殷殷深情。会间也见到了铁凝、王安忆、冯骥才、陈忠实、贾平凹等一批仰慕已久的作家，他们都与我亲切交谈，表示有机会一定来美丽的连云港采风做客。

离开市文联后，我先后进入市委宣传部和市人大研究室工作。虽然不再分管联系文艺领域，却依然关注着我市文艺事业的繁荣发展，对心爱的文学依旧情真意切，难以割舍。我阅读了大量现当代有影响、有代表性的作品，并坚持文学写作，近年来，我把近几年的作品结为《魏琪抒情诗选》出版发行。

　　文学与我，早已无任何功利可言，只是一种发自心灵深处的喜好，她溶解流淌在我的血液之中，始终与我同行。

《连云港日报》2018 年 8 月 6 日

远房堂姐

武传玉 1956年出生。江苏省作家协会会员。在《人民日报》《文艺报》《中国艺术报》《新华日报》《扬子晚报》等报刊上发表作品百余万字。

  秀玲姐今年有近60岁了，可从相貌上看，都认为她只有五十来岁。一来她皮肤白，不显老，再就是会打扮，大红大绿的衣服经她搭配穿在身上，鲜艳又时尚。特别是到了晚上，穿着红裙红舞鞋，领着一帮大妈老太在广场上舞蹈，她的舞姿标准，人又热情有耐心，一遍遍示范演示，引来不少人围观，成了一道靓丽的夜景。有时晚上和妻子散步，我也会站在围观的人群中，看着她跳舞，恍惚如梦。
  小时候，我家和秀玲姐家是邻居，都住在祖传的老屋，附近同宗同姓的不少，她的辈分和我一样，我叫她姐，她弟传明和我同岁，我经常去她家玩。她是"老三届"的学生，当时下放在农场。她家屋里墙上镜框里有许多她的照片，戴着军帽，剪着短发，穿着军装。有开拖拉机的，有割麦子的，有推独轮车的，很神气。那时她很长时间才回家一次，很少见到她。后来知青返城，她分配在一家碳素厂，那里活又脏又累。许多人都找门路调走，但她泼辣，能吃苦又肯干。有次我和传明去她厂里澡堂洗澡，看她和男青工一样，推着装满煤的斗轮车，一趟趟往卷扬机里倒，身上的汗水把工作服都湿透了。回城三年后，她当上了劳模和厂里民兵排长。

每天上班，秀玲姐都从我家门前经过，她穿着口袋上方印有"为人民服务"字样的蓝色帆布工作服，脚穿厂里发的高帮翻毛皮鞋，肩上挎着装着铝饭盒的黄军包，很少有变化。那会儿，社会上男女青年已经时兴穿时髦的衣服，有人去上海出差，都带回许多花花绿绿的新款衣裤。邻居们都知道，她家经济不宽裕，秀玲姐的父亲是供销社里的一个会计，母亲没工作，家里姊妹多。有时我晚上去她家，经常看到她把洗好的工作服放在炉边烤干第二天穿。

那年头家家都不富裕，经济条件不好也是个因素，关键是秀玲姐不喜欢打扮。有两件事反映出她"不爱红装"的性格。秀玲姐已到了谈婚论嫁的年龄，她的父亲看好本单位一位年轻人，是个财校毕业的中专生，年龄也与她相仿。相亲那天，我们都去她家里看，人长得不错，文质彬彬。大家都觉得行，可秀玲姐和他看了场电影后便分了手。后来听说她看那男的脸上抹着雪花膏，手绢上洒了香水，嫌他脂粉气太重。听传明说，厂里也有几个年轻人喜欢她，但秀玲姐最终嫁了个在物资系统工作的复员军人，他是山东人，高大豪爽，有一斤酒量。出嫁时，正逢传明去上海，他替他姐买了双高跟鞋，秀玲姐犹豫再三没有穿，说穿这鞋显"妖气"，结婚那天还是穿着一边扣的平底鞋。

秀玲姐出嫁后不常回家，大家见面的机会少了。不久就迎来了改革开放，进入社会经济快速发展时期。各单位都盖宿舍分房，我们都陆续搬出了旧院老宅。又过了几年，在传明的婚礼上，我见到秀玲姐，她变化不大，身边带个男孩。还是那么能干，吆吆喝喝在招呼着宾客。听说她的单位离家远，丈夫把她调到市区商场工作了。这以后，我们有很多年没见面，有一年冬天，在宾馆的饭店里遇上她，在陪客户吃饭。她穿了件亮色的羽绒服，头发烫了卷，挎着皮包，一派职业女性打扮。她说她喜欢读书看报，经常在报上看我的文章，儿子高中也读了文科班。当时人多，急匆匆说了几句就各自忙了。又是多年没有音讯。直到传明的女儿前年二十岁生日宴席上，我才又见到秀玲姐。

那天，她穿了件深红旗袍裙，披咖啡色羊毛披肩，描眉涂红，颈上吊的是施华洛世奇的水晶坠，华丽大方。我脱口而出，你变化真大呀！她笑着调侃，变老了吧？！我说，时尚得不敢认了！她莞尔一笑，不少人都这么说，我的变化还真有个过程呢！原来，她刚从国外回来不久，她儿子出国留学，她退休后没事，有时去儿子那里照应。出去一看，人家七八十岁的老太太都化妆打扮得鲜亮，自己才五十多岁就灰头土脸的，不能在外丢面子。她特地到当地一个华人开的礼仪培训班学习了一周。从新把自己收拾了一遍。她说，以前觉得打扮是思想不健康的表现，现在才知道，一个良好的形象，也是展示自己对美好生活的信心和对别人的尊重。

　　去年，她丈夫也退休在家，秀玲姐新搬的家就在我们附近的小区里。她每天就是做做饭，闲空就到老年大学学跳舞，晚上就在街边广场上带老姐妹们健身。

　　又一阵激昂的音乐声把我从思绪中唤醒，离开人群，我又说起秀玲姐的变化，妻子回我一句，你又说重话了，谁没变化呀，你原来不也是中山装衣领扣得紧紧的，现在不也穿上花T恤了嘛！是呀，改革开放三十年来，我们的生活发生了多大的变化啊，楼高了，路宽了，房大了，钱多了，人的生活方式也随便了，这日子过的可真开心啊！

《文艺报》2008年10月25日

乡间人物

王军先 发表诗歌、散文、文学评论和报告文学等作品多篇。出版有诗集《多雨季节》、散文集《敏感香水》、作品集《海滨城市》、长篇叙事诗《我的爹娘 我的村庄》(3000行)。《风中的马灯》(散文)获2018年中国散文年会一等奖,并被选入《当代中学生报》主编的全国高中学生试卷。

生命的诞生是偶然的,谁都无法选择。在故乡那片土地上,有多少生命默默地降临,又默默地凋零。就像一株春天的草儿,在大片的绿色中,无人会在意它的那一点绿意。当秋天来临,所有的草儿都将枯萎,但它们努力生长时的状态却千差万别。故乡的山水孕育出了许多杰出的乡党,他们以自己的成就成为故乡的骄傲;还有一些人成为一阵风或者一抹云,没有人会记住他们。如今在酷热的八月,我敲打着手中的键盘,记录下那些容易随风远逝的记忆……

三 圈

查了一下《现代汉语词典》,三圈(quān)也只能这样写了。他姓段,我不知道他的准确名字,村里的乡亲都叫他三圈。时常还可以看到一帮淘气的孩子围在他的身边,不停地喊着:"三圈,三圈……。"而他也不生气,还笑眯眯的,一边嘴里说着"去、去、去……",一边轰着这帮孩子。那种景象,就像这帮不懂事的顽童都是他家的孩子，他轰孩子的样子也是极慈祥的，那伸出的左手始终平行举着，无法放下来，手掌向下耷拉着。三圈大约因此而得名。

他住的是一间很小的屋子，墙上布满了裂缝，下面是用石块垒起来的，上面用烂泥和草一层一层砌起来，屋顶是从野地里割来的茅草苫的。每逢夏天，从东面河里漾上来的水一直漫到他屋子的周围，那屋子便会显得摇摇欲坠。三圈很少做饭，他的怀里经常揣着一只乌黑的碗和一双同样乌黑的筷子，遇到谁家正在吃饭，他就坐到饭桌旁边，一点也不客气，就像在自己的家里一样。而这家人也同样不把他当外人，将他从怀里掏出来的碗盛满饭，让他坐下，他一边吃饭，还一边东扯西拉地说着话儿，有时还会把大家逗得哄堂大笑。好像已经形成不成文的约定，村上不论谁家吃饭，只要三圈坐到饭桌前，没有哪一家会拒绝，或者冷脸相向。没有人说他脏，也没有人嫌弃他。他是一个光棍，但却没有哪家因此闹出什么不愉快的事情来。

每年的麦收季节，我们家会用小麦放在磨上磨成糊子，然后用鏊子烙成香喷喷的小麦煎饼，这个时候，只要三圈到我们家吃饭，母亲都会在他吃完饭的时候，将煎饼拿上两三张让他带上，他便会表现出很感激的样子，一边用手擦一下嘴巴，一边离开我们家。

三圈个子很高，足有一米七八左右。那时候，他已经是五十多岁的人了，但很少看到他闲着的时候，最多的时候，他都是在野地里砍草，放在太阳下面晒，等草干了的时候，他就用绳子捆了草，用扁担挑回家里。一年到头，都可以看见他屋子东面的空地上，堆了一个很大的草垛。冬天到了，他就用竹篦子在野地里、河堤上搂草，他搂草也许有什么诀窍，别人和他一起下地搂草，他总是比别人搂得快。他草搂得多，但却很少用来做饭，谁家如果草不够烧，他会主动挑一些过去，也不要什么报酬。有的人家实在过意不去，会给他一点钱，或者送一些干粮给他。反正他的草垛很少有增加的时候，他把拾来的草都送给乡亲们烧锅了。所以，无论哪家吃饭，只要三圈到了，都会很热情地为他盛饭、夹菜，就像家里来了亲戚一样。

三圈品行极好，不管谁家的门有没有关好，家里有没有人，他都不会伸手拿一点东西。他说："吃点，喝点，就是大家帮衬我，我不会不识好歹。"记忆中，他的腰稍稍有点弯曲，在村子里走动，那高高的个子，那始终举着的左臂，那始终耷拉着的左手，寂寞，孤单，那长长的身影在秋天的傍晚显得有点凄凉。我很少跟他说话，只是长时间地打量着他，特别是他在我们家吃饭的时候，我看见他尽管表面上显出大大咧咧、一副无所谓的样子，但从他的眼睛里，我感觉到他的内心是酸楚的，只是这种酸楚很少能够有人去揣摩、体会。他吃完饭离开我们家的时候，看见他离去的背影，我觉得他是这个世界上最可怜的人了。这时候，我就会问母亲，他怎么不娶个老婆，成个家呢？母亲便会叹一口气，说，他的父母死得早，哥哥家孩子又多，也顾不上他，所以他就一个人过了。

那个时候，我也就十来岁的样子，不谙世事，对很多事情都懵懵懂懂，而三圈便是我模糊的记忆里比较清晰的一位。二十多岁，我就离开了家乡，从这个时候开始，我就很少看到三圈那有些弯曲的身影了。母亲对我说，三圈一天天老了，身体也一天不如一天，看见他那脏兮兮的样子，许多人家已经不再欢迎他去吃饭了。有时候，他会一直待在那间四处漏风的小屋里，不生火，不做饭，也不到别人家蹭饭。这个时候，他的脸开始浮肿，走路站立不稳，那只耷拉着的手越发耷拉得厉害了。

是一年初冬吧，我看见田埂上的茅草已经枯萎，那白色的毛樱花白得晃眼，生活一天天好起来的乡亲们已经不再到田野上去拾草了，任由这些自由的草儿静静地老去。就是在这个时候，三圈离开了这个世界，就像这满野白得耀眼的毛樱花，在初冬里随风飘去。他是五保户，照例由本组的乡亲凑了钱和粮草，还请了一班吹手，吹吹打打，由他本族的晚辈在棺木前领着，安葬在村西的青龙山上。

那低吟的风在诉说着一段往事；那空中掠过的鸟儿带走了最后的留恋。三圈已经和山上的一草一木融为一体，把曾经的岁月凝结成山上的一株株马尾松，以及那一阵阵呼啸而至的松涛。

2008年8月2日

三　齁

　　三齁（hōu）是一位鞋匠，姓王，论辈分，我要叫他三哥。他幽默、风趣，喜欢唱一些小戏或者流行歌曲。虽然孤身一人，但他却是有名的乐天派，很少看到他有忧愁或者烦恼的时候，他整天都把快乐写在脸上。他身材有些矮小，但脸盘却还俊朗。他兄弟五人，排行老三，也许是小时候得了肺痨病什么留下的后遗症，他整天齁齁喘喘，咳嗽声不断，所以叫他大名的人不多，人们都叫他"三齁"，当然都是背地里这么叫的。

　　三齁是从什么时候学会补鞋的，我不知道，印象当中他从来不去赶集、摆摊替人补鞋，坐在家里，就有许多的乡亲将破了的鞋子送到他的家里，说好取鞋的时间，如果人家有事没有来取鞋，他就将补好的鞋子一家家地送。经常看到他用蛇皮袋装了补好的鞋子，在村子里走来走去，将补好的鞋子送到人家的手上。于是，他便会听到人家不住的感谢声，并且报出补鞋要收取的费用，他往往会说："我只拿一点本钱，比街上补鞋的少拿多了。"确实，他常常只收人家一半或者三分之二的费用，他说，乡里乡亲的，低头不见抬头见，我挣点零花钱就行了，也不指望发财。所以，他的生意就格外的好，尽管后来村里又有三四个人也做起了补鞋的营生，但都没有他的生意好。他就是坐在家里，也有做不完的活。有时，他会到村上人多的地方逛一逛，与人们拉家常，有时候经不住人们的鼓动，还会唱上一段小戏，像《周法乾杀妻》《薛仁贵征东》《樊梨花点兵》等，真想不到，他还多才多艺呢。

　　从四十多岁开始，三齁开始喜欢往女人多的地方去了，身上也常常会洒上一些香水，走到哪里，都是香喷喷的，常有年长的嫂子开他的玩笑，说："莫不是看上了哪个相好的了？"而他也不恼，反而有几分得意，只是脸上瞬间布满了一层红云，说："哪里，谁会看上我这个齁齁喘喘的人呢？"说笑归说笑，还真的就有谁家的女人看上了他，很快这个消息就像风一样刮遍了寂静的村庄。经常可以看见他把头发梳得一丝不苟，并且还在头发上抹上了发油，锃亮锃亮的，从村里走过的时候，就会有嘴巴厉害的女人问他："今晚，又准备去勾引哪个女人了？"他只是嘿嘿一笑，也不多说，脚步很轻地从人们的面前走过。

"人人都说光棍好，一人吃饱全家不饿。"其实这句话的背后，又潜藏着多少辛酸呢？三蜩有时候将破了的衣服拿去给嫂子或者弟媳缝补，她们一边替他缝补衣服，一边数落他，说他不正经干活，将钱都送给了人家。他也不好申辩，只是不住地赔着笑脸。后来，他再也不去找她们缝补衣服了，衣服破了的时候，自己能补的就自己补，自己不能补的，他还真的就拿给了相好补。无论多么不愉快的事情，他从来不对别人说，我们经常看到的就是他那张笑嘻嘻的脸，还有经常挂在嘴边的小曲。

他的床上有一只收音机，床边的桌子上是一架电唱机，黄梅戏，淮海戏，他一边缝补鞋子，一边跟着收音机或者电唱机不停地哼着唱着，那架势，好像他就是世界上唯一幸福的人。那年，我去找他补鞋，并且说第二天就要穿，当天傍晚，天上还哗哗地下着雨，他穿着破了的雨衣将补好的鞋子送到我家，我说："老三，真的谢谢你了！"留他吃饭，他不吃，多给他钱，他也不要，他又穿着破了的雨衣消失在渐渐升起的暮霭里。

我知道他的故事不多，我和他不在一个组里，住的地方又隔着一段很长的距离，但是每次到他那儿补鞋，我都会和他拉上许多话儿。他很健谈，心肠也好，对人平顺，对谁都是一副笑脸。我说老三，补鞋收入还可以吧？他说，他手里是有一些钱的，但几个兄弟有时候手头紧了，都会找他借。借了，也就借了，兄弟们不还，他也不向他们要。他说："我能过几辈子？挣点钱，够花就行了。"

三蜩五十多岁就去世了。他去世的时候，也很平静，经过长时间病痛的折磨，他也无力再呼天抢地了，那有些憔悴的面容记录了几十年的幸福和快乐，还有忧伤和痛苦。尽管有些短暂，有些遗憾，但他仍然是一副很满足的样子，把忧愁和烦恼都藏在内心的深处。他的后事是几个兄弟为他办的，虽然简单，也还不失隆重。他五十多年的呼吸，都化为那一声声唢呐的哀鸣了。这一切，我还是听村里的乡亲说起的。而那从电唱机里发出的乐声和他有些颤声的吟唱一起，定格在那个刚刚开始的春天。

2008 年 8 月 3 日

三　兆

　　三兆是我的一个远房哥哥。他兄弟五个，三个妹妹。老大取名大兆，以下依次为二兆、三兆、四兆和五兆。儿多老母苦。兄妹这么多，不但父母整天累死累活，风里来，雨里去，作为儿女，生活的状况也比别人差了许多。在众多的兄妹当中，三兆不仅最能吃苦，做活最为勤快，而且也最能体谅父母的苦心。

　　年轻的时候，村上有人给他提亲，他说家里穷，等苦几年，生活好一点，再说也不迟。过了几年，又有人为他介绍对象，他说："你介绍的女方，既要长得像二嫂，还要像她一样能干。"一句话把媒人噎了半晌。媒人比他年长，没好气地说："你撒泡尿照照自己，你哪一块能跟你二哥比？"他二嫂不但人长得漂亮，待人处世也常常被人称道。从那以后，上门提亲的就变得稀少了。而他也一副无所谓的样子，该做活就做活，该吃饭就吃饭，该睡觉就睡觉，没有忧愁，也没有烦恼。

　　这也难怪，三兆尽管不痴也不傻，但他却很少跟女人说话，就是在一起干活，他也是跟男人有话，跟女人总是话语不多。有时偶尔跟女人说上几句话，脸也要红上好半天。提亲的人少，他的父母整天忙于生计，也无暇顾及他的亲事，所以，三兆的婚事就耽搁了下来。

　　那时，都是在生产队里挣工分，三兆不仅勤快，活也干得好，有时候，别人休息了，他也不休息，深受队长的喜欢。后来，队里买了第一台手扶拖拉机，队长要他学开车。当时，这可是难得的美差，有多少年轻人争着抢着要学开车，但队长就是看好了三兆。而三兆却有点不争气，学了好长时间，就是学不会，师傅手把手地教，他也似懂非懂。一次，他自己驾驶拖拉机去地里运庄稼，车子还未到地里，就从村东的河堤上翻到了河床，幸好车子的转向把将他弹了出来，他才死里逃生。从那以后，三兆再也不开车了，队长做了几次工作，他也无动于衷。他说："再开车，我的命就没了。"于是，队里又安排其他的年轻人学开车，人家没用一天的时间就学会了驾驶技术，第二天就开车往地里运肥料、拉庄稼。

五十岁那年，三个妹妹托人从外地介绍了一个女孩给他。女孩20多岁的样子，健康，丰满，充满活力。他和那个女孩很快就结了婚。结婚以后，三兆就像换了一个人，整天精神抖擞，脸上也常常布满了笑容。那是20世纪90年代末的样子，他侍弄完自己承包的土地，就到邻村他表弟开的面粉厂打工，脸上和身上经常沾满了雪白的面粉。第二年，媳妇为他生了一个女孩，他像得了一件宝贝一样，把能买到的好吃的东西都买来让媳妇吃。孩子小的时候，他一有空就抱在怀里，疼个没完没了。后来，媳妇又生了一个儿子，他连走路的样子都跟以前不一样了，整天一副幸福的模样。媳妇爱吃，三兆没日没夜地挣钱，买那些好吃的东西让她吃，媳妇也整天眉开眼笑的，带着孩子在村里转来转去，和别的女人有一搭没一搭地说着话儿。女人很聪明，刚来的时候，她说话别人听不懂，人家都叫她"蛮子"，两年不到，她就能说一口不算太流利的方言了，尽管不是很地道，但听起来却不像以前那么吃力了。

娶了媳妇以后，他更加勤快，干完自己的活计，就主动替几个兄弟帮忙。庄稼成熟的时候，他的兄弟就将他成熟了的小麦或者稻子用车子拉回家。家里家外，都是他一个人干，很少看到他的媳妇下地干活。她整天带孩子，有时候连饭都没有时间做。三兆回家以后，再生火做饭，但他连一句怨言都没有。

人生不是一条直线，而三兆的命运就更加坎坷。那一年，也是夏天，碧绿的水稻在田野上尽情地生长，而连续的大雨，将水稻没在水里已经好多天了。排灌站排了几天水，河里的水也不见减少，水稻依然被大水所包围。那天，吃过早饭，三兆披上一块塑料布，冒着雨，到田里查看水情。一直到傍晚，还不见他回家，媳妇有点着急了，就找到几个兄弟，说三兆早上到地里看庄稼，到现在还没有回家，会不会出什么问题。几个兄弟连忙到田里去找，找了一夜也不见人影。一直到第二天早上，才在一条连接两块庄稼的小河里找到。小河上面是一座废弃的水泥涵洞，涵洞上面用水泥铺成平面，宽度不足30厘米，只要不是夏季，人们勉强能够从这座简易桥上通过，一到雨季，这座简易桥便会被没进水里，上面长满了青苔，滑滑的，无法从上面通行。而三兆就是从这座被没了的简易桥上滑到河里的。他本身不会游泳，再加上身上披一块很大的塑料布，掉到水里以后，他连扑腾的机会都没有，很快就沉到了水底。第二天，兄弟几个找到他的时候，他已经浮在水面上了。兄弟几个替他把脸上的淤泥洗干净，轮换着把他背回了家里。

　　三兆的媳妇看见男人已经死了，当时就晕了过去。等她醒过来的时候，人们已经张罗着帮三兆办后事了。她悲痛欲绝，说她的命咋就这么苦？孩子还这么小，往后她可怎么过呢？

　　那个夏天异常炎热。这一天一丝风也没有，蝉声渐渐覆盖了三兆媳妇有些微弱的哭声，她不知道今后的日子怎么过，也不知道两个年幼的孩子如何能够长大成人。忙完了三兆的后事，兄弟们安顿好他们母子，也一个个散去。

　　后来，大约过了半年时间，三兆的媳妇就带着孩子不见了。有人说她回到了娘家，有人说她又重新嫁人了。而三兆年迈的父亲则经常坐在路口，他希望她能带着孩子在某一天出现在他的面前。一直到现在，三兆的媳妇再也没有来过这个有些偏僻的村庄。

　　每年的清明，三兆的几个兄弟都会将他的坟墓添上新土，再为他烧上几张纸钱。四月的天气乍暖还寒，天空中飘着细雨，有几只叫不出名字的鸟儿在空中不停地盘旋，风儿一阵阵吹过，就像岁月深处无法说出的怀念。

原载《钟山》2009 年 B 卷，入选《中国散文大系·抒情卷》

闲话将好东西留到最后

王文岩 主要撰写小说、散文、诗歌、纪实文学、报告文学等文学体裁。2014年11月微电影《寸草春晖》获省委宣传部、省文联"中国梦·我心中的梦"微电影征集大赛剧情片类优秀奖。剧本获省优秀奖，微电影获三等奖。

我一直都践行着将好东西留到最后的理念。

小的时候，物质条件非常匮乏，每年大年三十的晚上，母亲都会分给我们兄妹一人一个升斗，所谓升斗，就是用高粱细秸秆编制的类似小小筐的容器，只不过升斗是正方体且比小小筐要深得多。升斗里盛着属于我们自己的好吃的：炒棒花是必有的，也是最多，棒花也就是现在所说的爆米花，将玉米粒子放到锅里翻炒，玉米粒子受热后啪啪地于蹦跳之间幻变成白花花晶灿灿的棒花，当然那时的玉米没有杂交改良过，能蹦跳成花的玉米粒只占七成左右，其余没动神色的玉米粒子称之为哑花，哑花有些硬、嚼起来又有些木木的感觉，不受我们的欢迎。炒花生则不是每年都有的，好的年景里每个升斗里会有那么一小把，记得我们村曾种过两年花生，那两年，我们升斗里的花生也是与棒花一样多的。糖炸果子也是要有的，并且有两种，一种是从供销社买来的，又酥又脆又甜，不过一斤分成若干等分后进入我们升斗里的便很少了，还有一种便是自己家炸的，有点硬有点甜，我们也喜欢吃，只是不能与买来的相较。我们馋的是甜糕，一片一片薄如蝉翼，偶有红绿丝镶嵌其中更衬得那糕晶莹剔透，虽每人只有两寸见方的一小块，我们也很是满足。年三十的晚上我们搂着自己的升斗在嘎吱嘎吱的咀嚼声中进入甜蜜的梦乡。初一早上睡眼蒙眬中便会听到手在升斗里摸索的沙沙声，吃东西的嘎吱声。母亲说，新年的早上醒来嘴只用来吃好东西不用来说话，虽说童言无忌，但母亲还是怕我们初一早上说出不吉利的话来。

初一中午没到，再看看每个人的升斗：大姐的升斗里剩下的尽是玉米哑花，用手划拉过去也许还能找到零星的家炸小果子；小妹的升斗里剩得要多些，但多是些爆米花，隐约可见几粒炒花生混杂其中；而我的升斗里少的只是有点硬有点脆也有点香的玉米哑花，至于晶亮的爆米花、喷香的炒花生、软糯香甜的米糕、酥脆的果子依然都在，挤挤挨挨地散发着诱人的味道，我捧着升斗歪着头滋滋咂咂地品味着，家里的小黄狗一步不离地跟在我屁股后翘首摆尾。小妹经不住这诱人的味道很快就会沦为我的跟班，大姐有些矜持，但仍会悄然地凑过来用一些讨好许诺换取我升斗里的美食。

渐渐地生活条件好了起来，那个将好的吃食攒着留着的小屁孩已慢慢长大，对有关先吃好苹果还是坏苹果的经典段子自然耳熟能详，可将好东西留到最后的习惯却从吃食中挣脱出来，在生活工作的许多领域与时俱进、枝繁叶茂。

记得结婚的时候我与老婆还分居两地，我的单位腾出了一间房，可有些破旧：墙壁斑驳陆离，常常联合屋顶不经意地落下些碎碎屑屑的东西；地面打潮，即使晴天也湿漉漉的好像随时都可能渗出水来；门窗已看不出原来油漆的痕迹，玻璃更是不知所踪，只有破烂报纸在风中招摇。看过的同事、朋友都说没法住人，建议我们也像单位的许多年轻人一样租房结婚，老婆也有租房的想法，可我不同意，我们都是从农村走出的学生娃，老家、岳丈家都不会有所补贴，一切只能靠自己，我可不想因为安逸在我们还一穷二白的时候就将工资的几分之几交付房租。于是我在请教了许多师傅后买来沙子水泥涂料油漆等一系列需要的东西，甩开手大干了一场。

墙壁，我找来旧衣服将自己包裹得只剩下两只眼睛，彻底地来了个大铲除，该铲的墙皮都除去后，再用腻子粉找平坑坑洼洼的地方，晾干后重新粉刷，粉刷后的墙壁怎么看都像薄施粉黛的俏佳人，光亮照人。收拾墙壁的时候，我还茫茫然不知西东，边琢磨边请教师傅然后东一榔头西一棒子地干活，轮到门窗的时候，可以说我已经成竹在胸了。买来砂纸将门窗细细地打磨，顺着木纹小心地刷上紫红颜色的油漆，再给门窗装上了明净的玻璃，别说还真是干得有模有样。给房子吊顶子可是技术活，我看着那一卷卷彩带有些犯晕，于是只好拿着两包烟去求单位的师傅帮忙，半天工夫，师傅就给我的小屋吊上了一层晶闪华美的顶子。地面有些费功夫，但技术含量不大，我还是可以胜任的。首先得将所有的砖头起起来搬到外面阳光下晒干，在地面敷上一层厚一点的塑料纸，然后均匀地摊上一层水泥与沙混合物后将砖头重新摆放上去，几天后，再在砖头上涂上一层水泥，等地面干爽平整后，我又很有创意地将它油漆成紫红色的地板，顺带又稍稍油漆了一圈墙壁，传说中的地板墙裙便漂亮地呈现在面前啦。

　　小屋焕然一新，参观的同事都很有些惊艳的感觉，我也颇有几分自豪，简单地添置些家具，我们便在这间小屋里开始了美好的幸福生活。

　　五年后单位实施房改房，九十多平方米学区房，几乎所有的职工都很是心动，可房价是首付三万拿钥匙时再付一万，那时我们的工资一个月才二百多块，一年不吃不喝也就两千多块，四万，对我们来说真的是天文数字。自然大多数职工望而却步，没有殷实家底支撑的年轻人更是不敢问津。我也很是纠结，可我坚持要买，虽然没有外援，一切都靠自己。如此气壮的强劲后援是我已悄悄地攒有一笔钱——一万两千五百多元。这得感谢"革命婚礼"给我们省了一些钱，也庆幸婚后几年的精打细算过活。那一万七千多元的缺口，我们可以找亲戚朋友同学挪借挪借，至于交房时的一万元到时再想办法，先交上首付再说。老婆在我的劝说与带动下全力以赴，连续几天在亲朋好友间奔波，终于，一万七千多元筹措在手。

　　婚后十年不到我们便还清了所有的外债，拥有一套装修精致的学区房，孩子在家门口上学，省去了接送之苦，小日子过得悠然自得，只是我得常常充当闺蜜辉辉的怨言垃圾桶，心里颇有些不爽。我与辉辉同一年结的婚，他老家、岳丈家的条件都比我的优越，当年买房的时候，他自己没有积蓄，老家、岳丈家又不能给出足够的资助，他对以后节衣缩食的日子很是畏惧，相信以后还会有便宜一点的房子，犹豫再三便没有了下手的机会。可谁知那是最后一批房改房，以后的房价一个跟头连着一个跟头朝上翻，工资的增长根本撑不上房价，买房只能是一个可以幻想但难以接近的梦了。他家的孩子与我们家孩子一般大，为了在实验学区上学交了一大笔的赞助费，且不说赞助费几乎花去了多年的积蓄，光是一天八趟从城南跑到城北来回接送就让人挠头。辉辉看到我就抱怨绵绵，恨自己当时没有积蓄，恨老家、岳丈家的不赞助……我说，你的福享在了前面，风光无限地结婚，潇潇洒洒地过活。

　　年龄渐长，可将好东西留到最后的理念似乎已经融进了我的血液里，生活中崇尚先苦后甜，工作中依然如此类推，工作中的每一件事我都会在开始的时候便苦苦经营、辛劳铺垫，自然以后的工作之路走起来也就顺风顺水、轻松畅意。

　　无论做人还是做事若只是开头花团锦簇而结局潦倒不堪，那不光是无趣，更有些不堪，相反，即使开头困苦平淡，只要结局辉煌灿烂便不失为快意人生。

《连云港文学》2018年9月

盐的眷恋

王绪年 1956年出生,江苏连云港人。曾出版《海边纪事》《盐的记忆》《山海石城——品读连云老街》《民主路:新浦老大街的故事》《美味沙光鱼》等散文集。现为江苏省散文学会常务理事。

浩瀚的大海,孕育着千万种生灵,奉献着数不尽的宝藏。盐,这一伴随人类走来的宝藏,源自大海,由水而成,一路吃尽千辛万苦,最终成为百味之首。

盐与人类一样,无论走到哪里,地位发生什么变化,眷恋母亲的情节不会改变。她再金贵,还是海的子孙,海水的结晶。当盐被打包放进仓库,能沉睡多年不醒。而把她放到海水里,便立刻兴奋不已,兴高采烈地投入母亲怀抱,与海水融为一体。每到运盐船靠岸,人们忙着捆盐装船,过程中少不了盐车掉到河里。这时,人们会看到,那一粒粒盐晶从车上争先恐后余入水中,几乎分不清谁先谁后。看到这样的情景,不会有人去打捞,因为不一会盐便溶化得无影无踪。也因为盐工们知道,盐来自大海,跑回去一点,就算人类对大海的回报,没有这点胸怀还怎么与大海为邻,与大海共存共生。

盐,对阳光的眷恋不亚于对海的情感。她们从海水变成卤水,在卤塘里熬过寒冷的冬天,迎接春天的到来,以火一般的热情拥抱春天的温暖,将过冬的火种在春天里燃烧,期待在春天里丰收。她们走过多灾多难的夏天,进入艳阳高照的金秋，收获又一个丰盛的季节。一年一年，她们走过一个又一个春夏秋冬，寻找着生命中的新起点。她们经历过冬天的无情，盼望着春天的烂漫，扛过夏天的风雨，畅想着秋天的激情。盐是海之子，更是太阳之子。没有海水，人们难以晒出金贵的盐晶。没有太阳，没有足够的阳光，海水纵有千变万化的能力，也成不了盐。她们怎能不眷恋照耀她们成长的太阳。

她们由最初的海水，经过多道坎坷曲折的水路，修行提炼，成为正果。一路上，每一个关节，都离不开太阳神的庇护，离不开阳光的吹拂。当阳光灿烂，春风吹动卤水，盐在池中如同孩子得到了母亲的乳汁，一天一个样。当盐由水成晶，放在阳光下，变得格外漂亮。而当天公不作美，盐变暗，出虚汗，冒水珠，浑身潮湿。盐晶一下由白天鹅变成丑小鸭。有人说，此时盐身上的水不是汗，是泪，是她们思恋阳光的泪水，是渴望母亲的情丝。

海水和阳光成就了盐，这中间的桥梁便是人类。毫无疑问，盐工们成为盐的最大眷恋者。盐，从只有一两度氯化钠含量到二十几度结晶成盐，盐工们扶着她们一步步走来。风来了，盐工们怕她们受凉，给她们遮风。雨来了，盐工们宁愿自己挨淋，给她们挡雨，把她们送进庇护所。在她们成长过程中，盐工们像对待孩子一样，无微不至，细到每一个环节。风和雨来了，别人往屋里跑，到屋檐下避风躲雨，盐工们却是义无反顾地往盐廪跑，看看哪一块盐席没苫好，摸摸哪一块席子虚掩了，使劲将盐签插深。风雨过后，盐廪毫发无损，盐晶完好如初，盐工们浑身湿透，满身是水，却毫无怨言。

盐，是盐工们的最爱，是盐工们心血和汗水的结晶，也是盐工们眷恋不已的神物。就像盐眷恋着大海，眷恋着阳光，眷恋着人一样，盐工们眷恋着盐，眷恋着晒盐的滩，眷恋着让他们赖以生存的故土。许许多多盐工，对盐的眷恋到了无以复加的地步。我时常翻看一些老照片，每当看到爷爷抱着我的儿子，在老房子门前照的相片，我都眼圈发湿。爷爷退休到去世的三十多年里，到城里住了多年，每个月都要到圩子去，看看盐滩，带上几斤原盐。其实，城里的亲戚们谁家都不缺盐，我想爷爷带的盐不为吃，而是他与盐打了一辈子交道，带来的是一份情感。盐场的房子怎么也不能与城市的相比，爷爷每次去都要到自己住过的老房子住上一两晚，体味几十年间的感觉。那天我一家去盐场看望父母，正好爷爷在，就叫爷爷抱着重孙在家院前照张相。爷爷八十多岁了，坐在板凳上，抱着重孙，在篱笆墙的背景前，脸上露出了开心的笑容。此时我按下快门，将这瞬间作了永久的定格。可惜，这张照片成为爷爷在故土留下的唯一记录，但却记录了一位老盐工对盐、对故土的眷恋。

父亲也是生在盐场，长在盐场的老盐工。与他交谈，他的话题总是跑到盐场，跑到盐滩，跑到产盐上。谈到盐丰收的年景，谈到他曾经获得过全场产盐能手，脸上就立马露出幸福的笑容。谈到那年发大水，盐廪被化，一股惋惜之色就写在了脸上。退休多年，我在城里安排好了房子，多次催老人搬到城里住，他们总是找各种理由推托。我看到他们开的地里长满各种蔬菜，小网放到河里经常捕些小鱼小虾，叫他们不要忙了，到城里买了也不贵。父亲说吃自己种的菜、逮的鱼舒心。就像看着晒盐的滩，吃着原产的盐心情就是不一样。后来听邻居讲，王大爷闲不住呀，有事没事还跑到他曾经领过的滩上指点指点。天上布什么云，要刮什么风，及时告诉后辈注意点什么。其实这时的气象预报准确多了，上面会及时通知保卤盖池。而父亲说，常在海边打渔的人都知道鱼打什么花往哪跑，在盐滩几十年，天上飘什么云还能不知道刮什么风，下什么雨。这种习惯来自他们对故土、对盐滩的精通，这种精通在他们退休后变成了眷恋。

我出生在盐场，长在盐场，在盐场工作过三年。这在我工作生活的年限中不算长。比方到渔业公司工作了四五年，到新闻单位工作了三十多年，为什么自觉不自觉地总往盐场跑，朋友说是那里有你眷恋的东西。就像一个人相中了恋人，会不自觉地往恋人住的地方跑，眼睛朝那个方向看。我坦诚在盐场没谈过女朋友，父母后来也离开了盐场，甚至没什么亲人在盐场。有事没事跑到老家，就是为了看看盐滩，望望大海，摸摸刚出池的大盐。有次刚到老家的盐廪旁，正好有个熟人在苫廪，他走下廪来，招呼我这王家大哥。聊了一会，我要了几斤原盐，他很高兴地找来塑料袋装了一下。我拿到家里，没几天盐不见了，问了夫人，她说扔了。我简直要气急败坏，告诉她这盐放在家里也就是看看，算是个念头。

盐场的风物，生动明秀。海水由水成盐，在透明中运作，在透明中成长，练就了盐场人豪爽透明的性格。盐场人的情，柔肠百转，又真诚如晶。男人顶天立地，大苦不说。女人热爱生活，大爱不言。每每想到这些，闻着袅袅茶香，看着蟹红酒清，还是想喝几口盐场的水，啃几只盐场的小蟹，回到那辛苦与快乐相伴的盐场生活。有人告诉我，这就是对家乡眷恋的情绪，是每一位故乡人的眷恋情结，是让人难以割舍的情怀。

那一声吆喝

武红兵　市作家协会会员、市散文学会理事。其作品散见于《扬子晚报》《新民晚报》等报刊。近年来，作者致力于地方历史文化研究，著有诗词研究集《海西诗境》，以及散文集《乡渡》。

从乡下迁居小城，已有十多个年头了。小城爆米花般的急遽扩张着，俨然是大都市的一角。你看，路旁高楼林立，霓虹闪烁，街人摩肩接踵……你听，卖花的、卖糖葫芦的、卖茶叶的……各种叫卖声此起彼伏，已分不清是从哪儿传来的，让人品足了时下小城的喧嚣。儿时过大年的盛景也不及如今十分之一。

在纷杂的叫卖声中，那一声吆喝虽没有"深巷明朝卖杏花"的诗情画意，但绝对可以称得上经典，如今，它已是回旋在小城人们心坎上的一首温馨的歌谣。

"豆腐脑、八宝粥、粢饭咪，来一碗咪啊！"这声音从老远的地方传来，浑厚、绵长、婉转、悠扬，清晰地送入耳鼓，缓缓地跌落在心头，和韵着孩童的欢欣，和韵着青年人的微博，和韵着上了年岁人的思旧之怀。

初来小城时，我家租住在旧巷的一个小院子里。饭时前后，间或会听到这一吆喝声，中气十足，淳厚的腔调中带着些磁性，显然是一个壮汉子发出来的。有几回，饭菜已端到桌上，读初中的女儿听到这吆喝声，还嚷着要买一碗豆腐脑吃。

在小巷口，我第一次看到了这声吆喝的原创者。这是一位身材高大的汉子，一条汗巾挂在脖间，膀臂上腱子肉凸起，假若不是满脸堆着笑意，一如电影中的硬汉形象。他骑着一辆半新不旧的三轮车，车上摆放着几只保温桶。有人喊买，他就立即停下车来，问客人要多少？于是接过客人递上的钱，掀开其中一只桶的盖子，用勺子舀出豆腐脑，装满了客人带来的碗，又递给客人佐料，再细心地将桶盖实，便蹬着三轮车离去。阳光下，那健硕的身影能裁就一幅绝佳的剪纸。不多时，那吆喝声已回响在老街的深巷里。有几回，在晚饭后的大街上还听到那一句带着些沙哑的吆喝声。

一段时间，也有人模仿着他的叫卖声，好像时间不长，便销声匿迹了。当年，小城的人们在茶余饭后，或者在他刚走过以后，总会开心地学着他的腔调来上一两句："豆腐脑、八宝粥、糁饭咪，来一碗咪啊！""豆腐脑、八宝粥、糁饭咪，来一碗咪啊！"有一回，听一顽皮小儿奶声奶气地学着他的吆喝声，笑翻了在场的每一个人。

一次，在马路上听到他的吆喝声，好像改了词。"豆腐脑、八宝粥、糁饭咪，你不吃，我要走嘞啊……"依旧是那么浑厚、绵长、婉转、悠扬，有点《刘海砍樵》调子的味道，多了几分俏皮。

后来，他开始骑上电动三轮车在小城的小区前、马路上、工地边……到处转悠。无论烈日当空，还是漫天飘雪，我隔三岔五仍会听到那熟悉的吆喝声，偶尔也能碰见他那有些疲惫的身影。只是那声音是从小喇叭中频繁地播放出来的，听来确实少了些韵味，但有谁去苛求为生计而整日奔波的人呢。

两个礼拜前，几个棋友闲聚在一个路边门市前对弈，月上半空，还未收枰，早已过了饭时。一位年轻的棋友居然用手机把他呼来，远远地就听到："豆腐脑、八宝粥、糁饭咪，你不吃，我要走嘞啊……"

我捧着那碗温热的豆腐脑，望着那远去弯曲的背影渐渐地模糊在月色下的小巷口。

《扬子晚报·繁星》2015年7月23日

远去的蓑衣

王秋侠 1968年出生，长期从事文字工作。工作之余，创作乡土散文。其中，《妈妈的鞋印》被《读者》等多家报刊转载；《灶画》入选2009年全国百位农民作家创作丛书；《悠悠广播情，漫漫人生路》《晶都神话》《一杯热茶》等反映残疾人精神风貌的文章先后获省市残联一、二、三等奖。

曾经一年四季与老农行影不离；与放羊牧牛的孩童相依相伴；与素面朝天的村姑栉风沐雨锄禾收割……一个个与蓑衣有关的景致，在如今的村庄已经很少见了，穿蓑衣的年代，只能留给回忆，留给乡下的老年人去感叹、叙说。

走进现在的村庄，你很难找到几领蓑衣。雨天的村庄、田野到处飘动着五颜六色的雨伞、各式的雨衣、雨披；晴天的时候大大小小的遮阳伞，一样绚丽多彩。蓑衣对于我，虽然想起来恍如隔世，却依然感到亲切。

小时候家贫，一领蓑衣挡四季。特别是夏天在田野放牛，戴个斗笠，光着膀子穿蓑衣，阴晴不怕。晴天，把牛往草地里的大树上一拴，脱下斗笠，揭开蓑衣朝树荫下一铺，村里的小伙伴们一人一领蓑衣，放在一起又长又大，翻跟头、拿大顶、捉迷藏……其乐无穷。小伙伴们的"首领"是二狗子，二狗子的蓑衣坏得快。主要是二狗子的蓑衣用处比我们多一样。二狗子家的床是细木棍搭成的，二狗子妈叫二狗子夏天在"床"上铺蓑衣，冬天铺麦草。二狗子自然照办。不过，二狗子冬天睡觉前，麦草上会再铺上蓑衣，这事只有我和三柱子知道。

开春雨雪多。二狗子的蓑衣陪伴二狗子熬过漫长的冬夜后，已经破烂不堪了，拎起来只剩领圈上一圈细草绳，无力再为他遮风挡雨了。明白缘由后的二狗子爹妈，拾起烧火棍就满村追打二狗子，边打边骂：打死你这个败家的小畜生！

二狗子挨了痛打，抹干眼泪就带着我和三柱子跑出村庄，去找长胡子爷爷。长胡子爷爷长年在村外两里远的沙滩树林里看护树林。长胡子爷爷无儿无女。身材魁梧，性格倔强、孤僻，天不怕，地不怕，人送外号"二老天"，和他编出的蓑衣一样名闻乡里。

长胡子爷爷编出的蓑衣结实耐用、和体美观。一类是用野生的冠子编的，一类是用他自己种的穄子（其实都是一种草）编的。因为长胡子爷爷有"二老天"的绰号，村子里就有他编出的蓑衣，还能辟邪的传闻，一传十、十传百地传开了。

长胡子爷爷一年到头编蓑衣，但是从来不卖。村子里或是附近十里八乡，谁家有娶媳妇或是嫁女儿的，都会带着两个或四个纸包的点心来，索要一件蓑衣。娶媳妇的人家下聘礼时，做一件拿得出手的彩礼送给女方；嫁女儿的，当成娘家一件体面的嫁妆送给男方。长胡子爷爷把用野生的冠子编的蓑衣送给嫁女儿的人家；把他自己种的穄子，编成的蓑衣送给娶媳妇的人家。蓑衣里边包着回送的一包或两包点心。整个过程，长胡子爷爷神情漠然，一言不发。

虽说村里人一开始都不明白，长胡子爷爷的古怪送法，但没有一个人敢开口问缘由的。日子久了，村子里的媒婆们猜出了长胡子爷爷的意思。野生的冠子编的蓑衣，颜色灰黑，适合男人穿，穄子编的蓑衣黄亮亮的，适合女人穿。现在的年轻人也许很难理解那年月的蓑衣，竟是长胡子爷爷诠释婚姻与爱情的具体表现，对此必定感到陌生和新鲜，仿佛是童话世界里的事物。

长胡子爷爷把一根根不起眼的草，收集起来，编成美观实用的蓑衣，通过婚礼上，男女双方互送蓑衣的仪式，含蓄地表达出淳朴、纯洁、真挚的乡村爱情来。村子里的人明白了长胡子爷爷的意思，从心地里更加敬重他了。至于回送点心——那是乡村一个悠久的旧俗，送礼的人真心，回礼的人实意。

长胡子爷爷别人不爱搭理，却偏偏喜欢二狗子、三柱子和我。我们一进屋，长胡子爷爷就会挨个抱起我们转圈圈，开心爽朗地说："三个小鬼头，又是谁闯祸挨揍了？"三柱子搂着长胡子爷爷的脖子，立刻绘声绘色地实况转播二狗子的挨揍过程。

长胡子爷爷舍不得吃的那些点心，很快就被我们仨风卷残云，看着我们贼吃贼喝的模样，长胡子爷爷呵呵地笑个不停，拍着二狗子的后背说："慢点吃，小鬼头，阎王爷不收饿死鬼哪！"临走时，长胡子爷爷给我们三人一人穿上一件灰黑色的蓑衣，说："小鬼头，开春风大，有长胡子爷爷的蓑衣挡着，不怕！"

光阴荏苒，古老的蓑衣挟裹着年少时光的趣事，渐行渐远。岁月的年轮因蓑衣，留给我一段看得见、摸得着的历史。它真实地展现了，在现代物质条件日益丰富的今天出现以前，长胡子爷爷及家乡的人们，曾经是怎样劳动、生产和生活；在物质极为匮乏的岁月里，乡村爱情信物的天然、淳朴、实用。

村庄一年一年不断地变换着形象，乡亲们的生活水平不断地提高，蓑衣的替代品也不断地更新升级，然而，任何新建筑、新景观唤起的一时的兴奋，也弥补不了那种失去精神家园的永恒的惆怅。

远去的蓑衣，散发着泥土的芬芳，把乡村悠久的旧俗一并带走⋯⋯

《苍梧晚报》2006 年 9 月 13 日

莲花过人头

韦庆英 70后，江苏连云港赣榆人，江苏省作家协会会员。在《扬子江》《江苏作家》《连云港文学》《连云港日报》等报刊发表诗歌、散文、小说、纪实文学等百余篇（首），著有诗集《掌纹》。

街上淘到一件黑色小高领五分袖宽摆长衫，虽然刚刚三月，还是急吼吼买下来。到家铺在床上，左看右看，巴不得马上就是五月。为什么呢？盼穿新衣呀——只为那衣袖与下摆上绣着栩栩如生的莲——花若有香，叶似风翻。

苏北的最北，是极少种莲的。第一次见到莲花，是四五年级的时候，弟弟在外面给我带来一朵盛开的莲花与一大片荷叶。说是好不容易采下的。我虽是净陶清水地迎接了那花与叶，但待到明月初升，那朵妙莲还是悄悄拢起花瓣，次日亦未再开。于是叮嘱弟弟，不可再摘；我亦许多年，不曾再见到莲。

书上倒是经常见到莲的。然而真正让我痴迷于莲的，不是杨万里或者周敦颐。情思万种的少女时代，最能打动我心的，还是席慕蓉和余光中。整宿抄写席慕蓉诗歌的夜晚，眼前就是满塘满池的莲；而余光中的《等你，在雨中》和《莲爱莲》，让我把那作者也想象成一枝没有颜面瘦高洁净的莲。后来在网上，看了余光中的照片，竟足足为自己的好奇心后悔了好几天！颇有相见不如思念的遗憾——大概在我心中，余老先生的五官，就该是一朵素莲！

后来，有一年冬天，在扬大文学院的校园里，看过残荷。当然没有莲花，只有深色的、瘦棱棱的几只莲蓬。莲叶是早衰枯了，大多半折在水里，枯叶垂拂水面，对折了的细茎以各种角度在水中倒映出三角的影。我站着看了良久，只觉静美而凄清，忽又心寒心惊，生怕映照了人生的些许失望与寂寥，于是匆匆离去。李义山说"留得残荷听雨声"，这般的残，怕是听不得雨声了吧……

朱自清的《荷塘月色》是读了又读的，有一年还曾特地写了赏析的短文。非是恋那文中花好月圆的美景，而是深味作者那"想做自己而不得"的心境。那一年暑假，终于去到清华校园，7月细雨，朱老先生夜游的荷塘，叶未繁，花未发，游人稀少，倒是两只水鸭，在刚刚离水的叶间游动，平添了许多生机与灵气。待到了校园广场，看见青年们健步如飞，意气风发的样子，也就明白，今日荷塘已非昔日荷塘，今日世界，昨日怎比？荷塘的寥落，或是青年们的大幸。

最让我不能忘怀的，是去年秋天南京莫愁湖观荷。

十月底，秋风起。从南岸沿湖东去，靠近北折的拐角，有一大片近岸的高高的荷叶。其时湖水几与岸平，莲叶高高举出水面，竟有两米高的样子！这足以让我想象"莲花过人头"的美妙了。我站在岸上，也觉得莲叶比我高出好多，那种穿行其中、隐身其中的感觉清圆阴凉，倘或再添上淡淡荷香，脉脉水影，可不是一下子就陷进了诗意的世界？

而对于眼前的荷叶，我不禁惊呼——虽然已经没有花，可是叶子尚健硕，和着偶尔的几茎高高的莲蓬，密密林立，颇有风致——那中通外直的细细叶茎，如何就经得住风雨飘摇一个夏季又一个秋？可是曾经卖身葬父的莫愁，对亲人那样有担当的女子，终究不肯担当自己的愁怨，在受夫家污蔑之时，"举身付清池"，如一瓣莲花随风去了。这个女子的忍与不忍，让我琢磨了半年——有爱，再苦也担当；无爱，富贵不苟且。推开想去，古代因为对人世失望绝望随水而去的女子，诗书有记载的，不胜枚举。爱恨情愁终有因，她们的调零，竟如记忆中那第一朵莲，令人心痛。细细想来，不论哪一个时代，岁月的某些风霜，对于女子，都是近似的；然而时代的不同，给予女子疗养与自省的土壤却是大不相同的。真心地希望，如今的女子，每一个，都美如莲，洁如莲，并且内心通达、骨骼坚韧，非到秋霜不能支，不倒，不折。

莫愁湖有曲桥、有湖心岛、有湖边"湖"，故而有许多的机会可以临水细赏那田田的莲叶。莫愁湖里的莲，有许多种，然让我久久不能忘怀的，还是那片高高的莲。爱极了她们的柔韧卓立与翩翩风姿。想象，一叶扁舟，人在叶下、花下，或坐而弄笛，或卧而闭目，或独自一卷在握、静静漂泊，或与那可心的人相视微笑、耳鬓厮磨……多么好！

这么想着，更让我急切地盼望，五月或者七八九月的到来了！

《连云港日报》2014年3月26日

谷雨开海

万方绪　1960年出生。连云港市赣榆区人民法院一级法官。在报刊发表散文和诗歌作品多篇（首），并有作品获奖。

清明忙编篮，谷雨打杂鱼。

不论是二月春风还是三月桃花，对渔民来说，都不是真正意义上的一年之春。清明，才是渔民们积极准备一年的生产、生计的季节。

船坞上，养护好的船只，焕然一新，披红挂绿，在一片鞭炮声中，缓缓地离开船坞，加油、加水、加冰、上粮、上肉、上蔬菜，忙得不亦乐乎。船老大，是身强力壮、红光满面的小伙子。一个冬天，他的媳妇会像侍候女人坐月子一样地侍候他，让他能经得起风吹浪打。船员的媳妇们，开始给船上准备网具。补旧缝新，样样精通。拖网、流网、浮网，一缕一缕摊开，白色的网衣，绿色的纲绳，七八个包着红头巾、黄头巾飞梭穿线的小媳妇，是渔村的一道靓丽风景。没有男人在场时，她们闲扯撒村（即说荤话），窃窃私语，然后是开心地、爽朗地笑。喜欢赶海的老人，把蟹钩磨了又磨，擦了又擦，这是专门去勾黄眼蟹的工具，钩上分叉。老人从不允许别人乱摸他的赶海家伙。碰海的人，要求的条件比较高，风险性也比较大，身体强壮的青年小伙，要潜到几十米深的海底采捕鹿贝。每一个采贝工，都是一名合格的潜水员，他们背上氧气瓶，从船上下水，船上人用绳子把一个专用的网袋放到海底，采贝工采到鹿贝就放进网袋，装满后，由船上人提出收取。拾海是孩子们要做的事情，没有什么技术含量，但惊喜有时候也是会出现的。有些大鱼因受伤而不能游进深水，慢慢被搁浅在海滩上，这时……嘿嘿。他们个个都在摩拳擦掌。

谷雨是旺汛，一刻值千金。

谷雨的到来，让在寒冷中寂寞一冬的渔村沸腾起来。耕海牧渔的人们要忙着举行祭海和开海仪式。年长的渔民，招呼着年轻小伙子，抬着"猪头三牲"，带着香案纸烛，锣鼓喧天、鞭炮齐鸣地来到海边的龙王庙，向海龙王献祭。祈求海龙王保佑渔民，一帆风顺，鱼虾满舱。同时宣布开海。

春潮来守时，鱼鸟不失信。

祭海、开海仪式完毕，千船竞发，驶向大海。撒下的是网，收上来的是满船的大彤蟹、大黄鱼，活蹦乱跳。赶海老人，腰间别着个旱烟袋，背上蟹篓，握住钢钩，向刚刚退潮的海边急急赶去。那黄眼蟹，可是渔民餐桌上的美味佳肴，它智商不高，虽然以洞为家，但洞直无弯，一杆到底，所以可以用直钩勾出。碰海的小伙子们，仿佛听到了海的笑声，他们振奋着精神，活动着筋骨，乘船开赴大海，神秘的海底是他们的工作场所，五颜六色的鱼儿是他们的伙伴，一只鹿贝就是他们的一分收获。而那些熊孩子们也三五结伴去拾海了，他们的眼睛比海鸥的眼睛还要亮，紧跟着海潮的进退，从南往北再从北向南，脚步没有一秒钟的消闲。满怀着激情地搜索着一切可疑目标。幸运的时候会遇上一条七八斤重、受了伤的、已没有任何挣扎能力的大鲈鱼，在浅水中奄奄一息，这时，拾海的孩子就会解下扎在腰间的大网兜，撑开网兜的大口，小心翼翼地将大鱼兜进怀中。一脸的骄傲，会持续到睡梦中。

谷雨，才是渔民们的春天。谷雨，让渔民们的日子风风火火。

《天平》2016年第5期

家乡的旧物件

韦　超　业余时间从事文学创作，有多篇散文、诗歌发表在《江苏工人报》等报纸。2018年，由江苏凤凰文艺出版社出版个人诗文专集《女儿的阡陌》。

农民出身，农民家庭，家里总是保留着一些多年前的旧东西、老物件。

也许是祖辈留下的，也许是父母制作的，或许是亲友赠送的。这些古旧东西，就像上了年纪的老人，大多容颜沧桑、伤痕累累，可仍在继续发挥着余热。

比如：这些母亲亲手纺织粗布制作的被挡子，碎布片缝制的方凳垫、厚门帘，晚辈们用过的小褥子，还在母亲的房子里，经久散发着浓烈的温情。

我被窝里放的，是年龄约四十岁的铁暖壶，大哥上初中时带到学校里用的。刚刚装满开水，套上碎布缝制的套子，放在母亲的被窝里。待会睡前，再放到我的被窝里。看好了，暖壶衣服和下面的褥子，都是母亲用碎布片缝制的百衲衣。真可谓：一个小暖壶，温暖两代人；衣服虽然破，传情到永远！

农村家庭，像样的东西没几样。有些物件，不值几块钱，但居家过日子，的确离不开。有的看起来虽然构造简单，长相丑陋，古怪异常，但用起来非常顺手，是农家人的好朋友。比如：老家的板凳和椅子，不仅种类丰富，而且数量较多。有厨房灶台前烧火的陶制圆凳，有可坐两个孩子的小长凳，还有摘菜、剥棉花时坐的小矮凳。只是冬天了，都穿上了防寒的外套，不容易看出庐山真面目。

正月初二上午十点多，出嫁的姐姐、侄女两家先后回娘家来送礼，家里顿时热闹了起来。之后，我驱车十几公里，与二哥一起到外婆、小姨家走了亲戚。只身回来后，我与母亲两个人在家，突发奇想，家里的箱子、柜子这么多，不搞个专题展览，真是有点可惜。

于是乎，对这些出生了七八十年、四五十年、二三十年，常年沉默不语但功能良好的家伙什，进行了逐一拍照，聊以此作为平凡生活的纪念。

年代最老的，是父母结婚时，祖父赠送的雕花黑色两斗桌柜，五十多年了，样子也基本没变。其次是父母结婚时，祖父新打的一对描花黑箱子。淡绿色的三组合柜子，及同色写字台，是二哥1990年结婚时本村木匠打的。

每年春节都要给小姨、小姨夫拜年，今年也不例外。小姨夫原是民办教师，后来转为公办，退休十多年了，家里有乡教育组、原工作学校等赠送的好几个纪念匾。窑洞房间正中，挂了一副对联，作者是乡中学一位擅长书画的老师，已去世十余年。历经多年烟熏火燎，像极了古文物。对联内容为"宁静常思新旧事，淡漠忘怀古今情"，极具人生哲理，值得一生回味。

姐姐初三晚来看我，说："你发的照片都是家里陈旧的东西，人家会以为咱这里很穷呢，你应该拍摄咱家的楼房。"我想，我的朋友，都不是那种势利眼，不会把古朴简单实用的物件当落后。父母一生简朴，农村也没必要奢侈摆阔，物尽其用、因陋就简是最自然和谐的生活观念。我的目的，就是要把农村最原始、淳朴的一面展示出来，希望大家永远珍视。

父母在一年年老去，家乡在一年年变新。变新的，不是我的家乡。我的家乡，永远烙印在记忆的深处。那些我们与父母一起使用过的老物件，在外乡人看来，可能就是一堆废物。但对走入中年的我们来说，简直是金不换的宝贝。

当年，我们追逐某种理想，狠心离开了家乡，成为家乡的弃儿。如今又悲又喜的是，家乡在我们的记忆中，凝固成永世不变的青春影像！

选自韦超散文集《女儿的阡陌》2017年12月

偷 香

吴 卫 江苏省书法家协会会员,连云港作家协会会员、散文协会理事。出版有《尘缘如梦》《枯藤》《摘下满天星》《红袖添香》《玩火者》等。

八月是月的季节,月朗星稀的夜,天上一轮才捧出,人间无处不赏月。似乎只有在八月大家才感觉到月的存在,也发现了她的美。

千里共婵娟,成为分离后最好的慰藉。

八月又是桂花的季节,广寒宫寂寞嫦娥也开始舒展如蝉翼的长袖,殷勤的吴刚捧出了桂花酒。

仰望星空的臆想,阻不断周日的行程。

再次到温泉镇,这里依然那么静,有着一丝秋的凉意,却平添了几多丰腴的成熟。

街道很静,行人很静,落叶也很静。

加上伫立的白墙黑瓦,错落有致,有一种江南的惬意。

漫步在静谧曲折的幽径上,想起上次采风时一路笑语的纷繁,这次独步温泉,在风如绸,枫叶如火的季节行走,心也随之静下来,思想也随之净下来。

再次踏进小松泉,亲切感扑面而来,一切仿佛就在昨天,而真实的昨天已经不复存在。时光就是如此在记忆中消失的荡然无存,只把岁月的沧桑留在发梢,留在额头,留在心底。

秋季的温泉更显晴朗，曲径通幽处，一泓一泓的水池，分割分布在温馨的角落，美女如云，在水中戏水。

　　于是想到华清池的奢华和皇权的极度膨胀。

　　杨贵妃碧波洗凝脂，倾国倾城，她怎么也想不到今天的凡人淑女也如她一样享受温汤的滋润。

　　正在我思想飘走之际。

　　忽然一阵幽香袭人，我以为是泡汤的美女香水太浓。

　　但这四处游走的香气是那么天然去雕饰，绝非来自这一波又一波云来雾去的潮女。

　　于是我四处寻找，在一个角落，我发现了香来自何方。

　　这里静悄悄藏着一株金桂，叶很疏，但花开满枝，极小极小簇拥在一起。

　　那颜色很纯真，不娇艳，不刺目，不争宠。

　　只是很含羞地散发出香而又香的气息，亦如略施粉黛的古典阁楼中的绣女。

　　那股浓郁的香味沁人心脾，香而不腻，浓而不厌。

　　静泡温汤的心情被剥夺的支离破碎。

《连云港日报》2017年12月22日

苏马湾的秋

王红军 连云港市海州区板浦人,中国专业摄影网会员,市作家协会会员,市摄影家协会会员,市文物保护学会会员等。

几场因台风而带来的雨水,顿生秋的意境。为拍海上日出,我选择住在墟沟一晚。拍完日出,准备体验连岛大沙湾与苏马湾的景区丰韵。

次日的清晨,这个不同寻常的连云港海滨小城市,一夜新凉。初秋真的到来了。虽是海洋气候,四季分明。但在连云港这个海滨小城,春秋好像特别的短,这个即将收获的季节,让人们有满满喜庆和成就感。

我缓缓地,悠悠地走。在连岛大沙湾和苏马湾这个天然大氧吧的生态园里。在林间的空地上,一树树,树叶已被秋风扫过。纷纷扬扬地飘在空中,落在地上。远远地望去,如诗如画,更像一片片飘飞的花瓣。不远处山坡上的金圣禅寺的暮鼓晨钟,不知名的鸟儿轻唱及海鸥低飞,蓝天、碧海、沙滩构成一幅和谐的画面。

落叶厚厚地铺在地上,就像一层地毯,松松的软软的,走在上面发出唰唰的声响。我俯身拾起一枚落叶,上面还沾着晶莹的露珠,像是它不忍告别生命循环的一滴滴泪水。

让我思虑的是:落叶,难道你也有痛苦,也有无奈,也有使命吗?你走过了又一轮生命的旅程,回到了大地母亲的怀抱,你应该高兴才对。

我用手抖掉上面的露珠,将叶片放在嘴边,轻轻地咬了一下,有些淡淡的苦涩……

  人生也是如此，苦涩多于欢乐，每一个人都是哭着来到这个世界的，仿佛从出生那一刻起，已感知生命的苦难，从此再也摆脱不开与生俱来的悲欢离合，直到生命的尽头……

  远处不少来体验大海广阔的游客。行走间，不远处看见休闲的靠背椅上，久久地静坐着一对外地来的老年夫妻，痴痴地看着海边的风景。满头银丝飘拂着他们如梦的岁月，满脸皱纹刻下他们沧桑的人生。

  他们也过过春的播种，夏的耕耘，如今慈祥的目光已融入秋的音符，像秋夜呼唤着黎明，黎明托起海上太阳，也好像风筝一辈子只为一根线在天空中飞翔。海浪翻滚，惊涛拍岸。叙述着人间沧桑的岁月……

  远处码头在秋风的吹拂下，卷动着高挂在远洋货轮的各色标志旗。列车运装集装箱，正从亚欧大陆桥东桥头堡，隆隆开动，驶向远方的征程。

  我感到生长在，在海一方的连云港无比自豪……

《苍梧晚报》2018 年 9 月 9 日

剜 青

王晓华 1972年出生，江苏省作家协会会员。在《读者》《扬子晚报》《农民日报》等刊物发表各类文学作品400余篇，出版报告文学集《1942我的故乡西朱范》等。

剜青，是苏北鲁南农村地区，在特定时期内特有的词汇。剜，是割、铲、挖之意；青，指青草。特定时期是指中国自有人民公社、生产队以来至家庭联产承包责任制以前这段时期。

剜青草做什么呢？上交生产队，喂牲口、攒粪挣工分。那时，没有单干这个词。户户种集体的地，家家吃自己的饭。家里只能养几只小鸡扁嘴（鸭子），喂一两头猪羊什么的。大的牲口，比如骡马牛驴，都在生产队牛宅子里养着，一日三餐有专人看护饲养，像侍候祖宗似的，金贵得很，惯得不行。

这些做重力气活的家伙，能干也能吃。冬天，外面烈风刺骨，大雪封野，牛棚里却是一天到晚生着大火盆，暖如春，温如棉。牛槽里有铡好的干净麦秸豆秸，寸把长。还有地瓜（红薯）秧、果（花生）秧，都拌有黑豆、黄豆汁，营养丰富，味道想必不错！牛们驴们不住嘴地反复咀嚼反刍，满嘴流白汁，滴滴拉拉的。时不时还哞哞亮上几嗓子，惬意至极！

一开春，遍地的野草疯也似的长。昨天还是嫩黄的芽子刚顶破地皮冒出头，过不了几日，就已繁茂丛生，布满沟沿路侧。一地葱绿，怡神养眼。有风过处，弯着小腰给你点头打哈哈，自己的心也就跟着绿意浓浓，打开了腑脾，精气神也就立体起来。

这时候，就该是下湖剜青的时节了。

剜青是孩子们的事，尤其是农村女孩子，好像专门为剜青而生似的。下午到学校上课，女孩的胳膊肘儿上，无一例外地都挎着筐头子（柳条编的盛物工具），筐头子里放着铲子。在教室的外面，数一数筐头子，大致就能知道这个教室里大致有几个女生，很准的。

临放学，天大亮着。女孩子都不回家，约上几个要好的同学，三五成群，背着书包，挎上筐头子，相互簇拥着，叽叽喳喳地奔向湖地，像一群待飞的幼雀，四下里为牛马觅食去了。

常剜青的孩子有经验，不会在村庄附近剜。那地方的青草不是让散放的猪羊啃光，就是让先下手的剜青人连锅端，瞎耽搁时间。

我记得，我的姐姐们都跑到离村庄极远的地方去剜青，有五里路之遥，像南湖、破地这些地方。南湖在拦水坝子以南，有上千亩地，水源丰富，像片湿地，较适宜庄稼青草生长。去时还行，空筐一身轻，不觉得怎样。回来可就累海（累的厉害之意）了，看似不大的筐头子，装满青草后，近乎百斤，负在七八、十几岁孩子的背上，压得小脸通红通红的，看了令人心生怜悯，心酸！

剜青也有说法。牛马驴不吃的不能剜，像马菜，听说牛马吃了会流眼泪。可也奇怪，既然叫马菜，马的菜嘛，吃了怎么会流泪呢？一直弄不明白。不过马菜这东西，就是有也不交给生产队，自己留着。回家放草锅里一煮，八成熟后捞出，磕点蒜放些许酱油，搅拌搅拌当下饭的菜吃，味道也很鲜美。

能喂牛马的青草，有秋秸秧子、狗牙草、野糁子、老驴盾子，等等。其中老驴盾子它们最喜吃，名称与长相也相符，贴地皮生长，根系发达，触角四处延伸，盘根错节，纠结一大团，真真像个挡矛的盾。这种草不好剜，剜上一墩子，费老大劲，手磨得生痛。

我也剜过青，跟姐姐去的。这可能与另一个女孩有关吧。那女孩和我三姐一般大小，扎着两条小羊角辫，瘦瘦的，高高的，很清秀。怎么看怎么像地里的野花儿，鲜嫩嫩的，娇艳极了！剜青回来，自己也不与三姐抬筐头子，而是争着替那女孩背青草，也不知羞。气得三姐跺脚丫狠骂。一晃，近三十年光景过去了，也不知业已中年的，那个当年的小丫头片子现在怎么样了？

剜青替家里挣工分，是头等大事。家里穷富程度全在当年挣工分的多与少上。那时候，整男劳力干一天活可以挣到六工分，女劳力四工分。每工分约合人民币一毛钱左右。

交生产队的青草怎么算呢？也简单。秋末至麦收前这段时间，青草少，剜一筐不容易，就按六七斤挣一工分；到了开春，天气转暖，适宜草儿生长的季节，青草就不值钱了，达到二三十斤一工分的程度。也就是说，二三十斤的青草，才卖一毛多钱，东西廉价死了！人苦死了！

剜的青草还得摆（洗）。把夹杂在青草中间的烂泥清洗干净，不然牛马驴骡吃了不消化，影响畜力，会误庄稼地里的活，是不得了的事。

农民的孩子朴实忠厚，极爱惜这些出力受累的牲畜。傍晚剜青回来，都会不约而同齐聚小河汊口处的小石桥上，桥南桥北各一长溜，全是摆青草的小人儿，一把一把摆的精细认真。摆好后，或背或抬送到牛宅子里过称。沿途一路水嗒嗒的。湿漉了背，也湿润了心情。

也有个别耍心眼子的。青草摆的干净，没得说，可就会在筐头子里夹藏石蛋子，偌大一个有几公斤重。不过，这都是碰运气的事。逮不着算是捡了便宜，逮着了，免不了挨一顿呵斥，弄得灰头土脸的，很难堪。

三爷那会是我们第四生产队的饲养员，专管喂牛过称的事，眼神贼精，少有耍滑的伎俩逃脱他老人家的眼睛。

青草收得多了，牛马吃不了，就摊开在牛宅里的水泥场上，晾晒至干后，收在牛棚里的草料圈栏里，留着过冬用。还有另一大用途，就是把青草与牛马驴粪混杂堆成堆，外面培上厚厚一层泥，捂着沤粪。一个一个沤粪的草粪堆抹得溜圆光滑的，圆咕隆咚，说难听一点，像个坟头，看着就瘆人！

这种用青草沤粪积攒而成的肥料，是纯粹的无机肥，施在庄稼地里没有任何污染，肥力又壮，还省钱，比现在的钾磷氮肥强多了。不知现今的瓜果蔬菜，小麦大米食之无味的原因，是不是与用肥的不同有关系，还是别的？

剜青这项活计已经成了历史，一去不返，这没什么不好的，至少它让我们的子孙远离了苦难与艰辛，无奈与酸楚。享受文明、富裕、进步的现代化生活，不就是当年我们所有人的梦想和期盼吗！

*《读者》*2011 年第 3 期

倾听老程

王召江 江苏省作家协会会员，连云港市赣榆区作家协会副主席。先后在《人民日报》《雨花》等报纸、杂志发表文学作品200余篇、近30万字。

每一次见到老程，我都有一种倾听的欲望。只是这些年来，为生计奔波，在街上偶尔碰到他的时候，也只能裹在匆匆的人流中，一带而过。

老程并不是一个大师级的人物，但对于文学，老程是一个名副其实的演讲家。我曾慕名听过不少文学讲座，但与老程比起来，他们不是过于刻板，就是缺乏激情。与老程在一起，你会忘了自己所处的这样一个市场经济时代，而是循着一条叫作文学的竹间小径徐徐前行，颇有一种武陵人忽逢桃花林的奇妙感觉。老程是携着诗歌踏上文学之路的，他对诗歌有着一种与生俱来的敏感与敏锐。虽然在生活困顿时，他也曾无奈地发出"诗不养爷"的呐喊，但对于诗歌，老程一刻也没有停止过思考和探索。因为老程曾不止一次地摇头叹息："现在的诗，也叫诗吗？"

我是在老城棚户区的一条陋巷里碰到老程的，这里有他赖以谋生的舞台——老程租了一所民居的半间房子，给零散的一些小学至高中的学生补习作文。我看到一块小小的匾牌上写着"东方之子"作文辅导班，落款是"市作家协会会员、中国散文学会会员"，表明教授者的身份。其实，早在20世纪80

年代，老程就声名早著，与黄东成、王辽生等江苏知名诗人互有联系，且是关系不错的文友。一段下海经商的履历，不仅改变了老程的文学之旅，也使老程的人生之路饱受磨难，不然的话，老程的履历上岂能仅仅贴着一个市级作家会员的标签？又何至要深藏在这样一条不为人知的巷子里，靠辅导几个小孩子的作文来谋取稻粮？

这一次，老程依旧谈的是诗歌。他把我拉到那半间教室里，先让我看了墙上挂着的他手书的一幅字，接着便手舞足蹈，滔滔不绝地谈起了西川，谈起了江一郎。老程仰起头，眼睛微眯，一边背诵"大雨落在两个城市之间"，一边神采飞扬地向我讲解，完全陶醉在诗意的世界里了。过了一会，老程忽然睁大眼睛，有些夸张地看着我，高声问道："你说这样的语言，他是怎么想起来的呢？"我笑，说这样的语言真是干净。老程接着又谈舒婷，又谈北岛。老程说，北岛的散文，那才叫利索，很有嚼头。我插了一句，说跟孙犁晚年的散文比，如何？老程说炉火纯青。接着老程向我推荐舒婷的《书祭》，一再叮嘱说，这本书，你不能不读。

与老程在一起，更多的时候我只是一个听众。从老程激情澎湃的演讲中，我能感受到一种无法言喻的快乐。当然，对于老程，他也确实需要一个倾听的对象，来一吐自己心中的块垒。有一段日子，老程经常跑到我工作的单位，手里提着个大塑料水杯，带着一元钱一包的劣质卷烟，向我宣扬他的文学主张和诗歌见解。除了文学，也谈生计。那时，他正为办作文辅导班绞尽脑汁。他用一辆平板车，拉着几块三合板，在夜幕降临时，来到城区繁华的十字路口，把三合板支起来，等着行人上来围观。三合板上，张贴着他历年发表的文章的复印件，还有他办班的地点和联系方式。有时围观的人多，老程还被警察带走过。

对于文学，老程曾经有着怎样的激情和梦想？如果不是文人的那种冲动，让自己贸然下海经商，老程在自己的仕途上，不用走那么一大段弯路，生活的状况也不会沦落到现在这个样子。老程告诉我，他最近写了一批散文和诗歌。说到其中的一篇，叫《等待月光》，老程压低了声音，有些神秘地说，那夜的月光，你知道我是怎么等到的吗？半夜起来拉肚子，下了楼，一抬头就看到了，像跟我约定好了似的，从楼缝里筛下来。放在平时，你就是站在阳台上，也是看不到的啊!老程做了个仰望的姿势,脸上那种陶醉和满足的表情,像镀了一层金粉的佛。

《宿迁晚报》2009 年 5 月 5 日

二道街

王　跃　江苏作家协会会员。在《散文百家》《中国青年报》等多家报刊上发表散文、小说多篇。有散文集《赠我夕阳》出版。2016年获全国邱心如女性散文大赛优秀奖。

庙岭山，一座不沉的山

这座山真的很小，但我不能忘记它。希望生活在这片土地上的人，也永远不要忘记它。

它最早叫孙家山，后来叫庙岭山。

据《云台山志》记载：祗圆寺在孙家山古观音堂旧址上，初为乾隆年间鹰游山镇海寺（连岛庙前湾）僧——善受，修为下院，后为嘉庆年间法起寺（宿城）僧——德文，重修。寺庙水绕山环、林木荫翳，海上轻舟、林间异鸟，竹墩梅岭、烟岚相接，为东瀛盛境。据老辈人记述，寺庙规模曾达到四进院落以上，非常宏伟，香火鼎盛。庙岭山因此得名。

庙岭山呈西北至东南走势，北面山体陡峭，险峻巍峨；西面延伸入海，有一处天然平台，距海面二米多高，是著名的钓鱼台，传说西汉名士萧望之常垂钓于此。平台有几丈方余，台面泛着淡淡的青色。钓台石壁多有石刻，历朝名士如隋代王谟、宋代赵东、金代宋蟠、明代郭鋐等都曾留下题刻。

庙岭山离我家很近，出家门，向东沿中山路步行五分钟即至。我曾是山上的常客。

20世纪80年代中期，我读初中，有一要好同学，她家就住在庙岭山的南坡，是南坡仅有的一户人家。几间红色的瓦房，在山脚，成为青山的点缀，灿若宝石。一栋二层的石头楼，古朴庄重，在绿树丛里隐约可见，是港务局电台。周末时，她常邀我到她家玩。山南有一台阶，向上登十多级，就到一个院子。院子被一棵棵碗口粗的马尾松包围，因为向阳，松树长得特别有生气，地上铺满厚厚的松针，若天然的棕垫。海风从山后浪潮一样涌来，整座山都像在吟唱，声音或高或低，即使是白天，也让人心悸。

一条隧道从山体穿过，隧道名字叫孙家山隧道。那时从陇海铁路终点坐车向西，必然要穿过这个隧道。

我对庙岭山真正的认知已是多年以后，尤其是读过《云台山新志》以后。那时，我心里荡起层层波澜，不禁悔意丛生，当年我只需向前向前再向前，只需攀登攀登再攀登，就会成为石刻的见证者之一。可是又有多少人，仅仅因为少迈几步而错过良机，让缕缕悔意萦绕心头呢！在交通极为不便的隋代，海州刺史王谟是令人敬畏的，他乘船顶着猎猎海风，从海浪中颠簸而来。自此钓鱼台陡峭的石壁上多了"钓鱼矶"三个大字，并且他还赋诗一首："因巡来到此，瞩海看流波。自兹一度往，何日更回眸。"文人或名士的吟唱，让一座山高大起来。

庙岭山，看似小，其实它不小，有名士吟唱着它。

"轰——轰——"的炮声，伴随我童年的记忆。1982年6月10日，庙岭新港区第一期煤码头劈山填海工程全面开工，庙岭山首次大爆破获得成功。

"轰——轰——"，庙岭山变瘦了。

"轰——轰——"，庙岭山变小了。

有很长一段时间，我是庙岭山旁的过客，我的新家安在庙岭山东侧的荷花街，每周我都要经过庙岭山回娘家。我的娘家在庙岭山西边不远处的二道街。

我们那里的人对庙岭山感受最深的是夏天。炎炎夏日，从中山路由西向东走，只要过了庙岭山头，天地就一下子变了，天更蓝了，云更白了，风一下子变凉了，无形之中像有一台巨形空调从海上送来凉爽的风，丝绸般的从你身上滑过。大自然就是这般的神奇，不由得让地球的主宰者——人类，常常陷入沉思。

我曾驻足细细地打量，炮声隆隆中的庙岭山。刺耳的炮声过后，一股股昏黄色的烟雾缓慢地升腾，随之飘来的是一股股火药味，山上的石头露出狰狞的嘴脸，龇着苍白的獠牙，似在发出怒吼，然后纵身入海，心有不甘。曾经葱郁的山头，早已变成寸草不生的荒山。

一个巨人横空出世，脚下是无数双托举的大手。

一个现代化码头羽翼渐丰，身下是一座曾经生机盎然的青山。

庙岭山碎了，庙岭山沉了，庙岭山不见了！

庙岭港区诞生了，高高耸立的吊车，像巨人的臂膀，在码头一字排开；集装箱，像座座小山，在等待装船走向世界各地……

有一年深秋，连云港当地一诗人，在当地论坛发了一首悼庙岭山的诗，引起许多人的追怀。我想诗人也是看着庙岭山长大的吧！有一天，他恍然明白，身边的这座小山是有历史的，是有文化的，而自己一直无视它的存在，他愧疚了，心痛了，他想弥补，他想听山上石头心跳的声音，想嗅山花吐出的芳香，想吻山间清亮的溪水，他还想像古人一样手持钓竿，在明月朗照下，面对碧海青波，垂钓酣睡在海水里一摇一晃的明月。

可是，不可能了，永远也不可能了。

爱一个人，总是在失去之后，才体会到肝肠寸断的滋味。

爱一个地方，总是在面目全非后，才涌起层层叠叠的思念。

庙岭山啊，请原谅无知的小辈曾对你的熟视无睹吧！

是不是所有的现代化建设，都要以牺牲古代的遗迹作为代价呢？我耳畔响起庙岭山林间的松涛声，它悲壮有力，它雄浑铿锵，它长歌当哭。庙岭山不仅是一座山，还是大自然赐予人间的巨大音箱。世上没有乐师，能奏出它的强音。

有一年，我有幸采访港口集团，建港工程师高兆福，他因为发明"爆破挤淤法"而获得国家科技发明奖和全国五一劳动奖章。什么是爆破挤淤法？说得最通俗的就是利用港口的淤泥造港，这样既可以使海水变清，也不用开山填海。

当时我说，如果这个方法早点发明，也许庙岭山就不用炸了吧？

他说，也许吧！

霎时，一种痛从我心底升起，低头的瞬间，我仿佛看到自己的胸腔，通红一片。

不过，高兆福是许多山头的贵人。

爆破挤淤法，已经在全国各大港口推广实行，有许多山峦将得以永世沐浴阳光雨露，它们将免遭庙岭山的厄运。人啊，充满智慧的人啊，发挥你的聪明才智挽救那些不会喊叫的文物吧！

庙岭山碎了，它沉入无边的黑暗。

庙岭港区的灯亮了，它迎接八方的巨轮。

我曾责怪当地文物保护单位，有名无实，他们是历史的研究者啊！怎么就能忍心让名士的墨宝，葬身入海化作淤泥呢？这该要背负多么沉重的责难啊！港城人能原谅他们吗？

好的消息，像春天的花朵，在和煦的风中一朵接一朵地怒放。后来得知，隋代王谟的字已经被有心的文物工作者做成拓片，存放在连云港市博物馆了。

庙岭山，如今只留下一个虚虚的名字，可是它已经实实地走进爱它的人的心中。

人总是在不知不觉中，成为历史的见证者。"白头宫女在，闲坐说玄宗"。

庙岭山，一座不沉的山，已经穿越历史的尘烟，在别处活了下来。

总有人像白头的宫女，在闲说"玄宗"。历史就是在这样闲说中前进，生根，沉淀……

山上人家

往连云港港口方向，有山，是北云台山，每个山洼子里都住满人家，那是山上人家。山上人家是港口一景，值得一看。

相比山上人家，我家一直住在山下二道街的宿舍楼里。到山上洗衣服，打水，采蕨菜，有时阳光晴好的日子，什么也不干，就是到山里闲逛，看看花开，看看草绿，都要经过山上人家。

山上人家，都是自建房。在山坡上建，就地取材，用石头作地基，一块块垒砌，房子在石头垒的地基上，一级级，往山上爬，前面人家的地基可能和后面人家的屋脊齐平，就这样一户一户错落有致，参差不齐，一直爬到白云生处。站在山脚看山上人家，房子蘑菇一样长在山上，住在平原的人看到，都有点心焦，这爬到家要何年何月，这样爬到家要累成啥样，担心都是多余的。有路通上来，山路弯弯，蜘蛛网似的密布。山上人家的小巷，全是青石板的，泛着黑光，或细或窄，拉链一般，让山上人家成为一件斑斓的花衣，披在山坡，成一幅甜美的画，诠释人间的暖。

把山上人家紧紧系在一起的还有羊肠小道。春天小道两边全是不知名的野花，花朵小，各色都有，不管不顾，猛开，使出吹喇叭的劲。在山路边看野花，人浑身都是劲，想绽放，想高歌。这才明白住在山上的人，为什么个个精神抖擞，上下坡都飞一样，敢情每天和野花较劲啊！

山上人家的房子，很有特色，有中式的，有欧式的，极个别是中西合璧的。有平房，也就是红瓦房，但是少。少有的红瓦房，锁住时光的脚。从前山上人家，商量好一样，从山底到半山腰清一色是红瓦房，红瓦房上横挂一根根缆绳，缆绳下坠着大石块，有的干脆披着废弃的渔网，用来抵挡山下海风的侵袭。红瓦房上的破网、缆绳曾是连云港山上人家的特色。有一张照片，大概是开港前的，连云港1933年开港，那时它叫老窑，照片上的房子有苫茅草的，有铺瓦片的，但房顶上都有缆绳或网状的东西悬坠下来，看来对房屋采取这样的方式加固，由来已久，有山海特色，是海边人智慧的结晶。这样的房屋，我小时候还常常见到，不过那时都是瓦屋，不见茅草屋。现在山上人家的房子，大多数是楼房，更像是别墅。

无论是楼房还是瓦房，山上人家的庭院里，都是景，四时不同。石榴、鱼缸曾是北京四合院里的标配。山上人家的院落里最常见就是石榴，寓意"多子"，中秋前后，石榴把树枝都压弯了。其次最常见的是栀子花，几乎家家有，夏天香味，往人身上扑，往鼻子里碰。至于其他的花花草草就多了去了，全看主人的兴趣。但是所有的院子都不寂寞，喜欢竹子的，院子边有成片的竹林，山上人家的竹子有代表性，以金镶玉竹为主。金镶玉竹是中国四大名竹之一，是云台山的珍稀竹种，珍奇处在那黄色的竹竿上，于每节生枝叶处都天生一道碧绿色的浅沟，位置节节交错，清雅可爱。金镶玉竹，是山上人家的一景。喜欢爬墙梅的，在院墙边栽种，花开时节满墙都是花，色色俱全，一串串、一朵朵，摇曳多姿。有喜欢月季的，有喜欢玫瑰的，在院子里自由发挥，春天到山上人家，花多得让你目眩神迷。山下，住在宿舍楼里的人，喜欢到山上人家闲逛，眼里全是羡慕。是啊，推开门能悠然见山，转身即能看海，每户都是海景房。山上人家实在是北云台山华丽的篇章，让人垂涎。

山上人家是休闲时的好去处，能让人做美梦。

有一年正月，我漫步山间，山上人家大门上过年时贴的春联还在，炫目的红，在闪烁，渲染过年时的喜庆。此时，山间的草羞涩地露出不易察觉的绿意，红绿相搭在钢筋水泥的城市丛林是土气，但是在天朗气清的山间相搭却是一道美景，有民间的暖。民间有语，"红配绿看不足"。正月里的山上人家，袅袅的炊烟，飘起现世的华丽，是无声的轻歌曼舞，富足而安详。

那天，行走在山上人家的小巷，初春的风以调皮的姿势扑着脸，送来浅浅的冷，像蝴蝶，然后迅疾地飞走，寻找花的影子。耳畔时而飘来山上人家的笑谈，全是生活的滋味，淡淡的，心有念想，在此有一个普通的小院，石头砌的，过平常人家的日月，点点滴滴都是无尽的美。

《连云港文学》2018 年第 1 期

雨中漫步

王　岳 连云港作家协会会员、散文协会理事。文章多发表于《连云港文学》《散文界》《江苏工人报》及《苍梧晚报》等报纸、杂志。

淅淅沥沥的秋雨又不知疲倦地下了一天，喜欢出行的人们却因为这绵绵的小雨而心生烦躁。我，独反其行享受这秋雨的魅力。

当一切都沉静的时候，我坐在桌前，戴上耳麦，凝神这雨落，聆听着来自雨的心跳，想象着自己打着一把细花伞走在细雨蒙蒙的街上，橘色的灯光印在脸上是那样的安宁，就这样静静地倾听着秋雨的诉说。这是中秋过后的第一场秋雨，雨前还沉浸在习习凉爽的秋风中意犹未尽，冷不防，一场秋雨在没有预约下来临了。秋天的雨不似夏天的雨来的热烈，似一位多情的女子，眷恋着心爱的人，辗辗转转，缠缠绵绵，不将心事说尽誓不罢休。

秋雨滴答，就这样柔柔的下了一天，雨质晶亮，直而密，落落大方。一滴滴，一行行，一声声，如一颗颗散落的珍珠，凌乱无主，随意散开，无法寻觅，无法捡拾，所以，再也无法回到从前的模样。雨所能到的地方，房上、树叶上、草丛上、路边的斜径上全部一片亮晶晶、水汪汪，犹如跳动着没有规则的舞蹈。而平时一言不发的瓦，此时似乎也成了专为雨而设置的钢琴，在雨滴的敲打下也"叮叮"地奏响了。雨势急，琴声就慷慨激越，如万马奔腾、百马齐鸣。雨势缓，音乐也跟着弱下去，像怀春的少女在花前低语。那节奏、那旋律，听了会让人的脑海里溢出不尽的情意。此时的我想起江南的雨，丝丝缕缕，烟雾迷蒙，下在烟柳画桥，下在白墙黛瓦，下在小巷里，下在油纸伞上，然后凝结成丁香一样结着愁怨的姑娘。

　　雨丝最能扯动昔日的情思，雨声也最易扣响感情的门环。历来秋雨是文人墨客笔下的常客，虽诉之于笔端，却时常情意缱绻地滴在心里。那是谁在喊自己呢？"想闻欢唤声，虚应空中诺。"古代民歌中描写单相思的诗句，竟穿过千年的时空，伴随雨声跳入我的脑海。"夜山秋雨滴空廊，灯照堂前树叶光。对坐读书终卷后，自披衣被扫僧房。"青灯黄卷，对着秋雨，诗人王建写出了浓浓的禅意，意境空明澄澈，脱离世俗。而李商隐的"何当共剪西窗烛，却话巴山夜雨时"则写出了外出的游子在秋雨迷蒙的夜里，内心涌出的思乡之情。更有纳兰性德"相逢不语，一朵芙蓉著秋雨"，借秋雨写出一位娇羞而又冰雪轻盈的女子，宛若雨中飘摇的一株芙蓉，给人以凄艳之美。原来这雨丝就是情丝，剪不断，理还乱，才下眉头却上心头。

　　秋雨是自然的精灵，没了春的妩媚，夏的张扬，给人以清新和坦荡。一滴雨是一个故事，多少故事从古到今的延续，一幕幕的画面，自雨帘映射，或悲或喜，或歌或泣。走过，方能了悟，飘落的雨纷纷沥沥，谁懂得雨里扬起的思念？雨的缠绵悠然？其实，在这样的清闲，这样的雨季，泡一壶香茗，听一支曲子，看雨打落叶，让自己的心得片刻的闲适。轻轻地拢一手雨珠珍藏于心间，岁月染霜，情怀不老；折一串水帘，挂在窗棂外，容颜老去，心依然。雨还在轻轻地弹唱。我忽然想到，在这脚步繁忙的城市里，还有多少人能摒弃尘世的杂念，如此投入地听一回雨的声音呢？

《齐鲁文学》2018年春之卷

念衣香

王 芳 笔名水乡玉荷,祖籍江苏连云港,现居张家港。作品散见于《新华日报》《姑苏晚报》《连云港日报》等多家报刊。出版文集《香樟之城》、小说集《城市没有柔软的爱》。江苏省作协会员、中国散文家协会会员。

自古女人都喜爱衣服,如同男人喜欢美酒一样。无论是白富美还是平凡女对衣服都有种锲而不舍的追逐。李白初见杨贵妃的装扮视为天人,为她写下"云想衣裳花想容,春风拂槛露华浓。若非群玉山头见,会向瑶台月下逢"。白富美如同贵妃一般,华丽的衣着,美丽的头饰,一派国际大牌的明星范。平凡女,素衣淡花,清水出芙蓉天然样,如同乡间俏丽野花,或娇艳、或淡雅,各有各的风姿。

古人写美女着装有"媚眼随娇合,丹唇逐笑分。风卷葡萄带,日照石榴裙",说的是女子在花丛中,眉眼含笑,微风吹来,翠绿的玉带飘起,如同绿葡萄一样晶莹透亮,石榴红的裙子让蝶儿为她痴狂。更不要说多情公子了,一定是夜不能寐,心心念念想着,怎么和美人搭上讪,于是便有了《牡丹亭》《西厢记》中诗情画意的故事,书生用锦绣文章赢得美人青睐,芳心暗许,从此留下千古佳话。

要论对美女着装描写最为生动的当属《陌上桑》中的"罗敷"这一人物,"头上倭堕髻,耳中明月珠。缃绮为下裙,紫绮为上襦。"罗敷梳着簪有金钗的发髻，戴着宝珠耳环，身着浅黄裙子，紫色薄袄，在田间采桑，她灵巧的双手，美丽的面容，竟让过路的人惊呆了，于是耕田锄地的人们都忘记了劳动，全来观看罗敷。足见任何年代，人们对美的追寻都是有共性的。

说起衣服，任何女人都来电，一年四季，在衣服上的消费都不会吝啬银子。冬天，条件好的女子用羊绒、貂毛、裘皮把自己装扮成名媛贵妇。普通女子也身着羽绒服、花布袄、羊毛衫，小家碧玉般的温润清新。

女子最适宜夏天，这个时节，绫罗绸缎、布衣雪纺、俏皮的马裤、火辣的吊带衫、薄纱披肩衣袂飘舞，摇曳生香。不知是女子婀娜多姿的丽影装扮了夏天？还是五彩斑斓的夏天装扮了女子？

衣香鬓影，美哉衣裳。女子，乐不知疲穿梭于各个商场、超市，贡献出自己的银子，购买自己心仪的衣裳，算是人生一大快事。看过一篇文章，说来很令人啼笑，一个女孩看好一条裙子，价值不菲，男友不舍给女孩买，而另一个暗恋她的男孩，省吃俭用攒钱给女孩买了那条昂贵的锦缎白裙，女孩便和男孩牵手了。女孩说："她等不了一个季节，不想错过锦缎白裙的诱惑。"也许错过白裙飘飘的年龄，那些青春就不再来。一件衣裳、一段情，让我们眷恋、回忆。

记得有一年暑假，母亲要我带妹妹们去村外的果园买苹果。一清早，母亲给了我一摞衣服，说是外婆刚给我们缝好的，我便把大家装扮起来，二妹穿上白色的连衣裙，三妹白纱上衣、宝石蓝的短裙，小妹粉红的公主裙，我是鹅黄色的衣裙。那天，穿白凉鞋走在乡间小路上，脚下好像在跳舞。当我们走在村西的小河边，竟让我们村里的小女伴们羡慕极了。到了果园，卖水果的阿姨说，"这哪是乡下丫头，分明是小仙女来啦！"她爱屋及乌，竟多给了我们半篮子水果。外婆独特的缝纫手艺，让我们一生受益。

长大后，妹妹们各自成家，每每回娘家，话题离不开衣食住行，谈得最开心的还是衣裳。三个妹妹，高挑的身材，天生衣裳架子，很普通的衣服，到了她们身上，依然很耐看。记得那次回家给侄儿过生日，二妹白羊毛衫、格子红裙；三妹杏黄上衣、黑色长裙；小妹一身桃红连衣裙；我依旧是素蓝裙裳。孩子们身着花团似锦的衣服，在大人身边跑来跑去，笑闹一团。我们围坐在小院里和母亲一起包着饺子。那时节，门前粉艳艳的蔷薇花，好像燃了情，不管不顾地绽放，春天铺满了父母家的院落。花香、衣香的把邻居大妈招来，直夸母亲有福气！母亲含笑说，随外婆。外婆擅长女红，外婆看见花儿开、蝴蝶飞、鸟儿叫，都画在本子上，几块碎布，能在外婆手中，变成蝴蝶帽、绣花鞋。看见外来人穿的衣服样子新颖，外婆用眼瞄一瞄，便能记住，做出来的衣服比他们还好看。

　　外婆的手艺，在十里八乡有名，闲暇时，她给新嫁娘作嫁衣，赚些零钱贴补家用。我看着那红锦缎、黄丝绸在外婆手中，变成了凤凰，变成了孔雀，变成了牡丹。那些穿上外婆做的嫁衣的女子们，欢欢喜喜地出嫁了，因为有了美丽的嫁衣，婚后的小日子甜蜜温馨。转眼过了一年，她们的孩子也降生了，依然来找外婆给孩子做过百日的礼服，做端午帽，做过生日的虎头鞋。我是外婆的小跟班，我时常翻看外婆那些绣衣、绣鞋和画本上的花草鸟虫，然后对那些东西痴醉入迷。

　　说到衣香，我还要说起我的一个闺蜜，她叫冰儿。在一家企业做宣传。她对衣裳的品位可以说达到极致，她说，"人这一生有两样东西最重要，一样是粮食，一样是衣服。衣裳和人的外在、内涵完美结合，便能彰显一个人的个性"。每次和她相见，她的衣着搭配极美，她会在黑衣裙上缀上一枚梅花胸针，玫红上衣配上黑色哈伦裤、白旗袍绣着蝴蝶花，系上一条水蓝丝巾，让她飘逸得像一株美人蕉。我的闺蜜，既有漂亮的外貌，也有温婉的内涵，是个人见人爱，花见花开的女人。

　　我是个爱书的女人，常常把银子送进书店。对于衣服不太讲究，时常捡妹妹们的衣服来穿，好在妹妹的衣服都是精品，我便坐享其成。冰儿和我说，有了书香还要有衣香，这点，我们有共性。在我看来旗袍最能体现中国的女性美。闲来，泡一杯香茗，身着典雅的旗袍，坐在窗下，静静地读着自己喜欢的书。于是衣香、书香相映成辉，就如同英雄有了宝剑、鲜花配了美人，灰姑娘穿上了水晶鞋，王子才认得。物质和精神都完美，日子才会更美丽。

　　我的另一个闺蜜，在衣服上一直是领军人物，香奈尔、克里斯汀·迪奥、古驰、普拉达、阿玛尼说起来如数家珍，她穿出来也是高端大气上档次的品牌。就是走在好莱坞星光大道也不逊色。当然，因她有雄厚的经济撑腰，才有她风情万种的风采。

我不羡慕那些国际大牌,也不惊艳名模云集的绚烂 T 台,我只要有布衣穿,有书读。再在一个秋高气爽的暖阳下,为母亲打开衣橱,翻晒她收藏的旧衣裳,母亲的卡腰偏襟平绒红袄、父亲退伍的绿军装、妹妹演出的红缎衣、弟弟穿过的小海军服,还有朋友送我的水蓝绣花连衣裙、外婆绣的百子图被子,都挂在阳光下晾晒。那些衣香仿佛穿过岁月,在我眼前演绎着昔日的美好。

《西江文艺》2015 年 8 月第 16 期

一棵葫芦爬过墙

吴　锓　本名吴德欣，江苏连云港赣榆人，中国作家协会会员，国家文学创作二级。曾荣获赣榆政府文学奖一等奖；多次获得连云港市年度诗人；多次入选中国年度最佳诗歌；2017年被推荐为赣榆"十大艺术家"候选人。

那还是我们住在乡下的一段日子。乡政府被叫作人民公社，几十个庄子上的男女老少一律叫社员，他们去供销社购物，到邻居家赊粮，手里用的工具是一只干瓢。买一瓢盐，用一瓢鸡蛋换回烟酒糖茶，或借一瓢玉米面。这里实在有必要提一下，就是被借的那户人家，即便自己揭不开锅，只要罐底能刮出来多少就借给人家多少，是毫不含糊的。而还粮的社员总要比先前多出来一个"牙印"儿。细看那些出出入入的瓢儿，有的竟用细麻绳密密实实地补缀起来。可见当时物资的匮乏、经济的拮据及贯穿其中的亲情。

我家的水瓢有时候要被我拿出去装沙玩，在稻田里戽水捉泥鳅。损坏了，我就会把它往家里一丢，再狼狈不堪地躲到外面，甚至一天都不敢露面。坏了的水瓢也会被我妈用针线补起来。可用它舀水，就会看见一道水流顺着裂缝滋滋地冒出。这样坚持用了一个秋天和一个冬天，春暖花开的时节，母亲在墙根栽下了一棵秧苗，我们就经常给它浇水，上一点鸡粪，一心盼着它快快长大。

一只葫芦能开两张瓢，用来舀水做饭、淘水浇地的叫水瓢；用来盛粮盛盐的叫干瓢，它们是孪生的姐妹，灶前灶后、家里家外地忙活着，为老老少少理家过日子。我们家的葫芦不负众望，藤秧沿着墙体越过了墙头，今天墙这边开花，后天就在墙那边结果了。隔几天，我就攀着青砖看见它在墙外一天大似一天。我对妈说，要不要把藤秧扯过来？我妈说，强扭的瓜不甜，它愿那样随它去。妈还号召我们勤浇水多施肥，我们不懂，发了一些怨言。因为一墙之隔是公社的大院，那边也住了一户人家，况且他们顺着葫芦秧搭了一个凉棚，那颗葫芦就吊在中央恣意地生长。时隔多日，我又看见那颗葫芦被草绳编织的网子揽底兜住。他们是不是要占为己有？当我把这个想法当众说出，妈就用竹筷敲了敲我的脑袋，说我的心眼只有针鼻那般大。我心想，等着瞧吧，看咱一家瞎忙活个啥劲？！

秋来了，霜降了，葫芦架也蔫了，墙那边的葫芦落到了我家。当时我真怀疑世上还会有这事？那天我放学回家，看见院子的石板上放着一个硕大无比的葫芦头，澄黄澄黄的，是可以令眼睛为之放亮的那种。妈请木匠沿中线一剖两瓣，葫芦籽放在窗台上晾着像灿灿的玉米。妈说，留下来做种子，待来年清明多种几棵。锯开的葫芦就成了两张瓢，放在一个人的家里做干瓢当水瓢自然很好，妈偏偏把另一张瓢给墙那边的人家送去。我们说凭啥？妈说，不为啥，就是谢人家。咱埋下的秧苗长出的藤秧，咱浇下的水、施上的肥，到头来还要谢谁？妈的举动让我们成了闷葫芦。妈说我们是一伙子青皮还没有熟透，只有等长大了才懂。

那孪生的两只水瓢，就有一只留在了墙那边的一家，它们像姐妹俩一样经常见面。我们家摘了梅豆角就会用它盛了送过去；那户人家打了一瓢红枣也会送过来。因为一只葫芦我们两家像亲戚一样走动。

还是妈说的对，长大了才能明晓事理。假若那户人家不闻不问，要么被小孩子糟蹋，要么长成歪七扭八的模样。要是他们占为己有，你又有什么办法呢？总不能为了一只葫芦以命相拼吧？那时的生活捉襟见肘，可人的心胸宽厚，心眼儿出奇的好。可现在倒好，生活富足了，人的心地倒狭窄了，为了鸡毛蒜皮的丁点事争来争去，不是打的狗血喷头就是动辄对簿公堂。正像一只掏空的葫芦，能装救民于水深火热之中的灵丹妙药，也能灌毒害性命的毒药，关键要看我们的个人内心，是红籽还是黑籽。

因为眼见一些龌龊，使我想起了一棵爬过墙去的葫芦，那些美妙的往事纷至沓来，使我激动不已。仅以此，牢记心中。

《扬子晚报》2016年3月16日

兄 妹

王 榕 连云港市作家协会会员,有散文作品在《散文选刊·下半月》《江南时报》《江苏工人报》《连云港日报》《连云港文学》《苍梧晚报》等报刊发表,散文《爷爷的扁担》获《中国教育报》全国大赛一等奖,散文《海魂》获《语文报》全国大赛三等奖等。

每当我与同龄人提及我有一个大我十六岁的亲哥哥,他们总是带着艳羡之色惊呼一声:"那你一定很幸福!"而我听到这话却只是暗自苦笑,并不作声。

这背后的痛,只有我自己明了。

我与你之间横亘着的时间,太长,太长了。

当你正值青春,我却懵懂无知;当我已谙世事,你早已成家高飞。

这以后,我们俩的生活似乎成了两条可怕的平行线:你有你的家庭,我有我的学业。我眼睁睁地看着你与我之间垒起的高墙,无力挽回。

难道这些就是结束了吗?不,不该是这样的。

听父亲说,儿时的我,是你的"牛皮糖"。

那时候家中并不富裕,始终停在墙角的,只有那辆叮当作响的自行车。而那时的你,活泼、豪爽,有着一众好兄弟,每天骑车出门,不是去县城买书,就是去朋友家游戏。而我几乎毫无例外,每次都缠着你,要哥哥带我一起。你无法,只得将我塞到自行车后座。

我似乎想象到了那一幕的美好：崎岖颠簸的乡间石子小道上，你紧紧地抓住揪着你衣角的那只藕芽般的小手，生怕一次颠荡，我就滚落在地。你那稚气未脱的少年的脸上，载着与朋友会面的期待与急迫；而我粉盈盈的脸上，洋溢着同哥哥出门的欣喜与满足。

可是这一切，我都已完全不记得了。逝去的时间，我无力挽回。

体贴的母亲似乎察觉到我的心事，将家中压箱底的几本相片集摆了出来，留我一人翻看那些或黑白或着彩的相片：一张是你和你的朋友，中间夹着一个小小的啃着手指的我；一张是意气风发的你，怀中抱着一个挎着你迷彩背包的我；一张是团圆桌上笨拙地用筷子吃饺子的我，旁边一个正在夹菜的你……翻动着相片，依稀想起母亲曾经说过，她和父亲不在家的时候，几乎都是你在照顾我。

也许是被相片中透露出的年代感与温馨感所感染，抑或是记忆深处最零星的回忆被丝丝缕缕串起，我的脸上逐渐漾开了甜蜜的笑容，感受到一些不可名状的感情开始被我抓回手中，体会到了能够挽回的魔力。

但，好像还有：还有因为我一时嘴馋的要求，你二话不说在深夜跑远路买寿司给我的记忆；还有在我侄儿生日宴的竞赛活动上，你悄悄叮嘱司仪我是他小姑的记忆；还有在上海迪士尼乐园，只有你陪我在烈日下排那久达几个小时的长队的记忆……

我知道了，我们之间血浓于水的亲情绝不是时间能够分割的。兄妹之间，哪里来的"不可挽回"这一说呢？

《江南时报》副刊 2019 年 5 月 20 日

近乡（节选）

徐则臣 1978年出生，江苏东海人，毕业于北京大学中文系，文学硕士。作品见于《人民文学》《当代》《十月》等刊物，曾获得第十二届庄重文文学奖，入围第八届茅盾文学奖等。部分作品被译成德、英、荷、日、蒙等外语。

一、无法返回的生活

晚上七点钟村庄就已进入了深夜，四下里漆黑一片。天有点阴，遥远处的星星闪耀清光，稀少而清醒。没有人声，房门和紧闭的窗户遮住了邻居们的生活，偶尔一块方形的灯光从窗玻璃中映出，更显出夜的黑。只有散落在各个角落的狗吠还张狂和充满热情，不懈地从大地上与黑夜一同升起。

曾听人说过，乡村里的阴气太重，原因是辽阔而潮湿，人烟稀少。也许是吧，白天冷白的村庄到了夜间化作一派让人忧伤的滞重，人气不旺或则地气应是太盛吧，寒冷从人和动物足迹陈旧的大地上沉沉升起，变成了与史前无异的寒夜。伸手不见五指的黑和冷。我提着电瓶灯从房前经过，灯光像明亮的喇叭果断地切入黑暗，我听到了自己的脚步声，突然害怕了，担心看不见的地方里被灯光惊醒的东西一起向我扑过来。光从我手中发出，摇摇摆摆，我成了黑暗的大地上唯一的目标。有那么一瞬间我想，如果它们冲上来，我就完了。它们是什么我不知道。然后听见风经过枯树枝,发出旗帜抖动的猎猎之声。乡村的上空活了起来,单调的嘈杂,风不是排山倒海地来,而是东拉西扯地去,把混沌的夜豁开了一个个冰冷巨大的黑口子。

在这夜里一切都是孤单的。我提着灯走在隔一条巷子的老二嫂家门口,门敞开着,含混的灯光像个醉鬼直直地摔倒在门前。豆腐房里蒸汽蒙蒙,二嫂在蒸汽里挽起了袖子,面前是一口大缸,她指点着十八岁的女儿张开纱布,热热闹闹的鲜豆腐就要上筐了。提前做好了,明天一早担着在街巷里叫卖。

日记写着就成了一篇小文章,可以断章添题独立成文了。

乡村的凄清和寒冷的确是年甚一年了。为什么我说不清。我知道灯光之下和黑暗之中的他们的生活也会理所当然地十二分热闹,但不能改变我的感受。他们都学会了躲在家里,各自的生活秘不示人。他们留下的巨大的寂静的空间里只有我,一个从乡村走出去的人,走得太快太远、时间太长,当我回来的时候,已经成了一个外乡人。我怀念童年时光中邻里们无间的往来,煤油灯无法照彻的夜里交融一起的欢乐。我怀念那时的黑暗。我关上灯回到了黑暗,可是,我能回到那些无间的欢乐里吗。

二、半个月亮爬上来

狗又叫了起来,无数的狗,零散地从大平原上发出声音,不是遍地是贼的狂吠,而是缓慢的、梦幻般的遥远的吠叫,更像是叫声的影子。这是我在夜晚听见最多的声音,也几乎是唯一的声音。夜幕垂帘,好像黑暗把村庄从大地上一把抹掉,只剩下这些孤零零的狗叫和清白的台灯下半个明亮的我的房间,一张书桌,一叠纸,一支握在手里的笔。

白天有那么一会儿,我的情绪是明快的。太阳很温暖,漫无边际地把金黄色的光洒遍村庄。光线清澈,把我屋顶上方的天空抬得很高。一片明净,白杨树光秃高拔的树梢伸向蓝天。漆黑的夜和沉沉的睡梦终于过去了,我一觉醒来已是上午九点,头一歪看见金色的窗户。母亲在院子里说,快起来,多好的天,冬天里的大太阳。

难得的好天气。我出了门就看到高远的青天,兔子在院子里追逐跳跃,我得把棉袄的另一个袖子穿上。草草地洗漱,吃了点早饭,我没有按照原定的想法去读书写作,而是决定好好地在阳光里走一走、看一看。昨天晚上村庄给我的是一个冷清的黑脸,沉寂的冬夜让我难过。现在好了,把那些黑的、冷的东西翻出来,就像晒被子一样拿到太阳下照一照。

我只在房前屋后走了走,没有越过岸边堆满了枯枝败叶的后河。后河水将要干涸,亮出了泛白的河底,河对岸是田野和庄稼地,铺展着平坦的麦苗,麦苗之上挺立着瘦硬的枯树。好多年了,我只在寒暑假时节匆匆地在家小住,用母亲的说法,屁股还没把板凳焐热就走了。短短的时间里,我很少走过颓废的后河桥去到对岸,再向北走就是我家的菜园子。我也很少去,尤其在冬天。我知道这时候的菜园子形同虚设,一畦畦田垄了无生气,只有几株瘦小的菠菜和蒜苗,因为寒冷而抱紧了大地。无数年来菜园子们都是这么度过它的冬天,可是此刻,我总是能发现它们的陌生,而阳光是多么的好。

祖母坐在院子中的藤椅里,半眯着眼,阳光落满一身。多好的天,祖母说,照得人想睡觉。然后自顾自地说起话来。祖母也许知道我会坐下来认真听。我喜欢听她讲述那些陈年旧事,尤其从写小说之后,特别注意搜集那些遥远的故事。对我来说,祖母那一代人的时光已经十分陌生了,对于今天的世界,那是些失踪了的生活,如果祖母不在太阳下讲述出来,它们就永远不会回来了。祖母讲的多是这个村庄里多年前琐碎的恩怨情仇、奇闻怪事。每一位祖母都是讲故事的好手,这绝非作家们为了炫耀师承而矫情编造的谎话。祖母们从她们的时光深处走过来,口袋里的故事我们闻所未闻,更具魅力的是她们讲故事的方式,有一搭没一搭的,想到哪说到哪,自由散漫,间以咳嗽和吐痰的声音,不时拍打老棉袄上的阳光,然后就忘了刚刚讲到的是谁家的事,提醒也无济于事,她又开了另一家人的故事的头,从老人的死说起,从小孩的生说起,或者从那一家迎亲时的牛车和一个大饼说起。那些已经有了霉味的故事被抖落在太阳底下,也像被子那样被重新晾晒。

祖母年迈之后,讲述往事成了她最为专注的一件事。听父亲说,祖母睡眠很少,夜里一觉醒来就要把祖父叫醒,向他不厌其烦地讲过去的事。那些事祖父要么经历过,要么已经听过无数次,反正他已是耳熟能详。但祖父还是不厌其烦地听,不时凭着自己的记忆认真地修正。他们在回首过去时得到了乐趣。

人老了，就不再往前走了，而是往后退，蹒跚地走回年轻时代，想把那些值得一提的事、那些没来得及做和想的事，重新做一遍、想一次。他们想看清楚这辈子如何走了这么远的路。祖母显然常常沉醉在过去的时光里，或者真是太阳很好让人想睡，她讲着讲着就闭上了眼，语速慢了下来，仿佛有着沉重的时光拖曳的艰难，讲述开始像梦呓一样飘飘忽忽。

午饭之后我又听了半个下午。三点钟的时候太阳依然很好，我也挺不住了，不得不回到房间把推迟的午觉捡了起来。

一觉混沌。醒来时已经五点多，天色黯淡，夜晚迫在眉睫。阳光消失不见了，我大梦初醒不知今夕何夕的满足感陡然败落，心情也跟着坏了下来。真想闭上眼接着睡过去，以便在一片大好的阳光里重新醒来。但是此刻睡意全无，母亲正张罗着晚饭，让我起床，一会儿就该吃晚饭了。

看来夜晚无法避免。

三、祖母说

从十二岁时出门，读书，工作，再读书，一晃又是十二年。每年回家两次，名为归乡，实是小住，总是鬼撵着似的匆匆去来。回到家也难得外出，关在房里读写，偶尔出去也只是房前屋后遛上一圈，漂泊不得安宁的心态常让我感觉自己是故乡的局外人。除了周围的邻居，稍远一点的都在逐渐陌生，那些曾是我的同学和少时玩伴的年轻人，多半已经婚嫁生养了。生疏是免不了的，要命的是他们的孩子，完全是用异样的眼光看我，好像我与这个村庄无关。

尽管这样，我依然没能太深地发现村庄的变化，大约是这种变化正在缓慢进行，而我一年两次的还乡多少也对此有些了解，孩子们的成长与谁家的一座平房竖起来并不能让我惊奇。都是生活的常识了，有些东西的确在人的心里也展开了它们的规律，它们的生长节奏不会让我们意外，也就无法把它称作变化。我常以为我的村庄是不会变化的，年复一年日复一日地相同，院门向南开放，白杨和桑树还站在老地方，后河水的荣枯也只是遵循着时令的安排。当我从村庄后面的那条土路走向家门时，沿途的景物让我失望地一成不变。我就想，还没变。外面的世界一天一个模样，故乡却像脱离了时光的轨道，固执地守在陈旧的记忆里,生活仿佛停滞不前,一年一年还是老面孔。

若是从生活质量论,现在的乡村绝不是一片乐土。小城市正跑步奔向小康,大都市早已在筹划小资和中产阶级的生活,而乡村,比如我的家乡,多年来依然没有多少起色。当看到他们为人民币深度焦虑,而将正值学龄的孩子从教室里强行拽出来的时候,我是多么希望她也能与时俱进、富足祥和啊。那些田园牧歌的美誉,那些关于大自然的最矫情的想象,加在乡村的枯脑袋上是多么的大而无当。生存依然是日常最重大的话题的村庄,要田园牧歌和大自然的想象干什么。看到他们和若干年前一样扛着茫然的铁锹走进田野,我常觉得自己在这片大地上想起诗歌是一种罪过。他们当然需要诗歌,但更需要舒服滋润的一日三餐,和不再为指缝里的几个硬币斤斤计较,需要所有人都和他们一样,把粮食高高举过头顶。

可是祖母说,村庄一直在变,一天和一天不同。她又向我历数我离家的这半年中村里死了多少人。祖母越来越执着地谈论死亡了。这几乎是年迈的一个标志,在乡村里,这像老年斑一样不可避免。祖母八十岁了,有理由为众多的生命算一算账。祖母说,东庄的某某死了,才六十八岁;南头的某某得了癌症,没钱治,活活疼死了;路西的某某头天晚上还好好的,一早醒来身子就僵了,那可是个能干的女人,六十五岁了还挑着一担水一路小跑;后河边上的某某也死了,一个炸雷轰开了柴门,把他赤条条地劈死在床上,那声神出鬼没的雷怎么找到他的呢?不到六十,刚刚把白胡子蓄了两寸长;还有卖烧饼的媳妇,一口气生了三个丫头,刚得了个儿子没满三岁,莫名其妙地一头钻进烧饼炉里,拽出来人已经烧焦了。

祖母坐在藤椅里,在阳光下数着指头,讲述死亡时只看天。她说日子一天一个样了,他们那一代人差不多都没了,出门满眼都是不认识的人。他们都走了,少一个人村子里就空出一块地方,能感觉出来院子里的风都比过去大了,没人挡着,风想怎么吹就怎么吹,来来往往都不忌讳了。

这是祖母的变化。村庄越来越让她不认识了,世界因为死亡在一点点地残缺,她所熟悉的那个村庄在逐渐消失,属于他们的往事和回忆被死去的人分批带走了,剩下的最终是面目全非的别一样的生活。在祖母变化的生活里,不停地走进陌生的面孔,那些身强力富朝气蓬勃的年轻人,而这正是我所不解的,他们像血液一样奔突在村庄的肌体里，但是为什么多年来故乡依然故我，连同我们的土地都要为粮食焦虑？

四、空心柳

我穿过田野到乌龙河边等车。道路从麦地中间切过，拐弯向右，再向左，直走就是。风大如海，太阳也冷，我裹紧帽子侧身低头疾走，右拐，前行，左拐，猛一抬头，看见了拐弯处桥边的空心柳。

一棵足以连抱的老柳树，身上长满炭一般黑的僵硬的鳞甲，粗壮的枝干扭曲着向上生长，在四米高的地方戛然而止，顶端被潦草地劈掉了，那把斧头大概来自多年前的一个响雷。断面以下是稀疏的枝条，早落光了叶子。这样的造型和生长状况不免古怪。最惊心的是柳树从根处向上开始空洞，高约一米，这一米的范围内，树干四周不时洞开，有着清晰的火烧痕迹。风从树洞经过，发出呜呜的轰鸣，像古战场上呜咽的号角。

我记起来了，小时候我曾在树洞里烤过红薯和土豆。从路边随便谁家的地里刨出一两个红薯或土豆，和几个邻家孩子捡来树枝柴火吹火烤食。那时候从没想过那是偷，理所当然地认为要吃东西就得找。当时这棵柳树还年轻，一树葳蕤的枝叶。如果不是天生了这么个洞，就该是饥饿的老鼠半夜里一点点啃出来的，总之是已经有了一个不大的洞。我们在树洞里烤红薯和土豆纯粹是为了好玩。原来都是在桥洞里或者哪个避风的地方架起火堆，而且树洞大小，几乎施展不开。不过我们还是在里面点起了火，点了很多次火，烧熟了很多个红薯和土豆，还有玉米和鱼虾。没有听到柳树在火烧内心时焦灼的喊叫。

多少年过去了，一晃我都二十五了，不在田野里游荡也有十余年了，这柳树竟然还在，它在奔向自己的风烛残年的路上身体里的空隙越拉越大。树干粗了，树洞大了，树皮薄了。我也说不清它在这里站了多久，一场场火烧毁了它的年轮。毫无疑问，自我之后，一茬茬的孩子在热衷野火的年龄时都在树洞里找到了乐趣。一茬茬的火烧起来又灭掉，一直到了现在。我眼前的空心柳的肚子里还存留着两块烧焦的石头和一堆灰烬，在它们被风吹尽之前，一定还会有几个拖着鼻涕的小孩及时地续上他们的那把火。他们已经不再局限于烤食，这样的冬天无物可食，他们生火也许只是为了烘一烘冰凉的手和冻得通红的鼻头，或者干脆是发一回狂，放把野火，只是想看一看一团火如何在一棵老柳树的身体里燃烧起来，想听听它是否能痛得喊出声来。

石头都烧焦了，树洞越来越大，树照样活着。如果它还活得清醒，是否还能记得那一堆堆火焰扬起的五谷杂粮的暖香。多少年了，我又忍不住想起"一晃"这么个词。什么时候开始把这个词挂在嘴边？记不得了，但是现在我习惯对别人和自己说，一晃就二十五了。就是那么一晃，摇摇摆摆就长到了现在。多少个晃晃悠悠的日子，哪一天都没拉下过，可又记住了哪一天。就像一场迷迷糊糊的漫长的浅眠，晃了一下肩膀睁开眼，就不一样了。仿佛整个世界都在背着我暗暗生长。

按理说我没资格感叹时光的流逝，我还是你所说的刚开始生长的轻狂的年纪，别人过的桥比我走的路都多，那些逝者如斯的手势放在我的指头上显得大而无当，滑稽可笑。可是我的确看到了岁月的遗迹，它们均匀地撒遍大地，就像这棵老朽的空心柳树，站在拐弯的路口等你，只要你不经意地一抬头，就把过去明明白白地亮给你看，躲都躲不掉。

我果真看到了过去？我只看到了一棵还很年轻的柳树，一个小得多的树洞，一群小孩尖着脑袋聚在散发出土豆香味的火焰前，其中一个是我；可是现在，它老了，几乎负载不了内心里的一个巨大的空洞。这么多年它是如何一寸一寸空下来的，我没看到，那个漫长的过程就像眼前的田野一样让我茫然。野地无人，长千里、宽万里的大风像水一样卷过、漫过，道路修长泛白，是谁家的一条炊烟从村庄飘摇而出。路两边是麦地，矮小的麦苗伏在地上不敢稍动声色，为了躲过几乎无始无终的这场浩大的西北风。冻僵的土块裸露在风里，把积攒一年的水碱献出表面。

如同一幅静止无边的褪了色的水粉画，年复一年的时光停在大地上。它用另一种方式告诉我，这停滞背后突然"一晃"的结果，就是这棵空心柳，经久不息的大风穿过树洞。相同的一场风，它在树洞里徘徊的叫声是多年前的两倍还要大。

五、最后一个货郎

待我披上衣服冲出院子，母亲却说，老张已经过去了。我是听到老张的拨浪锣声才急着起床的，往常这会儿早该起了，晴好的阳光漫进窗户总会及时惊醒我的眼睛。今天是阴天，只能自然醒来。醒来了还赖在热被窝里，然后听到了老张的拨浪锣的声音，在浓阴的早晨里像阳光一样明亮地响起来。老张又来了。为了看一看老张我从床上跳起来。

母亲却说老张已经过去了。我跟着他的锣声跑过一条巷子，在巷子口看见那一头他的侧影缓慢地移进房子的墙角背后。骑一辆三轮车，车上是一个用铁丝网做成的杂货箱，远远地看不清里面放着什么东西。他的右手把拨浪锣高高举过头顶，在阴冷的早晨摇出一串声响。

我有几年没见到老张，鸟枪换炮了，他把手推车换成了三轮车。母亲说，老张年纪大了，没力气侍候手推车，只好改三轮车了。还说，老张有几次走过我家门前，还问起过我，什么时候回来，他新进了几盒漂亮的彩糖。当然是开玩笑。他竟然还记得我，小的时候我死皮赖脸地跟在他的小车后头要糖吃。

老张是个货郎，走乡串户少说也有二十年了。和别的货郎不同的是，他摇的不是拨浪鼓，而是拨浪锣，一个铁环中间拴住一面精致的小铜锣，多少年下来被敲得如同灿烂的黄金。如果说这些年家乡还是有些变化的话，之一便是一些乡间职业的垂危乃至消亡，比如货郎。我童年时期，街巷里每天都要走过好几个货郎，摇着鼓，敲着锣，推车的，挑担的，再后来是骑着自行车的。他们把针头线脑、铅笔小刀之类的小东西送到我们门前，填补生活中一些零碎的小缺憾。现在几乎绝迹了，母亲也说，除了老张，再也看不见货郎从村庄里经过了，都改行挣大钱了。

只有老张还坚持老本行，延续着货郎事业的唯一的香火。他是离我们五里路的邻村人，他们那个村子太小，不及我们的一半，所以总是到我们的村庄里来做生意。那时候他还推着独轮车，车上也是铁丝网做成的货笼，糖果、梳子、方格子本子摆在底下，玩具、气泡、花线、头绳挂在铁网上，走起路来车子花花绿绿地摇摆。小孩子都喜欢他，一听小锣声就从屋子里、草堆后蜂拥而出，围着他的手推车转，嘴里的口水风发泉涌。为了诱惑，我们掏出口袋里焐了很多天的贰分伍分的硬币，他支起小马扎坐在车子前不懈地摇着小锣。叮叮当当的锣声敲得我们心里痒得难受，那里面可都是好东西啊。在我十岁以前的见识里，老张的货笼就是包罗天下的百宝箱，是一个缤纷绚烂的天堂，他会出其不意地拿出一件我们从未见过的小玩具。即使糖果也有很多种，圆如豆粒的彩糖，状如宝塔的酸糖，还有一年难得吃上一次的奶糖。

小时候我狂热地喜欢老张货笼里的三样东西：彩色的糖豆、掼雷和塑料小枪。糖豆相对不是很值钱，一分钱可以买到两颗。但那时一分钱也不是说有就有的，口袋里最多装过两毛钱，藏在口袋里，手紧紧地攥着，手汗都快把那张毛茸茸的纸币浸烂了。到了上小学一年级时，要交三块七毛钱的学费，祖父把钱塞到我的口袋里后，我一直从外面捂住它，不是担心钱飞掉，而是想感觉一下那一叠钱的厚度和做富翁的滋味。我差不多以为自己是世界上最有钱的人了。我们没钱到供销社大商店里去买糖果，那里的柜台太高，踮起脚也只能看见柜台上矗立的巨大的酱油桶和白酒坛子。大商店里有很多美好的味道搅在一起，新出厂的橡胶鞋味，酱油味，白酒味，还有大商店里特有的稍稍刺鼻的清凉的甜味，那主要是糖果的味道。我们在柜台外面转来转去，大口地呼吸，直到售货员的两道眉毛在柜台上方高高地耸起，我们才赶紧逃掉。拍着口袋里的两分钱，发誓一定要找到老张痛快地花出去。

两分钱买到了五颗糖豆。这是老张照顾我，伙伴们都看出来了，老张喜欢我，常常我没钱时也会给我一两颗糖豆，条件是我得弯腿拧胳膊，或者是动耳朵和动头皮给他看。我有一些伙伴们没有的特长，这些特长为我从老张那里赢来了不少糖豆。我可以在身体站直了的时候两腿在膝盖处向后弧度很大地弯曲，像一张拉倒了的满弓，弯几次老张就给我一颗糖豆。开始拧胳膊。我把手面向上按在货笼上，胳膊弯向外转，肘部完全转到了后面，胳膊像麻花似的兜了一个圈子。再是绷紧脸上的肌肉，让耳朵和头皮在糖果面前激动地抖起来。我得到了糖豆，吃了一颗，其余的分给同伴。老张也该走了，拍着我的肩膀说，以后别弯腿了，弯出毛病长大就当不成兵了。我最后没有当兵，腿也没弯出毛病，因为长大以后我的腿再也无法像小时候那样向后开弓了。我站直了。而老张，也只是嘴上说说，下次见了我仍然拿出几颗糖豆换取我弯腿的动作。

十几年前，我有一个缺乏玩具的童年。变形金刚之类的东西是在到了县城读高中时才听说，那会儿城里的孩子已经玩腻了，早不知把它丢到哪个角落里。我的玩具都来自树上和地下，树枝削成的刀枪和泥巴捏成的坦克。最奢侈的，就是老张独轮车里的掼雷和塑料小枪。掼雷现在大概已经从这个世界上消失了，但那个时候每一颗掼雷响起时都为我们带来了一个盛大的节日。我们向往鞭炮的雷鸣和惊响，可惜那东西只在过年时才能过上一把瘾，平时从不单卖，大商店里也不会因为一两分钱把鞭炮一个个拆下来零卖。老张可以，他的掼雷可以散卖，不要点火，只需用力往地上猛地掼一下，火光之后迸出巨响和沙子，还有好闻的火药味久久不散。我们的零钱除了换来一些糖豆，其余的多半被摔到了地上，以享受一声声让我们惊叫狂欢的爆炸。

奢侈莫如塑料小枪。掌心大小，一根橡皮筋做牵引，可以装进沙子和黄豆作子弹。我们很长时间的奋斗目标就是那把塑料小枪，瘦弱单薄却要卖三毛钱。何其巨大的数目，我们的口袋离那把小枪远得让人绝望。可以捡玻璃卖，也可以割老鼠尾巴卖，老张提供了友好的提醒。遵照老张的指示，我们充满革命的热情去挣钱了。结果还算让人满意，我们捡到了玻璃，也捉到了老鼠，总算凑足了三毛钱。我期待老张的锣声早一点响起，常常在半夜里从床上坐起，迷迷怔怔就要往外跑，父母问我干什么，我说去买小枪，老张来了。

老张当然来了，可是塑料小枪卖光了。他免费送给我几个掼雷，答应过两天就去进货，一定给我留一个最好的，用黄豆作子弹也能射出十米以上。老张是否失约我已经记不清了，只记得十二岁那年我去了离家十里的镇上念中学时，我仍然没有一把自己的塑料小枪。我对它念念不忘，从一个同学手中高价买了一把。没有我想象的那么美好，黄豆装进去都射不过十米，子弹在半路上就跌跌撞撞地落到了地上。

出门以后我回家的时间就越来越少了，寒暑假里也会听到老张的锣声穿过巷子，但实在想不起有什么东西要买，就让他过去了。货郎渐渐少了，老张的锣声也跟着稀了，他有更多的地方要走。

读大学的一个暑假，我站在院门前发呆，听到了老张的锣声从后面的巷子向我家走过来。我对母亲说，老张来了，又说，现在老张越来越少了。母亲对我的说法颇感奇怪，什么叫老张越来越少，老张不是只有一个么。我恍然，这么多年的疑问终于有了答案。村庄里的人都叫他老张，我以为这"老张"就是对货郎的称呼。我们这地方常有怪异的称谓，这当然是我离开故乡之后才发现的。多年来我时常琢磨老张到底是哪一个"zhang"呢？在探究"zhang"字时，我总是想到他们手中的拨浪鼓和拨浪锣，我以为它们在方言里被总称为一个什么"zhang"。原来只是大家对老张的尊称。

他的年纪的确不小了，当他把多年前的独轮车推到我面前时，我的确应该以"老张"来尊称他了。老张说，小东西，回来啦？我说回来了，老张，还有塑料小枪没有？老张笑了，满脸皱纹，牙都缺了两个，长年推车，车绊把肩都压弯了。早没那东西了，谁还玩那个？他说，都玩电动的了。他也知道现在的孩子都在玩电动手枪。我看了一下他苍老的货笼，说实话，所有东西加起来大约也买不到一个电动手枪。

生意怎么样？我问老张，别人都不干了。

不干这干什么？他说，走了一辈子了，闲在家里就浑身难受，走到哪天算哪天，图个痛快。

已经没有多少人需要他的杂货了，孩子们也懒得围上去转圈子。如果说他们对老张还有一点兴趣，那也是受着锣声的吸引，没有小孩再像我们小时候那样，迫切地需要一两颗糖豆来安慰贫乏的生活了，尽管他们也和我一样称他为"老张"。我看着老张弓腰推着独轮车，步履老迈而又缓慢，也许它们期望能在某一家门前停下来，但是所有人家的大门都紧闭，他们不需要他的商品。老张一路推着车子没有停下，没有停下的还有他的拨浪锣，孤独地响到巷子深处。

如今他把独轮车换成了三轮车。走不动了，还是不愿停下，三轮车对一个老人来说要安稳和省力得多。听说老张现在并不缺钱，儿孙辈的孩子送给他足以颐养天年的所需，老伴很早就去世了，孤身一人的日子应该还不算难过。他不愿意，还是每天早出晚归，慢悠悠地骑着变成了他的双腿的三轮车，一整天都在摇着他的拨浪锣。他不想停下，他知道自己一生的道路该怎样走到头。

七十年的守望

徐丙超 江苏东海人，中国作家协会会员，国家二级作家，曾在《雨花》《钟山》《人民日报》等报刊发表散文、小说等150多万字。著有散文集《叶落无痕》，短篇小说集《大地的影子》，长篇小说《家园》《不能被遗忘的家》。

    那是大年三十的前两天，我们几经周折终于找到了老奶奶。此时她已经八十好几了，佝偻着腰，裹着一双小脚，穿一双已经磨出花边的小脚布鞋，走路踉踉跄跄，非常吃力，但很坚决。老奶奶住在一间又低又矮、昏暗冰冷的房子里，那是一间一面靠着围墙，一面用散乱的碎砖砌成，几根木棍顺势搭起来一檐坡大的简易房。可能是施工队撤走时留下的工棚吧。周围长满了一米多高枯死的杂草，一条弯弯曲曲、高洼不平的小路爬过废弃的大门，拐弯抹角延伸到这里，好像在提示人们在这片被圈起来的荒凉的茅草丛里还住着户一人家。

    屋里到处透着风，靠围墙的那一面，整整齐齐地贴着许多的奖状，另一面放一张不大的木床，床上铺满了好多的稻草，那张已经磨破了边角的芦苇席上，放着一床好似花布被面的棉被子。屋里没有通电，可能是这里人少的缘故吧。一张小饭桌上，搁着一盏煤油灯，这已经是多少年没有见到的了。外面的热热闹闹与这里的冷冷清清让人感到别样的心寒。一个很懂事的小男孩看到家里一下子来了这么多陌生人，搬出家里仅有的两个小板凳后就不见了。

    回来的路上，我一直在想是什么样的力量在支撑着这位老奶奶呢？

老奶奶十七岁嫁给同村一位名叫周祥的小伙子。小伙子三代单传，父亲去世较早，家里很穷，但他长得壮实，憨厚，能吃苦，加之两家相邻相近，两人小时候一起玩耍，一起长大，彼此知根知底，虽说是媒妁之言，但也算得上是一桩美满的婚姻。不知是什么原因，就在他们准备结婚的那天晚上，周祥却突然失踪了。

她不相信周祥失约，也不相信周祥逃婚，更不相信周祥是坏人，她坚信他一定会回来的。她一直记着周祥婚前与她说的悄悄话，他要她为周家多生几个儿子，让周家在他身上发旺。她在心里默默地许诺着。

周祥走了，她把家里所有的重活都揽过来。收、割、拉、打、种，凡是男人干的活她都从头学起。特别是挑挑（用扁担挑重物），家里穷没有牛，所有收的庄稼都要一捆一捆地挑回来；所有要施的粪肥都要一筐一筐地挑到地里。不能承受太多压力的小脚，半天下来，就磨出了点点血泡，每走一步疼痛就往心里钻一下，但她咬牙忍受着，不让婆婆看到。晚上先将多病的婆婆侍奉上床，然后自己一个人坐在如豆的油灯下，用自己纺的细细的麻绳，一针一针地为他纳底做鞋。做了一双又一双，等了一年又一年，终于等到了一封署名"邹宜祥"的家信。上写：我参加了新四军东进支队，在沂蒙山区打日本鬼子，等赶走了日本鬼子，就回家一起过好日子……落款滨海军区。这封不知是写错了还是寄错了的家信让她明白了许多，直到今天还被珍藏在她陪嫁的小箱子底下。

婆婆的身体一天不如一天，半边身子动弹不得，生活不能自理，长年躺在床上，每天的饭都靠她一勺一勺慢慢地喂。她就像她的亲生女儿，细心地照料着她，家里有一点好吃的东西都留给她。这里的夏天特别的闷热，屋里稍不注意就会招来许多的苍蝇。她每天定时料理婆婆的大小便，清洗便盆。哪怕再累每天都要为她翻身擦洗，保持屋里的卫生。晚上用芦苇编制的扇子轻轻地将凉风一扇一扇地送给她，为她驱赶蚊子。为了不让婆婆感到孤单、烦躁，她干脆将自己的床搬到婆婆的屋里，每晚陪她拉呱，就这样婆媳俩相依为命地盼着过。

时间一晃又过去了五年，婆婆的身体再也支持不下去了……她将家里所有能卖的东西全卖了，代他按照农村的风俗，将公公婆婆合葬到一起。送走了婆婆，家里就只剩下她一个女人了，左邻右舍都劝说她另做打算，但她始终不肯。她从医院抱回一个刚刚生下的婴儿，起名周兴强，希望孩子能够坚强地成长。

在那个物质匮乏的苦涩年代里，一个没有粮、没有钱、没有依靠的，连自己性命都难保的女人家，怎能养活这一点点大的孩子呢。她将野菜、野黍、地瓜秧拌在一起斩碎，放到锅里煮烂，然后咀嚼成糨糊状，嘴对嘴度给孩子。上工干活，孩子没人照看，她就背在身上，黑里来黑里去，不管多么苦，她都坚持着。可能是上苍的造化，这个生在艰难年代、生活在艰苦之家的孩子，在她的汗水、泪水的润泽下，一天一天地长大了，而且长成了个帅小伙子。她帮孩子娶上了媳妇，成了家，还得了个大胖孙子，一家人围着小孙子转，其乐融融，多年的苦水总算熬到了尽头。

命运总是不公正地对待这位辛苦操劳的老人。儿子与庄邻合伙做拉煤生意，在山西不幸出了车祸，经过半个多月的苦苦抢救，终究没有挽留住他的生命。犹如晴天霹雳，让这位老奶奶再度陷入了痛苦之中。

为了减轻家里的负担，儿媳妇将孩子留给老奶奶，只身一人外出打工，不知是怎么回事，十几年过去了，杳无音信。老奶奶又是一把尿一把屎地带着小孙子。为了让孙子能够念好书，她把家搬到镇上，靠捡破烂供孙子上学。每天早上、中午、晚上她都拖着枯瘦的身体，顶着寒风烈日，接送小孙子。从小学到中学，不管是刮风下雨，从未间断。

送走小孙孙，她照例背起不知是白色，还是灰色的蛇皮袋，从这个垃圾桶移到那个垃圾桶，从这个垃圾堆挪到那个垃圾堆，凡是值钱的东西，她都一一地捡进那只蛇皮袋。十几年了，她不知捡了多少饮料瓶，却从未喝过一口饮料；不知捡了多少苹果箱，却从来舍不得吃一个苹果。

那天我们给了她四百块钱，她的手是那样的颤抖，连手中的钱都隐隐在颤动着，早已干枯的眼泪，又泅湿了她的眼角。那四百块钱对于那些"贵人""富人"也许算不了什么，甚至不值他们平时抽的一条烟、喝的一瓶酒，但对于这位老奶奶来说可能是她有生以来见到的最大一笔钱吧。

带着那封落款滨海军区的信，托人找了许多单位终于有了眉目。在一位新四军二师长者那里得知：当年他和周祥（邹宜祥）一起参加新四军东进支队，由于形势所逼都没有告诉家人，随部队转入"老四团"，归滨海军区指挥。当时环境非常恶劣，日本鬼子经常扫荡，担心连累家人，许多同志都改了名。1943年3月，在一次秘密护送新四军干部团去延安中央党校学习的路途中，与1000多名日军遭遇，为了掩护干部团安全转移，周祥（邹宜祥）和战友们与敌人拼杀了三个多小时，打退了敌人一次次的进攻。他腹部中了三弹，肠子漏了出来，他只手捂住伤口继续与敌人战斗，直到牺牲。此后由于滨海军区划归山东省，后一部分又划为江苏新海连、徐州等市县。许多牺牲的同志都没有找到确切的地址、真实的姓名，长眠于大山下。

带着这一天大的喜讯，我们再次去找那位让人难以忘怀的老奶奶，可是我们见到的只是一座坟墓，几天前她离开了这个让她依依不舍的世界……

望着那孤苦伶仃的坟墓，大家默默无语。

老奶奶一生从未生养过一个孩子，却辛苦地养育了两代人；她一生非常的艰难，却从未以任何的借口向政府申要什么，直到病逝；她裹着一双小脚，从封建家庭走来，却以她的善良、坚定影响着周围的人；她只有过形式上的婚姻，却为了那句简单的许诺苦苦地等了七十年。

她走了，带着许许多多的遗憾和希望走了，除了那一双双变霉变烂的布鞋，没有留下任何东西。

她的孙子在她的精心抚养下，考上了一所重点大学，明天就要离开她去报到了。

2009年5月发表于《新华日报》转载于《读者》

诗歌是没有翅膀的蝴蝶

徐继东 二级作家,灌云县作家协会主席,出版个人专著24部、200多万字。其中,留守儿童系列小说三卷先后被录入广西中小学校园图书推荐目录和安徽省"农家书屋"重点出版物推荐目录。

一、冬日的周庄

九百高龄的周庄,端坐在羊年的新春里,神情格外安详而平静。

也许是阅读了太多的繁华、喧嚣和春风,冬日的周庄和凝重的河水,不约而同地选择了,默——默——无——声。

那北宋的晚舟,早已挤满淡抹浓妆的游人。竹篙轻轻一点,那清寒的水面上,便漾起了大红大紫的笑声。

十四座古桥,十四种流水,十四款迥然不同的心情。连趾高气扬的"万山蹄子",也满街悬挂成令人馋涎欲滴的风景……

周庄,中国的第一水乡啊!尽管历经沧桑,依旧深陷红尘。

二、零度杭州

其实，我们心里清楚，清秀宁静的杭州，容颜与天堂很有几分相似。

说来，人们都很明白，烟雨蒙蒙的六月，才是杭州楚楚怜人的花季。

乘着迅急的寒流一路南下，我们发现，盛产美女的杭州，盛产古典爱情的杭州，轻歌曼舞、衣着单薄的杭州，正在刺骨的寒风中瑟瑟颤抖。

飞珠溅玉的喷泉，瞬间便定格成冰雕。

各大景点气温急剧下降。

尘封已久的羽绒服也上市热销。

人迹稀少的仿古步行街上，只有兢兢业业的关羽，立马横刀，把商业区的诚信监护守候。

三、故宫

盛夏的故宫，一大块阴燃的木炭。

汉白玉华表，以及金水桥上的铁链，都已升到足以自卫的温度。

十元一瓶的矿泉水，只能加快汗水流淌的速度，对于游人眼中的火，心头的火，束——手——无——策——

老气横秋的故宫，是一座了无生机的戏台。日复一日地上演，一场只有布景和道具，没有演员的哑剧。

一大群人过来，一大群人过去。

来自全国各地，数以十万计的游客，轮流评点，古代帝王豪奢浮华的生活。

四、南京鸡鸣寺

终究，你无法抵御。

鸡鸣寺的佛鼓，那么雄浑那么低沉。

凭直觉，似乎是来自遥远的天国。

一声声、一声声，光芒四射，直逼心灵。

是心中有缘么？还是心中有愧？你的心儿一颤一颤，有一丝寒意瞬间遍及全身。

袅袅的香烟中，有善男信女缓缓低唱。那么执着，那么虔诚。

仿佛飞越了一千五百年的时光，传至那佛事浮华的东晋。

悄然逃离素有四百八十寺之首的鸡鸣寺，你的内心却久久难以平静。

五、金镶玉竹

以金镶玉，以玉饰金。

风情万千的竹。

别具慧心的竹。

自爱自怜的竹。

在远离尘俗的幽谷，静心修行，参悟。

落雨的日子，竹的心情便格外素洁。每一滴晶亮的水珠，都像孩子的眼睛一样清澈。细心梳理，竹的如云秀发，和那清香淡淡的思绪。

嘈嘈杂杂的雨声中，与世无争的竹，闲适素雅的竹，言行举止，像秋水一样静穆。

六、苏马湾

是谁首先发现如此开朗的海水？如此诗意的港湾？海潮轻轻一吻，盛夏的思绪，便不知疲倦地，汹涌——激荡——澎湃——

走在沙滩上，赤足有点儿痒，心情有点儿慌。

一种高高飞翔的欲望，在心底悄然破土，随即不可遏制地疯长。

啊！自信的苏马湾。笑得亮丽笑得灿烂。羊年的夏季，也因此变得五彩斑斓。

七、米巷听雨

暴烈而威严的雷渐渐远去,天色依旧还暗,于是,你静下心来细细听雨。

窗外的乐章热情而零乱,只有檐口的那一组音符,滴答,滴答,滴滴答答。如僧尼们手中的木鱼,不紧不慢地,敲打出一种宁静的平和。

雨中的竹,一身素妆的淑女,百年米巷一如既往的牵挂。

那翠翠的叶片上,有相思柔情脉脉地滑落。仿佛,一点一滴都洒落在,老宅那萦萦于怀的往事上。激起点点忧悒,丝丝寂寞。

八、长城

那个热血沸腾的夏日,我们点燃残剩的激情和雄心,登——长——城。

遥遥望去,每一段城堞,都有许多喜气洋洋的身影。

细细触摸,每一块青砖,都有许多格外亲切的脚印。

长城是一种文化。

长城更是一种精神。

一种血肉相连的合力,让每一颗心儿都那么贴近,让每一颗汗珠都充满信心。

是的!不到长城非好汉。可一旦想起那些背负城砖的匠人,尽管气喘吁吁地登上了好汉坡,我们也不敢有一点儿骄傲和自信。

九、车过苏州

刚刚临近市郊,拂面的风,已变得格外温柔。

阊门,我梦里的家园。在先人的指点下,无数次点燃思念瞭望。可惜,三次擦肩而过,我都是一个步履匆匆的旅人。终究无缘在那条著名的干将路上,从容休闲地行走。

车窗外的苏州,一袭素衫的少妇。少了一分华奢的装饰,少了一分高贵的做作,平民化的举止言行,让人觉得格外清雅、格外贤淑。

十、南京古城墙

行走在青翠的绿叶之上。

行走在欢快的鸟鸣之上。

行走在厚重的历史和文化之上。

太平门,一群年轻的诗人,意气风发,神采飞扬,任白鸽一样的思绪,在历史和现实之间,自由自在地飞翔……

一条长长的树须,从历史深处倏然投出的标枪,神工鬼斧,铸满了冷硬的汉字。向世人讲述历史的沧桑,生命的倔强。

攻城者死,守城者亡。透过600多年的硝烟、尘埃和那婉约清丽的月光。人们真切地感受到,每一块灰涩沉重的古砖上,都有暗红的血迹,缓缓流淌……

十一、花果山古银杏

仰视。

这深山的隐者。

九百年的伟岸,九百年的粗犷。于是,有一种敬意,瞬间注满游人的目光。

人从树下走过,风从叶间梳过。沧桑岁月是流动不息的云,只有细心的月光,记下所有的寂寞和喧嚣。

耳边,悠悠响起,海宁禅寺的钟声。格外雄浑,也格外苍凉,仿佛穿越了几百年的风霜。

银杏树叶轻轻地扇动,那思念和坚守的惆怅,便阳光一样金黄。

《中国之窗》2006年第9期

夕阳里的父亲

徐月祥 江苏省作家协会会员。《散文选刊》签约作家。多篇作品发表在《解放军报》《散文选刊》《海外文摘》《中国书画报》《长江诗歌》《连云港文学》《齐鲁文学》等。诗歌入选江苏省2016年新诗选,散文连续多次获奖。

那年秋天,父亲突然走了,猝不及防。正是夕阳落山的时辰。

那一晚,我的爱人接到乡下大哥打来的电话,说父亲没了。她就满大街地找我,当她气喘吁吁地站在我的面前,未及开口,已是泪水肆流。我说:"你怎么了?"她又不敢直白地告诉我,只说,"爸爸不行了"。我说:"放屁!"当我发疯一样地跑回家,电话打到大哥那里,大哥的话还没有说完,我就在电话里咆哮:"你留点舌头好吃饭吧。"电话那头可是一个将近六十岁的大哥啊!管他呢,在父亲面前,我绝对不允许大哥的不敬。大哥只是诺诺地说,"你来家就知道了"。

随即,我拨通了一个开出租车的同学的电话。当我跪拜在父亲的面前,他已闭上双眼,我摇晃着父亲的双手,余温犹在,只是我一直敬仰的父亲,已视我为陌路的子孙。

想我父亲一生,生育我们兄弟姊妹八个,曾经担任一个千余人口村庄的生产队队长多年,还是1953年入党的老党员,在三年困难时期,他肩上的担子,不仅是要确保一家老小的生存,更有整个生产队社员的生存。他在这个过程中，没有让一个生产队社员外出逃荒要饭，更没有一个社员因为饥饿而死亡。这是他一生的荣耀。后来因为一次偶然的机会，他在生产队副队长、会计等人的一再怂恿下，过年时私分了一点猪肉，而受到党纪处分，这又是他一生的污点，为此一辈子不肯原谅自己。

之后的父亲，就一直喜欢沉默，他会在夏收的麦场上，看到刚刚脱粒出来的小麦，深深地吸入几口老烟，就像是吸入一股力量。完了把烟袋头对着脚底的布鞋，重重磕出烟灰，慢慢站起身来，一旦操起场上的木掀，我们就能重新看到一个依然健康壮硕的父亲。在我们一筹莫展的时候，他竟然能够借风扬场。一掀紧接着一掀，伴随着哗——啦、哗——啦的声响，那些原先还是麦糠混杂的一堆小麦，就会在不到两袋烟的功夫中，扬出粒粒饱满的麦粒。他又会在秋收的场头，那么懂得等待脱粒的稻谷的孤独与寂寞，每晚在场头陪伴它们。或许父亲早就想过，若干年之后，这些水稻与小麦，更会永远陪伴父亲。因为各自的根都在那片乡土之下。

他也总是喜欢孤身独坐，尤其是在母亲走后。父亲最大的喜好，是他的酒杯，母亲健在的时候，他会把酒杯蘸着花香、蘸着阳光、蘸着晚霞，然后，就会把对儿女的欣赏写在那张微醺的脸上。自从母亲走后，父亲的酒杯里，再也没有了阳光，没有了花香，唯有那一抹晚霞，依旧如约而至，而父亲时常会为了晚霞这一份执着，这一份不弃，悄然落下两滴浑浊的泪水，那一刻，父亲面前的酒杯，就会毫不犹豫地抢前接住，经过泪水勾兑的那杯酒，就能如实供述出父亲的孤独，供述出父亲对于母亲的怀念。那一刻，晚霞如血，心疼如我。

我家祖孙几代都是农民，自然离不开土地。让我下定决心不再种地的是那一年的夏天，我从早上四点多钟起床，匆忙赶往乡下老家，先用了两个多小时，把一块六亩多的田块，两旁的田埂加固，然后安装直流泵，利用手扶拖拉机的动力传动，把水渠里的水，抽到田块里，待田块的水层已有两三厘米的时候，开始用手扶拖拉机带动旋耕机耙地。上午十点左右，田块的水刚刚好，正待我准备耙地的时候，镇里通知开会，等我一个多小时再度返回时，可怜我两个多小时，花费我15公斤柴油抽上来的水，早就溜之大吉，它们纷纷逃在两侧邻居家的田块里，面对呆然悲悯、欲哭无泪的我，一副木然的嘲弄，没有一丝悔改的歉意。而时间，正值中午，那毒辣的阳光，把我所有的泪水和委屈，全部驱赶在汗水里，来不及犹豫，再次加固田埂，而肠胃，在一阵又一阵的强烈抗议之下，终于不再狂躁。虐吧！饿死肠胃，我倒要看看，你是如何下场。

下午三点左右，我的老父亲，一个八十多岁的老父亲啊，一手拄着拐杖，一手提着一瓶啤酒和两根火腿肠，一路颤颤巍巍，深一脚浅一脚地挪动在一家一户的稻田里，慢慢向我的责任田移动。因为急于农活，我并没有看到父亲，还是旁边的邻居喊我，一抬头，我的视线已经模糊，我赶紧扔下手中的铁锨，向着我的老父亲跑来，我来不及埋怨父亲，父亲反倒自责："我不会做饭，你就将就将就吧。"那一刻，一瓶啤酒，被我的牙齿啃开，在往日，我可以在30秒内吹下的啤酒，却足足喝了半个小时，我在这半个小时里，搜集父亲对我的所有的爱，我也学着父亲的样子，把自己的泪水涂抹在两根火腿肠上，之后一直至今，再也没有吃出那样的味道。我说不出是苦涩还是疼爱，是幸福还是愧疚。就在那一年，就在那一刻，我是那么决绝，发誓，余生再不种地！

就在那一年的深秋，我的父亲走了，走得那么倔强，那么决绝！

多少次的梦里，我回到乡下看望父亲，父亲总是不顾自己年迈，一手拄着拐杖，一手拎着自己用柳条编织的笆框，去他自己种植的小菜园，采摘茄子、辣椒、黄瓜等蔬菜。我就在父亲的小锅屋里，为父亲烧制红烧鱼，等我把烧好的菜肴端到父亲吃饭的小方桌上，酒还没有斟满酒杯，泪水早已打湿衣裳。

听说父亲在临走时特别想给我打个电话，告诉我的这个亲戚让我当场发怒，我说："你为什么不早告诉我？"亲戚很委屈，但是看到我已是泪流满面，他也就默默无言。如今这一抹余晖里，是你吗？我的亲亲的父亲？您看我的眼神，永远那么温馨，那么疼爱。此时此刻您知道吗？我有多少年没有触及"父亲"这个天下最伟大、最美好、最是依靠的称呼啊！就让我在这一刻，面对夕阳，深深地跪拜，一声又一声地呼喊：父亲，我的老父亲！您听到吗？父亲！您是我在这个人间最暖心的称呼。

《齐鲁文学》2018 年 1 月 18 日

忆故乡小镇

萧　寒　笔名冷紫蔷，连云港作协会员，小说、散文见"江山文学网"、《连云港文学》、"天涯"、"豆瓣"等。

　　我仿佛又回到了从前生活过的地方，二十五年前的那个夏天。在脑海里将记忆的碎片一点点拼凑，还原，一切又回到了原点，熟悉的那条街就这样在脑海里原封不动地被勾勒出来。

　　小时候我生活在一个小镇的街里，那里的房子矮而不高，且门对着门。两侧房子的中间被一条刚修好的水泥小路隔开，阳光透过整齐的青砖红瓦，一切是那样的祥和、安逸。路的尽头是一座码头，下面则被远近闻名的京杭大运河穿境而过，烟波浩渺的骆马湖镇守在其北边不远处。码头上面是用石头垒砌成像长城一样又高又长的石墙，一直蜿蜒到很远，那里是我儿时走过最多的地方。

　　长大后常常有人问起我的故乡，我便扬起嘴角问他们乾隆行宫知道吗？然后跟他们讲乾隆行宫的故事。据说清朝年间，乾隆皇帝六次下江南，五次宿顿于此，并建亭立碑，后称乾隆行宫，那可是AAAA级旅游景点、世界文化遗产。整座行宫富丽堂皇，黄绿琉璃装饰，红墙黛瓦。每年的正月初九庙会，前来烧香拜佛、祈福求祥的人更是络绎不绝。庙会期间，人山人海，街上张灯结彩，熙熙攘攘，人们脸上洋溢着幸福满足的笑容，好像不来逛逛庙会，都不算真正的过年。街头还有画糖画、捏糖人、吹糖人的民间艺人，一个个惟妙惟肖、栩栩如生的糖人就这么在他们手中像活了过来一样，小小的摊子被大人孩童挤得水泄不通。庙会的每条街都热闹非凡，这给正月里的小镇增添了浓浓的年味。小镇建镇于明清之际，距今有数百年历史，除了乾隆行宫，还有财神庙、陈家大院、御码头、水巷等众多古迹。

  一到夏天，石墙上便坐满了乘凉的人们，拉着家常的妇女、摇着蒲扇下着象棋的老头。石墙下不远处的运河里，除了不时驶过的货船和常年无休的摆渡人，还有赤着脚蹲在岸边洗衣服的女人，她们娴熟地将衣服打上肥皂，用脚踩，用手搓。三三两两凑成一堆，哼着小调，聊着家长里短，衣服就这样在她们手中又变的洁净如初。河里传来孩子们戏水的嬉笑声，他们像鱼儿一样在河里游来游去，时而躺在水上漂浮，时而拍打着河面，激起漂亮的浪花。如今想来，这些都是风景。

  因为生活在码头，难免每天清晨被轰鸣的拖拉机声吵醒，那是来拖沙子的拖拉机，它们总是从清晨工作到夕阳落下。从小就晕车的我，讨厌汽车尾气和汽油的味道，但唯独对拖拉机并不排斥，喜欢它散发出来的那种好闻的柴油味，这大概是从小就生活在与拖拉机有关的环境下的缘故。

  对门的王老三从十六七岁就开始跟着他父亲干活，给拖拉机装沙子，每装一拖拉机沙子便有一块钱的收入。后来二十好几的王老三跟他父亲一样有着黝黑发亮的皮肤，这是常年在阳光下暴晒而形成的特有肤色。大家都说王老三缺根筋、少根弦，但在我看来那是纯真，王老三爱哭也爱笑，像个孩子，有时候一包零食就能让他破涕而笑。王老三除了两个哥哥还有一个比他小几岁的弟弟，他们都叫他王小四。

  与王老三相比，王小四的精明更加的突出，常常指使着王老三做这做那，稍不满意就是劈头盖脸的痛斥或是拳打脚踢。邻居都说王老三父母心太狠，也不为他后半生着想，只知道让他玩命干活，利用他的劳动力帮他的兄弟们都成了家。后来王老三的父母亲都相继离世，来装沙子的拖拉机也越来越少。年近四十的王老三跑到父母的坟上使劲地磕了几个头，便跟着外出打工的人离开了家乡，后来再没有人见过他。

  我们居住的那条街道并不是很长，但足足住了百来户人家，人们都井井有条地过着闲暇而无忧的生活。每当夏日农忙时都是我们孩童最开心的时光，大人们兴奋地在农田、在地头挥洒着汗水，我们则在谷场上铺一张凉席坐在那里玩耍，追赶着那些随时来谷场啄粮食的鸡鸭鹅。看谷子的同时，我们最想听到的就是卖冰棍的吆喝声。那些卖冰棍的都是推着一辆二八自行车，后座上的泡沫箱里装着让我们垂涎三尺的冰棍，嘴里像唱歌一样吆喝着"冰棍，卖冰棍喽——"小时候我有一个小猪存钱罐，为了不让家人发现我从小猪里拿钱，就用家里的大头针对准放硬币的进出口，用针将硬币的方向与那狭小细长的出口对齐，这样硬币就滚了出来，然后就用它们换来了一根根可爱又解馋的冰棍。

盛夏的正午，不忙的人们总喜欢在石墙脚下不远处的老槐树下乘凉，男人们喜欢赤着胳膊聚到一起抽着大前门打着纸牌，妇女们则搬着板凳围成一堆，有的打毛衣，有的嗑瓜子，"王二丫和街西的小伙私奔啦，就因为二丫父母嫌那男的没本事赚不了大钱死活不同意他俩在一起，听说都怀孕几个月了……"这时有人咳嗽了一声并使了个眼色，刚才还在绘声绘色说别人私奔的女人突然就装聋作哑了，原来王二丫她妈正往这边走了过来。"你家弟媳生了没有？前两天来玩我看就要生了的样子。""哎，别提了，又是个女娃，她那肚子就是不争气，愣是生不出个带把的。"隔壁三嫂提起弟媳就一脸的怨气，嘴里还嘟囔着这年头没有儿子怎么能行，"生，还得生，直到生出儿子为止。"靠在草垛旁就地而坐的李奶奶顶着一头湿毛巾正眯起眼准备打盹，听到三嫂说还得生的时候顿时来了精神头，"俺就不赞同你的说法，非要生儿子，俺一辈子四个儿子，到头来谁管过俺，没有一个！"

八十二岁的李奶奶一直一个人住，很少看到她的子女来看她，偶尔一回，还是因为李奶奶生病住院，四个儿子都不愿意把李奶奶带回家里照看，就连看病要出的钱都左推右搡，最后还是村领导出面才解决了药费问题，出院后李奶奶又回到了自己的老房子里。李奶奶的老伴早前不到四十岁就因得病撒手人寰了，年龄稍大的老人都说李奶奶这辈子真不容易，年纪轻轻就守寡。她啊，年轻时干活可是一把好手，硬是咬着牙关把几个儿子都拉扯长大。也有人问，"为什么李奶奶当初不改嫁啊？""改嫁？谁要啊，拖着一堆拖油瓶，后来也有人给她介绍到邻村去，条件是最多给带两个娃，她啊，死活没同意，说娃还小，都需要她。"

七八月的晚上也是格外闷热，有的人家会把电视放在外面，然后就围了一帮大人小孩；也有人直接把用藤条编织的简易木头床搬到外头，上面用四根竹竿撑起一张蚊帐，人睡在里面倒也觉得清凉许多。

九点以后，在外面看电视的人也越来越少，这时不知谁喊了一句：着火了！大家都立马从家冲出来，原来是李奶奶的房子着火了。

大火烧得很猛，一股股黑烟从房顶腾空升起。那时没有火警意识，人们更不懂得如何报警，只知道各自从家里拿来水桶、脸盆，还有棉被，大伙都纷纷加入了救火之中。手忙脚乱的同时，人群中有人突然大叫一声，李奶奶还在屋里！这时大火已蔓延到屋里再无法进去人了。

第二天，我夹杂在人群中看着李奶奶被烧得面目全非的房子，和放在门口的那具盖着白布，底下被烧得蜷缩成一团的李奶奶的尸体。有人在哭，哭得很有节奏并富有感情，听说那是李奶奶的几个儿媳。

有人推测李奶奶家着火就是因为蜡烛碰到了蚊帐。从我记事起，就没看过李奶奶用过电灯。

后来我常常在想，如果我能一直生活在那里会是怎样。随着年龄的增长，我越来越怀念我的家乡，我生活过的那个小镇。想象着自己还躺在过去的家中，甚至床的方向，屋子里的摆设，都还一如从前。我就这么赖在床上，听着母亲一遍又一遍的叫我起床。

许多年过去了，我曾居住过的那条街道早已被新建的大桥取代，若不是那承载着历史的石墙还在，我甚至不敢相信那座现代化的大桥下面曾经就是我的家，那里有着我太多的记忆，一点一滴都深深地埋在那里。有人说，每个人心里都有一个故乡梦，我的故乡小镇更有它独有的"沉香"，无论走到哪里，它始终都在我的心底，虽然我只在那里生活了十七年，但，在我的脑海里我已在那里过完了一生。

《连云港文学》2016年第8期

写在水上的城市

杨光华 江苏省作家协会会员、连云港市影视艺术家协会副主席、海州区作家协会主席。有诗歌、散文作品在《扬子江诗刊》《扬子晚报》等刊物发表。剧本《第二个妈妈》荣获"第三届亚洲微电影艺术节"剧本奖。

亚得里亚海金色的光芒,将意大利东北角上的一群小岛分割成一座城。悠远辽阔的运河下,一个个木桩连成了森林,森林用它坚强的风骨,撑起一段繁华和沧桑的历史,撑起了一个艺术与建筑融合的海中之城。

这是威尼斯,这是上帝的杰作。一个不足8平方公里的城市,一年四季都被177条宁静的河道滋润着,古朴淡雅的2300条小巷诗歌般轻轻吟唱着历史,而一些现代的喧嚣也只是与它擦肩而过。400座小桥,不只是河水弯曲的倒影,更是用挺直的脊梁在历史和现代之间作一些传承,而它另外一种功能,无疑是用一种错落有致的语言写出了这个城市的完整。

我们是在初冬的一个午后进入威尼斯,温暖的阳光洒在清澈的蓝海之上。立在水下的木桩几百年来如同仪仗队般欢迎着游客,也站成了一条航线,引领我们尽情瞭望。两岸巴洛克风格的宫殿在阳光下熠熠生辉,尽显皇族的高贵。14至16世纪哥特式风格的教堂共有七座,教堂顶部的拱形建筑如同阿尔卑斯山的山脉,联结了威尼斯人坚强的信仰,即便此时悠扬的钟声还是温暖地响在他们的生活里。两岸各种建筑都被蓝色的水掩映着,看起来就像水中升起的一座艺术长廊。这条长廊记载着威尼斯在意大利文化复兴时候的辉煌,也让一些灿若星辰的名字铭刻在这里,拜伦、歌德、福楼拜、契科夫、果戈理都在这里留下过锦绣文章和伟大思想,让这个城市蕴积了文化的力量,吸引着世界的目光。而莎士比亚的《威尼斯商人》更让这座长廊延伸着辉煌。

如果威尼斯是一篇美丽的文章,那些连接城市的桥梁,便把这种美丽分成了几个段落,而每个桥梁都以自己的故事,写出凄美、动人、忧伤、坚强的词语。叹息桥就是一个让徐志摩伤感、让游人动情的故事。叹息桥建于1603年,是唯一的一座凌空飞架的巴洛克式桥梁。全封闭的建筑,把阳光和自由隔在了外面,桥上的一边是总督府,一边是监狱,下边是河水。监狱是历史上所有死囚的必经之路。死囚们在行刑之前,都会有一点时间,透过窄小的窗口,最后一次眺望蓝天、白云、大海、船帆和幸福的人群,这最后的眺望让他们忏悔和绝望,并留下沉重的叹息。几百年来,总督府和监狱遥望对应,权力和仇恨也就这样长期地对峙着,而这样的一种沉默的对峙,倒也成了这个城市凄美的风景。此时,我站在另一座桥上,站在寒风里,望着夕阳下的叹息桥,平添了几分凉意。

威尼斯的小巷里纵横阡陌,历史的足音依然能合着现代的节奏,但衰老的河巷需要河水的清洗。一百多条水道既洗亮了小巷的月光,也贯穿了这个城市的主题。而这些河道是不用翻译的诗行,各国的游人都能读懂她的语言。我们乘着威尼斯特有的水上交通工具"贡多拉",进入这样的航行。游船抒情地划过一座座桥梁,摇橹的声音如同古典的音乐在河水里轻波荡漾。小船摇晃着,在这样的摇晃中会恍然如梦,令生命感觉被水拥抱着,城市被水拥抱着。在这里穿行,面对着漫过水面长满青苔的屋基,面对着墙上斑驳的沧桑,你就会有一种对话的欲望,想做一次跨越时空的对话,而此时,这些古老的建筑却在沉默,只有时间和思想发出孤独的声音。

走进威尼斯,建筑艺术时刻震撼着我的视觉。最为集中的当数圣马可广场。这里是凝固的艺术空间、历史空间。欧式建筑的传统元素是一种方言,把文化、信仰和审美都写在主体的风格上。广场是正方形,将公爵府、钟楼、博物馆、圣马可大教堂,用统一的样式连在了一起,矗立起宏伟、壮观和威严。白色的群体建筑凸显雕刻的艺术,它们雕刻着神话、雕刻着传说,也在陈述着历史。拿破仑曾以勇猛征服了威尼斯,而他也被这里的艺术所征服,虔诚地把圣马罗大教堂对面的建筑作为行宫,每日里对上帝抑或是艺术顶礼膜拜。在这里我们依稀能听见伟人与艺术的对话,那是一种和平的声音在我的身旁纷飞。广场上一群鸽子在夕阳下自由飞翔,在人与自然和谐相处中悠然自得,它们可以落在游人的肩膀上,可以伏在游人温暖的怀抱里,而游人的微笑是为它们的自由在歌唱,这样温情的画面该是圣马罗广场柔美的风景。

圣马可大教堂的声起,在威尼斯的夜空响起,此时的威尼斯满夜繁星,玉宇琼楼。水是城市的风景,城市是水的风景,威尼斯开始泊在它的怀抱里,依然让我们用流连的目光阅读着她的风情万种。

威尼斯,一座写在水上的城市!

《连云港日报》2005 年 11 月 8 日

身后那座山

殷胜理 江苏省作协会员，连云港市第二、三届作协副主席，连云港市杂文学会副会长，连云区作协主席。发表各类体裁文学作品数百万字，60余篇获市级以上奖项，著有杂文集《夜阑小语》、散文集《横笛竖箫》、报告文学《搏海逐浪》等。

怀念有时是西天的落霞，有时又像朦胧的月光……

残阳欲坠的天际，是宇宙画师一天中最精彩的一笔，有朝霞最靓丽的遗痕，有彩虹最叫绝的气势，而那缱绻欲收时的瞬间展示，被一种称作暮霭的形象掩去绚丽色彩后，那段辉煌总会留下无限美好，无尽遐思……

回首仰视，夜幕渐锁间的大南山正给我父爱般的余力……

而当夜深露重，月满西窗之际，漫步庭院或隔窗对月，最容易勾起对往事的缅怀……连绵的山，栏槛似横于沉沉夜色；突兀的峰，魔障般悬于昏花眼际。这大南山伟岸的形象，在这月色朦胧、万籁俱寂的特殊环境里，似深锁天地玄机、千秋神秘……

此时此刻的这架大山，对我来说，便不仅如夜幕渐锁时赋予我的那种父爱般宽厚，而是一种心灵深处无法言表的震撼，总会使我想起父亲，细细品味他足以影响我一生的点点滴滴……

父亲的一生历尽坎坷，可以说，是他的人生际遇塑造了我的性格。

父亲生于山东鲁南一个绿树环绕、风景不错却又十分贫穷的普通村子，他在四兄弟中排行最小，也就有了能读几年私塾的特殊待遇。后务农、成家，生儿育女，循上辈人生命的轨迹续写人间烟火。但中年逢乱世，日寇穷途末路之际，父亲曾任八路军鲁南某部扩军中队长之职。1942年的鲁南，八路军与日、伪、顽展开了旷日持久的拉锯战，本村殷氏宗族中汉奸势力一度猖獗，父亲在东躲西藏中与之周旋。一天，汉奸乘父亲外出执行任务之机，闯入家中，抱走了我那刚两岁的二哥，扬言我父若不倒戈就"撕票"。父亲爱子心切，犹豫之下，经上级同意并在宗室长辈的调停下，选择了脱下军装远走他乡……从此，这一污点彻底改变了他的一生，并直接影响到我的哥哥姐姐，还有当时尚未出生的我。

父亲携一家五口从家乡逃出，一路南下，沿海边颠沛流离，靠教书维持一家生计，最后流落到这港口小镇。从此，小心谨慎处事，老老实实做人，成了他一生的信条。但厄运从此成了他的"亲密伙伴"……先是我那从未谋面的大哥患了伤寒夭折，继而全国解放，农村划成分，尽管父亲政治上没有什么问题，但由于老家家族中对立的一派掌权发难，仅有的几间破草屋、数亩薄田连中农都显勉强的父亲，被戴上富农的帽子。这座"大山"整整压了我们全家三十余年，直到1988年才予平反，定为中农。然父母早已亡故，我和哥哥姐姐们也已在蹉跎岁月中，被折磨得遍体鳞伤，心灰意冷……

父亲在政治上给我们留下了黑白模糊的"遗产"，在经济上留给我的却是一张白纸。父亲离家、母亲去世那年，比我大一旬的哥哥成家已久，姐姐也早已出嫁，我刚满二十，家徒四壁，两间风雨飘摇的破茅屋，还是父亲早年租的人家的。好在我生性乐观，意念中有伟人之语支撑："一张白纸，没有负担，好写……好画……"

在那浪急风狂的日子里，我常会痴想，假如父亲当初能像电影、小说中那些革命英雄般意志坚强，我们家的历史该是啥样？父亲为割舍不下父子亲情，而留下终身遗憾，做儿子的，又怎好说三道四？

尽管如此，我却敬佩父亲，那是缘于他的精神境界……

其实，父亲有过"青灰发热"的机遇，只是他不愿为之而已。中华人民共和国成立初期，和父亲当年在同一部队扛枪的战友，曾是我市颇有影响的副市长,"四清"时又曾带队到我们家所在的村子蹲点。那时父亲明知此人却不愿找他。若干年后,那位退休以后的副市长才从他人口中知道了父亲的际遇,感慨道:他不愿找我,是他骨子里的那股倔劲,他那脾气,我太了解了!

　　父亲为保全儿子宁可英雄气短、苟活于世,却不愿抹下脸来"攀龙附凤",别人如何评说不管,作为儿子,我却颇为赞赏。

　　"勤奋"二字既是父亲的座右铭,也是留给我千金难买的宝贵财产。他讲的那些"头悬梁、锥刺骨"、凿墙取火、荧光夜读的故事,从儿时起就使我刻骨铭心,以致我在岁月沧桑中,时觉心中有拼的力量,身后有山的倚托。那是我奋力向上的精神支柱。有时我也曾想,假如父亲为我人生奠定的基石是红得发紫的颜色,我还会体味到人生这么多的酸甜苦辣吗?

　　有此丰富多彩的生活,也当感谢父亲!

《苍梧晚报》2007 年 5 月 16 日

草木情怀

殷　俊　江苏省作协签约作家，江苏省文学院首期作家高研班学员。有诗文发表于《文艺报诗刊》《扬子江诗刊》《汉诗》《诗选刊》《星星》《江苏作家》《诗歌月刊》等。

一

草木，是尘世的魂。

也是我诗意泛滥的根。

如果，每个人一定是由尘世间的什么转化而来，那我的前生，必定是一株植物。

二

四月的港城，铺天盖地的绿。

规规矩矩的道路两旁，是一棵棵绝望的香樟。抬头仰望，它们在灰蓝的天幕下，不合时宜地沉睡着，深褐色的树叶悬挂于树枝上。这绝望的展览，让人想起属于它们的好时光。

那样的辉煌，是再也回不去了。

我从它们身边轻轻走过,那死灰般的色调,浅浅地、极有力量地穿透心脏。悲悯蔓延,并以泪的形式涌出。梦般的尘世,留下过多少眷恋,哪怕只是浅浅地牵挂,一只蝴蝶、一只麻雀于其上停留,未及沧海桑田,相遇的美意只余一声叹息。突如其来的冷刀利刃,将绿色情意野蛮割断。

它和人间的情缘,再一次陷入了宿命,这也是它的一部分。就如爱在爱里,爱也死在爱里,取也取不出来。

时光易逝,站在每一段短命的春光里,这片土壤中的更多植物如白杨、槐树、梧桐等,以百年不变的情怀站立于大地,并将继续站立下去。如果没有外力的作用,它们一定能活许久。许多年后,会不会有哪个女人站在葱郁的绿荫下久久停留,倾听它们曾经的故事?

三

麻雀从矮矮的枝头飞过,在温润的水面上急速飞翔,再以优美的转身停于岸边的芦苇间。一个四五十岁的男人在花树前停住。他伸出左手,取下一朵即将凋落的花朵,缓缓而行,浅浅的喉咙叹出一个句子:多么伟大啊!一朵花的春天!

真感动啊!这朵花以什么样的气质感染了他,并由他传递给我同样的震撼?我羞于转过身去或是放慢步子以求得跟他同样的节奏,羞于求他手心里那朵花的模样。与其说他在赞花,不如说他在赞美春天、还要将这样的热爱持续不断地进行下去。如同一滴水推动另一滴,从而使整条河流都漾出微妙的叹息。这与陌生男人传递过来的情意,多么相似!

就这一点来说,他何尝不是我的知己!

四

四月,合欢已长出细微的叶片。这让我投入无数牵挂的植物,又将在春夏之交捧出比海更浩瀚的深情。想起如火如荼的恋爱时光,每次和他从合欢下经过,总要仰头痴痴地凝视,将微妙的心思向它和他和盘托出。

又想起昨日回家，沿途的田野村庄，泡桐正释放出如梦繁花。那浩瀚的花朵悬在枝头，如端着紫白的理想。它们用尽力气，从心脏捧出绚烂至极、朴素到令人落泪的灯盏。

这样不遗余力地掏出，年复一年。

五

每日的晨练，我从不肯老老实实地走路，那些不同气质的草木轻轻松松就能勾走我的魂。走着看着，看着走着，时不时地驻足，抬眼或是俯身，拿眼睛抚摸、鼻子亲吻这些亲密的伙伴。无须刻意调动身体的感官，而所有感官却随之而动。每个细胞与骨骼皆被打开；哪怕关闭所有光和声的通道，我亦能以敏锐之心，捕捉到微妙的情绪。

最常见的情境是：我微闭双眼，将身边的每一株草木皆纳入我的胸膛。那么此刻，不是我站在了它们中间，而是它们住进了我的身体。

六

单从各种植物的名字，你就能读出它们的形状、色彩、味道、气质和骨骼。闭上眼睛听听吧：乌桕、银杏、红枫、碧桃、火棘、白玉兰、枫香、垂柳、狗尾巴草、向日葵、苦楝、黄连木、朴树……是不是活色生香，如沐其中？赋予其名字的人们，一定懂极了它们的秉性特点并和它们做了一辈子的朋友。对于这一点，我深信不疑。

选三种品味一下：苦楝，只读一遍便觉满嘴生涩，想想它的叶，该浸染了多少黑夜的苦胆；黄连木，又是从什么样的悲苦中涅槃而来，化身为一株不死的火鸟？朴树，简化到极致的称谓，你甚至能触摸到它简单清晰的骨骼。

那么，我又是哪一株植物？它又与我有着如何相当的特质？

草木不言。

它只是用力地待在那个地方，并且永远只待在一个地方。以坚固的执着，传递漫天满地的情意。无心的人请忽略，有心之人，自会停留。

七

更多的植物，你得俯下身子才能把它们找出来。尘土之上，每一份泛滥的情意皆掏出了最大的真诚。蒲公英、喇叭花、鱼肠草、七角菜、荠菜、狗尾巴草……它们各居一处，摇曳起每一个沸腾的日子。

蹲下身子，也只有蹲下身子，虔诚垂下高高在上的头颅，方能理解蒲公英如何表达金黄的爱恋，方能看清它如何把朴素的愿望安静地放飞。远方总是充满诱惑的，于是它把另一朵蒲公英看作远方，把麻雀的翅膀、一棵树的身体当作远方，有时也会走了眼，盲目地投入诱人的波光……

这样又如何？盲目也是热爱的一种状态。

八

尘世如缕如织，欲望川流不息。心怀高远的人们，把远方和梦想轻轻地放下，以草木之心匍匐前行，让肉体在柔软温暖的枝叶间痉挛。也许你的安宁，正是从读懂一株植物开始。

也正是因为它们，喧嚣的尘世才获得了最大程度的安静。

《文艺报》2016年9月6日

泸溪河船娘

杨收平 江苏省作家协会会员，2001年获第十五届全国青年征文大赛优秀奖，在《群言》《扬子晚报》《当代小说》《中国文学》等报刊发表大量文学作品。出版散文集《平安钟声》等。

在鹰潭无蚊村村口，有条自东向西流淌的河——泸溪河。河水清澈，河上竹筏缓缓漂移。

我们从村口上了竹筏，在绿波荡漾的泸溪河上漂流，两岸是红褐色的丹霞奇观——龙虎山。天上飘起毛毛细雨，竹筏上撑起了许多小伞，如同一朵朵盛开的莲花。竹筏上载了八个人，连同两个黝黑的船夫小伙。船头的健谈，船尾的木讷。

正在大家争论"文豪峰"更像鲁迅还是高尔基的时候，一条崭新的小竹筏，靠了过来，船头搁着铝锅，船尾放个大竹筐，竹筐上盖了塑料布，水珠从布上滴答下来。竹筏中间有把黄色的竹椅，椅上坐着个三十多岁的船娘，头戴竹笠，身披绿色雨衣，脸庞圆圆的，额头垂着刘海。

船娘用长长的竹篙控制竹筏，和我们并排而行，她一手握篙，一手拎串油绿的粽子，向我们示意。十个粽子一串，十块钱。

船夫小伙，挺会开玩笑。他们将两只竹篙使劲一戳，排筏嗖地窜出一截，将船娘落在后面去了。可船娘微笑着，并不着急。只见她将竹篙斜插进水底，双膝稍稍弯曲,上身微微前倾,身体缩成柔软的 S 形,然后用力撑篙,身体开始舒展,慢慢前凸绷紧,像充满张力的弓,紧握竹篙的胳膊向后伸直成为弦,整个身体变幻成反 D 字形……船娘迅速将竹篙抽回来,前移,三下两下,就赶上我们了。船夫故意快一阵慢一阵,可巾帼不让须眉,船娘才不会服输呢。

呵呵,泸溪河上赛龙舟,一路欢歌一路笑。两个排筏终于紧靠在一起,顺流而下,若即若离。船娘收钱、找零,有条不紊。

我将粽子拎在手里,粽叶缠得紧紧的,四个尖尖的小角上,还冒出点热气。粽子香喷喷的,粽米中间裹着一颗板栗。我们几乎人手一串,嘴忙手也忙。对于这些好"拆台"的船夫,船娘也"以德报怨",送矿泉水给他们喝。

天突然晴了,波光粼粼的水面倒映着船娘柔美的身姿,褐色的山影碎片在周围飘荡。到水深流急处,船娘手里的竹篙换成木桨,她娴熟地划着,一左一右,竹筏在水上灵活穿梭。

在泸溪河上漂流,身旁的竹筏,一个接一个,看不见头也看不到尾。头戴斗笠的船娘,嘴角总是挂满微笑。船夫船娘、竹筏、泸溪河、龙虎山,构成一幅熠熠生辉的油画。现在,船娘到别的游客那边去了,船夫有点怅然,说,早晨的泸溪河最美。为啥?因为朝霞映在山崖上,落在泸溪河的碧波里,泸溪河五色斑斓。我却猜想,船夫可能心里装着娇柔的船娘。

五十多分钟后,我们上了岸,这次漂流只能算浅尝辄止。因为泸溪河很长很长,听说从福建到江西,跨越两省,流经七县,百转千折,注入信江,最后投入鄱阳湖的怀抱。

想着刚才船娘和船夫你追我赶的温馨场面,心里就充满感动。有了船娘的泸溪河,显得温情脉脉,流淌着欢快,流淌着梦想。

《扬子晚报·繁星》2011 年 07 月 14 日

叮当不息

杨占厂 1981年出生，百余篇散文、小说作品在《新华日报》《扬子晚报》《连云港日报》《散文百家》等报刊发表，有散文作品被"学习强国"、《青年文摘》等转载。

在十岁之前，我一直以为叮当河是世界上最大的河，也是世界上最好的河。

我的家乡清墩村在叮当河的西岸，而村里一位德高望重的老人很喜欢说——我家在叮当河的右岸。

一个右字，就将叮当河的起源和流向说清楚了，这意味着叮当河是从北向南流淌的。

叮当河全长25公里，水盛时宽六七十米，北至善后河，南至新沂河。东西走向的善后河是苏北地区的一条干流，最后经连云港埒子口奔流入海。这意味着，叮当河是一条活河，有来自海洋的气息。

这条活河养活了清墩村所在的龙苴镇以及伊山镇、小伊乡等灌云县的5个乡镇共计20万人左右，她也是灌云县城的自来水源。此外，叮当河及其支流的灌溉排涝面积达70万亩。从这个意义上说，说她是灌云人民的一条母亲河，丝毫不为过。

不管怎样，叮当河至少是我们清墩村人的母亲河。甚至不能说是母亲河，简直就是太奶奶河了。打小就听说叮当河是清朝名吏刘墉（也就是民间演义里的"罗锅宰相")发动民工开凿。刘墉是乾隆、嘉庆年间人士,如此说来,叮当河已经200多岁了。

每一次我站在叮当河边,见清流激湍,天光云影,似乎还能听见锹、镐和沙砾撞击的声音以及万千民工的号子声,这些声音从零零碎碎、叮叮当当,逐渐汇聚成巨大雄浑的声浪,像大风天汛期的叮当河水,穿越200多年的时空轰鸣而来。

这条河流——尽管在中国的历史上微不足道,在中国的版图上不值一提,但她没有忘记塑造了她的万千民工们,她当然记不得每一位民工的名字,可她以民工们集体劳动的声音做了自己的名字:叮当。

据说刘墉一开始低估了开凿这条人工河的难度,不曾想到这片土地紧临岗岭地带,地下四处散落不规则的坚硬石块,那些锹、镐、锨插下去时,顿时一片"叮当"声,铁器毁损极快。这位倔强的"罗锅宰相"没有见山而退,最终发动了万余名"扒河工",才攻坚克难,完成了凿河任务。

当年那些"扒河工",全部来自于周边村镇,说不定我的祖先就在其中。因为我老家的祖屋距离叮当河不到两公里。可以想见那段时光里的场景:在苦寒的冬日——封建王朝发动劳役兴修水利通常选择冬季农闲之时,我的祖先和他的无数同伴们,用铁锹挖开地面,剔走石块,用铁锨将泥土装上木制独轮车,然后喊着号子,沿着坡道把泥土送到高处,在高处,他们呼哧出一串串白气,甚至能望得见家园。但他们不能回,那一块块干涸的土地和饥饿的记忆像无形的鞭子抽打在他们黝黑的脊梁上。他们只能俯下身子,像野兽一样和大地较劲。在烈日炙烤下,在风刀雪剑中,他们硬生生创造了一条生命之河。

他们中一定会有很多人在工程未竣时死去,因为劳累,因为风寒,因为孤独。但他们的血肉和灵魂,和永恒的日月星辰一样,映照在了这一条大河里,福泽两岸的子孙后代。

龙苴镇是一座古城,全境都在叮当河的右岸,据称当年挖河出的义工劳役数量,与坐落在善后河两岸、同为千年古镇的板浦不相上下。龙苴的地形是西高东低,总体都是干旱少雨,看天吃饭。在未有叮当河之前,遇到大旱,颗粒无收是常有的事。而叮当河的横空出世,很快派生出如毛细血管一样的小小支流,润泽着这片久已干渴的土地。叮当河右岸因水而灵秀,因水而丰沃,很快迎来了人口的爆发式增长。

清墩村及南面的石门村、王范村等龙苴镇东部村庄人丁日益稠密。稠密到原来的大庄已经住不下了。在我四岁时，我家搬到了更靠近叮当河的清墩村东北庄，父亲垒土造房，屋后就是叮当河的一条小小支流：马尾河。而我的舅奶家，在小伊乡杨树圩村，屋前也是叮当河的支流：枯沟河。也就是说，无论我在家还是走亲戚，都离不开叮当河。那时候，我以为我一辈子都离不开叮当河的怀抱，走不出她的疆域。直到12岁那年我去板浦中学读书，终于见到了比叮当河还要大的河，那也是她的本源：善后河。

后来，我又见识了更大的河，还有海。这些更大的河和海，是我在比清墩村、龙苴镇大得多的地方看到的。这样一来，叮当河在我心目中的神圣地位一度消解，蜗居城市后，我以为自己一度遗忘了叮当河。但在21世纪初，她的消息屡屡刺痛我。像很多别的河流一样，叮当河曾饱受发展之痛，上游的化工污染物和沿途的农药残留，让她面目全非。而她的敌人，也恰恰是她200多年来苦苦养育的人。她的很多支流一度断流休克，其中也包括马尾河。

好在警醒及时。灌云县政府这几年来不懈整治，引水疏浚，以鱼养水，两岸居民也深知不打药的有机庄稼能卖出好价钱，更极少再见泼皮无赖炸鱼、药鱼。富起来的人们开始用心反哺这条河流。

前不久，在当地创业的友人郭君陪我共游了叮当河右岸清墩村一段。大自然就是这么宽容，短短几年时间，叮当河重现我儿时乃至梦时的场景：岸绿波清、鱼肥虾美、群鸟翔集、孩童戏水、钓竿林立……

不独如此，叮当河不仅是一条河流的名字，还成了一个声名鹊起的农产品商标品牌。在各式各样的展会上，我不止一次看到这个让我温暖而亲切的名字，她以漂亮的字体印在包装纸上。这个商标的背后，是叮当河沿岸五个乡镇数千亩的有机农田和数万计的农人，在那些拒绝农药和化肥的农田里，农人按照现代的管理营销理念去培育那些从古时候走来的禾苗们。

分别时，郭君特地送我一些叮当河牌有机大米，还有咸鸭蛋、白米虾、杂鱼干。这些，都是叮当河的恩赐之物。它们的味道，和200多年前叮当河波澜初起时的味道应该一样。

这样的味道，是自然的味道，是最本真的味道，包含着天地精华、日月恩泽。我的祖先们品尝过,我和同伴们品尝过,更希望叮当河两岸乃至更多地方的人们可以一直品尝下去,唯有如此,才不负那从岁月深处传来的、永不停息的叮当声。

《连云港日报》2018年8月20日

吴淞口出海

张文宝 江苏连云港人,江苏省作家协会副主席,江苏省作协报告文学工作委员会主任,连云港市作家协会名誉主席,一级作家。多次获省紫金山文学奖、省五个一工程奖。

夜色完全飘落下来了,我乘坐的客轮从上海吴淞口徐徐启航。

第一次江上乘船,我新鲜又好奇,原本可以坐车到羊山或宁波再乘船去岙山的,实在是吴淞口的江和海的诱惑力太大了,我想舒舒服服地躺卧在床上,透过舷窗,欣赏着岸边的风景,或踱步船首,迎着江风,看船首破开江水,拽着一江浪花,冲出狭隘的吴淞口,瞬间在辽阔的大海里风流倜傥,这该是何等的惬意和豪情呵!

我的眼睛几乎被夜幕遮住了,两岸上的东西看起来朦朦胧胧,依依稀稀如同灰色的起伏绵延的山峦。船下的江水看得见,没想到黄浦江的波涛像大海一样汹涌,扑在船舷上嘎嘎地响。从远远的海上刮来的风又硬又猛,让我早早地领略了大江与大海那力量与力量、博大与博大撞击在一起时的宏大壮观的景象,听到冲起的水柱的呼啸声、跌下的瀑布巨大的轰鸣声……

当我正被夜色遮盖了要兴致勃勃去发现两岸精彩内容的眼睛而悻悻然时,突然间,两岸天地之间绽放出一片片、一簇簇红的、绿的、黄的、紫的五彩缤纷的花朵,流光溢彩,光华遍地。喜出望外盈满我的目光,那是现代化的工厂数不清的灯火,那是层出不穷的高楼光怪陆离的霓虹灯,那是高速公路流水般的灯彩。船上的旅客全都涌动起来，舷窗前挤满了人，舷梯上站满了人，不让旅客随便走动的甲板上也有了不少旅客，四处都是旅客叽叽喳喳的惊喜议论声。有不少是上海人，他们也被从未见过的夜的瑰丽灯火所惊讶得脸上闪耀着激动的光彩，不时发出惊叹声。

吴淞口有多长，两岸的灯火就有多长。

船在吴淞口里走了一个半小时还没有走入大海。我第一次知道吴淞口到达大海的距离这么远。

看不到连绵不断的灯火时，船就进了大海。我没有欣赏到江水与海水相拥相吻的激情演绎的那瞬息，这不是天黑的缘故，全是时间稍纵即逝，一不小心就晃了过去。

海上没有了灯火，全是孤寂的黑暗，乌云打滚的天空和滔滔不绝的大海混同一色，差一点分不清谁是天谁是海了。我睡在床上，满耳响亮着客轮上机器沉沉的发动机声音，回彻着海上无穷无尽的波涛扑打船舷响起来的让我总是隐隐担心船的安危的声响。我眯起眼，心随着沸沸扬扬的波涛滚滚荡荡，怎么也睡不着，也静不下来。我索性走出去，下到甲板上。周围没人，呼呼响的海风和浓重的海腥味包裹了我，我抓住身边门上湿漉漉的把手，生怕一不小心被强势的海风拽到海里。我任海风抓着、撕着、搡着，我故意这样做，心甘情愿这样做，做了，才觉得不虚此行，心里舒服。我突然间冒出一个念头，想看看船下灯光里的波涛是怎样的千姿百态、怎样的激情演绎、怎样的千树万树梨花开、怎样的诡谲、怎样的惊心动魄。朝着生着冷意的船舷和船舷外黑色的大海望了望，我觉得那是悬崖，下面是激浪奔涌、电闪雷鸣、冰冷彻骨的万丈深渊，是能瞬间吞噬世界上任何最强大生命的无底黑洞。我犹疑不定了，看看周围有人没有，哪怕有一个人站在身边，也会给我带来勇气。周围没有人，只有呼呼响的海风和船下翻腾的波涛。突然间，一只山一样高大的轮船从旁边威风地驶过，驾驶台上的灯火像天上的一团星星、海上的一簇火焰，吸引着我，照耀着我。那灯火向我呼喊着，焚烧着黑暗，挥舞着光明的手，拉着我，毫无顾忌地走向船舷。波涛在船下暴躁着，折腾着，吵吵嚷嚷。船在波涛上颠簸着。我急忙看一眼船下湍急的陌生的波涛和无穷无尽的黑暗，马上转身快步回到客舱里。

在黑暗里才知道灯火是有生命的,地球上的生命在于她的启迪才获得不竭的勃勃生机。

我一夜没有睡觉,看着、数着海上的灯火。

《新华日报·新潮》2012年7月5日

当爱已成往事

周维先 江苏宜兴人。曾任连云港市文学艺术界联合会副主席、主席、党组书记,江苏省电影文学学会副会长、江苏省电视艺术家协会副主席。为中国剧协、中国影协、中国视协会员。电影《早春一吻》获第十四届中国电影金鸡奖特别奖,电视剧《小萝卜头》获1999年中国电视金鹰奖、全国电视剧飞天奖,江苏省文联60周年获艺术贡献奖。

父亲去世那年,我还很年轻。

他罹患恶疾后,我曾带着病历和片子到北京日坛医院求医。结论是:食道癌、胃底癌。那时,老人家已年逾古稀,医生得知他有心脏病,刚患过肝炎,此后又因接踵而至的肺病出了不少血,便连连摇头说:动手术,很可能死在手术台上。即使手术成功,他的时间也不多了。

父亲收拾了一箱子衣物,等我陪他去首都请名医,期待着妙手回春的奇迹。而医生迎头一瓢冷水,让我陷入了进退两难的困顿之中,不知如何面对满怀希望的父亲,更没有勇气把北京权威冷静而又残酷的结论和盘托出。

父亲先是不能吃主食,后来连牛奶、果汁也无法进食,连白开水都时时倒溢出来……他被消耗得一干二净,皮肤透明,身体轻如羽毛……那年夏天,连续多日的暴雨冲垮了通往沈阳的铁路。父亲为了等我,至死都没有闭上双眼。在他茫茫然睁着眼睛的遗体前,我失声痛哭了。母亲黯然站在门外,没有号唷，也没有流泪。莫非，他们的爱情已随岁月一起逝去？或许，以她的性格，她的眼泪只能像血一样往心里流？

出嫁时，母亲正值豆蔻年华，又是名门闺秀。我外公参加过辛亥革命，与朱庆澜将军是莫逆之交。革命后，外公当了哈尔滨市教育局长，著作等身。可谁能想象，一个民主主义革命者竟然很不革命地包办了爱女的终身大事。婚礼时，报过生辰八字，母亲才知道丈夫的年龄比自己大了整整一倍。她在洞房里晕厥过去。多年后母亲说，他们的爱情故事从此开始，而且越来越浪漫而富有诗意。但是从父亲溘然长逝到出殡火化，母亲没在晚辈面前流过一滴泪。她真是个好特别的女人啊！

此后一年间，母亲更加沉默，瘦得几乎脱了形。我于是抓紧一年一度的探亲假，星夜兼程赶回本溪，陪她去杭州散心。在杭州，见到了婚姻不幸后终身独处的三姑母，命运多舛的大姑妈也从吴江连夜乘船赶来。三个最爱父亲的女人在一起长吁短叹，痛痛快快地倾诉了一天，哭了一夜。我这才看到母亲痛彻心扉的泪水。她还是没有号，只是无声地流泪，流了很多，流了很久……

我小的时候，父亲很少在家。我难以感知父亲对我的爱。只记得念初二时，我领着腰鼓队参加全市"五·一"大游行，父亲肩上扛着我侄儿一路追踪，兴致极高地看了几个小时，直到队伍解散还有点意犹未尽的样子。

过了八十大寿，母亲才对我讲，我毕业分配，远走内蒙古，父亲时时牵肠挂肚。每次探亲结束，父亲送我上火车，回来都默默无语，悄悄落泪。

"你爸爸比我娘娘腔。"母亲说。

我这才感到彻里彻外的痛，这才感知父亲对我这老生儿彻头彻尾的疼和爱……可当他活着的时候，我为他做过什么？我又曾如何去爱他？

在人人都饥肠辘辘的1960年，我已挣七十多元高薪（那时，工人月工资二十多元）。探亲时，见父母满脸菜色，床底下堆满了准备充饥的树叶子，我便请二老进高价饭店，花去大半个月工资点了几个菜。谁知二老竟没有吃饱。他们一味地让我大侄子多吃一点，自己却很少下箸。

七十一岁那年，父亲已满头白发，瘦骨嶙峋，还拽着我去爬望溪山。他居然健步如飞，速度与我这个二十多岁的大小伙子不相上下。到了半山腰，他买了一瓶山葡萄酒，一口气灌了半瓶，又让我喝了半瓶，两人飘飘忽忽爬上山顶。我至今无法忘记那一天父亲自豪而溢满亲情的眼神。或许，父亲是以自己的方式向儿子、向世界告别？不然，为什么第二年他就撒手人寰，驾鹤远去了？

他去了，我才后悔：对深爱我的父亲，我几乎什么也没付出过。而他，为了等我，至死也没有瞑目。父亲去世后第四年，母亲南下连云港，与我的妻儿同住。那时，我还在鄂尔多斯，母亲在我家一住就是二十八年，带大了我的长子，又带大了我的次子。二十八年后的秋天，母亲突然离去，只在跌倒的一瞬间。

母亲爱我超过爱她自己，我却想不出我曾为她做过些什么。每当看到她生前坐过的那张藤椅，我便不由得拷问自己，直到头痛欲裂，心痛欲碎……我这才顿悟：爱父亲爱母亲，永远只会太晚，不会太早。如果有来世，我一定力戒粗率和迟缓，让天伦和亲情时时围绕着给了我一切又为我付出一切的父亲母亲。一定。

天哪，当爱已成往事，我才在虚幻的下一辈子，给了父母一线爱的希望……

春天的芭蕾

周永刚 1964年生,连云港市作协副主席,发表作品多篇。散文作品曾获得十七大全国网络征文前六;报告文学曾获得全省2015年中国梦报告文学优秀奖;散文作品曾获全市2002年年度最佳散文。有作品被选入中小学生阅读书目,并常在市级的各类征文中获大奖。

久坐书斋,说不上来为什么这些天来,蠢蠢欲动,心有所感似的,一直想出去走一走。春天的蓬勃是无处不在的,即便你不想出门,也总有那么一种诱惑让你欲罢不能,当鹅黄柳绿爬上了枯枝,春风便有了婀娜多姿的娇态;当菜花金黄、桃李含苞,春天便孕育着多彩的梦。吹面不寒,那水的涟漪轻轻柔柔,不知送走了谁的心事?鸟儿在青天里放歌,行人在旅程里思乡,蝴蝶追逐着春光舞蹈,春风袅娜着花心沉醉。春天是一个芭蕾的世界,一切都典雅而万古如斯。

"庄周晓梦迷蝴蝶,望帝春心托杜鹃。"特别喜欢这两句诗,尽管囫囵不知啥意思,但读着心情好,像春天来时,心情自然开朗起来一样。世间有因果,更有逻辑,只是想不明白罢了。有时想清楚了反而没了意思,只在春风里一游,便更有了无限感慨。

朋友约,说你出来走走啊,别一天到晚地只盯着书看,外面的世界才叫精彩啊。于是,那个周六我出行了,这一走还真的看出了变化,看出了青春的葱茏和人间创造的奇迹。

　　宿城是素有世外桃源之誉的。这些年，听说海上云台山开发后吸引了大批的游客，而且又新开发打造了一些景点，便想看个究竟。

　　八间房是宿城新打造的旅游亮点，那半条街还有一处好听的名字，叫1968街区。八间房就在这街区的后面，原来的民居经过创意，不仅保留了原有四合院落的特色，而且又有了脱胎换骨的翻新，融入了文化的因子。这八间房你似曾相识，但你说不出来在哪见过，其实你根本就没见过，只是那疏离的院落，那红灰的猪食糟，那老井，那石磨，那桂花树，那簸箕，那末耙，那门前的坛坛罐罐，那迎春花金星般如瀑的绽放，让你仿佛重新走进了某个意象恍惚里的家园，而仔细看过一切后又那么的陌生，只是那乡愁不知为何莫名地萦绕在心间。

　　设计师叫鲁智浅，和我聊了几句，觉得很有点有话说的样子，请我给点建议什么的。我本就外行，但胆大，喜欢随便说说。上来就是一句，"你做的是个什么东西？"他慢条斯理地说："你看是什么就是什么。"我说："看了像个摇滚还有点嬉皮士的味道。"他说，"你是高人。怎么讲啊？"我说，"你那是乡愁的变种啊，是东方幻想艺术的产物啊，接地气，充满了创新，自是不同凡响啊"。

　　那八间房真是各有各的味道，叫璞院、君子不居、弃庐、瞳苑、小熊的家等，道法自然，一派古朴天成。有的让你想起了儿时家人夏日乘凉全家其乐融融的欢快庭院，那从井里拿出的冰镇的西瓜一切数瓣见人见份的，见到路过的乡邻，亮着嗓子喊，来吃块西瓜，凉快凉快。有的又曲径通幽，竹影婆娑，让你想能遇到一位隐居世外的高人，吟诗作画。有的还有着女儿墙、花窗，又让你会想起崔莺莺和张生的故事来。有的更像是你儿时去过的故乡，总角晏晏，那又该是儿童的天堂。其实更多的是你想起了积淀在岁月深处的那些过往，一花一世界，一叶一菩提。天地一指，万物一马。其实你什么都可以不想，或者是你想什么都不重要，这八间房有意无意地就会把你带入历史的空间里，让你在短短的刹那，有了自己的联想，有了摇滚之后的心灵的宣泄与放飞。而在我又真的不能不想，搞那么多千人一面的东西，搞那么多所谓的高大尚，何不从心灵深处做起，当第一，做唯一，文化引领，让旅游的"十二头",头头有着落,让人流连忘返,让人在心有所感、身心愉悦中踏上体验之旅。

那遮天蔽日的高大的法国梧桐,让纯石料做成的大会堂更加庄严神秘,那大会堂建于1968年,乃当地石匠的手艺。今天大概已经没有石匠还能做出了吧？即使有,可能也做不出当时的味道了。建筑是凝固的音乐。那高大的法国梧桐,或许会知道那个年代这里发生的一切。大千世界除了造化,即为文化。在那青石铺砌的大礼堂前,我常会驻足,因为这驻足中,我看到了一个时代的文化,那种笔直而僵硬的线条,总让我会想起什么,转眼昨天已经离开了很远,那八间房与那大礼堂形成了多么鲜明的反差啊。这反差即为文化上的不可同日而语。理念常如火车轨道上的岔道,往往决定着轨道的方向。好的创意原是离不开先进理念的指引的。

半条街的对面有一家乡村饭店,里面做着时令的农家菜,山里风味,光是那菜名就足以让你垂涎,勾起你无数温暖的回忆。狗骨头、蕨菜、小山蒜、地皮、槐树花包、春卷、香椿拌豆腐、荠菜丸子、拔丝野山药、春茶炒排骨、野韭炒粉丝、地锅鸡、小鱼锅贴……一切都是原有的味道,乡间的味道,儿时的味道,山里的味道,家的味道。若是有闲,吃过饭后还可直接踅到对面的茶馆,泡上当地产的云雾茶,在那杯间茶芽的沉浮里品人生况味,在那绿色如玉的茶汤里看一份人生的真实和清醒。那一刻,你觉得世界是你的,你是这世间光阴里偶尔有过的存在。

只那一刻你便知道了人生创造的美好。庄周梦蝶,这一梦,让他知道人生何以才能逍遥游,那追逐着春光舞蹈的蝴蝶,像上帝说要有光便有了光,像康德头顶的星空,像我思故我在,人类的知觉才能放飞人类的全部理想和希望,"人生永远追逐着梦幻,谁若把那梦幻当作梦幻,谁将沉入无底的深渊"。

那个星期六,旅程中还巧遇宿城街道的现当家领导,他头带工帽,正在唐王湖施工现场坐镇,充满了青春的朝气。他迎上我,先是寒暄了几句,接着拉上我,沿湖走了几处,他秀口一吐,就是宿城今年的全域旅游如何实施,青山绿水,一切都在他的心上。环金刚山的抗日红色旅游、法起寺的宗教文化旅游、农家乐舌尖游、唐王湖山水游、枫树湾红叶游……一年春夏秋冬,季季有看头,季季有吃头,随时有买头,来时回去有说头,乡村康健有疗头,途中有学头,全程有享头,回想起来还要再回头,看得出,他的聪慧和务实。我说:"你瘦多了,回家吗?""最近有点忙,所有的时间表和路线图都确定了,要赶,不赶不行,旅游旺季来时,现在的工程全部要结束,时间要赶在五月底前,回家很少啊。"难怪,整个宿城都像是个大工地,摊子铺得大,规划宏伟,又步步扎实,看了让人心头热。

唐王湖,烟雾蒙蒙里,青的、苍的、绿的、翠的、碧的、新绿的,湖山都朗润起来,施工机械在卧牛岭下正在铺筑一条沿湖的道路。过去修地志时,费了九牛二虎之力才爬到对面山上。现在好了,用不了多久,等路修好了,沿湖慢步,举家或带上几个同道,到湖边走走,那该有多美啊,天然氧吧嘛,那空气清新得,让你不知今世是何世啊。瞬间,似有飘飘俗仙之感,那心肺满是让人欢快的活力。

可看的地方太多太多了,不比旧时,几处残破的景点,还得要有懂得地方典故的人带着才能略知一二。重修的法起文化园占据了整个黄毛顶,气势恢宏的山门有典型的汉阙的风味,里面的大雄宝殿、药师殿都气象非凡,圆通殿更大的可供百位大德高僧举行法会。北海观音那更是有灵气的地方,圣洁的观音独占鳌头。有谁家的孩子考学什么的,不想着能考个好学校呢?管你信与不信,那一刻你或许都会双手合十,因为人们对美好的向往永远都是不变的,对晚生后辈的希望是永远的,敬畏心会油然而生。

法起寺曾是"淮海第一丛林",相传建于汉时,"法从此处起,佛从海上来"。在整个苏北那是最最有名的,香火鼎盛时,一条河上都漂着前来供香的人啊,那条河原来有名还是无名我不知道,但那条河从此再不会从我们的记忆中淡去,它就是烧香河。

枫树湾那要是霜冬时节看上去才有诗意的,但今天它不同了,用不了多久,你可以划船从那遮光蔽日的枝杈间穿越,那又是怎样的浪漫,若冬日那就更美了,层林尽染,山溪间漂着的红叶会把你的诗魂勾出,你作得了诗,还是作得了画,都没什么,自然都有一份诗情画意在心头,挥之不去。

世外桃源越来越美了,游人络绎不绝,车水马龙。去年它当仁不让地被评为"中国十佳村镇慢游地",今天春光来时,它又有了更美的梦,走出书斋,我的心情如此美好,因为我的家乡每天都上演着创造的奇迹,连云港这海天相接的地方，全域旅游正如火如荼，在春风里一个万紫千红的游乐场，将成为你寻梦的理想目的地。

《连云港日报》2019 年 4 月 3 日

春风沉醉话桃花

张冬成 供职于连云港市某国企单位。连云港市散文协会副秘书长，连云港市海州区作家协会副主席。作品多见于各类报刊。

在"草长莺飞花千树，最是春色醉人时"的四月，我们到以"花仙之地"连云港锦屏山桃花涧看桃花。

提起桃花，就使人想起"桃之夭夭，灼灼其华""轻薄桃花逐水流"这些古诗句，把桃花说得有点妖艳又有点风花雪月。那"施朱施粉色俱好，倾国倾城艳不同"的桃花开得多好，招惹谁了呢？要怪，也只能怪她美艳的颜色，远远望去如锦似绣、云蒸霞蔚，近看却比美女的粉腮更为诱人，怎能不招惹人忌妒，便觉得这是桃花在低瞧人、轻薄人，便说她"妖"说她"轻佻"。这更说明桃花无人比得的美！

只因为桃花是那样的美，她注定一世要与女性结缘，成为某种化身，代表美人风姿、媚艳和风一样难以酌定的情性。我想起了崔护，他也算是有幸，在一个寂寞凄凉的清明节，为要得一口水吃，偏就遇着一位风姿绰约的绝美女子，她独倚小桃，两目顾盼，尽管未曾说话，但多情的崔护仿佛听到了她万千情语、无限爱意。他"眷念而归"，苦熬一年相思又寻她去，结果是"人面不知何处去？桃花依旧笑春风"，落下了千载传唱的结局。美而惆怅，桃花又因此多了些俚曲婉词，"一声啼鸟，一番夜雨，一阵东风。桃花吹尽，佳人何在?门掩残红。"真让人伤感。

其实,桃花可没想这么多,也没那么薄情,她热烈烂漫地开着,即使是落英,也化为泥土隐着芬芳。那些牵强给桃花的只是古时文人颓废、没落和无聊生出的,实在有点玷污了桃花的洁身与芳品。

桃花洞的桃花,我们去的时候,她正在"闺中"待放,只见满山遍野的桃树已春意盎然、悄露春心了。那些红的、紫的、粉的花蕾就像一群群舞美少女半启微抿的口唇,等待开幕时的那份激动与渴望。一阵风拂树,花枝便摇珠曳瑙、舒袖曼舞起来,而桃蕾不语,恰又"似未开口笑先闻"了。"好花犹在含春色",这又是怎样的一种美韵呀。我想,在这个春风沉醉的日子,桃花一定想着她绽开时那怎能不使群芳羡慕的丽妍呢!

这桃花洞桃花的美,也许还得益于那"大地之母"的滋养。在山脚下,一块巨石上,大地之母的"生命之门"就敞在我们的视野中,逼真而神圣;它液水盈盈,阴泽四野。听说这方圆的女子也因此出落得玉润丽质,面若桃花,指不定哪见着的没有人工痕迹的美人,正是从这里走出的。

柔柔春风中,我心浮现着许多的绮思,似看到眼前桃花盛开的情景,像一场缤纷无比的花瓣雨,还来不及惊叹便撒满桃花洞山谷,姹紫嫣红,香接云霞。我恍惚在花海里,真的"花艳山色里,人是花中仙"了,耳畔回响着一支歌曲的旋律:春天啊,为什么这样鲜丽,生活啊,为什么这样美好,是桃花把美丽带给人间……

已故作家杨朔先生一生钟爱桃花,他写过一首赞美桃花的诗:"我掐了一朵桃花两朵梨花,夹在日记本中,从此不怕春天会离我而去。"我也爱花,我也爱春,但我却无法描写出桃花的诗情"花"意,也不能给桃花赋以新的意蕴。拙陋浅学,有负桃花洞的桃花了。

《苍梧晚报》2013年4月8日

瓜地随想

朱崇珏 曾在《诗词》《中国教师报》《速读》《连云港文学》等报刊发表作品,作品曾入选各种选本。现任教于苏北某学校,连云港市作家协会会员。

离开老家久了,我会经常想起老家,想起父亲的菜园,想起他年年都要种的黄瓜。那块绿油油的黄瓜地,是我们小时候的乐园,伴我们度过了快乐的童年岁月。

芒种前后,父亲去集上买来些黄瓜栽子,也就是黄瓜的幼苗,把它们分成几行栽到事先整好的畦子里,再浇些水,用湿土埋好。这时候,黄瓜幼苗还小,嫩嫩的,只有大人中指那么长,谁也不会想到,它会很快地长大。

一晃,大约半个多月过去了,黄瓜的幼苗长高了,叶子也明显地变大了,黄瓜的叶子很特别,边缘像锯齿一样,用手在叶子上摸一摸,发现叶子上还有很多毛。父亲从一些大树上砍下一些树枝,然后除掉树叶,把这些树枝削得差不多一样齐,再把较粗的一端都削个尖,然后喊上我们,抱着这些树枝来到菜园,再把树枝一根根地插到每一棵黄瓜苗的旁边。

再往后,那一棵棵可爱的黄瓜苗,就乖乖地把自己茎上的嫩丝缠绕到我们给它准备好的树枝上。它的藤蔓长得又细又长,渐渐的,它会变得越来越高。父亲每天下午都要到附近池塘里挑水浇它们,到我们放暑假了,它们也就开出嫩黄的花朵,花谢了,结出小小的黄瓜,藏在一架架碧绿的黄瓜藤中。别看黄瓜这时候特别小，生长确是非常迅速的，大人头天下午给它们浇好水，第二天早上，你就会发现，它们已长长了一大截，煞是让人喜爱。

这个时候，黄瓜吃起来是最好的。我们经常趁大人不在，摘一根黄瓜，找一个地方用清水洗净，然后小心翼翼地把黄瓜表面的小刺去掉，就放在嘴里嚼了起来。黄瓜还没完全长好，感觉脆脆的，又有些清凉，总之是特别清脆可口。有时候，大人下地干活，我就会被安排搬一个小凳，坐在地旁的大树下，看着自家菜园，说白了，就是怕别人跑来乱摘。偶尔觉得饿了，我就会摘黄瓜吃，而吃多了，肚子胀鼓鼓的，消化又很慢。

当然，父母自己是不舍得吃这些黄瓜的。在我们老家，农民没什么收入，卖黄瓜从而成为许多农民的重要的收入之一，父亲也经常摘些黄瓜放到筐里，然后用自行车驮着到集上卖些零花钱，攒多了，就给我们交学费。对我而言，从来没想过父辈们的艰辛，我所感觉最快乐的事，不过是坐在树荫下，帮父母照看这几畦黄瓜。

当然，农村里专门偷别人东西的几乎没有。对于真正有需要的人，父母还是乐于帮助他们的，比如街坊邻居，母亲经常摘一篮子给他们，偶尔有路过的人，父亲也喜欢让他们摘两根解渴充饥。他们担心的是，一些坏孩子会过来搞破坏，而我闲着没事，还可以听树上的知了鸣个不停，或是看几本喜欢的书，看累了，就伸伸懒腰，看天上的白云悠悠飘过，看树上的叶子轻轻飘落。可最让我喜爱的还是黄瓜架上那碧绿的黄瓜藤，浓浓的绿意，透露出无限的生机和活力，在炎热的夏季，它们也透出丝丝凉意，给人精神上无比舒展的感觉。偶尔，下过一场雷阵雨，在雨后的潮湿空气里，黄瓜叶子绿得发亮，青翠欲滴，更加精神。

时间过得飞快，转眼二十多年过去了，现在村里再也没有那样的菜园了，那会儿的菜园早已变成了宅基地，农民们也不再指着种蔬菜来攒钱过日子了。但父亲好像对种菜依旧情有独钟，每年春天都会在院子里开辟一小块地作为他的小菜园。我经常开玩笑似的对父亲说，现在街上那么多卖菜的，您有这功夫还不如歇一歇呢。父亲总是笑着说，闲着也是闲着，种点菜，自己吃，放心。我们也经常在电视上看到，许多大棚蔬菜里含有农药、化肥残留物质的报道，所以，对父亲种菜的做法，大家还是非常支持的。

只是，偶尔想起过去村子前面那一大片绿油油的菜园，大家都是特别的怀念，因为它不单为我们提供了鲜美的蔬菜，也给大伙带来了太多的欢乐。但我们也都明白，那个时代是再也回不来了。

哦，我记忆里那一块绿油油的菜园，带给我那么多欢乐的菜园！

《连云港文学》2017 年第 5 期

信 任

赵 航 中国寓言文学研究会理事,江苏省作家协会会员,连云港作家协会副秘书长,海州区作协副主席。已出版个人专著十余本。

朋友说:"从小学到大学,我被老师批评只哭过一次。"

我问他:"是被打哭的还是被骂哭的?"朋友说:"既不是被打哭的也不是被骂哭的,而是被我们老师说哭的。"

我反问道:"那你们老师一定批得你很严厉吧?"朋友笑道:"没有,他只和我说了一句话。"

我诧异地问:"只有一句话?那我真佩服你们老师,居然能把你这个从不爱哭的人一句话说哭了。那到底是什么话呢?"

朋友并不直接回答我,说道:"那年我上初三,闯了祸,被老师叫到办公室。我已经想好了许多对抗的方法。结果,老师让我站在他身边三分钟左右,然后带着失望的口吻,对我说'真没想到,你居然会犯这样的错误'。当时我听到这句话,也不知怎么的,泪水就像泉水一样涌了出来。"

我听了,不解地问:"难道就是这样的一句话就把你说哭了?"

朋友"嗯"了一声,解释道:"你没有设身处地的感受,当时我一直以为自己在老师心目中是个没有位置的学生,心想他肯定也不了解我这个人。所以,当我听到他批评我的这句话时,我才发现原来老师对我是那么的信任,对我的期望值是那么的高。"

　　我听了,仔细地斟酌着这句话,原来这句简单而平凡的话语中,竟包含了人际关系中的一个重要的环节——信任。信任他人要有胸怀,要有胆量,因为你所信任的对象可能会给你带来风险和责任,所以一旦你选择信任他,也就表明你已经在为他人承担了这份风险和责任。将心比心,一个时刻相信自己的人,一个愿意为自己承担风险和责任的人,自己还有什么理由去做出违背他信任的事情呢?

《辽宁青年》2005年第21期

燃烧的心

张宜春 笔名百刃，中国作家协会会员。在《人民日报》《光明日报》等报刊发表长中短篇小说、报告文学、散文200余万字，有作品被《长篇小说选刊》《中篇小说选刊》《小说月报》选载并获奖。

父亲的遗体在火化炉里燃烧了近一个小时后，他那瘦小的身子和慈祥而安详的面容不见了，呈现在我们兄妹四人面前的是白森森的一副稍碰即碎的骨骼，只有中间部位还在呼呼冒着火苗。工作人员告诉我们，那是父亲的心脏还没燃尽。

我的眼泪再次汹涌而出，父亲，你为我们燃烧一生的心，到最后还在给我们传递着温暖。

我和二弟都出生在20世纪三年困难时期，饥饿时刻绷着无情的冷脸，一直盯着我们好多年。两个妹妹出生后，我们就没有过填饱肚子的日子。当我们疯抢着盆里不多的饭菜，父亲就默默地把自己碗里的饭倒回盆里。

二弟因为营养不良而患上夜盲症，同时又得了急性黄疸肝炎。那时医疗条件很差，只有到隔壁村子找一个叫董二先生的村医。那天很冷，父亲用柳筐把二弟挑着去看病，在村西的菜园旁窜出一条野兔，它并没有急着逃离，相反还拦在道中间，对着父亲好像还笑了一下，然后"嗖"地消失在衰白枯黄的草丛中。父亲心里"咯噔"一下，顿时产生一种不祥之感，"兔子跑了，小二子没救了"。因为二弟属相就是"兔"。

董二先生给二弟号完脉之后就对父亲说，背到乱坟岗里扔了吧，别再煞费苦心了。

我们老家有个习俗，不懂事的孩子死后不能掩埋。父亲背着二弟在乱坟岗前踯躅了半天，看见几条野狗已在那里虎视眈眈地逡巡着，他又不甘心地摸了一下二弟的嘴鼻，感觉还有一丝游气，就沉默而毅然地把二弟抱回自己在生产队里烧土窑的炉口前，把身子开始僵硬冰冷的二弟放在自己的双腿上，让炉火的温热来温暖二弟，他又找来两片山芋干放到炉口烘烤，然后在嘴里慢慢咀嚼，嘴对嘴地来喂食昏迷不醒的二弟。全然不顾董二先生"这病会传染、会死人"的忠告。

二弟居然奇迹般地活了过来。

1980年我考上大学，父亲把家里正在喂养的一头半大的猪卖掉，给我买了一床缎面棉被和褥子、床单，给我里里外外地换上新衣。我知道这头猪养到年底肯定能卖个好价钱，这是我们一家的主要现金收入。父亲说，穷家富外，不能让孩子在外面不如人。

我从未出过远门，到校不到两个月，想家的念头一天比一天强烈。父亲没上过一天学，只是随着别人学写了上百个字，他在错字、别字连篇的信里对我苦口婆心地劝解，但我还是想回家。父亲怕我影响学业，就来信说来学校看我，并要我到车站接他。

父亲在车站旁的饭店里给我买了两碗肉丝面，看着我狼吞虎咽地吃，眼里流露出怜爱和心疼的情绪。吃完后，父亲又给了我二十块钱和一摞煎饼，还叮嘱我不要想家，缺什么现在就买。我说等到学校再说吧。父亲摇了摇头，学校我就不去了，我一个庄户人，别到学校给儿子丢脸了。见我开始流泪，他就拿出买好的车票对我说，我得赶着回去，你妈身体不好，家里又买了一头小猪，这几天不爱吃食，我得回去找兽医给看看。

望着父亲的身影消失在熙熙攘攘的人流中，我的眼泪止不住地流了下来。我突然想起朱自清的散文《背影》。

母亲去世后，我们兄妹四人就成了父亲的精神支柱和生命的全部。他为我们的进步和向上而欣喜和骄傲，也为我们的挫折和困难而忧心和不安。

2010年是我们家的多事之秋。国家"两会"期间，有个网民在互联网上举报我在任乡镇党委书记期间疯狂敛财、大搞封建迷信云云。一些网站和媒体也纷纷加入炒作行列，众多不明真相的网民跟着口诛笔伐，我顿时成了一个贪得无厌、死有余辜的贪官。

父亲从此战战兢兢、忧心忡忡，一个令他自豪和体面的儿子，成了他不敢面对世人的心病。虽然纪检机关在彻底调查之后还了我的清白，我还是离开了原来的工作岗位。

紧接着，从小就病歪歪的二弟又身患重病。我们都小心翼翼地瞒着父亲。但他老人家从我们行色匆匆频繁到二弟家还是看出了一些端倪。他骑着三轮车悄悄尾随着我们来到医院，从护士的口中知道了二弟的病情。他假装不知，就主动从我家搬到二弟家，帮助弟媳妇忙这忙那。我们谁也没有发现，这时的父亲已开始恍恍惚惚和迅速消瘦。

父亲知道他无力帮助我们渡过难关，但他坚持一点，不能给儿女帮忙，但绝对不能给我们添乱。

这年夏天，刚出院的二弟打电话告诉我，父亲有时在厕所里一蹲就是大半个小时，问他怎么了他也不说。我赶过去问父亲，他说现在解小便很困难，为了减少痛苦，平时他连水都不敢多喝。

我生拉硬拽把他带到医院，经检查，他的前列腺肥大得将尿道都堵塞了，必须赶紧住院做手术。

父亲怯生生地问医生，要住多长时间院？要花多少钱？我有些恼怒，都什么时间了你还担心这些？父亲凄然一笑，儿子，我不是疼钱。这些日子你和媳妇为了你二弟，晚上陪护，白天送饭，折腾得已经够呛了。二子刚出院，我再住进来，你的两个妹妹都在外地，我能把你给累死。算了吧，先吃点药，等你二弟病好一些再说吧。最后，怎么劝也不听地回到了二弟家。

我们谁也没想到，一向淳朴善良的父亲会到巫婆那里寻找出路。巫婆告诉他，你们家必须得走一个人，否则很难消灾避难。

父亲便虔诚地开始了他"带走灾难"的悲壮行动。他整天忙着洗涮衣服被褥，然后骑着三轮车，到我的叔父、姑姑、姨妈和舅舅家，也不吃饭，坐一会就走了，弄得大家莫名其妙。只是到了大姑家，他把洗好的衣物送给生活有些困难的大姑父。一些破旧的棉絮、被套他也卖给了小商贩。

九月中旬的一天,二弟又去医院复查身体。父亲把大姑父、四姑父叫到二弟家,帮助二弟收获好成熟了的花生。中午他亲自下厨,老哥仨喝了一瓶酒。父亲有些伤感,对着已经八十岁的大姑父说,大姐夫,我是活不到你这岁数了。

大姑父气他乱讲,你身体也没有大碍,再三年就过不到啦?让好日子烧的。

父亲其实是和他的亲人一个一个行告别礼。

中秋节那天我去看父亲。他显得很高兴,到隔壁小店买来鞭炮,说这个节要热闹热闹。又问从大学回家的小侄子,国庆节放几天假?当他得知乃是七天长假,孙子、孙女都还要回来时,就自言自语地说,七天不少,时间够了。

以后发生的事让我们联想到,父亲把自己的丧礼和以后我们为他每年忌日上坟祭扫的时间都考虑好了,他不想让儿孙因他请假而影响工作和学业。

十月一日清晨,父亲带着对子孙的祝福和自信能带走灾难的一厢情愿,安详地了结了自己的生命。他为了减轻我们的社会和舆论压力,歪歪扭扭地留下一份遗书,说四个孩子都很孝顺,自己的走是为了换回我们家更多的幸福和吉祥。

遗书下还放着他一生的积蓄近三万块钱和他用来取款的身份证,并说这是留给二弟治病的。

看着父亲安详的遗容,我们的心都碎了。他的头发昨天也新理了,胡须刮得干干净净,连身体凌晨时自己也洗过了,身上的衣服、鞋、袜都换成新的。他至死也不愿给儿孙增添一丝一毫的麻烦和不便。

我们无法接受这样的现实,我们兄妹四人个个哭成泪人,二弟哭得昏死过去。

父亲曾对我说过,死后火葬就火葬吧,但别把我憋在那骨灰盒里。用块红绸子包着,还是要住进棺材里。

我们遵照父亲的生前愿望,由我抱着父亲的骨灰,把他安置在一个松木棺材里。

每天，父亲骨灰的温热都还在我的胸口前升腾，我知道，这温暖将会伴随我的一生。

《雨花》2010 年第 11 期

一个记不住儿子名字的父亲

周景雨　江苏省作协会员。江苏省东海高级中学语文教师,近几年来陆续在《小说界》《清明》《山西文学》《飞天》《青春》《当代小说》诸刊发表小说30多万字。

秋冬之交的风萧瑟中带着凌厉。

我遇见他的时候,银杏树金黄色的叶儿正打着旋儿在晚风中劲舞。他站在快光秃的银杏树下,看见我过去,满脸谦卑地问:"你是这里的老师吗?"

我没停步,嗯了一声。

他赶紧跟过来,又问:"高三十七班在哪里?"

听到这话,我停下来。我带十七班语文课。学生家长问话,我不能不回答。

"你有事?"我边问边打量他。他穿着一身洗得发白的旧军装,上面留有一块块云彩头似的盐渍。看样子他刚赶了远路,汗渍还留在脸上。也许是汗水浸透了内衣,每一阵秋风掠过,他浑身就传过一阵轻微的痉挛。

我说:"你跟我来吧。"

他有些拘谨地跟在我后面,边走边说:"俺想等下课再去找他,怕上课时吵闹了学习。"

到了办公室,我边拉张椅子让他坐下边问:"你找谁呀?"

"李小牛,俺儿子!"他自豪地说。

"李小牛?……十七班好像没有这个学生。"我转过头问化学老师丁老师。丁老师想了想,摇摇头。

他赶忙说:"李小牛是小名,这大名……"他抹了一把有些憔悴的短发,满脸歉疚地说,"俺还真记不起来了。"

我惊讶地问:"记不起来了?"

"记不起来了!"他脸上沁出一层汗,红晕也随着汗氤氲到黑色面皮的表层,像熟透了的桑葚。

我含着不满说:"这可就难了。每个班姓李的学生都很多,没名字可不好找。"

他一听这话,搓着手说:"你看俺糊涂的,临来的时候想着带上他的一张奖状,好看上面的名字,没想到一着急就全忘了。"

我问:"你找他有什么急事吗?"

他急忙站起身来,说:"没什么事,没什么事……就是想看看他。"

我们学校是半寄宿制,远路的学生一个月回家一次。

他望了望我,犹犹豫豫从怀里掏出一个蓝布小包,打开,里面装着几个石榴。石榴都已经炸开了,满肚子的石榴籽红玛瑙般晶莹剔透。

他挑出一个大个的,掰开递给我,说:"你吃,甜着呢!"然后把剩下的那一半剥成几小块,分给办公室其他人。

我拈起一粒放进嘴里,一股特别的清凉和甘甜霎时传遍了全身,感觉很特别。

他看着我说:"甜吧?"

我点点头。办公室其他人也说甜。

我问:"你家现在还有石榴?"

他摇摇头说:"没有了。家里只有一棵石榴树,是李小牛出生那年栽的,已经十八年了。你别说这棵石榴树还真帮了俺家大忙了。每年它都疯结,那果子坠的,整棵树都歪了,枝子快拖到地上了。俺用大竹竿撑着呢!"

十八年一棵石榴树,肯定有不少故事。我用眼神鼓励他往下讲。

"每年中秋节,俺就把大个的品相好的摘下来,拿去卖。每年卖的钱差不多就够李小牛的学费了。"

我这才记起李小牛的问题还没解决呢！就问："你能确定李小牛就在十七班？"

他想了想，说："肯定在十七班。奖状上的名字没记清，那数字是记死了的！"

我问："你找他就是为了送石榴？"

他"嘿嘿"笑了两声，有点腼腆地说："对，就是送几个石榴给他吃。"

我摇摇头，叹口气，心想你瞧他这父亲做的。

他也叹口气，说："这孩子到现在还没吃上今年的石榴呢！"说这句话时他的眼角有点润湿，见我们没吭声，接着说，"每次石榴熟了的时候，孩子嘛，俺就想让他先尝个新鲜。他就说：'摘去卖了吧。没经过霜打的石榴有点涩，不好吃。就把那些小个的留着，让它继续长，秋霜一打，涩味就去了，到时再吃，才真甜呢！'"

听到这里，我们沉默了。他语气有点哽咽，说："俺娃懂事呢，不然整个村子咋能就他一个考上你们这样的学校呢？眼见天冷了，广播说明天大幅度降温，降到零下，要上冻呢。石榴不能冻，一冻就烂成水了。俺这就匆匆忙忙送来了……"

整个办公室一片沉寂，沉寂得有些肃穆。

就在这时，下课铃响了。我赶忙说："老李，走，我带你去找李小牛！"

李小牛的确在十七班，叫李克歆，上次全市联考，全校第三名。他家住在山左口，一个偏远的乡村，离我们学校大约三十五公里。

流动的爱心

赵可法 中国散文学会会员，江苏省作家协会会员，江苏省散文学会会员，上海文艺网签约作家。

出徐州东高铁站，我往出租车地下停靠站走去。到了出口处，我乘上了一辆出租车。系好安全带后，我向身边的司机说：

"师傅，到火车站。"

司机没有讲话，只见他拿起一只蓝色塑料杯，用右手拧开杯盖，仰起脖子，咕了一大口茶水。车加速冲出了地下停车场，司机带着不悦的口吻问：

"嗷（啊）！火车站？"

"嗯，火车站，我已从网上买到去连云港的K1353次火车票了。"我边说边伸手从提包里摸出火车票，用手指捏着给司机看。

"几点的？"司机向车票瞄了一眼问道。

"晚上七点四十的，不急，还有两个多钟头呢，到火车站就半个小时的路程。"

"哎，真是怕什么来什么，我就是不想拉火车站的客人，就怕耽误人家赶车。路上正在修高架，现在又赶上星期五下班晚高峰，路上可堵了。不信，你看着吧，别说半小时，就是一个半小时的话，估计也到不了。"过了片刻，司机充满信心，打着手势对我说道，"等再过一年半时间，高架修好了，一切就OK了。从高铁站到火车站，车'嗖'一下就过去了。"

"哦，这么回事。我半个月之前回来，打的还不堵呢。"

"情况在不断变化呗。"司机冒了一句。

明知道修高架堵车，那不能绕道走吗？我刚想说出这句话，又觉得欠妥，话到嘴边又咽了回去。绕道可能也堵车，或让人觉得司机是故意绕道，增加打的费。我皱着眉头猜测着，不再吭声。

车拐过一个弯后，我抬眼打量眼前这位出租车司机。他大约五十开外的年纪，一副黝黑的脸上刻满了饱经风霜的皱纹。他长着肉嘟嘟的红色酒糟鼻子，眼角低垂，面貌看起来有些丑陋。操一口浓重徐州口音的他，说话略显口吃。他把徐州交通台广播音量调到了最低，然后开始抱怨城市的交通状况。

果然，过了一个红绿灯后，路上各种车辆排起了长龙，开始堵车了。

"不急，急也没啥用，这很正常。反正你有时间，耐着性子听听广播。"看我显得有些着急，司机结巴着安慰我几句，将音量又调大了。

我仰靠车背，不再关心路上的堵车情况，眯起眼睛开始听广播。广播中突然播报一条讯息：广大的徐州热心市民请注意，解放军陆军工程大学训练基地有一位小战士，在训练中光荣负伤。因失血过多，生命垂危，目前正在解放军第九七医院接受救治。这位来自新疆的小战士血型很特殊，是稀有的 Rh 阴性血型，俗称'熊猫血'。医院供血站血型奇缺，现在道路交通拥堵，救援车一时无法到达九七医院。请符合血型的热心市民，能够伸出救援之手，献出你们的爱心，到九七医院献血⋯⋯

电台里连续播报这条讯息，引起了我的注意。我不再眯眼睛，开始坐起来，好奇地问身边的司机：

"我只听说过 A、B、AB、O 型血，从没听说过 Rh 阴性血型。时间这么紧，到哪里弄去呀？"

"那玩意可不好找，听说一千个人里头才会有三五个。徐州是大城市，热心人士很多，还是能找到的。"司机点着头，微笑着向我说道。

"解放军第九七医院？师傅，你看，右前边不就是九七医院吗？"看到路右旁就是广播里提到的那家医院，我指着问道。

"是啊，这条路我都已经走了二十几年了。时间来得及，麻烦你先在车上等等，我去医院看一下，看是什么情况。"司机边安慰我，边打右转向灯，将车向九七医院大门北侧的路沿边慢慢停靠。停好车后，他一把拉开车门，直接向医院大门口的传达室跑去。

看着司机远去的背影，我独自坐在车上，摇头埋怨：徐州怎么添堵呢？司机明知道堵车也不绕道走？多花几块钱算什么？今天真晦气，碰上这么一位不负责任的司机。哪有这样开出租车的？留下客人不管不问，去关心部队的事情，真是多管闲事。

大约过了十分钟，我见司机并没有来，显得着急起来，伸手去摁车方向盘上的喇叭。

"嘀——嘀——嘀——"，汽车喇叭发出清脆的响声。我抬眼到处张望，依然没有看到驾驶员的身影。我瞥见座位前面，立着一块出租车公司的铭牌，上面清楚地写着司机名字叫"段伟德"。我从提包里摸出手机，"咔"的一声给铭牌照相。我觉得这不是法子，打开微信后，气愤地用手机扫铭牌上面的二维码，思忖着如何给出租车公司留言，投诉那位驾驶员。

时间在分分秒秒地流逝，十分、十五分、二十分……

整整过了三十五分钟，出租车司机的身影终于出现了，我赶紧停止腹诽。司机已走到了大门口，后面紧跟着两个年轻的小战士。他向身后的两人连忙摆手，不停地说道：

"你们不要送了，不碍事，我自己能走。回去吧，一点小事情。"

司机重新回到了座位上。只见他拿起那只塑料杯，用左手很吃力地拧开杯盖，喝了口茶水。他定了会神，发动了车子，对我说道：

"真不好意思啊，让你久等了。现在路上不堵车了，走吧。车站一会儿就到了，不会耽误赶车的。"

"还能来得及吧？"我满脸不悦地问。

"应该没问题。"

车重新上路了，看着身边的司机，气呼呼的我再次打量起他来。只见他的额头沁出些汗珠，脸色有些蜡黄，看起来略显焦急。出于好奇，我转脸问道：

"师傅，你怎么去这么长时间啊？什么情况啊？"

司机只顾开车，并没有回答我的问题。我再次追问：

"有市民给那位小战士献血吗？"

在我的一再追问下，司机终于向我道出了实情。原来，出租车司机年轻时在太原当过炮兵，他正是稀有的 Rh 阴性血型。他每年坚持无偿献血，已坚持了二十年。他已为供血站献了约 7000 毫升血液，多次挽救过急需用这类血型的人的生命，被称为"生命卫士"。在他的带动下，他的两个儿子，一个在法院工作，一个是个体小老板，也多次无偿献血。

看着眼前这位相貌丑陋的司机，令我非常惊讶。顷刻间，我先前对他的误解烟消云散，心中充满敬意。在这座素有"东方雅典"之称的大都市，憨厚朴实的徐州人不擅言语表达，常不被人理解或被误解，但他们具有善良纯朴、踏实做事的品质，有一副博大的胸襟，更不乏一颗爱心。今天我算是真正见识了。

"到了，没耽误你赶车吧？还有十五分钟呢，现在去检票口，应该不晚。"

告别司机，我急匆匆往火车站检票口跑去。

晚上回到家，回想傍晚时在徐州的经历，令我很受感动。我想起自己曾经献血的经历。从床头柜的抽屉里，我找到了那本无偿献血证，上面记载着三次共计献血 900 毫升的记录。我是普通的 A 型血，我的献血与那位出租车司机相比，实在是微不足道。看来，我的献血还要坚持下去。

第二天下午，我专程到大街上，走进连云港市中心血站东海分站采血点流动献血车里。献过血后，我围着献血车溜达。在中国无偿献血形象大使杨澜照片的旁边有一行字——生命需要爱的阳光，深深印在了我的脑海里。

其实，生命有时很脆弱。每个人的生命都可能有遭遇不幸的时刻，都需要爱心人士及时伸出援助的双手。愿爱的阳光洒满生命的分分秒秒。

《江苏省红十字》月刊 2018 年 5 月 8 日

后 记

"不深情,浅尝辄止,难以触及生命细微之处;无省察,即无跳脱,混沌一片,何来觉悟与理趣……"省察的力量,深情的性格,乃是本书的选稿纲领。所谓世事洞察皆学问,人情练达即文章,说的正是人生"省察与深情"的厚积薄发,引申到文学创作层面,别有一番曲径通幽的天地。

散文区别于其他文体,很难对散文进行归类、定义。相比而言,小说、诗歌自有一整套的理论与修辞学,有确定的边界。但是涉及散文创作的边界,已经消失了。当这个边界消失的时候,各种可能性就变大了,从而形成无限的自由空间。

《文学连云港70年·散文卷》征稿之初,收到稿件五百余篇,六十余万字。本书的两名编委,也是连云港市具有代表性的优秀作家马永娟女士和王军先生,花费了大量精力用于稿件的整理与编纂。囿于篇幅,编委会优先选取本土作者公开发表于市级以上刊物或者出版物的稿件,几经筛选与推敲最终成稿,纵有万千不舍,也难免有遗珠之憾。诸多不到之处,敬请批评指正。

散文创作特别讲究自由自在,讲究真实独特的追求,自觉的和创新的意识,是个体生活经验的真实展示。这种展示有心灵的锋芒,也有生命的情调渗透在其中。本辑作品汇集了中华人民共和国成立七十年以来,连云港市散文创作的优秀成果,各位作者以自己的生活阅历为底色,在千变万化的现代生活里抽丝剥茧,或深沉凝重,或飘逸隽永,以不同的视野与笔触,全方位、多角度表达时代的进步与发展,可以说是连云港美好和谐的一个缩影。

仅借此书,向所有连云港市的散文写作者们致敬!无论您在书中还是书外，我们在人生道路上有一个共同的标杆，在散文创作中追求同一个高度：以反省体察之心诠释生命的真谛；历尽挫折，依然对生活满怀深情，寻求心灵的归依与感动……

编　者

2019 年 6 月

图书在版编目（CIP）数据

连山连海的心事 / 魏虹主编. —— 北京：中国书籍出版社，2019.11

ISBN 978-7-5068-7587-5

Ⅰ. ①连… Ⅱ. ①魏… Ⅲ. ①散文集—中国—当代 Ⅳ. ①I267

中国版本图书馆CIP数据核字（2019）第269206号

连山连海的心事
魏　虹　主编

图书策划	武　斌　崔付建
责任编辑	尹　浩
责任印制	孙马飞　马　芝
封面设计	琥珀视觉
出版发行	中国书籍出版社
地　　址	北京市丰台区三路居路97号（邮编：100073）
电　　话	（010）52257143（总编室）　（010）52257140（发行部）
电子邮箱	eo@chinabp.com.cn
经　　销	全国新华书店
印　　刷	三河市华东印刷有限公司
开　　本	710毫米×1000毫米　1/16
字　　数	240千字
印　　张	23.75
版　　次	2020年2月第1版　2020年2月第1次印刷
书　　号	ISBN 978-7-5068-7587-5
定　　价	78.00元

版权所有　翻印必究